本书获2014年国家社科基金青年项目(14CZW042)资助

汉唐乐府学典籍研究

郭丽 著

凤凰出版社

图书在版编目（CIP）数据

汉唐乐府学典籍研究 / 郭丽著. -- 南京 : 凤凰出版社, 2022.12
ISBN 978-7-5506-3810-5

Ⅰ. ①汉… Ⅱ. ①郭… Ⅲ. ①乐府学－古籍－研究－中国－汉代-唐代 Ⅳ. ①I207.226

中国版本图书馆CIP数据核字(2022)第220520号

书名	汉唐乐府学典籍研究
著者	郭　丽
责任编辑	李相东
特约编辑	王晨韵
装帧设计	陈贵子
出版发行	凤凰出版社(原江苏古籍出版社) 发行部电话025-83223462
出版社地址	江苏省南京市中央路165号,邮编:210009
照排	南京凯建文化发展有限公司
印刷	安徽省天长市千秋印务有限公司 安徽省天长市郑集镇向阳社区邱庄队真武南路168号
开本	880毫米×1230毫米　1/32
印张	13
字数	320千字
版次	2022年12月第1版
印次	2022年12月第1次印刷
标准书号	ISBN 978-7-5506-3810-5
定价	88.00元

(本书凡印装错误可向承印厂调换,电话:0550-7964049)

目　录

序

郭丽的《汉唐乐府学典籍研究》很有学术价值，值得推荐。我是郭丽的博士学位论文指导教师，为她写序本在情理之中，但这部著作完全是她独立完成的，其内容远远超出了我的知识范围。所以，我不是序言最合适的作者。

李浩教授是郭丽的硕士学位论文指导教师，对她帮助很大，在那时就为她打下良好的基础。随我攻读博士学位时，她的学位论文选题也是自己独立思考的结果。在当时，有的导师会选一个大题目，里面设置若干小题目，可以写系列著作。导师写一部作为典范，材料、内容范围和论文架构都有了，学生照着找材料，按现成的架构写就可以了。那时我正在做《文镜秘府论研究》，《文镜秘府论》是个好题目，但在里面找不出题目让学生做，所以我的学生的选题都是分散的、各自独立的，没有办法给他们现成的架构做参考，全靠他们自己摸索。郭丽也是一样，这有点放养的味道。当然，材料收集齐备,或者有了大致想法,有了基本架构,论文初稿写出来了,一起谈一谈,指出一些问题,也只是一些方向性、原则性的问题,郭丽就这样把论文写下来了。也可能因为放养,反而促使郭丽养成了独立思考的习惯,培养了独立的研究能力。她的博士论文有六十多万字,答辩时我在台湾客座,又没有管。答辩委员一致推荐评优,后来又评上了天津市优秀博士论文。本来有条件申报全国优秀博士论文,恰好那年全国停止优秀博士论文评选。读博三年,郭丽发表了二十篇论文,其中核心期刊六篇,权威期刊一篇,台湾期刊三篇。除个别论文我做过指导,其他都是她自己选题,自己写作,自己投稿。我只是在她博士临毕业填各种表格的时候,才知道她读博三年居然发表了那么多文章。

我和朋友议论过,带学生,最怕两种情况:一是学生特别差,无法毕业;二是学生特别好,作为导师,不能给他安排好的出路。郭丽属于后一种情况。博士毕业,考虑郭丽的出路,这么优秀,居然没办法在她应该去也可以去的地方找到出路。常言说,是金子总会发光,但实际上,很多金子就被埋在土里,不掀开厚厚的土,就永远也发不了光。好在学界有很多很好的朋友,真诚相待,做真学术。在困难的时候,这些真诚的朋友总能伸出援手。当然也是郭丽优秀,优秀的人才总会有人看中。

首都师范大学吴相洲教授为人好,有能力,正在做大学问。我请相洲教授来南开大学参加我的博士生论文答辩时提及郭丽,才知道相洲教授早就注意到了她。那年在南开大学举办中国唐代文学学会的第十五届年会,郭丽协助我办会,忙里忙外,诸事处理得井井有条。相洲教授和与会学者都看在眼里,郭丽的勤奋、踏实、能干、办事麻利也给大家留下了深刻印象。相洲教授看了郭丽的博士论文，那么厚重，知道郭丽发表了那么多论文，很是赞赏。进了首都师范大学，郭丽如鱼得水。相洲教授的乐府学研究，那么庞大的题目，那么宏伟的规划，郭丽总能如期圆满完成负责的部分。她的著作也陆续出版，《乐府诗史话》出版了，《乐府续集》出版了，《乐府文献考论》出版了，如今《汉唐乐府学典籍研究》又要出版了，还有她的博士论文《唐代教育与文学》。博士毕业整十年，出版五部著作，其中《乐府续集》全八册三百多万字。另外还在《文学评论》《音乐研究》等刊物发表论文六十余篇，主持国家社科基金项目、教育部人文社科基金项目、北京市社科基金项目等十余项，其中国家社科基金项目就有三项。

没能留在南开大学，当时是一个挫折。但后来在首都师范大学能做出这么多成果，未必不是幸运。说因祸得福，可能有些过，但无运有缘，却是事实。郭丽有很好的艺术修养，她少年时就专门学习过音乐舞蹈，会弹琴、精通民族舞和古典舞，这冥冥之中就与乐府学结下了缘分。正是这种缘份，成就了她在乐府学上的发展。当然，她在乐府学研究领域所做的一切，我只是远远地看着，没有帮上忙，也帮不上忙。我自己的课题，先是做《文镜秘府论》，后来做了唐人作诗法研究的国家重点项目，之后又受浙江新昌一位民间学者的临终嘱托办了一个研究会，做起唐诗之路来，自找苦吃，有了另一摊子事。这都与郭丽所做的乐府学没有关系。真要感谢相洲教授！为郭丽安排了这样一个好的学术平台，又引领她走上乐府学研究道路。当然，郭丽也没有让相洲教授失望，相洲教授的乐府学事业，有郭丽的一份贡献。可惜的是，正当事业巅峰之际，正当乐府学欣欣向荣之时，相洲教授却不幸英年早逝。所幸郭丽已经成长起来，相洲教授的乐府学事业后继有人，郭丽是其中之一。

说到这部《汉唐乐府学典籍研究》，仍要重复那句话，由我写序不合适。我对乐府学没有研究，相洲教授写序最合适，但他已离我们而去。本来廖美玉教授已写好了序，廖教授是学界女中豪杰，久为我所佩服。她是相洲教授的好友，多年来坚持参加乐府学会的年会，对乐府学的研究状况和郭丽所做工作都很了解，也因此对郭丽犹为赏识关爱。但因为不可预知的原因，为这部著作做序的任务还是落到了我的肩上。找人写序，一般有需要提携之意。但对于郭丽，就学术本身来说，已不用提携，她已经做得很好。其他方面，我又无能为力。这就引发了我的许多感慨，因此才有上面这一大堆的闲话。

对《汉唐乐府学典籍研究》这部书本身，我只能从一般学术的感觉说几句。我觉得这部书的路子是正的。记得相洲教授《乐府学概论》曾归纳乐府学研究的三个层面：文献研究、音乐研究、文学研究。《汉唐乐府学典籍研究》就属于文献研究。我以为，新做一下题目，首先要做的，应该是文献工作。郭丽已出版的全八册《乐府续集》和《乐府文献考论》都做文献。这本身就是一个重要的研究工作，同时又是一切后续研究的基础。

相洲教授提出乐府学的概念。郭丽《汉唐乐府学典籍研究》着力突显乐府学的特点，运用乐府学的方法清理和分析汉唐乐府学典籍。作者主要考察乐志、乐录、歌录、解题、诗学这五种文献保存相对丰富且与乐府诗关系密切的乐府学典籍。乐志类主要分析正史乐志所记乐府体制设立、曲目创制、曲目表演、乐府人物、乐府器物等情况，乐录类主要分析其中所记乐府作品制作、表演、流传等乐府活动情况，歌录类主要分析这些歌录的成书、留传和歌辞收录情况，解题类主要分析其流传情况和解释特点，诗学类主要分析其中的乐府诗学观念和理论。作者通过分析，意在揭示这些典籍中所包含的乐府学内容以及在乐府学研究中的价值。

作者对所有关涉汉唐乐府活动的典籍进行了全面清理，努力弄清各类典籍的留存情况以及其中所涉乐府学问题和相关研究情况。比如，《汉书·礼乐志》记载郊祀活动时涉及汉武帝“乃立乐府”，“赵、代、秦、楚之讴”何以能用作郊祀歌，什么叫“采诗夜诵”等问题，作者一一清理各家之说。利用张舜徽主编《二十五史三编》所收《汉书》研究著作，分析与《礼乐志》有关的八种著作，又利用徐蜀所编《二十四史订补》，分析另外八家的观点。比如，关于清代以来《晋书·乐志》的研究成果，分析了吴士鉴和刘承干《晋书斠注》、孙人龙《晋书考证》、傅云龙《武英殿本二十三史考证·晋书考证》、丁国钧《晋书校文》、周家禄《晋书校勘记》、杨正衡《晋书音义》等著作。比如考索亡佚已久的扬雄《琴清英》，作者从《通典》《水经注》《艺文类聚》《太平御览》《绎史》等史料中辑出佚文，以窥其面貌。可以看出，作者在史料和问题清理上下了很大功夫。这让我想起郭丽做博士论文时的情景，她在确定选题之后，便把唐代教育与文学有关的资料都搜集起来，不仅存在电脑里，而且还打印出厚厚的两大本，送到我的办公室来。她做乐府学研究，同样在史料上下了很大功夫。全八册《乐府续集》是一首一首从宋辽金元典籍中找出来的，很多史料和问题还要考辨。这部《汉唐乐府学典籍研究》也是这样。当然，乐府学所涉史料更为浩瀚，架构更为宏大，而郭丽也做得更为从容，更为深入。

对所涉很多问题，作者在清理前人成果的基础上，往往有自己的考辨，提出自己的看法。比如，关于《晋书·乐志》的成书。因唐修《晋书》成书晚于沈约所修《宋书》,《晋书·乐志》和《宋书·乐志》又有颇多内容相同之处,故而学者多认为《晋书·乐志》抄录了《宋书·乐志》。作者敏锐地发现了《太平御览》所载南齐臧荣绪《晋书·乐志》、沈约《宋书·乐志》、唐修《晋书·乐志》对《子夜歌》本事记载的差异,通过分析指出,唐修《晋书·乐志》主要根据臧荣绪《晋书·乐志》修撰而成,部分内容臧著《晋书·乐志》已经存在,唐修《晋书·乐志》并非抄录《宋书·乐志》而成,相反沈约修撰《宋书》时很可能参考了臧著《晋书》。仅凭两《乐志》部分内容相同就认定《晋书·乐志》抄录了《宋书·乐志》未免草率。再如,唐代乐府活动繁盛,所作歌辞极多,但两《唐书》著录的歌录均为唐前人所作,未见著录唐人歌录,如今可知的《宴乐五调歌辞》等唐代燕射歌录就未见两《唐书》著录,这与两《唐书》编纂者只录纯雅歌辞的修史观念有关。而这也影响到了郭茂倩《乐府诗集》对唐代燕射歌辞的收录,以致《乐府诗集》在燕射歌辞一类对唐代燕射歌辞一首未录,从而导致唐代没有燕射歌辞的误解。这样的地方还有很多。比如,刘勰《文心雕龙·乐府》称赞魏之三祖乐府诗创作成就时称"魏之三祖,气爽才丽,宰割辞调,音靡节平",而李白《古风五十九首》其一则云:"自从建安来,绮丽不足珍。"建安诗歌以刚健著称,何以成为"绮丽"诗风的源头?"宰割辞调"与绮靡诗风之间的关联一直没有得到清晰揭示。作者分析后指出,魏之三祖写作乐府歌辞,为了方便入乐,有意安排声韵,从而开启了诗歌声律化进程,诗风也自此走上了"绮靡"一路;再如,隋代思想家王通大力肯定古乐府,使古乐府的地位发生了巨大变化,他的《续诗》以古乐府接续《诗经》,使古乐府越过楚辞成为《诗经》的正宗嗣响,开启了古乐府经学化历程;又如,作者通过对乐府题名中“拟”“当”“代”“赋”“系”“补”等诗题标记的考察,发现其中反映了由汉至唐乐府诗创作方式的演变;此外,作者还通过分析《玉台新咏》和《玉台后集》不同的编撰目的,指出它们虽为歌录但又有着与其他歌录的不同之处,等等。凡此种种,作者都在清理前人看法的基础上,提出了新的见解。

要之,本书全面考察了汉唐乐府学典籍,并从乐府学角度分析这些典籍,提出了一系列新的学术见解,这为汉唐乐府学典籍的研究乃至整个汉唐乐府学的研究做了很好的基础性工作,也为后来的研究提供了很多新的视点。

这些年,一方面看到很多年轻人学术上发展势头很猛,深感长江后浪推前浪,学术新一代大有希望,郭丽就是其中一员;但另一方面,也可能看得多了,对很多事情竟有些麻木,还有麻木中的无奈。郭丽拿出这部书,我一点都没有感到惊喜。因为她前面能拿出那么多成果,再添一部书,是很自然的,我相信她还会不断拿出更多更好的成果。但话说回来,我不希望她这么累。十年时间,五部专著,十多个科研项目,工作量之大,是可想而知的。三百多万字的《乐府续集》,仅校对时面对那堆起来几尺高的校样,就足以令人生畏。郭丽同时担负着中国唐代文学学会会刊《唐代文学研究年鉴》的编辑工作和学会的年检工作,这还不算她在首都师范大学日常的教学等工作。虽然人生注定是很累的,但是我希望郭丽过得轻松平顺!

卢盛江

绪　论

乐府是中国古代礼乐文化的核心组成部分，历来深受史家、学者、诗人关注，留下了很多著述。这些围绕乐府活动产生的著述可称为乐府学典籍，大致可分为正史乐志（包括政书乐门）、乐书、乐录、歌录、琴书、解题、曲簿、注释、诗学等类别。汉唐乐府活动繁盛，留下的乐府学典籍很多。本书就是介绍和研究这些典籍，旨在梳理各类典籍的前后承继关系，弄清其历史留存状况，揭示其乐府学价值，为学人利用这些典籍提供指引和参考。

一、汉唐乐府学典籍的分类与著录

乐府活动包含很多侧面，相关文献记载各有侧重，名称也各不相同。《汉书·艺文志》将乐府学典籍分为两部分著录：一部分是放在经部当作乐类。此类包含乐记、歌录、琴书三种典籍，如有《乐记》二十三篇、《王禹记》二十四篇、《雅歌诗》四篇、《雅琴赵氏》七篇（名定，勃海人，宣帝时丞相魏相所奏）、《雅琴师氏》八篇（名中，东海人，传言师旷后）、《雅琴龙氏》九十九篇（名德，梁人）。凡《乐》六家，百六十五篇（出淮南、刘向等《琴颂》七篇）。[①] 其中，《乐记》《王禹记》属于乐记，《雅歌诗》属于歌录，《雅琴赵氏》《雅琴师氏》《雅琴龙氏》属于琴书。另一部分是放在诗赋类。此类包含歌录和曲谱两种典籍，如著录"歌诗二十八家，三百一十四篇""《河南周歌诗》七篇、《河南周歌声曲折》七篇、《周谣歌诗》七十五篇、《周谣歌诗声曲折》七十五篇"等。[②] 其中，《河南周歌诗》《周谣歌诗》属于歌录，《河南周歌声曲折》《周谣歌诗声曲折》属于曲谱。可以看出，《汉书·艺文志》著录的乐府学典籍只有乐记、歌录、琴书、曲谱四种。[③] 西汉虽有很多关于乐府的议论，但《汉书·艺文志》并未著录乐议类典籍。

《汉书》以后各代正史不设"艺文志"，直到《隋书》才设"经籍志"。《隋书·经籍志》沿袭《汉书·艺文志》作法，也将乐府学典籍分为两部分著录：一部分放在经部。其中有乐论，如"《乐论》三卷（梁武帝撰。梁有《乐义》十一卷，武帝集朝臣撰，亡）、《乐论》一卷（卫尉少卿萧吉撰）""《乐经》四卷""《乐论事》一卷"等；有乐录，如"《古今乐录》十二卷（陈沙门智匠撰）"；有乐书，如"《乐书》七卷（后魏丞相士曹行参军信

---

① ［汉］班固《汉书》卷三〇，中华书局，1962 年版，第 1711 页。

② 《汉书》卷三〇，第 1755 页。

③ 关于汉魏六朝曲谱，可参看郑祖襄《略述汉魏六朝时期的乐谱》，原载《音乐探索》1994 年第 1 期，后收入氏著《华夏旧乐新探》，中央音乐学院出版社，2008 年版。

都芳撰)”等;有乐元,如“《乐元》一卷(魏僧撰)”;有乐记,如“《管弦记》十卷(凌秀撰)”等;有乐要,如“《乐要》一卷(何妥撰)”;有乐部,如“《乐部》一卷、《春官乐部》五卷”;有乐谱,如“《乐府声调》六卷(岐州刺史、沛国公郑译撰)、《乐府声调》三卷(郑译撰)”“《乐谱》四卷、《乐谱集》二十卷(萧吉撰)”等;有琴书,如“《琴操》三卷(晋广陵相孔衍撰)、《琴操钞》二卷、《琴操钞》一卷”“《琴经》一卷、《琴说》一卷”等;有曲簿,如“《齐朝曲簿》一卷、《大隋总曲簿》一卷”;有乐器,如“《钟磬志》二卷(公孙崇撰)”等;有乐律,如“《黄钟律》一卷(梁有《钟律纬》六卷,梁武帝撰,亡)”[①]等,共十一种。[②] 另一部分放在集部,都是乐府歌辞。这些乐府歌辞,或云“歌录”,或云“歌诗”,或云“歌章”,或云“新歌”,或云“歌辞”,或云“雅辞”,实际上都是歌录。加上经部著录的十一种,总共十二种。但经部所录各类典籍中,乐要系摘录前人乐书之要而成,可以并入乐书;乐元论述音乐起源,亦可并入乐论;乐记记述乐府活动,可以并入乐录。因此,十二种乐府学典籍实际上可以合并为九种,较《汉书·艺文志》的著录增加了五种。

《旧唐书·经籍志》延续《隋书·经籍志》的作法也分两部分著录乐府学典籍,种类没有增加,但把“《鼓吹乐章》一

---

① [唐]魏徵《隋书》卷三二,中华书局,1973 年版,第 926—927 页。

② 有学者将这些典籍分为乐论、乐谱、乐律、乐制、乐事、其他(乐名、曲名以及琴的表演)六类,见方宝璋、郑俊晖《中国音乐文献学》,福建教育出版社,2006 年版,第 133 页。

卷”[①]放到经部著录，而集部著录的九部歌录中也有鼓吹曲辞如“《汉魏吴晋鼓吹曲》四卷”，[②]当是编撰者失误所致。《新唐书·艺文志》将所有乐府学典籍都著录在经部乐类之下，并增加了乐仪、解题两类，前者如徐景安《历代乐仪》三十卷，后者如吴兢《乐府古题要解》一卷、郗昂（一作王昌龄）《乐府古今题解》三卷。[③] 至此，乐府学典籍种类增加到十一种。

乐府活动是周代宫廷礼乐活动的延续，将乐府学典籍放在“经部乐类”著录，有其合理性，也体现了史家对乐府活动的重视。但后世学者也提出了异议，如宋代两部重要的目录学著作晁公武《郡斋读书志》和陈振孙《直斋书录解题》就各自采取了不同的著录方法。前者沿袭前人作法，仍将乐府学典籍放在“经部乐类”著录，而后者则将乐府学典籍从“经部乐类”中划出，单设“音乐类”予以安置。陈振孙解释缘由曰：

> 刘歆、班固虽以《礼》《乐》著之六艺略，要皆非孔氏之旧也，然《三礼》至今行于世，犹是先秦旧传。而所谓《乐》六家者，影响不复存矣。窦公之《大司乐章》既已见于《周礼》，河间献王之《乐记》亦已录于《小戴》，则古乐已不复有书。而前志相承，乃取乐府、教坊、琵琶、羯鼓之类，以充乐类，与圣经并列，不亦悖乎！晚得郑子敬氏《书目》独不然，其为说曰：仪注、编年，各自为类，不得附

① ［后晋］刘昫《旧唐书》卷四六，中华书局，1975 年版，第 1976 页。

② 《旧唐书》卷四六，第 2080 页。

③ ［宋］欧阳修、宋祁《新唐书》卷五七，中华书局，1975 年版，第 1436 页。

于《礼》《春秋》，则后之乐书，固不得列于六艺。今从之，而著于子录杂艺之前。[1]

陈振孙认为，汉代刘歆《七略》、班固《汉书》虽然将《礼》《乐》置于《六艺略》中，但这并非源自孔子。《三礼》至今仍存，还是先秦旧典，而《乐》六家的影响，已经不复存在。战国魏文侯时乐人窦公的《大司乐章》和河间献王的《乐记》分别著录于《周礼》和《小戴礼记》，古乐已经不再有书著录了。而前代乐志递相沿袭，将乐府、教坊、琵琶、羯鼓等典籍置于乐类，与儒家经典并列，这是相当荒谬的作法。他又引用郑子敬《书目》的分类原则，认为不该将后代的乐书列于经部，与六艺等经典并列。基于这样的认识，他在“子部杂艺类”前设立了“音乐类”，将后代的乐书从经部划出，列入其中。

总之，到《新唐书·艺文志》，乐府学典籍增加到了11种。郑樵《通志二十略·艺文略》虽然也将乐府学典籍分为“乐书、歌辞、题解、曲簿、声调、钟磬、管弦、舞、鼓吹、琴、谶纬”[2]11种，但与前述正史艺文志、经籍志分类不尽相同。

喻意志《汉唐音乐典籍叙录》将汉唐音乐典籍分为四类：第一类乐书，共录典籍126种，又分乐论类（49种）、律吕类（28种）、曲簿类（37种）、其他（12种）；第二类乐府类，共录典籍101种，又分歌辞类（91种，其中宋人著作12种）、解题类（10种，其中宋人2种）；第三类琴书类，共录典籍104种，

---

① ［宋］陈振孙撰，徐小蛮、顾美华点校《直斋书录解题》，上海古籍出版社，1987年版，第399页。按，原文标点有不妥处，径改。本书引文情况照此处理，以下不再说明。

② ［宋］郑樵《通志二十略》，中华书局，1995年版，第1508页。

又分琴论（65 种）、琴谱（39 种）；第四类其他音乐典籍，共录 24 种，又分正史类（17 种）、政书类（3 种）、类书类（4 种）。[①] 喻意志把汉唐音乐典籍分为四大类十一小类，与郑樵和笔者分类也不一样。笔者认为，这种分类尚有可议之处。例如把《教坊记》《乐府杂录》都归入乐书大类下之“乐论”类、又把《琵琶录》《羯鼓录》归入乐书大类之“其他”类，蔡邕《礼乐志》本应归入正史“乐志类”，却归入了乐书“乐论类”，将西晋荀勖《荀氏录》、刘宋张永《元嘉正声技录》、王僧虔《大明三年宴乐技录》放在乐府大类下之“歌辞类”，却将陈释智匠《古今乐录》放在了“乐论类”。凡此都需要仔细斟酌。

事实上，正史艺文志、经籍志著录时划分出的十一种典籍也并非全部的乐府学典籍。如正史乐志（或云“礼乐志”）是记录乐府活动的综合著作，兼具乐录、歌录、乐议、乐器、解题多种功能。但因乐志只是作为正史的一个组成部分传世，所以目录学著作都不将其单独著录。[②]《通典·乐》《唐会要·乐》亦如正史乐志，是重要的乐府学典籍。《艺文类聚·乐部》《初学记·乐部》等类书的乐部征引大量音乐文献，且分门别类，很多乐府学典籍赖此得以保存一鳞半爪，同样具有很高的乐府学价值。《史记》《汉书》《文选》都有注释，对乐府诗的注释应该看作较早的乐府诗笺注类典籍。如应劭《汉书音义》、服虔《汉书音义》、《汉书》颜师古注、《文选》李善注和

---

① 喻意志《汉唐音乐典籍叙录》，浙江大学博士后研究工作报告，2006 年 11 月，第 4—122 页。

② 《太平御览》曾引《古乐志》曰：“齐歌曰讴，吴歌曰歈，楚歌曰艳，淫歌曰哇。”此《古乐志》或为单行之乐志，不过这种情形极为少见。见[宋]李昉等《太平御览》卷五七三，中华书局，1960 年版，第 2589 页。

五臣注、《史记》司马贞索隐和张守节正义等，都有乐府诗注释的内容。刘勰《文心雕龙·乐府》、卢照邻《乐府杂诗序》、白居易《新乐府序》、元稹《乐府古题序》、皮日休《补九夏乐歌序》等，都属于乐府诗学典籍，目录学著作中也未将其单独著录。总之，乐府学典籍的种类远不止上述目录学著作中所著录的那些，我们应该根据乐府活动文献实际留存情况，发掘出更多的古代乐府学典籍并对其合理分类。

需要说明的是，正史律志（或云“律历志”）所记律学知识，正史礼志所记礼仪活动，正史郊祀志所记祭祀活动，也是描述某些乐府曲目表演情况的资料，但因与乐府曲目表演的关系或较单一，或距离较远，故而本书暂且不作讨论。

当然，上述乐府学典籍的种类只是就大致情况所作的划分。如果划分过细，各种典籍的内容会出现较多重合；如果划分过粗，就有可能遮蔽各类典籍的特点。如乐录和乐记同属于乐录类典籍，但两者又有区别，《古今乐录》以记录乐府曲目表演为主，是典型的乐录，而《教坊记》《乐府杂录》则多记乐府故事，是典型的乐记。总之，上述分类只是为了方便介绍乐府学典籍所作的划分，不是严格意义上泾渭分明的划分。

二、前人研究述评

对于乐府学典籍，古代文学研究界的学者关注远远不够，相比之下，音乐史学界的学者关注反而更多。下面就略举一些两个领域已有的研究成果，借以管窥前人研究的大致情况。

这些已有的研究成果如任半塘《教坊记笺订》（中华书局，1962 年版），丘琼荪《历代乐志律志校释》（中华书局，

1964年版)，苏晋仁、萧炼子《宋书乐志校注》(齐鲁书社，1982年版)，吉联抗《两汉论乐文字辑译》(上海文艺出版社，1980年版)、《魏晋南北朝音乐史料》(上海文艺出版社，1982年版)、《隋唐五代音乐史料》(上海文艺出版社，1986年版)，孙晓辉《两唐书乐志研究》(上海音乐学院出版社，2005年版)，方宝璋、郑俊晖《中国音乐文献学》(福建教育出版社，2006年版)，孙尚勇《乐府文学文献研究》(人民文学出版社，2007年版)，王小盾《中国音乐文献学初阶》(北京大学出版社，2013年版)，亓娟莉《〈乐府杂录〉研究》(西北大学2009年博士学位论文)，李娜《吴兢〈乐府古题要解〉研究》(郑州大学2012年博士学位论文)，喻意志《〈古今乐录〉考》(《中国音乐学》2008年第3期)、《唐宋乐府解题类典籍考辨》(《音乐研究》2011年第3期)、《汉唐音乐典籍叙录》(浙江大学博士后研究工作报告，2006年11月)等。

这些研究成果无疑为本书的研究奠定了坚实基础，但仍然留有较大开掘空间：首先，已有研究成果多注重发掘典籍中蕴含的音乐史或音乐文学方面的知识和思想，尚无学者发掘这些典籍所包含的乐府学知识和思想。音乐史、音乐文学的概念与乐府学虽有交集，但却并不完全等同，而是各有各的关注核心。乐府学以乐府诗研究为核心，追寻这些乐府诗的音乐形态，是为了解释这些乐府诗的文学特点。而音乐史研究者则更多关注的是乐学、律学、乐器、制度等问题，并不以音乐作品为核心。在他们心目中，乐府诗只是个别音乐作品的组成部分，并不是他们的关注重点。而在乐府学者看来，乐学、律学等知识离追寻乐府诗的音乐形态较远，载录这些知识的典籍也一般不作为乐府学典籍看待。其次，相较于众多乐府学典籍而言，现有研究成果数量仍不够丰富，很多典籍尚未进入学者研究视野。如方宝璋、郑俊晖《中国音乐文献学》介绍古今音乐要籍，连《晋书·乐志》都未曾论及。再次，从整个乐府学发展史角度来看，现有研究成果多集中在个别典籍上，是“点”的研究，连“点”成“线”、构成完整体系的研究成果，目前尚不多见。

这些已有研究成果还有一个问题，就是所做工作基本停留在文献整理层面。如丘琼荪《历代乐志律志校释》第一分册、第二分册校释《史记·乐书》《史记·律书》《汉书·律志》《汉书·乐志》《后汉书·律志》《晋书·律志》《晋书·乐志》《宋书·律志》《宋书·乐志》《魏书·律志》《魏书·乐志》等，[①]这是对汉唐乐志的一次系统、专业的整理，也探索了一系列乐府学问题。但从具体内容看，总体上仍属于文献研究，对这些乐志中所涉及的更多乐府学问题并没有深入展开。再如喻意志《汉唐音乐典籍叙录》，对汉唐乐府学典籍做了穷尽式的搜集和发掘，并尽其所能就相关文献的留存情况作了说明，但仍多停留在文献描述层面，对这些典籍的音乐史价值阐述不多，对其中所包含的乐府学价值更是较少论及。有鉴于此，本书将把主要力量放在发掘这些典籍的乐府学价值上，并尝试对这些典籍涉及的一系列乐府学问题进行较为深入的研究。

已有研究中也有一些成果介绍乐府学典籍的研究价值。如二十世纪三十年代，梁启超《中国之美文及其历史》第一章“古歌谣及乐府”第三节“汉魏乐府”，就介绍了汉代到明代部

---

① 丘琼荪《历代乐志律志校释》，人民音乐出版社，1999年版。

分重要的乐府学典籍。[①] 二十世纪六十年代，王运熙《汉魏六朝乐府诗研究书目提要》一文评介了四十八种乐府学典籍，是继梁启超开列乐府学文献书目之后，对主要乐府学典籍的一次集中介绍，为初治乐府学者提供了很大便利。文中将这些典籍分为"正史及政书乐志类""歌辞之编集、选录、注释""乐府研究专著""一部分论述乐府之著作"四类，其中汉唐乐府学典籍有十五种。[②] 1997 年，穆克宏《魏晋南北朝文学史料述略》第六编"南北朝乐府民歌史料"前言部分介绍南北朝乐府研究专著，基本未出王运熙《汉魏六朝乐府诗研究书目提要》范围，作者也自称参考了王文的内容。该编具体内容分两章六节，分别介绍了南朝乐府民歌中的吴声歌、神弦歌、西曲歌、其他乐府民歌以及北朝乐府民歌中的梁鼓角横吹曲和其他乐府民歌的史料，主要摘录《乐府诗集》所载内容。[③] 2005 年，曹道衡、刘跃进《先秦两汉文学史料学》中编第三章"秦汉乐府研究文献"分"乐府的名称、源流及机构""乐府的收集、分类及整理""乐府诗研究论著举要""乐府诗研究的焦点问题"四节，其中第三节"乐府诗研究论著举要"重点介绍乐府学典籍，共介绍古今乐府学论著十种，[④]没有超出王运熙

---

① 梁启超《中国之美文及其历史》，东方出版社，1996 年版，第 27 页。

② 王运熙《汉魏六朝乐府诗研究书目提要》，见氏著《乐府诗述论》，上海古籍出版社，2012 年版，第 272 页。

③ 穆克宏《魏晋南北朝文学史料述略》，中华书局，1997 年版，后收入《穆克宏文集》，中华书局，2018 年版，第 237—252 页。

④ 曹道衡、刘跃进《先秦两汉文学史料学》，中华书局，2005 年版，第 394—401 页。

文所论范围。2015年，吴相洲《乐府学概论》在概述古代乐府学史时，系统介绍了汉唐主要乐府学典籍，[①]数量较之王运熙文有大幅增加，但因体例所限，介绍较为简略。

三、研究思路和基本步骤

本书采用乐府学方法介绍和研究乐府学典籍。乐府学主张从文献、音乐、文学三个层面研究乐府，具体到一首乐府诗，则通过题名、本事、曲调、体式、风格五个要素进行把握，目标是使乐府文献留存、音乐形态、文学特征得到尽可能清晰的描述。因此在研究汉唐乐府学典籍时，不仅要介绍这些典籍的文献留存情况，还要分析这些典籍在乐府学研究上有何价值，为从文献、音乐、文学三个层面和题名、本事、曲调、体式、风格五个要素研究乐府诗提供指引。

限于典籍留存的实际情况，本书只考察了乐志、乐录、歌录、解题、诗学五类文献记载相对丰富且与乐府诗关系最为密切的典籍：

一、乐志类。考察《史记·乐书》《汉书·礼乐志》《晋书·乐志》《宋书·乐志》《隋书·音乐志》《旧唐书·音乐志》《新唐书·礼乐志》，分析这些正史乐志所记乐府体制设立、曲目创制、曲目表演、乐府人物、乐府器物等情况。

二、乐录类。考察西晋荀勖《荀氏录》、刘宋张永《元嘉正声技录》、王僧虔《大明三年宴乐技录》、陈释智匠《古今乐录》、唐崔令钦《教坊记》、南卓《羯鼓录》、段安节《乐府杂录》

---

① 吴相洲《乐府学概论》，人民文学出版社，2015年版，第211页。

《琵琶录》等典籍，分析其中所记乐府作品制作、表演、流传等乐府活动情况。《乐府诗集》征引《古今乐录》三十一次，《教坊记》三次，《羯鼓录》一次，《乐府杂录》七次，《琵琶录》一次，足见这些典籍的重要性。

三、歌录类。正史艺文志、经籍志中著录了大量歌录，分析这些歌录的成书、流传以及歌辞收录情况。需要注意的是，乐录和歌录各有分工，歌录主要记录乐府歌辞，乐录主要记录乐府表演情况。①

四、解题类。汉唐乐府解题类典籍有汉桓谭《琴清英》、蔡邕《琴操》、晋崔豹《古今注》、唐吴兢《乐府古题要解》、郗昂《乐府古今题解》三卷（一作王昌龄）、刘悚《乐府古题解》一卷、王昌龄《续乐府古解题》一卷等。本书主要介绍其内容和解释特点。

五、诗学类。对《文心雕龙·乐府》、王通《续诗》、卢照邻《乐府杂诗序》、白居易《新乐府序》、元稹《乐府古题序》等乐府诗学典籍进行分析。

本书在研究时，既有总体把握，又有具体分析；既要摸清汉唐乐府学典籍底数，又要弄清这些典籍包含了哪些乐府学内容。具体步骤如下：首先，对所有关涉乐府活动的典籍进行全面排查，弄清各类典籍的留存情况，做到在数量上心中有数；其次，分析这些典籍所含乐府学内容，做到在内容上心中有数；再次，介绍相关典籍的研究情况，做到在研究上心中有数。

---

① 《隋书·经籍志》载："《陈郊庙歌辞》三卷（并录，徐陵撰）。"由此可知乐录、歌录有别。见《隋书》卷三五，第1085页。

第一章　汉代乐志研究

中国人历来重视历史，作为历史进程中重要政治手段的礼乐，典籍记载尤多。自从司马迁《史记》设立乐书以后，各代正史多设乐志，二十五史有十七史设有乐志。乐志记录一代乐府活动，内容丰富，涵盖乐议、乐录、歌录、曲簿等多项内容，是综合性的乐府学典籍，位居乐府学典籍之首。① 汉唐正史有乐志者十家，分别为：《史记·乐书》《汉书·礼乐志》《晋书·乐志》《宋书·乐志》《南齐书·乐志》《魏书·乐志》《隋书·音乐志》《旧唐书·音乐志》《新唐书·音乐志》《旧五代史·乐志》。本章介绍《史记·乐书》和《汉书·礼乐志》的基本内容、研究情况及乐府学价值。

---

① 音乐史学者也把历代正史乐志、律志当作“中国古代音乐重要的历史文本”，见王小盾《正史乐志律志研究的学术意义——〈两唐书乐志研究〉〈宋史乐志研究〉的方法与途径》，《黄钟》（武汉音乐学院学报）2005 年第 4 期。

《后汉书》不设乐志，但刘珍等人所作《东观汉记·乐志》保留了蔡邕《礼乐志》中的一段内容，如："汉乐四品：一曰大予乐……二曰周颂雅乐……三曰黄门鼓吹……其短箫铙歌，军乐也。"[1]蔡邕考证汉乐四品每品名称由来，如云："汉乐四品：一曰大予乐，典郊庙、上陵殿诸食举之乐。郊乐，《易》所谓'先王以作乐崇德，殷荐上帝'，《周官》'若乐六变，则天神皆降，可得而礼也'。宗庙乐，《虞书》所谓'琴瑟以咏，祖考来假'，《诗》云'肃雍和鸣，先祖是听'。食举乐，《王制》谓'天子食举以乐'，《周官》'王大食则令奏钟鼓'。"[2]从中可以看到，蔡邕不仅记录了汉乐四品，而且考证每一类名称的由来，引经据典，很有学术含量。但其开端即云所记为"汉乐四品"，而内容上却只记载了汉乐三品，缺少一品，显然原文有所阙失。钱志熙《论蔡邕叙"汉乐四品"之第四品应为相和清商乐》辨析以往学界一直将"短箫铙歌"当作蔡邕《礼乐志》所列汉乐第四品的错误，认为原文存在缺漏，并从吴兢《乐府古题要解》等典籍的引文中找到所缺部分，从而认定第四品应为相和清商乐。所论符合情理，可参看。[3] 因蔡邕《礼乐志》内容过少，故本书不设专节研究。

---

① ［汉］刘珍等撰，吴树平校注《东观汉记校注》卷五，中华书局，2008年版，第158—159页。

② 《东观汉记校注》卷五，第158页。

③ 钱志熙《论蔡邕叙"汉乐四品"之第四品应为相和清商乐》，《北京大学学报》2010年第2期，后收入氏著《汉魏乐府艺术研究》，学苑出版社，2011年版，第221—236页。

第一节　《史记·乐书》的作者问题及乐府学价值

提及《史记·乐书》，首先遇到的一个问题，即《乐书》是否为司马迁原作。司马迁确实作有《乐书》，这在《太史公自序》中有清楚交代，其云："乐者，所以移风易俗也。自《雅》《颂》声兴，则已好《郑》《卫》之音，《郑》《卫》之音所从来久矣。人情之所感，远俗则怀。比《乐书》以述来古，作《乐书》第二。"[①]从自序可以看出，司马迁作有《乐书》应该无可置疑。但《汉书·艺文志》《汉书·司马迁传》《后汉书·班彪传》均称《史记》缺十篇，有录无书，[②]显然后人所见《乐书》已非司马迁原作，于是出现了一系列问题，如：原作因何而佚？现作何人所补？现作有无原作成分？即使是后人所补，到底有何价值？这些问题直接关乎《乐书》的乐府学价值，有必要进行辨析。

关于《史记》阙漏十篇问题，古人早有注意。清人汪继培《史记阙篇补篇考》总结说：

---

① ［汉］司马迁《史记》卷一三〇，中华书局，1982 年版，第 3305 页。

② 《汉书·艺文志》载："太史公百三十篇。（十篇有录无书。）"见《汉书》卷三〇，第 1714 页。《汉书·司马迁传》载："凡百三十篇，五十二万六千五百字，为《太史公书》。序略，以拾遗补蓺，成一家言，协《六经》异传，齐百家杂语，臧之名山，副在京师，以俟后圣君子。第七十，迁之自叙云尔。而十篇缺，有录无书。"见《汉书》卷六二，第 2723—2724 页。《后汉书·班彪传》载："孝武之世，太史令司马迁采《左氏》《国语》，删《世本》《战国策》，据楚、汉列国时事，上自黄帝，下迄获麟，作本纪、世家、列传、书、表凡百三十篇，而十篇缺焉。"见［南朝宋］范晔《后汉书》卷四〇，中华书局，1965 年版，第 1325 页。

> 《汉书·艺文志》《司马迁传》《后汉书·班彪传》并云《史记》阙十篇,有录无书。所缺之篇,班氏不著其目。张晏注《汉书》,称迁殁之后,亡《景纪》《武纪》《礼书》《乐书》《兵书》,汉兴以(疑下有缺文)纷指属,多成臆断,亦疑以传疑可矣。续《史记》诸儒,详《史通·正史篇》及《后汉书·班彪传注》。张晏徒见《三王世家》《龟策》《日者传》,俱有褚先生名,遂举属之少孙,则《三代世表》《建元侯表》《外戚世家》《梁孝王世家》《田叔传》《滑稽传》,少孙俱有附益,又何以不在补篇之数?而《始皇本纪》之附《秦纪》及班固语,《历书》之附历日甲子篇及表、传、世家中增入史公以后事者凡数十处,安能一一名之?至《索隐》谓褚生以班书补《景纪》,则褚生在元、成间,又安能取章帝时书而用之?斯为谬矣。[①]

但《汉书·艺文志》《汉书·司马迁传》《后汉书·班彪传》的记载只称《史记》缺十篇,未注明究竟缺哪十篇。晋张晏在《汉书·司马迁传》的注中列出了具体篇目,并称是褚少孙所补,其中就包括《乐书》,[②]但张晏这一说法广受后人质疑。所以到底缺了哪些篇,补了哪些篇,谁人所补,说法不一,一般认

---

① 张舜徽主编《二十五史三编》第一分册《史记之属》,岳麓书社,1994年版,第4页。

② 《汉书·司马迁传》张晏注曰:"迁没之后,亡《景纪》《武纪》《礼书》《乐书》《兵书》《汉兴以来将相年表》《日者列传》《三王世家》《龟策列传》《傅靳列传》,元、成之间褚先生补缺,作《武帝纪》《三王世家》《龟策》《日者传》,言辞鄙陋,非迁本意也。"见《汉书》卷六二,第2724—2725页。

为褚少孙只是补缺者之一。[①] 不仅如此,《史记》成书以后,有很多人对其进行续作。《史通·古今正史》云:"《史记》所书,年止汉武,太初已后,阙而不录。其后刘向、向子歆及诸好事者,若冯商、卫衡、扬雄、史岑、梁审、肆仁、晋冯、段肃、金丹、冯衍、韦融、萧奋、刘恂等相次撰续,迄于哀、平间,犹名《史记》。"[②]而今本《史记》确有些篇章涉及司马迁以后事,说明或有续作窜入原注。

具体到《乐书》,大都认为不是司马迁原作。如清人崔适《史记探源》云:

> 案《叙论》云:后伐大宛,得千里马,作歌。中尉汲黯进曰:"先帝岂能知其音耶?"丞相公孙弘曰:"黯诽谤圣制,当族。"不知弘卒于元狩二年,黯卒于元鼎五年,至太初四年乃得宛马,后黯卒十二年、弘卒二十一年矣。作伪者乃欲起二死人于地下,争论于武帝之前。与《玉台新咏》所载《柏梁台诗》,梁孝王与卫大将军联句,其不知世次相同。甚可笑也。[③]

据汲黯、公孙弘卒于《天马歌》创作之前证明《乐书》记载有

---

① 清人赵翼认为"褚少孙补《史记》不止十篇",其"《史记》有后人窜入处"条对《史记》补记问题也有辨析。见[清]赵翼撰,王树民校证《廿二史札记校证》卷一,中华书局,2013年版,第7—10页。

② [唐]刘知幾撰,[清]浦起龙通释,吕思勉评,李永圻、张耕华导读整理《史通》卷十二,上海古籍出版社,2008年版,第241页。

③ 徐蜀编《二十四史订补》第一册,书目文献出版社,1996年版,第32—33页。

误，很有说服力。很多学者也据此认为现存《乐书》并非司马迁原作。

清人梁玉绳《史记志疑》就认为“《乐书》全缺，此乃后人所补，托至太史公也”，并对现存《乐书》提出了更多质疑：

> 以序言之，其曰仲尼作五章以刺时，不知所指，《索隐》谓即《彼妇之歌》，殊未确。便如其说，此歌止可五章之一，不得遂该五章也。其曰李斯谏二世放弃《诗》《书》，夫斯议焚书，安能有是谏。纵有是谏，亦决非李斯也。其曰高祖过沛诗《三侯之章》，《大风歌》有三兮而无三侯。明方以智《通雅》四谓“兮与侯古通用，但侯乃发语辞，与兮字不同也”。其曰今上作十九章，令李延年次序其声。而《汉志》武帝时作《安世房中歌》十七章，《郊祀歌》十九章，以此为《房中乐》欤？不可言十九，以为郊祀乐欤？则十九章并太始三年《赤蛟歌》数之，又非史公所及睹。盖史公作《史》时尚未定十九章之名，《索隐》未经细究遽云《房中乐》有十九章，妄矣。且同为《郊祀歌》，何以止载四时？《太一》《天马》六章，而《太一歌》不但字有增换，并删去“志俶傥”四句。《天马歌》全与《汉志》别，俱不可晓。《汉志》《天马歌》凡六章，此独载《蒲梢之歌》，其事他无所见。而《蒲梢》亦云《天马》，首尾四语又与《天马歌》首章相似，疑此是咏乌孙马，《汉书》不载，补《史》者别记所闻谬以为宛马歌耳。《大宛传》言天子得乌孙马好，名曰“天马”，及得大宛汗血马，更名乌孙马曰“西极”，名大宛马曰“天马”。或者《蒲梢》乃乌孙马之歌，而歌中有“天马来从西极”之句，故名

为西极耶？（《汉书·武纪》称宛马歌为《西极天马之歌》，亦因歌有西极语。）其曰中尉汲黯讥马歌，丞相公孙弘谓黯诽谤圣制，当族。考马生渥洼水，作歌在元鼎四年之秋，《武纪》可证。《礼乐志》误以为元狩三年，其所以误者，因元狩二年曾得马余吾水中，遂移属于渥洼耳。获宛马作歌，在太初四年之春，而公孙弘卒于元狩二年三月，不但渥洼、大宛事不及见，即不作歌诗之余吾马亦不及见，（得余吾马在元狩二年夏。）安得有诽谤圣制之谮哉！黯未尝为中尉之官，得渥洼马时，黯在淮阳为太守，无缘面讥武帝。得大宛马时黯卒已十二年，（卒于元鼎五年。）又安得诽谤圣制哉！《困学纪闻》《通鉴答问》谓"《乐书》后人所续，厚诬古人，非史迁之笔，岂有迁在当时而乖舛如此"。《通鉴考异》不得其说，疑"马生渥洼作歌在元狩三年，汲黯为右内史而讥之"。言当族者非公孙弘，殊不然也。至《乐书》中段既直写《乐记》，而增易升降，绝无意义。濮水闻琴节，又搀用韩子《十过篇》。末段尤为冗滥，徐氏《测议》谓是截旧文为之。前后两书太史公曰，又称武帝为今上，伪乱其词，欲以假冒真而不知其不能混耳。①

梁玉绳对现存《乐书》提出诸多质疑，且都条分缕析，言之有据。可疑之处如此之多，现存《乐书》并非司马迁所作的说法似乎是可信的。

---

① ［清］梁玉绳撰，贺次君点校《史记志疑》卷十五，中华书局，1981年版，第758—759页。

当然,也有人认为现存《乐书》内容不全都是伪作,其中有些是司马迁原作。如清人孙同元《史记阙篇补篇考》就说:"《乐书》自'太史公曰'至'当族',文笔古雅,且其中并有'今上即位'之文,其为史公元文无疑。惟两段后,漫采《礼论·乐记》,泛论礼乐大意,与汉事无涉。此当为褚先生所续耳。"①

还有人认为现存《乐书》就是司马迁原作。如清人尚镕《史记辨证》"《乐书》"条下注云:"《礼》《乐》二书,皆言今上即位,非褚少孙所补明矣。"他又说:"汉礼既非古,而乐亦然。至武帝极意声色,以李延年为协律都尉,所作所歌尤非雅乐。汲黯既谏而不悦,公孙宏遂阿主以取容,迁敢论乎?于是以虞、周之儆戒发其端,以赵高之阿二世刺其相,已乃痛陈古人之论古乐新声者,以为规讽,而终以平公听乐致灾。夫平公所听,黄帝之乐也,尚以德薄而至灾,况武帝好听俗乐乎?然则迁之用意良苦矣。"②清人牛运震《史记评注》也认为《乐书》是司马迁原作,并充分肯定了《乐书》的价值:"《乐书》伤古乐之难复而疾郑音之不可尚也。篇首言唐虞君臣相敇,成王悲彼家难,并能战惧终始以至百姓,沐浴膏泽而歌咏勤苦,此正作乐原本,所以同人心而出治道也。自郑卫音兴,雅颂陵迟,时君争以流沔相尚,靡曼相高,六国灭宗,秦二世更为效尤,佛李斯之谏而从赵高之谀,此正前代好音之君可为鉴戒者。汉兴以来,高、惠、文、景四主,乐府习常隶旧。武帝于郊祀之诗

---

① 《二十五史三编》第一分册《史记之属》,第 2 页。按,《礼论》当作《礼记》。

② 《二十五史三编》第一分册《史记之属》,第 906—907 页。

虽多增更，究属古乐未复，故亦不录其词。至于渥洼、大宛，神马东来，本非功德盛事，而君臣得意，荐诗郊庙，夸张浮靡，不亦诬乎？汲黯曰：‘先帝百姓岂能知其音耶?’述之所以著新乐之非正，与秦二世娱意郑音者同，此太史公深痛古乐之亡而不能不致讽讥于武帝也。篇中意致含蓄，风刺之旨，隐然言外，令人不易看出，所以为妙。○开端沉郁，古厚顿挫，忾怆可诵。○荡涤邪秽，斟酌饱满，写性情入微。○‘治道亏缺而郑音兴起’，此句一篇关纽。○‘何必华山之騄耳而后行远乎’句亦特有风致工绝。○乃能通知其意，多《尔雅》之文，观此则太史公亦深许十九章诗歌也，特惜武帝功德不称耳。○‘至今上即位作十九章’，按十九章即《汉书》所载郊庙歌十九章。《索隐》注以为《安世房中歌》，误。盖《安世房中歌》不足十九章也。○《天马》之歌，雄武夸大之体，汲黯所谓‘先帝百姓不能知其音者’也。因以为讥，故备载其词。”①

总之，学者对现存《乐书》是否为司马迁原作持有不同观点，或认为是伪托，或认为部分是原作、部分是伪托，或认为就是原作。

有鉴于此，丘琼荪《历代乐志律志校释》第一分册《缀言》首先辨析了《乐书》的真伪问题。他在《缀言》中说：“《史记》旧有亡篇，有缺文，因亡缺而又发生续补问题。”②并在“十篇有无之辨”中综述前人观点称：“有谓已成全书而亡佚者”“有谓草具未全者”“有谓刘歆窜乱者”“有谓不暇作而原缺者”

---

① 《二十五史三编》第一分册《史记之属》，第674页。按，“隶旧”当作“肄旧”。

② 丘琼荪《历代乐志律志校释》第一分册，人民音乐出版社，1999年版，第1页。

“有谓虚立篇名而隐其文者”。他在“十篇真伪之辨”下列有“亡者唯《武纪》”“八书皆伪”“《乐书》序实伪”等条，辨析后得出的结论是：“《太史公自序》，不独著明百三十篇，且尝细数为五十二万六千五百字，如此而犹谓十篇未成者，我不信也。”他进一步指出：

> 迁书有缺篇，则系事实，惟所缺者未必限于此十篇；缺者已补，补者有褚先生，然亦不尽为褚先生。据张晏说：褚补仅四篇，而四篇中有褚先生曰者则仅三篇。梁启超又列举有褚先生曰者别有六篇，余别举一篇。崔适《史记探源》谓为通篇皆伪者二十九，远过十篇之数。崔说固可存疑，张说亦未可执着。今欲逐一证明其孰真孰伪，亦属徒劳。窜乱说自不无几分可信，歆为国师，雄则美新，因窜乱而失真，乃当然之理。明、清间论文家之说，不无主观，且多“时文”批评口吻，未可深信。如葛、陈辈以为《乐书·叙论》，成自史公，张照亦持此见，不知宋人已将汲黯与公孙弘生卒年历查明，作“马歌”时二人已前卒，何能一讥一谮于武帝之前哉？且黯未尝为中尉官，所述皆妄也。日本泷川资言辨之，以为据《汉公卿表》，太初四年公孙贺为丞相，汲黯有弟名仁，官至九卿，疑争论者为公孙贺与汲仁。案：贺于太初二年为丞相，至征和二年下狱死，有《公卿表》可稽，而仁于此时为中尉官则无据。①

---

① 《历代乐志律志校释》第一分册，第11—12页。

丘琼荪的这些论述较为全面，可以视为对《乐书》作者问题讨论的一个总结。

笔者认为，仅从文章学角度来看，《乐书》拼凑痕迹明显，章法不够谨严，不似太史公原作。《太史公自序》云："乐者，所以移风易俗也。自《雅》《颂》声兴，则已好《郑》《卫》之音，《郑》《卫》之音所从来久矣。人情之所感，远俗则怀。比《乐书》以述来古，作《乐书》第二。"[①]可见司马迁非常重视音乐。照此逻辑，《乐书》内容应该十分丰富才对。先秦音乐活动史料很多，绝非仅限于《韩非子·十过》所载那些半人半仙的故事。秦汉以来乐府活动史料更为丰富，司马迁所记应该更为丰赡。而且，司马迁对汉武帝制礼作乐的功绩持充分肯定态度，如《太史公自序》云："汉兴以来，至明天子，获符瑞，封禅，改正朔，易服色，受命于穆清，泽流罔极，海外殊俗，重译款塞，请来献见者，不可胜道。臣下百官力诵圣德，犹不能宣尽其意。且士贤能而不用，有国者之耻；主上明圣而德不布闻，有司之过也。且余尝掌其官，废明圣盛德不载，灭功臣世家贤大夫之业不述，堕先人所言，罪莫大焉。"[②]既然司马迁重视音乐，秦汉以来乐府活动史料又很丰富，司马迁还十分肯定汉武帝制礼作乐的功绩，综合这三重理由，《乐书》的记载不可能不丰富翔实。而现存《乐书》记录汉代乐府活动却十分简单，这不由不让人怀疑其并非司马迁原作。

尽管现存《史记·乐书》不一定是司马迁原作，但仍不失为重要的乐府学典籍。因为《乐书》毕竟出自西汉人之手，所

---

① 《史记》卷一三〇，第3305页。

② 《史记》卷一三〇，第3299页。

记内容虽有失误，却仍然可以从中看到一些秦汉乐府活动的概况，比如：一、秦二世极意声色，李斯与赵高争论声色利害；二、高祖还乡作《大风歌》，成为乐府表演曲目；三、武帝作《郊祀歌十九章》，令侍中李延年次序其声，拜为协律都尉，歌辞文雅；四、武帝祠太一于甘泉，有流星经于祠坛之上，使僮男僮女七十人俱歌；五、从渥洼、大宛得名马，作《天马歌》。这些乐府活动有些从《汉书·礼乐志》中还可以得到印证。就连最受学者诟病的汲黯讽刺汉武帝以《天马歌》祭祀祖宗、公孙弘替汉武帝辩护事，虽然所记不够准确，却也有真实成分。首先，汉武帝想象力丰富，喜欢追新逐奇，做事不拘一格，制礼作乐时大胆创新，势必遭到儒生反对，难免有类似汲黯那样的批评。这样的批评即使不是出自汲黯之口，也会出自他人之口。其次，汲黯正直敢言，公孙弘柔佞媚上，二人经常在汉武帝面前争论，将争论嫁接在二人身上，虽然不一定符合历史事实，但却不无道理。

《史记·乐书》大量引用《礼记·乐记》，把乐府活动看作儒家礼乐活动的合理延续，给乐府以很高定位。丘琼荪《历代乐志律志校释》的序言就说："历代礼乐之兴，均基于'王者功成作乐，治定制礼'二语。历代音乐理论，又多不出《乐记》一书之范畴。"[①]今人杨合林将《礼记·乐记》与《史记·乐书》对读后，充分肯定了《史记·乐书》的音乐文献价值，他说："八'论'分别论'乐'之性质、施用、构成和功能，内容完整而连贯，各部分之间环环相扣、联系紧密，而又各有其独立性。试以构成论言之，《乐情》《乐言》《乐象》三篇属于一个有机

① 《历代乐志律志校释》第一分册，第5页。

的系列，情、言、象是‘乐’之构成三个重要组成部分，三者不可缺一。而三种成分中，‘情’又处在根本的地位，所以‘乐情’居于首位。这是符合作者‘情深而文明’的思想，当然也是符合‘乐’之发生和构成的实际的。”他又说：“通过两个文本编次和异文的比较，可证《史记》版《乐记》比《礼记》版要更接近原著的本来面貌，因而具有更大的文献价值。”[①]《乐记》因为《史记·乐书》的引用而多了一个更接近原著面貌的版本，《史记·乐书》的音乐文献价值不容忽视。

《史记》为二十五史之首，自成书以来研究者众多，成果不可胜数，有的涉及《乐书》，有的没有涉及。民国年间二十五史刊行委员会编《二十五史补编·史记部分》收录清人研究著作八种，均未涉及《乐书》。[②] 1994年岳麓书社出版张舜徽主编的《二十五史三编》收录《史记》研究著作多种，或搜寻佚文，或校勘正误，或衡量得失，或梳理历史，各有所见，多有发明，其中有涉及《乐书》者，兹选取几例列举如下：

清王仁俊辑《史记佚文》云：“汉世祀土一，以昏时祀到明。（《御览》）俊按：《岁时广记》十曰‘《御览》所载《史记·乐书》’云云，今《史记》无此文。今《御览》□□部引《乐书》曰：‘汉祠太乙，以昏时祀到明。’”[③]

清方苞《史记注补正》涉及《乐书》者云：“于乐府习常肄旧而已。叔孙通制宗庙乐舞皆因秦旧事，详见《汉书·礼

① 杨合林《〈礼记·乐记〉与〈史记·乐书〉对读记》，《文学遗产》2011年第1期。

② 二十五史刊行委员会编《二十五史补编·史记部分》，中华书局，1956年版。

③ 《二十五史三编》第一分册《史记之属》，第1页。

乐志》。”①

清杭世骏《史记考证》选《乐书》所引《乐记》十二条，考证历代注释得失，后引郑注《乐记》进行比对，如云：“今郑注《乐记》无此语。”“郑注《乐记》作如有此事。”②

清丁晏《史记毛本正误》涉及《乐书》三条：“‘则天地将为绍焉’，‘绍’字误，王、柯本作‘昭’，是。”“‘此亡国之音也，不可遂。’王本‘遂’作‘听’，是。柯本同。”“‘文侯曰：敢问何如？’王、柯本作‘如何’，是。”③

清沈家本《史记琐言》涉及《乐书》四条，如第一条：“《乐书》‘�万里’，《索隐》亦逝，《札记》曰‘亦’下疑夺‘作’字。按：亦疑音之讹，上夺‘�’字。”④

近人李笠《史记订补》涉及《乐书》九条。如第一条：“性之颂也，《集解》徐广曰‘欲’音‘容’，今《礼》作‘欲’。案：‘颂’盖‘欲’之形误也。‘性之欲’与上文‘口腹耳目之欲也’语意同。又《正义》云：‘其心虽静，感于外情，因物而动，是性之贪欲也。’是张本正作‘欲’。”⑤

民国鲁宝先《史记会注考证驳议》指出日本学者泷川资言所著《史记会注考证》七个方面缺失：一、体例未精，二、校勘未善，三、采辑未备，四、无所发明，五、立说疵谬，六、多所剿窃，七、去取不明。其中“采辑未备”列举当时所见中日以及法国大量《史记》研究专著、论文，并详细标注版本、藏

① 《二十五史三编》第一分册《史记之属》，第61页。

② 《二十五史三编》第一分册《史记之属》，第123—124页。

③ 《二十五史三编》第一分册《史记之属》，第991页。

④ 《二十五史三编》第二分册《史记之属（续）》，第792页。

⑤ 《二十五史三编》第二分册《史记之属（续）》，第490页。

地。深入治《乐书》者可据此按图索骥。

此外,清人汪继培《史记阙篇补篇考》、孙同元《史记阙篇补篇考》等,也都涉及《乐书》,可参看。

当然,《二十五史三编》所收《史记》研究著作也有很多没有涉及《乐书》,如金王若虚《史记辨惑》、明杨慎《小司马索隐注误》、清王念孙《读史记杂志》、王筠《史记校》、林伯桐《史记蠡测》、张锡瑜《史表功比说》、孙星衍《史记天官书补正》、刘文淇《项羽都江都考》、林春溥《孔门师弟年表》《孟子列传纂·孟子时事年表》、王元启《史记正讹》、刘光蕡《史记货殖列传注》,近人李澄宇《读史记蠡述》、张骥《史记扁鹊苍公传补注》、刘坦《史记纪年考》,治《乐书》者可免去翻检之劳。

1996 年,书目文献出版社出版了徐蜀所编《二十四史订补》,其中的《史记订补》收有清崔适《史记探源》、张文虎《校刊史记集解索引正义札记》《史记正义佚文纂录》、王筠《史记校》、杭世骏《史记考证》、王元启《史记正讹》《史记校注》《史记拾遗》、方苞《史记注补正》、张锡瑜《史表功比说》《景祐本史记校勘记》、丁晏《史记毛本正误》,近人李笠《史记订补》、沈家本《史记琐言》《学古堂日记·史记》、周尚木《史记识误》。其中除了王筠《史记校》、张锡仪《史表功比说》、沈家本《学古堂日记·史记》没有涉及《乐书》以外,其他均有涉及,多则数十条,少则一两条。

上述成果都是从某个角度或就某个专题对《史记》进行研究,到二十世纪才出现一些集成式的研究成果,如泷川资言所著《史记会注考证》,施之勉所著《史记会注考证订补》。仅就《乐书》而论,二十世纪六十年代丘琼荪所著《历代乐志律志校释》,九十年代王叔岷所著《史记斠证》,都汇集了了大量前人成果，但两家都没有将前人相关研究成果一网打尽。如《史记·乐书》中“感于物而动，性之颂也”句，丘书注云：

> 殿本、金陵本、《乐记》各本：“颂”作“欲”。《札记》云：“案颂、欲草书相似而讹。”《群经平议》曰：“颂即容之假字。容有动义。《孟子》‘动容周旋中礼者’，动容连文，其义一也。此两句以动、容为韵，上两句以静、性为韵，容作颂者，古字通也。改颂为欲，失其义兼失其韵矣。”①

王书云：

> “感于物而动，性之颂也。”《集解》：“徐广曰：颂音容。今《礼》作欲。”《考证》：“《礼记》颂作欲，俞樾曰：‘“性之欲也”，义不可通。《史记·乐书》作“性之颂也”。疑古本如此。徐广曰：“颂音容。”当从之。《月令篇》：“有不戒其容止者。”注：“容止，犹动静也。”以动训容，以静训止。是容有动意。……“感于物而动，性之容也。”上句言动，下句言容，文义相应。……且此两句，以动、容为韵。上两句以静、性为韵。皆有韵之文。’”案《淮南子·原道篇》颂作害，俞樾《平议》云：“害乃容之误。《礼记·乐记》作‘性之欲也’。欲亦容字之误。”谓害为容之误，良是。惟欲则非容之误，《文子·道原篇》亦作“性之欲也”。（一本改从《淮南子》误本，欲作害。）

---

① 《历代乐志律志校释》第一分册，第18页。

欲、容并谐谷声，古字通用。（《说文》容下段注：谷，古音读如欲。）①

两家都没有看到清人瞿方梅所著《史记三家注补正》卷三对“感于物而动，性之颂也”句所作的补正：

《集解》徐广曰：“颂”音“容”，今《礼》作“欲”。方梅案：作“欲”非也。疑古《礼记》本作“颂”，故是据之如此。《说文》：“颂，皃也。”此言感物而动，则性见于外也，故曰性之颂也。“颂”“动”音协，与上“静”“性”皆韵语，余文亦多有之，作“欲”则不协矣。“颂”实本字，无劳借“容”音为之。《正义》云：“是性之贪欲也。”径作“欲”字解，未当。②

相比之下，瞿氏所言比丘、王所解更胜一筹。可见《史记·乐书》的笺证工作还有继续开掘的空间。

近年来的《乐书》研究，除了音乐史学界致力于发掘其音乐理论价值外，主要有两个方面：一方面是对其中涉及的老问题展开进一步的分析。如赵季《〈史记·乐书〉错简发覆举隅》发现两首《天马歌》内容与歌之本事大相凿枘，认为其原因系错简造成。其云：“班氏未详审《乐书》之失，采录时更出已意以补《乐书》之略，故于《礼乐志》增元狩三年得渥洼马作

① 最早刊于《史语所专刊》之八八，1988 年 3 月初版，后收入王叔岷《史记斠证》，中华书局，2007 年版，第 1031—1032 页。

② 《二十五史三编》第二分册《史记之属（续）》，第 95—96 页。

歌一说，于《武帝纪》增元鼎四年得渥洼马作歌一说。更出支离，反增舛谬。其后各书纷纷，或仍延其误，曲为之说；或疑而未解，或解而未确。”[①]唐子恒《〈史记·乐书〉中的一处矛盾——〈两汉全书〉整理札记之二》也探讨了“于渥洼水得良马而作歌”的问题，可与赵文互为补充。[②]

另一方面则是关于《乐书》的校勘和标点问题，这方面的成果更多。如余作胜就有《百衲本〈史记·乐书〉校补》《中华书局点校本〈史记·乐书〉标点商榷》《〈史记·乐书〉校勘商榷》等文。[③] 其《〈史记·乐书〉校勘商榷》指出：“中华书局点校本《史记》，由顾颉刚先生领衔点校，取得了很高的学术成就，是迄今为止最权威的《史记》版本。然因时代条件的局限，本书校勘仍存在不少问题。就《乐书》而言，主要问题有以下几个方面：当改未改；张文虎《札记》成果吸收不充分；改动底本，但未标示校改符号；排印致误。”[④]此外，还有张家英《〈史记·礼书、乐书〉的标点举误》、[⑤]杨合林《从书写方式推测〈史记·乐书〉的来源——兼说〈乐记〉成书的时代》等，均

---

① 赵季《〈史记·乐书〉错简发覆举隅》，《文献》1986年第3期。

② 唐子恒《〈史记·乐书〉中的一处矛盾——〈两汉全书〉整理札记之二》，《齐鲁学刊》2000年第5期。

③ 余作胜《百衲本〈史记·乐书〉校补》，《四川师范大学学报》2011年第3期；余作胜《中华书局点校本〈史记·乐书〉标点商榷》，《西昌学院学报》2011年第1期；余作胜《〈史记·乐书〉校勘商榷》，《内江师范学院学报》2011年第5期。

④ 余作胜《〈史记·乐书〉校勘商榷》，《内江师范学院学报》2011年第5期。

⑤ 张家英《〈史记·礼书、乐书〉的标点举误》，《绥化师专学报》1994年第1期。

可参看。①

第二节　《汉书·礼乐志》的乐府学内容及相关问题

汉乐府是乐府诗的源头，被后人奉为经典。而《史记·乐书》非司马迁原作，记录乐府活动相对简单，加之《后汉书》不设乐志，因此，《汉书·礼乐志》就成为了解汉代乐府活动最重要的典籍。《汉书》历来深受学者重视，如《史通·六家》云："如《汉书》者，究西都之首末，穷刘氏之兴废，包举一代，撰成一书。言皆精练，事甚该密，故学者寻讨，易为其功。自尔迄今，无改斯道。"②东汉以来一直有人研究《汉书》。初唐颜师古注《汉书》，《叙例》列唐前注者多达二十三家。③ 至于宋人校勘，清人考证，现当代相关研究，更是成果累累，这些成果大都涉及《礼乐志》。

《汉书》是礼、乐合志，首先阐述礼乐功用及其活动原理。如云："《六经》之道同归，而《礼》《乐》之用为急。治身者斯须忘礼，则暴嫚入之矣；为国者一朝失礼，则荒乱及之矣。人函天地阴阳之气，有喜怒哀乐之情。天禀其性而不能节也，圣人能为之节而不能绝也，故象天地而制礼乐，所以通神明，立

---

① 杨合林《从书写方式推测〈史记·乐书〉的来源——兼说〈乐记〉成书的时代》，《湖南大学学报》2011 年第 4 期。

② 《史通》卷一，第 19 页。

③ 唐前注《汉书》的二十三家是：荀悦、服虔、应劭、伏俨、刘德、郑氏、李斐、李奇、邓展、文颖、张揖、苏林、张晏、如淳、孟康、项昭、韦昭、晋灼、刘宝、臣瓒、郭璞、蔡谟、崔浩。见《汉书》，第 4—6 页。

人伦，正情性，节万事者也。”[1]又云：“乐者，圣人之所乐也，而可以善民心。其感人深，其移风易俗易，故先王著其教焉。”[2]这些表述均来自儒家经典，并无多少发明创造，和《史记·乐书》引用《乐记》相似。司马迁原作可能也有这些内容，否则后人补作《史记·乐书》不会大量引用《乐记》。只是《史记·乐书》是直接引用，没有作更多加工，没有放在开篇，而是置于中间，于章法不合。班固引述时将这些原理置于开篇，并将其贯穿于通篇叙事当中，章法谨严顺畅。《汉书》是第一部断代正史，其《礼乐志》影响深远，此后各史乐志或多或少都涉及其所论及的音乐理论。

《史记·乐书》虽然借太史公议论，谈到《虞书》中所载君臣相敕、成王作颂等事，但无意系统追述先秦音乐情况。《汉书·礼乐志》则较为系统地追述了从黄帝《咸池》到周《诗》的音乐活动大致历程，如云：“昔黄帝作《咸池》，颛顼作《六茎》，帝喾作《五英》，尧作《大章》，舜作《招》，禹作《夏》，汤作《濩》，武王作《武》，周公作《勺》。《勺》，言能勺先祖之道也。《武》，言以功定天下也。《濩》，言救民也。《夏》，大承二帝也。《招》，继尧也。《大章》，章之也。《五英》，英华茂也。《六茎》，及根茎也。《咸池》，备矣。自夏以往，其流不可闻已，《殷颂》犹有存者。《周诗》既备，而其器用张陈，《周官》具焉。”[3]直到孔子，“适齐闻《招》，三月不知肉味”。[4] 降及春

---

① 《汉书》卷二二，第1027页。
② 《汉书》卷二二，第1036页。
③ 《汉书》卷二二，第1038页。
④ 《汉书》卷二二，第1039页。

秋战国，礼崩乐坏，古乐表演使人昏昏欲睡，郑卫之音使人听而不倦。这些本是《史记·乐书》应有的内容，但《史记·乐书》不载，《汉书·礼乐志》则弥补了这个缺失。从此形成了一个传统，以后各史乐志或多或少都要似此追述前代礼乐活动。

《汉书·礼乐志》记录汉代礼乐活动较为详细。如记录汉代初年制作宗庙乐的情形云："汉兴，乐家有制氏，以雅乐声律世世在大乐官，但能纪其铿枪鼓舞，而不能言其义。高祖时，叔孙通因秦乐人制宗庙乐。"①说明秦代太乐乐人将秦乐带到了汉代乐府，虽然乐人文化水平不高，只会演奏音乐，说不清歌辞涵义，但给汉乐府音乐制作提供了模板，于是叔孙通因秦乐人制宗庙乐，搭建起汉代宗庙乐的基本框架。高祖唐山夫人创作了《房中祠乐》，《汉书·礼乐志》记载曰："周有《房中乐》，至秦名曰《寿人》。凡乐，乐其所生，礼不忘本。高祖乐楚声，故《房中乐》楚声也。"②明人徐献忠《乐府原》猜测唐山夫人应是秦代宫中内史知文者，和制氏一样来自秦代宫廷。③ 周代《房中乐》至秦代改为《寿人》，唐山夫人根据《寿人》而作《房中祠乐》，合情合理。但"高祖乐楚声，故《房中乐》楚声也"，又不像是根据秦乐而作。唐山夫人能依楚声作乐，未必来自秦宫。但话又说回来，秦灭六国，乐府汇集四方之声，也许唐山夫人就是秦宫人中善楚声者。《汉书·礼乐志》又云："孝惠二年，使乐府令夏侯宽备其箫管，更名曰《安世乐》。"④这里有两个问题：一是惠帝时就有"乐府令"，后文

①②④　《汉书》卷二二，第 1043 页。

③　［明］徐献忠《乐府原》卷一，《四库全书存目丛书》，集部第 303 册，齐鲁书社，1997 年版，第 730 页。

又说武帝“乃立乐府”，汉乐府到底始于何时？二是夏侯宽改造《房中祠乐》，“备其箫管”，并更名为《安世乐》，《房中乐》出自何人之手？夏侯宽只是在配器上作了改造，还是连同歌辞一并改造，对此后世学者多有争议。

《汉书·礼乐志》还记载宗庙舞蹈情形曰：

> 高(祖)庙奏《武德》《文始》《五行》之舞；孝文庙奏《昭德》《文始》《四时》《五行》之舞；孝武庙奏《盛德》《文始》《四时》《五行》之舞。《武德舞》者，高祖四年作，以象天下乐已行武以除乱也。《文始舞》者，曰本舜《招舞》也，高祖六年更名曰《文始》，以示不相袭也。《五行舞》者，本周舞也，秦始皇二十六年更名曰《五行》也。《四时舞》者，孝文所作，以(明)示天下之安和也。盖乐己所自作，明有制也；乐先王之乐，明有法也。孝景采《武德舞》以为《昭德》，以尊大宗庙。至孝宣，采《昭德舞》为《盛德》，以尊世宗庙。诸帝庙皆常奏《文始》《四时》《五行舞》云。高祖六年又作《昭容乐》《礼容乐》。《昭容》者，犹古之《昭夏》也，主出《武德舞》。《礼容》者，主出《文始》《五行舞》。舞人无乐者，将至至尊之前不敢以乐也；出用乐者，言舞不失节，能以乐终也。大氐皆因秦旧事焉。①

《汉书·礼乐志》解释了这些宗庙舞蹈的象征意义，交代了表演时间和具体场景，并说明整个庙舞安排都是根据秦朝传统

① 《汉书》卷二二，第1044页。

而来。从乐府活动看,宗庙歌与舞曲歌表演同属一个礼仪活动,只是庙舞也可用于朝堂,而宗庙歌则不能用于朝堂。郭茂倩《乐府诗集》将郊庙歌辞和舞曲歌辞分开著录,应该别有原因。

《汉书·礼乐志》又记高祖作《大风歌》事曰:“初,高祖既定天下,过沛,与故人父老相乐,醉酒欢哀,作‘风起’之诗,令沛中僮儿百二十人习而歌之。至孝惠时,以沛宫为原庙,皆令歌儿习吹以相和,常以百二十人为员。文、景之间,礼官肄业而已。”[①]《大风歌》也是宗庙歌,但此歌仅用于沛宫“原庙”。《史记·乐书》亦云:“高祖过沛诗《三侯之章》,令小儿歌之。高祖崩,令沛得以四时歌舞宗庙。孝惠、孝文、孝景无所增更,于乐府习常肄旧而已。”[②]《三侯之章》即《大风歌》,但《史记·乐书》不云“礼官”,而云“乐府”。乐府设在京城,原庙祭祀主体也称“乐府”,说明乐府在各地有分支机构。《汉书·礼乐志》将原庙祭祀者称作“礼官”,表述较为准确。《史记·乐书》把《大风歌》叫作“《三侯之章》”,平添了一个麻烦。《大风歌》共三句,其辞曰:“大风起兮云飞扬,威加海内兮归故乡,安得猛士兮守四方。”[③]每句都有“兮”字,并没有“侯”字,何来“《三侯之章》”?注者曲为之解,说“侯”也是语气词。如司马贞《索隐》云:“侯,语辞也。《诗》曰‘侯其祎而’者是也。兮亦语辞也。沛诗有三‘兮’,故云三侯也。”[④]这样

① 《汉书》卷二二,第1045页。

②④ 《史记》卷二四,第1177页。

③ 《史记》卷二四,第1177页。《大风歌》在《乐府诗集·琴曲歌辞》中也有收录,题作《大风起》。见[宋]郭茂倩《乐府诗集》卷五八,中华书局,1979年版,第850页。

解释的问题在于，同样是语气词，为什么不直接说“三兮之章”？既然可以用“侯”来代替“兮”字，楚辞多有“兮”字，为何只有这三章称作“三侯”？清人梁玉绳《史记质疑》指出，“侯”和“兮”虽然都是语气词，但“侯”是发语词，都用在前面，而《大风歌》三个“兮”字都用在句子中间。《汉书 · 礼乐志》没有沿袭《史记 · 乐书》中“《三侯之章》”这一名称，说明班固并不认可这一叫法。

《汉书 · 礼乐志》接着记载郊祀活动曰：

> 至武帝定郊祀之礼，祠太一于甘泉，就乾位也；祭后土于汾阴，泽中方丘也。乃立乐府，采诗夜诵，有赵、代、秦、楚之讴。以李延年为协律都尉，多举司马相如等数十人造为诗赋，略论律吕，以合八音之调，作十九章之歌。以正月上辛用事甘泉圜丘，使童男女七十人俱歌，昏祠至明。夜常有神光如流星止集于祠坛，天子自竹宫而望拜，百官侍祠者数百人皆肃然动心焉。①

这段记载在后世常被引用，学者多耳熟能详，但也有几个问题。

第一个问题就是至武帝“乃立乐府”。“立”，一般理解为“创立”之意。但《汉书 · 礼乐志》明确记载孝惠二年“使乐府令夏侯宽”改造《房中祠乐》事，为何此处又说“乃立乐府”？对此学者多有争议。施之勉《汉书集释》于“孝惠二年，使乐府令夏侯宽，备其箫管”在下列举各家观点曰：

① 《汉书》卷二二，第1045页。

《补注》何焯曰:按,武帝乐府。此乐府令,疑作大乐令。

沈钦韩曰:《日知录》云,下云武帝始立乐府。此两收而未贯通者也。按,《乐书》亦云,孝惠、孝文、孝景,无所增更于乐府,习常肄旧而已。此以后制追述前事。

彭丽天曰:少府,秦官,属官有乐府。则乐府令,当是秦官。

王应麟曰:《表》乐府令,属少府。《志》惠帝时,有乐府令夏侯宽,更安世乐。乐府似非始于武帝。[①]

施之勉按语云:"贾谊《新书·匈奴篇》云,上使乐府幸假之,俾乐吹箫鼓鞀。是文帝时,亦有乐府矣。"[②]这个按语很有说服力,出土文物亦可证施之勉所说的正确性。二十世纪七十年代,在秦始皇陵陵区出土了一枚秦代青铜钟,上有小篆"乐府"二字,这表明秦代就有"乐府"机构。汉承秦制,也设乐府,是自然而然之事。但汉武帝"立乐府"在《汉书》中凡两见,除前引《汉书·礼乐志》的记载外,《汉书·艺文志》中也有"自孝武立乐府而采歌谣"[③]的记载,说明班固这一记录并无失误。那么,这里的"立"就应该是"另立""增立"之意,而非"立"的本义"创立"之意。现代学者在这一问题上形成了比较统一的意见,即:乐府作为朝廷礼乐机构秦代已有,至汉武帝时增立乐府机构,扩大了乐府职能。乐府机构的工作地

① 施之勉《汉书集释》,三民书局股份有限公司,2003年版,第2151页。

② 《汉书集释》,第2151页。

③ 《汉书》卷三〇,第1756页。

点由城内搬到了上林苑，即《汉乐·礼乐志》所谓“外有上林乐府”。这一举措影响巨大，汉代乐府机构职能和规模从此发生了重大变化。

第二个问题是这段表述中似乎说汉武帝立乐府只是为了创作郊祀歌。但问题是“赵、代、秦、楚之讴”何以能用作郊祀歌？史书明确记载《郊祀歌》十九章是李延年根据司马相如等人所作诗赋创作而成，没有借鉴“赵、代、秦、楚之讴”的痕迹。而更大的问题是后人普遍把“采诗夜诵”当作为郊祀作准备，且“采诗夜诵”的正是“赵、代、秦、楚之讴”。那么“采诗夜诵”到底是否和郊祀有关呢？对此《汉书·艺文志》中一段记载可以作为“赵、代、秦、楚之讴”的注解：“自孝武立乐府而采歌谣，于是有代赵之讴，秦楚之风，皆感于哀乐，缘事而发，亦可以观风俗，知薄厚云。”[①]可见“赵、代、秦、楚之讴”并非用以祭祀天地神灵，而是用以“观风俗，知薄厚”的。因此可以断定，《汉书·礼乐志》记录汉武帝立乐府一事文字过于简略，漏掉了很多重要信息。这段记载应该理解为：新设立之乐府既有“采歌谣”“观风俗”之用，又承担祭祀天地之责。关于“采诗夜诵”者，《汉书·礼乐志》记哀帝罢乐府时，“郊祭乐人员六十二人……外郊祭员十三人，诸族乐人兼《云招》给祠南郊用六十七人，兼给事雅乐用四人，夜诵员五人，刚、别柎员二人，给《盛德》主调篪员二人，听工以律知日冬夏至一人，钟工、磬工、箫工员各一人，仆射二人主领诸乐人，皆不可罢”。[②]可见“夜诵员五人”不在“郊祭乐人员六十二人”之内，则夜诵

① 《汉书》卷三〇，第 1756 页。

② 《汉书》卷二二，第 1073 页。

与郊祀无关。

第三个问题是什么叫“采诗夜诵”？对此各家解释更是歧见纷纭。丘琼荪《历代乐志律志校释》和施之勉《汉书集释》都征引了各家之说。后书所引较为详细，兹列于此：

> 师古曰：采诗，依古遒人徇路，采取百姓讴谣，以知政教得失也。夜诵者，其言辞或秘，不可宣露，故于夜中歌颂也。
>
> 《补注》宋祁曰：歌诵下，当添之字。钱大昭曰：颜说，非也。夜诵，官名，员五人。古宫掖之掖，亦作夜。因诵于宫掖之中，故谓之夜诵。下文云，内有掖庭材人，外有上林乐府，皆以郑声施于朝廷，是也。《后汉书·马廖传》愿置章坐侧，以当瞽人夜诵之音。章怀注，亦误。
>
> ……
>
> 周寿昌曰：师古云，夜诵者，其言辞或秘，不可宣露，故于夜中歌颂也。寿昌按，颜注迂阔可笑。诗之言辞，为上所欲秘，则不得使人诵。为下所欲秘，则不得令官采。且既诵矣，虽夜能终秘乎。盖夜时清静，循诵易娴，兼能久记。且士业农功，昼日靡暇。若但令诵诗，各荒执业，朝廷亦无此政体。夜者昼之余，室家聚处，歌诵相闻，不独易诵，且易知得失，易为劝戒也。按，本志复云，兼给事雅乐用四人，夜诵员五人。是朝廷置官夜诵，选诗之合于雅乐者，夜静诵之，令人主导德遏淫也。《国语·鲁语》有云，夕省其典刑，夜儆百工，使无慆淫。又云，夕序其业，夜庀其家事，而后即安。又云，夕而习复，夜而计过无憾，而后即安。知古人习业，夜亦不辍也。又按，《食货

志》云，冬民既入，妇人同巷，相从夜绩。女工一月得四十五日。必相从者，所以省费燎火，同巧拙而合习俗也。男女有不得其所者，因相与歌咏，各言其伤。又云，孟春之月，群居者将散，行人振木铎于路以采诗。是采诗夜诵，即采其夜诵之诗也。此亦可备一说。何焯云：夜诵与秘祝不同，岂为不可宣露哉。下文曰，昏祠至明。盖虑临祭或以倦惰，获罪于天神地示，故先教之夜诵，以肄习乐音也。寿昌按，此或即后所云夜诵员之事，而以释此夜诵之事，稍觉牵强。①

什么是夜诵，各家说法不一：或以为是出于保密需要晚上诵习，或以为诵于掖廷，或以为夜深人静有利于记忆，或以为防止夜间祭祀困倦早点养成夜间工作习惯，或以为是盲人诵读。显然，上述引文中周寿昌不同意这些说法，他认为夜诵是百姓白天劳作夜晚歌唱，采诗者夜晚采集歌谣。但是“行人振木铎于路以采诗”，又不似夜间采诗，夜间行走也不合常理，此说既不合常理，也没有可靠依据。且乐府置“夜诵员”，说明夜诵者是乐府常设人员，不像是派遣到各地的采歌谣者。“群居者将散”，也未必是夜里聚歌将散。

范文澜《文心雕龙注》又不同意周寿昌的说法，他说：

窃案《说文》夕部“夜从夕，夕者相绎也”。夜绎音同义通，是夜诵即绎诵矣。《说文》“绎抽丝也”，意有未明。反覆推演之谓之绎。《周礼·大司乐》：“以乐语教国子

① 《汉书集释》，第2152—2153页。

> 兴、道、讽、诵、言、语。”郑注云:“倍文曰讽,以声节之曰诵。”《左传》襄公十四年“师曹欲歌之以怒孙子,公使歌之,遂诵之”。杜注云:“恐孙蒯不解故。”据此,歌辞必讽诵而益明了,故《史记·乐书》云“通一经之士,不能独知其辞,皆集会五经家,相与共讲习读之,乃能通知其意,多尔雅之文”。讴谣初得自里闾,州异国殊,情习不同,必抽绎以见意义,讽诵以协声律,然后能合八音之调,所谓采诗夜诵者此也。给事雅乐用夜诵员五人,其职在抽绎歌义,诵以明之。古者师箴瞍赋矇诵,可见周代乐官,亦有以诵为专职者。①

范文澜所说看似有所依凭,其实也经不起推敲:有眸子而无见曰矇,矇者岂能相与讲习尔雅之文?

问题的关键在于夜诵和祭祀有无关系。如果“赵、代、秦、楚之讴”和祭祀无关,保密、防困之说就都不成立了。而事实上这二者之间确实并无关系,原因已见前述。此外,很多文献记载也能证明这一点。如《汉书·食货志》云:“孟春之月,群居者将散,行人振木铎徇于路,以采诗,献之大师,比其音律,以闻于天子。”②王充《论衡·谢短篇》云:“古者采诗,诗有文也。”③《汉书·艺文志》云:“《书》曰:‘诗言志,歌咏言。’故哀乐之心感,而歌咏之声发。诵其言谓之诗,咏其声谓之歌。故古有采诗之官,王者所以观风俗,知得失,自考正

① 《文心雕龙注》卷二,第107页。

② 《汉书》卷二四,第1123页。

③ [汉]王充撰,黄晖校释《论衡校释》卷十二,中华书局,1990年版,第563页。

也。孔子纯取周诗，上采殷，下取鲁，凡三百五篇，遭秦而全者，以其讽诵，不独在竹帛故也。”[①]这些例证都说明，采诗是为了观风俗，而不是为了祭祀。

那么“夜诵”到底是什么意思呢？《后汉书·马廖传》中“愿置章坐侧，以当瞽人夜诵之音”句有章怀太子注云：“瞽人，无目者也。古者瞽师教国子诵六诗。《前书·礼乐志》云‘乃采诗夜诵’。”[②]认为“瞽人夜诵”就是《汉书·礼乐志》所云“采诗夜诵”。钱大昭认为这一注释是错误的，其实这一注释最有见地。夜诵者确实是盲人，这从刘向《列女传·母仪传》中也可以得到印证：“古者妇人妊子，寝不侧，坐不边，立不跸，不食邪味，割不正不食，席不正不坐，目不视于邪色，耳不听于淫声。夜则令瞽诵诗，道正事。如此，则生子形容端正，才德必过人矣。”[③]瞽人诵诗的具体情形，可见《周礼注疏》“诏来瞽皋舞”注，注曰：“郑司农云：‘瞽当为鼓，皋当为告，呼击鼓者，又告当舞者持鼓与舞俱来也。鼓字或作瞽，诏来瞽，或曰：来，敕也。敕尔瞽，率尔众工，奏尔悲诵，肃肃雍雍，毋怠毋凶。’玄谓‘诏来瞽’，诏视了扶瞽者来入也。”[④]从注中可以看出，瞽人参加歌舞表演，入场时有人搀扶。《国语·周语》云：“故天子听政，使公卿至于列士献诗，瞽献曲，史献书，师

① 《汉书》卷三〇，第1708页。

② ［南朝宋］范晔《后汉书》卷二四，中华书局，1965年版，第854页。

③ ［汉］刘向撰，刘晓东校点《列女传》卷一，辽宁教育出版社，1998年版，第4页。

④ ［清］阮元《十三经注疏·周礼注疏》卷二三，中华书局，1980年版，第794页。

箴，瞍赋，矇诵，百工谏，庶人传语，近臣尽规，亲戚补察，瞽史教诲，耆艾修之，而后王斟酌焉，是以事行而不悖。”[①]笔者认为，瞽和矇都是盲人，盲人视何物皆如黑夜，所以称“夜诵”。“夜诵员”是对这类乐人的委婉称呼。向回《夜诵考》对此有详细论述，[②]可参看。

《史记·乐书》云：“常有流星经于祠坛上。”[③]《汉书·礼乐志》云：“夜常有神光如流星止集于祠坛，天子自竹宫而望拜，百官侍祠者数百人皆肃然动心焉。”[④]后者较前者记述更为具体。但《史记·乐书》说“流星经于祠坛上”，却更加切合实情，说明祭祀时正好有流星经过。以当时人所掌握的天文知识，算准时日，不难做到这些。而《汉书·礼乐志》则称“夜常有神光如流星止集于祠坛”，更像是人为效果，有想象粉饰的成分。“侍祠者数百人皆肃然动心”，证明祭祀效果良好，也说明李延年根据新声所作郊祀乐曲很有感染力。《史记·佞幸列传》云：“延年善歌，为变新声，而上方兴天地祠，欲造乐诗歌弦之。延年善承意，弦次初诗。”[⑤]《汉书·佞幸列传》云：“延年善歌，为新变声。是时上方兴天地诸祠，欲造乐，令司马相如等作诗颂。延年辄承意弦歌所造诗，为之新声曲。”[⑥]可以看出，李延年正是以新声俗乐来作郊祀歌的。《汉

---

① ［春秋］左丘明撰，徐元诰集解，王树民、沈长云点校《国语集解》，中华书局，2002 年版，第 11—12 页。

② 向回《夜诵考》，《内蒙古大学学报》2010 年第 4 期。

③ 《史记》卷二四，第 1178 页。

④ 《汉书》卷二二，第 1045 页。

⑤ 《史记》卷一二五，第 3195 页。

⑥ 《汉书》卷九三，第 3725 页。

书·礼乐志》又说:“是时,河间献王有雅材,亦以为治道非礼乐不成,因献所集雅乐。天子下大乐官,常存肄之,岁时以备数,然不常御,常御及郊庙皆非雅声。”[①]也证明李延年所作郊祀乐非常成功,且被人们广泛接受。

《汉书·礼乐志》收录了《安世房中歌》十七章、《郊祀歌》十九章的全部歌辞,相当于一部郊庙歌录。后世注家对这些歌辞所作的注释,应该看作是最早的乐府诗笺证成果。

《汉书·礼乐志》对新声俗乐颇有微词,如云:“是时,河间献王有雅材,亦以为治道非礼乐不成,因献所集雅乐。天子下大乐官,常存肄之,岁时以备数,然不常御,常御及郊庙皆非雅声。……今汉郊庙诗歌,未有祖宗之事,八音调均,又不协于钟律,而内有掖庭材人,外有上林乐府,皆以郑声施于朝廷。”[②]班固批评之处,正是汉武帝的创新之处。吴相洲《乐府学概论》就曾指出:“河间献王所辑雅乐已有相当规模,‘稍稍增辑,至五百余篇’,完全能够满足仪式用乐需求,但武帝不喜欢。班固对武帝忽略雅乐、‘以郑声施于朝廷’的做法抱有微词。其实武帝做法才符合儒家精神。《乐记》就说:‘王者功成作乐,治定制礼……五帝殊时,不相沿乐,三王异世,不相袭礼。’只是儒生们不知变通,反对将新声俗乐纳入乐府。新声一旦流行开来,雅乐就很难与之抗衡了。所以成帝时平当等人再次提出重视雅乐一事,很少有人响应:‘事下公卿,以为久远难分明,当议复寝。’”[③]清人王鸣盛认为班固根本就未

① 《汉书》卷二二,第1070页。

② 《汉书》卷二二,第1070—1071页。

③ 《乐府学概论》,第183页。

将西汉的礼乐成就放在眼里，他在《十七史商榷》中说："《礼乐志》本当礼详乐略，今乃礼略乐详。全篇共分两大截，后一截论乐之文较之前论礼，其详几三倍之。而究之于乐，亦不过详载郊庙歌诗，无预乐事。……总见汉实无所为礼乐，实无可志。"①所论有将班固观点放大之嫌。

《汉书·礼乐志》最后记哀帝罢乐府事曰："是时，郑声尤甚。黄门名倡丙强、景武之属富显于世，贵戚五侯定陵、富平外戚之家淫侈过度，至与人主争女乐。"②乐府艺人靠俸禄很难"富显于世"，而丙强、景武等"黄门名倡"却发了大财，说明乐府艺人既从事宫廷的分内服务，也在民间做有偿服务。"与人主争女乐"的真相是豪贵之家开出优厚酬劳吸引乐府艺人。这件事引起了哀帝的反感，他下令罢去乐府官，只留下"郊祭乐及古兵法武乐，在经非郑卫之乐者，条奏，别属他官"，其他人员予以遣散。丞相孔光和大司空何武草拟了一份裁员建议，得到了哀帝认可。从中可以看到原有乐府人员的构成情况：

> 郊祭乐人员六十二人，给祠南北郊。大乐鼓员六人，嘉至鼓员十人，邯郸鼓员二人，骑吹鼓员三人，江南鼓员二人，淮南鼓员四人，巴俞鼓员三十六人，歌鼓员二十四人，楚严鼓员一人，梁皇鼓员四人，临淮鼓员三十五人，兹邡鼓员三人，凡鼓十二，员百二十八人，朝贺置酒陈殿下，应古兵法。外郊祭员十三人，诸族乐人兼云招给祠南郊

---

① ［清］王鸣盛撰，王永平等点校《十七史商榷》卷十一，中华书局，2010 年版，第 119—120 页。

② 《汉书》卷二二，第 1072 页。

用六十七人，兼给事雅乐用四人，夜诵员五人，刚、别柎员二人，给盛德主调篪员二人，听工以律知日冬夏至一人，钟工、磬工、箫工员各一人，仆射二人主领诸乐人，皆不可罢。竽工员三人，一人可罢。琴工员五人，三人可罢。柱工员二人，一人可罢。绳弦工员六人，四人可罢。郑四会员六十二人，一人给事雅乐，六十一人可罢。张瑟员八人，七人可罢。安世乐鼓员二十人，十九人可罢。沛吹鼓员十二人，族歌鼓员二十七人，陈吹鼓员十三人，商乐鼓员十四人，东海鼓员十六人，长乐鼓员十三人，缦乐鼓员十三人，凡鼓八，员百二十八人，朝贺置酒，陈前殿房中，不应经法。治竽员五人，楚鼓员六人，常从倡三十人，常从象人四人，诏随常从倡十六人，秦倡员二十九人，秦倡象人员三人，诏随秦倡一人，雅大人员九人，朝贺置酒为乐。楚四会员十七人，巴四会员十二人，铫四会员十二人，齐四会员十九人，蔡讴员三人，齐讴员六人，竽、瑟、钟、磬员五人，皆郑声，可罢。师学百四十二人，其七十二人给大官挏马酒，其七十人可罢。大凡八百二十九人，其三百八十八人不可罢，可领属大乐，其四百四十一人不应经法，或郑卫之声，皆可罢。①

从中可见哀帝罢乐府的具体情形。首先是必须保留者，有三部分人员：一、郊祭乐人员。“郊祭乐人员六十二人，给祠南北郊。……外郊祭员十三人，诸族乐人兼云招给祠南郊用六十七人”。表述看上去有些混乱，六十二人、十三人、六十七

---

① 《汉书》卷二二，第1073—1074页。

人之间有何关系？“郊祭乐人员”“外郊祭员”可能不同，“诸族乐人兼云招给祠南郊”可能不是专职。“诸族乐人”是专指一类乐人，还是指下述“鼓员”，不得而知。二、各类用于朝贺仪仗的人员。“大乐鼓员六人，嘉至鼓员十人，邯郸鼓员二人，骑吹鼓员三人，江南鼓员二人，淮南鼓员四人，巴俞鼓员三十六人，歌鼓员二十四人，楚严鼓员一人，梁皇鼓员四人，临淮鼓员三十五人，兹邡鼓员三人，凡鼓十二，员百二十八人，朝贺置酒陈殿下，应古兵法。”这十二类人员都称“鼓员”，共一百二十八人。除了“大乐”“嘉至”“骑吹”“歌”外，均按地名命名。可知这些仪仗用乐各有特色。三、掌握特殊技艺的人员和管理人员。“夜诵员五人，刚、别柎员二人，给盛德主调篪员二人，听工以律知日冬夏至一人，钟工、磬工、箫工员各一人，仆射二人主领诸乐人，皆不可罢。”其中，仆射二人显然属于管理人员，其他人员当属掌握特殊技艺的人员。

其次是可以裁撤者。其中又包括三种情况：一、仅保留一两人作为该项技艺的守护者，有“竽工员三人，一人可罢。琴工员五人，三人可罢。柱工员二人，一人可罢。绳弦工员六人，四人可罢。郑四会员六十二人，一人给事雅乐，六十一人可罢。张瑟员八人，七人可罢。安世乐鼓员二十人，十九人可罢”。可以看出，彼时像安世乐那样重要的音乐，也变得可有可无了。二、那些“不应经法”者：“沛吹鼓员十二人，族歌鼓员二十七人，陈吹鼓员十三人，商乐鼓员十四人，东海鼓员十六人，长乐鼓员十三人，缦乐鼓员十三人，凡鼓八，员百二十八人，朝贺置酒，陈前殿房中，不应经法。”三、属于郑卫之声者：“治竽员五人，楚鼓员六人，常从倡三十人，常从象人四人，诏随常从倡十六人，秦倡员二十九人，秦倡象人员三人，诏随秦倡一人,雅大人员九人,朝贺置酒为乐。楚四会员十七人,巴四会员十二人,铫四会员十二人,齐四会员十九人,蔡讴员三人,齐讴员六人,竽、瑟、钟、磬员五人,皆郑声,可罢。师学百四十二人,其七十二人给大官挏马酒,其七十人可罢。”从上述人员设置可以看出,供职于乐府的人员各有专长,也印证了“有赵、代、秦、楚之讴”的说法。照理说自从汉武帝另立乐府时整个乐府就已经被李延年按新声改造过,哪里还有什么合经不合经、郑卫非郑卫之说呢?其中的逻辑似乎颇为难解。事实上,这个问题或者可以这样理解:音乐在不断发展,到哀帝时乐府可能又吸收了新的流行乐曲,相对于武帝时的新声俗乐而言,这些新兴乐曲又成了郑卫之音。

关于《汉书》的研究成果历来就有很多。唐贞观年间颜师古集注《汉书》收录注者二十三家,颜师古在征引众说基础上,“截断众流,自出心裁”,是《汉书》注释的第一次集成,今中华书局排印本就是颜师古注本。书前有《汉书叙例》,交代唐前《汉书》研究情况。《汉书叙例》与清人王先谦《汉书补注叙例》都是了解《汉书》研究状况的重要文献。颜师古注最大的特点是集合前代多家注释。因为前人注释多为单行,读者难以收拢各家注释进行比对,颜注则排比各家之说,读者一书在手,就可一目了然。北宋年间刘敞、刘攽兄弟及敞子刘奉世曾校勘《汉书》,《新唐书》编纂者宋祁也曾校勘《汉书》。清代《汉书》研究成果尤多,而以王先谦《汉书补注》一百卷最为完备。王先谦注主要汇集清人研究成果,偶尔下一断语。民国以后,《汉书》研究不断有新成果涌现,集注式的成果以施之勉的《汉书集释》最为突出。以上是《汉书》研究的大致情形。下面介绍与《汉书·礼乐志》相关的一些已有研究成果:

民国年间二十五史编纂委员会所编《二十五史补编》收清人《汉书》研究著作二十八种，均未涉及《礼乐志》。张舜徽主编《二十五史三编》收清人、近人、今人《汉书》研究著作十六种，与《礼乐志》有关者有八种：

一、清王念孙《读汉书杂志》。该书考证了“夫妇之道苦”“曲为之防”“未尝”“寿何以不若高宗”“大不备”“以功定天下”“诗语”“郑卫宋赵”“营乱富贵之耳目”“永至”“高祖庙”“曰”“明示”“庆阴阴”“帝临中坛”“制数以五”“后土富媪”“壛处”“西颢”“远姚”“辟流离”“求其清流”等词语，旁征博引，很有见地。如对“以功定天下”的考证曰：“‘《武》，言以功定天下。’念孙案：‘功’上脱‘武’字，则文意不明，《白帖》六十一引此，正作‘以武功定天下’，《汉纪》及《风俗通义·声音篇》（今本无“武”字，乃后人依《汉书》删之，《意林》引有。）《通典·乐一》，并同。”①再如对“诗语”的考证曰：“‘音声足以动耳，诗语足以感心。’念孙案：自汉以前，无以‘诗’‘语’二字连文者，‘诗语’当为‘诗歌’字之误也。（《说文》：“歌”或作“謌”，《五行志》：“怨谤之气发于謌谣。”）上文曰：‘和亲之说难形，则发之于诗歌、咏言、钟石、管弦。……声依咏，律和声，八音克谐。’此文音声足以动耳，承上声律八音而言；诗謌足以感心，承上诗歌而言，则‘语’为‘謌’字之误明矣。《汉纪·孝惠纪》正作‘诗謌足以感心’。（上文“诗歌”“咏言”，《汉纪》亦作“歌”，盖此篇内“歌”字本皆作“謌”，后人多见“歌”，少见“謌”，故皆改为“歌”也。此“謌”字若不误为“语”，则后人亦必改为“歌”矣。）”②由此足见考

①② 《二十五史三编》第三分册《汉书之属》，第45页。

证之细致。

二、清钱大昭《汉书辨疑》。该书涉及《礼乐志》的有十八条。如对“采诗夜诵,有赵、代、秦、楚之讴”的辨析曰:“师古曰:‘夜诵者,其言词或秘,不可宣露,故于夜中歌诵。’案,小颜说非也。夜诵,官名,员五人。古‘宫掖’之‘掖’,亦作‘夜’。因诵于宫掖之中,故谓之夜诵。下文云‘内有掖庭材人,外有上林乐府,皆以郑声施于朝廷’是也。《后汉·马廖传》‘愿置章坐侧,以当瞽人夜诵之音’,章怀注亦误。”①王先谦《汉书补注》就曾征引这一说法。

三、清朱一新《汉书管窥》。该书涉及《礼乐志》的有二十三条。如对“建始元年,丞相匡衡奏罢‘鸾路龙鳞’,更定诗曰‘涓选休成’”的考证曰:“匡衡改‘鸾路龙鳞’句为‘涓选休成’也,‘涓选休成’四字不当提行。下文‘肃若旧典’句同。汪本亦误提行。观其题目,皆以首句或二字或三字为题。可见全谢山《经史问答》中疑此为错误,非也。郭茂倩《乐府诗集》录此诗尚不误。”②

四、清周寿昌《汉书注校补》。该书涉及《礼乐志》的有二十四条。如“以李延年为协律都尉,多举司马相如等数十人造为诗赋”条曰:“寿昌案:《郊祀志》云:‘其春,既灭南越,嬖臣李延年以好音见。’是为元鼎六年。考相如之死,当元狩五年。死后七年,延年始得见上,定郊祀之乐。即安得而举之。《李延年传》云:‘是时,上方兴天地诸祠,欲造乐,令司马相如等作诗颂。延年辄承意弦歌所造诗,为之新声曲。’明

① 《二十五史三编》第三分册《汉书之属》,第285页。

② 《二十五史三编》第三分册《汉书之属》,第381页。

是，相如前造诗，延年承帝意而为新声也。此云多举者，言举相如等数十人之诗赋，非举其人也。人字不断句。从'多举'至'诗赋'为一句。'为'，犹'作'也。言昔相如等所造作之诗赋也。"①他的解释很有道理。

五、清李德铭《汉书札记》。该书对《礼乐志》也有涉及，如云："《汉书·礼乐志》载唐山夫人《房中歌》，其'冯冯翼翼'之上，有'桂华'二字。刘氏《刊误》以为上章'都荔遂芳，窅窊桂华'，'桂华'十句之篇题是也。然'华'字与下'光''行''芒''章'字俱不叶，盖'华'为'英'字之误。臣瓒注引《茂陵中书歌》，'都孋桂英，美芳鼓行'，'都孋'即'都荔'，'美芳'亦下章篇题之名。此可证'桂华'当作'桂英'，其韵方协。"②

六、清缪祐孙《汉书引经异文录证》。该书涉及《礼乐志》的有八条。如"孔子适齐闻《招》，三月不知肉味，曰：'不图为乐之至于斯！'美之甚也"条云："今《论语》，'适'作'在'，'招'作'韶'，无'美之甚'三字。祐孙按：《史记·帝舜纪》'禹乃兴九招之乐'，注即'箫韶九成也'。据此知'招'即'韶'。又《董仲舒传》'是以孔子在齐而闻《韶》也'，'齐'作'亝'，'韶'与《论语》同。又，'《韶》尽美'，亦作'韶'。"③

七、清杭世俊《汉书蒙拾》。该书涉及《礼乐志》的多达三十九条，但大都是抄录前人词语解释。如"富媪"条曰："'后土富媪，昭明三光'，张晏曰：'媪，老母称也。坤为母，故称媪。海内安定，富媪之功耳。'"④这些内容，可在整理《乐府

① 《二十五史三编》第三分册《汉书之属》，第506—507页。
② 《二十五史三编》第三分册《汉书之属》，第701页。
③ 《二十五史三编》第三分册《汉书之属》，第728—729页。
④ 《二十五史三编》第三分册《汉书之属》，第863页。

诗集》时作为参考。

八、近人沈家本《汉书琐言》。该书涉及《礼乐志》的有六条。如“历无草”条曰：“杨用修以‘历’为‘枥’，‘草’为‘早’，曲说不可从，不如旧注为得。”①

徐蜀所编《二十四史订补》收录清人、近人《汉书》研究著作十九种，与《礼乐志》相关者十三种。其中清人钱大昭《汉书辨疑》、周寿昌《汉书注校补》、缪祐孙《汉书引经异文录证》、杭世俊《汉书蒙拾》和沈家本《汉书琐言》已见前述，此外涉及《礼乐志》者有八家：

一、清侯郧《汉书古义考》。该书涉及《礼乐志》的有三条，分别是：“‘佾’疑古作‘育’，‘通’作‘溢’”“‘沬’为洒面正字，俗作‘靧’，又作‘颒’”“‘遐’通作‘假’”。②

二、清钱大昕《汉书考异》。该书涉及《礼乐志》的有五条。如“以营乱富贵之耳目”条曰：“‘营’与‘荧’通，‘营乱’犹‘惑乱’也。师古训‘回绕’，似非。”③

三、清史学海《汉书校证》。该书涉及《礼乐志》的有十四条。如“天马”条曰：“‘太一况，天马下。’学海按：《天马歌》，《史·乐书》载之，而彼略此详。后半章‘从西极’之下，《史》有‘经万里兮归有德，承灵威兮降外国’，为此《志》所无。疑《史》是本歌，此《志》则后来所改。”④

四、清王峻《汉书正误》。该书没有涉及《礼乐志》，但涉及《艺文志》中“河东蒲反”一词的注释：“注臣瓒曰：《秦本

---

① 《二十五史三编》第三分册《汉书之属》，第908页。

② 《二十四史订补》第二册，第5—6页。

③ 《二十四史订补》第二册，第236页。

④ 《二十四史订补》第二册，第312页。

纪》云:以垣为蒲反。陈(景)云按:《索隐》云:‘当作易,盖字讹也。先是,秦取魏蒲阪,后复以垣易之,非秦更垣之名曰蒲阪。瓒说乃沿《史记》。讹字立解耳。’”①

五、清何若瑶《汉书注考证》。该书涉及《礼乐志》的只有一条:“‘众嫭并,绰奇丽’,晋灼曰:‘嫭,音斥罅之罅。’案:《韩安国传》:‘即以嫮都小县。’晋灼曰:‘嫮,音斥嫮之嫮。’《唐韵正·易彖传》:‘百果草木皆甲坼。’郑注:‘坼,呼也。’《高帝纪》‘衅鼓’,应劭曰:‘杀牲以血涂鼓,衅呼为衅。’‘呼’即‘衅’字。又‘呼’,古作‘嘑’字,与‘嫭’亦近。”②

六、宁调元《读汉书札记》。该书涉及《礼乐志》的有四条。如云:“《礼乐志》:‘昔……尧作《大章》,舜作《招》。’又:‘《文始舞》者,本舜《招舞》也。’又:‘陈,舜之后,《招》乐存焉。’《招》本《韶》之假借,二字为叠均。”③但宁氏读书不参考他人成果,例如不知前人早已指出乐府不始于汉武帝,仍曰:“《礼乐志》‘武帝定郊祀之礼,祠太一于甘泉,就乾位也;祭后土于汾阴,泽中方丘也。乃立乐府,采诗夜诵’,‘乐府’之名始于此。”④

七、徐鸿钧《学古堂日记·汉书》。该书涉及《礼乐志》的只有一条:“‘桑间、濮上,郑、卫、宋、赵之声并出’,师古曰:‘郑、卫、宋、赵诸国,亦皆有淫声。’案:自‘设两观,乘大路’以下,皆述春秋时事,而赵非春秋时国也。《汉纪》:‘赵’作‘楚’。王氏念孙是之。蒙谓不然。楚音无从究其淫正,‘赵’

---

① 《二十四史订补》第二册,第414页。

② 《二十四史订补》第二册,第553页。

③ 《二十四史订补》第二册,第543页。

④ 《二十四史订补》第二册,第547页。

当作‘齐’。《乐记》:‘郑音好滥淫志,宋音燕女溺志,卫音趋数烦志,齐音敖辟乔志。’此四者皆淫声,可从《乐记》作‘齐’。”①

八、朱锦绶《学古堂日记·汉书》。该书涉及《礼乐志》的有两条。如“辟流离,抑不详”条云:“‘辟流离,抑不详’,师古曰:‘流离不得所者,为开道路,使之安集。违道不详善者,则抑黜之以申惩劝也。’王念孙曰:‘余谓流离者,枭也,所以喻恶人。辟之,言屏除,谓屏除恶人也。’案:正文语意谓辟去流离,抑黜不详,本甚分明。师古不得‘流离’之解,曲为之说,与‘抑不详’句,殊不一例。此两句既对文,其意自当相同,王说为是。王自注《邶风·旄邱》篇‘流离之子’,陆玑曰:‘流离,枭也。自关而西,谓枭为流离。’是即枭为流离之证。不详者,不祥也。《易·履》‘视履考祥’释文,‘祥’本亦作‘详’。是‘祥’‘详’古通,‘抑不详’者,言抑黜不祥之物,如‘流离’之类是也。”②

此外,值得注意的是一些《汉书》集注类的成果。如清人王先谦《汉书补注》,该书是继颜师古注《汉书》之后对《汉书》的再次集注。《汉书补注》中的《前汉书补注叙例》叙述《汉书》研究历史甚为详细,只是对清人的研究成果介绍不够充分,但仍然可以供研究者了解研究情况之用。《汉书补注》于书前列“引用诸书姓氏”四十七家,起于隋代萧该,终于清代俞樾,列姓、名、字、籍贯、官职、谥号、著作等信息,虽然其中有很多著名学者,但仍有遗漏。或许当时被遗漏的成果没有

① 《二十四史订补》第三册,第133页。

② 《二十四史订补》第三册,第151页。

刊行，难以查找，或许王先谦看到了这些成果，但觉得见解平平而未采纳。《叙例》还列“同时参订姓氏”二十家，多为一时名儒，更有位高权重者。因书中将颜注《汉书》内容全部列出，所以一书在手，便可看到光绪以前主要的《汉书》研究成果。将这些研究成果细加比对，就能发现一系列乐府学研究公案。不仅“乃立乐府”“采诗夜诵”，人们见解不一，就连《安世房中歌》十七章的划分也成了问题。如：

案此言《房中歌》十七章，推寻文理，不见十七章，疑本十二章，误为十七章也。此言《房中歌》十七章，今分别之：《大孝备矣》一章八句。《七始华始》一章十句。《我定历数》一章八句。《王侯秉德》一章七句。《海内有奸》一章八句。“大海荡荡水所归，高贤愉愉民所怀”，依注当有“荡荡愉愉”字。《大海荡荡》一章六句。《安其所》一章六句。《丰草葽》一章八句。《雷震震》一章十句。《桂华》一章十句。“桂华冯冯翼翼”，此《桂华》前章之名也。古诗皆有章名，今此独两章存。《美芳》一章八句。《硙硙即即》一章八句。《嘉荐芳矣》一章八句。《皇皇鸿明》一章六句。《浚则师德》一章四句。《孔容之常》一章八句。《承帝明德》一章八句。吴仁杰曰：《安世房中歌》十七章，《刊误》为区分之，一章多或十句八句，少或六句四句，未有用奇数者。独《王侯秉德章》一章七句。仁杰案，《既醉诗》及下文《安其所章》，皆用叠句。此章当云“王侯秉德，其邻翼翼。其邻翼翼，显明昭式”。书本脱误，今改定作八句。又“大海荡，高贤愉”，《刊误》云，依注当有“荡荡愉愉”字，故定作《大海荡荡章》，一章

> 六句。仁杰案,“大海荡”“大山崔”相偶成文。又《安其所章》亦云“高贤愉,乐民人”,注言“有愉愉之德”。然则解“荡”为“荡荡”,“愉”为“愉愉”,自是文势如此,恐止当用三字句,读之亦与下文叶。今改定作八句。杭世骏曰:案旧本、监本,俱以“大孝备矣”为一段,“粥粥音送”为一段,“我定历数”为一段,“丰草葽”为一段,“雷震震”为一段,“都荔遂芳”为一段,“桂华冯冯翼翼”为一段,“嘉荐芳矣”为一段,“皇皇鸿明”至末为一段,判然九章,与志所云十七章者,数不相应。今从刘敞分十七章,章首俱提行写。①

像这样针对一个问题集合诸家注释的做法为后世研究提供了极大便利,学者可以根据这些集注,发现学术公案,了解问题争议之处,开展下一步的研究。

现代人的《汉书》集注成果要数施之勉的《汉书集释》最值得称道。但该书不同于颜师古注、王先谦补注详细注释所有文字,而是不照录原文,不详列前人注释,只选取一些关键词语注释。但这毕竟是在颜注、王注基础上的又一次集注,故而仍有很高学术价值。如注释“后土富媪,昭明三光”就引各家说法云:“张晏曰:媪,老母称也。坤为母,故称媪。海内安定,富媪之功耳。《补注》刘攽曰:言后土富媪者,由汉以土德也。”②类似这种集释,对于清理学术公案很有帮助。

对于《汉书·礼乐志》的集注,要数丘琼荪《历代乐志律

---

① [清]王先谦《汉书补注》,中华书局,1983年版,第482页。

② 《汉书集释》,第2156页。

志校释》第一分册《乐志校释》最为详尽。与施之勉《汉书集释》不同,该书收录原文,且保留了颜师古注的部分内容,以夹注形式呈现。他还广泛汲取宋代以来的校勘和研究成果,对王先谦《汉书补注》也多有引用。该书内容相较施之勉注而言更为丰富,词语解释自有其长处,有些辨析也很有学术价值,是研究《汉书·礼乐志》的必读书目。总之,丘琼荪注和施之勉注各有所长,学者应该同时参考。但也需要指出,两家虽然后出,但引书仍不全面。应该说,迄今为止还没有人对《汉书·礼乐志》作过毫无孑遗的集注工作。

与丘琼荪的文献整理不同,现代音乐史学者多关注《汉书·礼乐志》的音乐思想。如郑祖襄《〈汉书·礼乐志〉的著书内容与音乐史观》就说:"《史记·乐书》建立了中国古代官修史书的乐志体例,但给后世留下乐志范本的却是《汉书·礼乐志》。《汉书·礼乐志》是以记述宫廷雅乐的历史和歌词为主,'郑卫之音'的史实虽也有提及,但它是以一种被贬抑、被批判的地位得到记述的。《汉书·礼乐志》的音乐史观是一种雅乐音乐史观,它是西汉以来儒学文化思想在音乐史学领域中的体现,它对而后的官修史书乐志以及其他音乐史文献都产生了相当大的影响。"[①]类似文章还有很多,举此例可概见其他。

---

① 郑祖襄《〈汉书·礼乐志〉的著书内容与音乐史观》,《文化艺术研究》2011年第2期。

第二章　魏晋南北朝乐志研究

魏晋南北朝正史中有四史设有乐志，分别是《晋书》《宋书》《南齐书》《魏书》。现存《晋书》成书于初唐贞观年间，其他三书成书于南北朝。这四种乐志是研究转型时期乐府活动的首选史料。

第一节　《晋书·乐志》的成书及乐府学内容

今天所见《晋书》为初唐贞观年间房玄龄等人奉敕修纂，其中《乐志》两卷。因成书晚于沈约所修《宋书》，且《晋书·乐志》和《宋书·乐志》又有颇多内容相同之处，故而学者多认为《晋书·乐志》抄录了《宋书·乐志》。这种说法得到了古代音乐史、古代文学史研究者的普遍认可，致使《晋书·乐志》的乐府学文献价值大打折扣。笔者认为，仅凭两乐志部分内容相同就认定《晋书·乐志》抄录了《宋书·乐志》未免过于草率。

较早指出《晋书·乐志》和《宋书·乐志》内容重复的是清人王鸣盛，其《十七史商榷》云："予读《宋志》与《晋志》，犯复者颇多，盖典故只有此，固不能凭空别造，彼此两载，殊恨其徒烦简牍也。"①王鸣盛指出，《晋书·乐志》与《宋书·乐志》内容有重复，但他没有认定重复系抄录所致，而是认为两志可能使用了同一材料。民国三年，黄侃在北京大学讲授《文心雕龙》时，曾指出《晋书·乐志》模仿了《宋书·宋志》。他说："录古乐府之书，史志以《宋书》为最详最精。其书所录，自晋宋郊庙宴享之诗，及晋世所用相和曲、舞曲、鼓吹、铙歌，莫不备载，《晋书》特依放之耳。"②二十世纪六十年代，丘琼荪作《历代乐志律志校释》，反复强调《晋书·乐志》抄录了《宋书·乐志》。如第二分册"缀言"说："唐修《晋书》，是以臧荣绪《晋书》为主而加以修润者。《律志》则李淳风所作，《乐志》不知撰自何人，惟取沈约《宋书·乐志》删削修饰而成，则显然者也。"③又说："故以时代论，晋在宋之前，而其成书年代，则远在沈约《宋书》之后。是以《晋书》乐、律二志多采《宋志》旧文，非无故也。"④他不同意王鸣盛所持两志取自同一个材料的观点，坚持认为《晋书·乐志》抄录了《宋书·乐志》，他说："《宋志》成书在前，《晋志》在后，则是《晋志》与《宋志》犯复，乃唐人之咎，非约之过也。"⑤二十世纪四十年代，王运

---

① 《十七史商榷》卷五六，第680页。

② 黄侃撰，周勋初导读《文心雕龙札记》，上海古籍出版社，2000年版，第36页。

③ 《历代乐志律志校释》第二分册，第2页。

④ 《历代乐志律志校释》第二分册，第3页。

⑤ 《历代乐志律志校释》第二分册，第5页。

熙作《汉魏六朝乐府诗研究书目提要》，论及《晋书·乐志》和《宋书·乐志》时称："《晋志》文字，颇多本自《宋志》，但因仅记司马氏一代情况，故不及《宋志》详细。"[①]这一观点被很多学者所认可且影响深远。如2006年喻意志在《汉唐音乐典籍叙录》中说："从内容上看，《晋书·乐志》承袭了《宋书·乐志》的部分资料。"[②]如此一来，《晋书·乐志》的文献价值在学者眼中就大为降低了，方宝璋、郑俊晖《中国音乐文献学》介绍古今音乐要籍时只字未提《晋书·乐志》就是显例。[③]

当然，也有学者不同意这样低估《晋书·乐志》的文献价值。如郑祖襄在《〈古今注〉"横吹曲"史料真伪谈》中指出：

> 今本《晋书》虽系唐人所撰（题唐太宗御撰），但它的撰写是有旧《晋书》作蓝本的。据史书记载，从晋朝到唐前，撰《晋书》者，有二十余家。其中以齐臧荣绪《晋书》最负盛名。唐太宗因不满诸家《晋书》，诏房玄龄、褚遂良等以臧书为蓝本，并采他书，删削芜秽，撰成新《晋书》。所以，今本《晋书》的历史价值仍然不能低估。尽管成书比它早的《宋书·乐志》（梁沈约撰）对横吹曲只字不提，也不应对《晋书·乐志》的记载采取怀疑或否定的态度。[④]

---

① 《乐府诗述论》，第273页。

② 《汉唐音乐典籍叙录》，第114页。

③ 方宝璋、郑俊晖《中国音乐文献学》，福建教育出版社，2006年版。

④ 原载《中央音乐学院学报》1994年第4期，后收入郑祖襄《华夏旧乐新证》，上海音乐学院出版社，2005年版，第156页。

郑祖襄指出今本《晋书》是依据南齐臧荣绪《晋书》修撰而成，主张不要怀疑和否定《晋书·乐志》的史料价值。这样的看法颇具慧眼，但他没有对其中的道理作出清楚分析。如果仔细追究会发现，学界关于《晋书·乐志》抄录《宋书·乐志》的结论，大可怀疑。

前已言及，今本唐修《晋书》以南齐臧荣绪《晋书》为蓝本。如果唐修《晋书·乐志》的内容在臧荣绪《晋书·乐志》中就已有之，就可以推翻唐修《晋书·乐志》抄录《宋书·乐志》的说法。

据《南齐书·臧荣绪传》记载，臧荣绪和沈约都由宋入齐，臧荣绪年长沈约二十六岁，《晋书》是臧荣绪早年的著作，在沈约作《宋书》前就已成书。[①] 臧荣绪永明六年去世，当时沈约仅完成了《宋书》纪、传七十卷的修撰和缮写，志三十卷尚未完成，臧荣绪《晋书·乐志》早于沈约《宋书·乐志》没有任何疑问。除非证明臧荣绪《晋书》没有《乐志》，或虽有《乐志》但没有唐修《晋书·乐志》的内容。而实际情况是，臧荣绪《晋书》不仅有《乐志》，而且其中有唐修《晋书·乐志》所载内容。证据是清人汤球《晋书辑本》从《太平御览》卷五七一中辑出臧荣绪《晋书·乐志》中关于《子夜歌》本事的记载：

> 《子夜歌》者，女子名子夜，造此声。孝武太元中，琅邪王轲之家有鬼歌《子夜》。殷允为章郡，侨人庾僧虔家亦有鬼歌《子夜》。殷允为章郡，亦是太元年，则子夜是

---

① ［南朝梁］萧子显《南齐书》卷五四，中华书局，1972年版，第936页。

此时以前人也(按:新无殷允以下数句)。①

这段文字也见于沈约《宋书·乐志》:

《子夜哥》者,有女子名子夜,造此声。晋孝武太元中,琅邪王轲之家有鬼哥《子夜》。殷允为豫章时,豫章侨人庾僧虔家亦有鬼哥《子夜》。殷允为豫章,亦是太元中,则子夜是此时以前人也。②

沈约《宋书·乐志》所载与臧荣绪《晋书·乐志》文字略有出入,可能是沈约作《宋书·乐志》时抄录臧荣绪《晋书·乐志》,嫌其表述容易产生误解,改动了部分文字。

唐修《晋书·乐志》也记载了《子夜歌》本事:

《子夜歌》者,女子名子夜,造此声。孝武太元中,琅邪王轲之家有鬼歌《子夜》,则子夜是此时以前人也。③

可以看出,同为《子夜歌》本事,臧荣绪《晋书·乐志》有记载,沈约《宋书·乐志》有记载,唐修《晋书·乐志》删除多余信息,保留了关键语句,表述更为简洁,但保留字句均与臧荣绪《晋书·乐志》所载相同。据《旧唐书·房玄龄传》,唐修《晋

① 《二十四史订补》第六册,第676页。又,《清史稿·艺文志》著录汤球作《九家〈旧晋书〉》三十七卷。

② [南朝梁]沈约《宋书》卷十九,中华书局,1974年版,第549页。

③ [唐]房玄龄等《晋书》卷二三,中华书局,1974年版,第716页。

书》"以臧荣绪《晋书》为主,参考诸家,甚为详洽"。[①] 既然唐修《晋书》"以臧荣绪《晋书》为主",当记录同一内容时,在文字表述相同或相近的情况下,唐人没必要将臧荣绪《晋书》搁置一旁,另取沈约《宋书》进行"删削"。因此,学界有关《晋书·乐志》"惟取沈约《宋书·乐志》删削修饰而成"的结论,当非确论。

如前所述,清人汤球《晋书辑本》从《太平御览》中辑出臧荣绪《晋书·乐志》《子夜歌》本事是证明唐修《晋书·乐志》未曾抄录《宋书·乐志》的关键证据。但这个证据需要做些说明,因为现今通行本中华书局版张元济辑《太平御览》卷五七一没有这条内容,相关内容在卷五七〇,出处作"《晋书》",不是"臧荣绪《晋书》"。是不是汤球弄错了出处呢?笔者认为不是。为了澄清这一问题,下面就将张元济辑《太平御览》、汤球所见《太平御览》、中华书局标点本《宋书》以及唐修《晋书》有关《子夜歌》本事的记载列表呈现,以便比对:

版　本	内　容
张元济辑《太平御览》卷五七〇	《晋书》曰:"孝武太元中,琅邪王轲之家有鬼歌《子夜》。殷允为豫章郡,侨人庾僧度家亦有鬼歌《子夜》。殷允为章郡,亦是太元乎,则子夜是此时以前人也。"
汤球所见《太平御览》卷五七一	《子夜歌》者,女子名子夜,造此声。孝武太元中,琅邪王轲之家有鬼歌《子夜》。殷允为章郡,侨人庾僧虔家亦有鬼歌《子夜》。殷允为章郡,亦是太元年,则子夜是此时以前人也。

① ［后晋］刘昫等《旧唐书》卷六六,中华书局,1975 年版,第 2463 页。

续表

版　本	内　容
中华书局标点本《宋书》卷十九	《子夜哥》者,有女子名子夜,造此声。晋孝武太元中,琅邪王轲之家有鬼哥《子夜》。殷允为豫章时,豫章侨人庾僧虔家亦有鬼哥《子夜》。殷允为豫章,亦是太元中,则子夜是此时以前人也。
唐修《晋书》卷二三	《子夜歌》者,女子名子夜,造此声。孝武太元中,琅邪王轲之家有鬼歌《子夜》,则子夜是此时以前人也。

从上表可以得出三点结论:

第一,张元济辑《太平御览》和汤球所见《太平御览》记载文字相似度很高。尤其是“孝武太元中,琅邪王轲之家有鬼歌《子夜》。……殷允为章郡……则子夜是此时以前人也”。文字完全一致。将二书记载相比,张元济本缺少“《子夜哥》者,女子名子夜,造此声”三句,其中原因详见下文论述。至于张元济辑《太平御览》把“虞僧虔”写成了“庾僧度”,把“太元年”写成“太元乎”,当属字形相近致误。这说明,不管是张元济所辑《太平御览》还是汤球所见《太平御览》,都引了《子夜歌》本事,汤球确从《太平御览》中辑出此条内容,而非弄错了出处,张冠李戴。

第二,张元济辑《太平御览》所引《子夜歌》本事和唐修《晋书》所载差别很大,张元济辑《太平御览》不可能引自唐修《晋书》。张元济所辑《太平御览》一书中既引了唐修《晋书》,又引了臧荣绪《晋书》。观其行文,引臧荣绪《晋书》时会标明“臧荣绪《晋书》曰”,引唐修《晋书》时直云“《晋书》”。其中标明“臧荣绪《晋书》曰”者共二十七次,而所引《子夜歌》本事则没有标明“臧荣绪《晋书》”,只云“《晋书》曰”,好像是引自唐修《晋书》,其实不然。因为张元济辑《太平御览》在引这则《子夜歌》

本事之前，已从唐修《晋书》中引用了四条史料，随后从《晋阳秋》、邓粲《晋纪》、崔鸿《十六国春秋》、《前燕录》、《孟嘉别传》五种典籍中各引一条史料，之后又引《晋书》。如果此条史料同样出自唐修《晋书》，就应与前四条一并引用，不会隔了五种典籍后又去引用。《太平御览》既引唐修《晋书》，又引臧荣绪《晋书》，汤球将这条归于臧荣绪名下必有所据。总之，汤球辑录该条时错把唐修《晋书》当作臧荣绪《晋书》的可能性几乎没有。张云济辑《太平御览·歌第一》从唐修《晋书》中引用了四条史料而不及《子夜歌》本事，可能是鉴于唐修《晋书》对《子夜歌》本事的记载过于简单，所以又引了臧荣绪《晋书》。

第三，至于张云济辑《太平御览》缺少"《子夜哥》者，有女子名子夜，造此声"三句，卷数也与汤球所见《太平御览》不一致的问题，可能是汤球所据为另一版本。据周生杰《〈太平御览〉研究》考证："1928 年，张元济赴日本访书，在帝国图书寮、京都东福寺获见宋蜀刻本，因请借影印，摄得影片计目录十五卷、正书九百四十五卷（缺卷二一、卷四二至六一、卷一一七至一二五、卷六五六至六六五、卷七二四至七三八）；又于静嘉堂文库借摄所藏宋本（宋建本）补卷四二至六一、卷一一七至一二五共二十九卷携归。于 1935 年 12 月印入商务印书馆出版的《四部丛刊三编》中，分订一百三十六册。其宋蜀本、宋建本所缺的二十六个全卷及其他卷中的缺叶用日本活字本补足。因为它在好些地方胜过鲍刻，就成为此后最流行和通用的本子。"①在张元济所取资的各本之外，明清时期流传的《太平御览》版本还有明抄本、明活字本、从善堂本（清张海

① 周生杰《〈太平御览〉研究》，巴蜀书社，2008 年版，第 135—136 页。

鹏)、鲍刻本(清鲍崇城)、黄正色本(清)、文渊阁本、重刻鲍本、石印鲍本。[①] 汤球完全有可能看到张元济所据各种版本之外的其他版本,当是这样的原因,导致他补齐了“《子夜哥》者,有女子名子夜,造此声”三句,而且见到这三句的卷数也与张云济辑《太平御览》不同。

不仅唐修《晋书·乐志》以臧荣绪《晋书·乐志》为蓝本,而且沈约《宋书·乐志》也有可能参考了臧著《晋书·乐志》。《南齐书·臧荣绪传》载:

> 太祖为扬州,征荣绪为主簿,不到。司徒褚渊少时尝命驾寻之。建元中,启太祖曰:“荣绪,朱方隐者。昔臧质在宋,以国戚出牧彭岱,引为行佐,非其所好,谢疾求免。蓬庐守志,漏湿是安,灌蔬终老。与友关康之沈深典素,追古著书,撰《晋史》十帙,赞论虽无逸才,亦足弥纶一代。臣岁时往京口,早与之遇。近报其取书,始方送出,庶得备录渠阁,采异甄善。”上答曰:“公所道臧荣绪者,吾甚志之。其有史翰,欲令入天禄,甚佳。”[②]

臧荣绪淡泊名利,潜心著书,为齐太祖萧道成所知,征召不赴。萧道成受禅称帝后经褚渊建议,将臧荣绪所著《晋书》藏于天禄阁。永明五年,沈约奉旨修撰《宋书》,没有理由放着天禄阁现成的臧著《晋书》不做参考。

那么臧荣绪撰写《晋书·乐志》时有没有可能参考沈约

---

① 《〈太平御览〉研究》,第137页。

② 《南齐书》卷五四,第936—937页。

《宋书·乐志》的前身，即徐爰等人所撰《宋书·乐志》呢？这种可能性几乎没有。《宋书·自序》云：

> 宋故著作郎何承天始撰《宋书》，草立纪传，止于武帝功臣，篇牍未广。其所撰志，唯《天文》《律历》，自此外，悉委奉朝请山谦之。谦之，孝建初，又被诏撰述，寻值病亡，仍使南台侍御史苏宝生续造诸传，元嘉名臣，皆其所撰。宝生被诛，大明中，又命著作郎徐爰踵成前作。爰因何、苏所述，勒为一史，起自义熙之初，讫于大明之末。至于臧质、鲁爽、王僧达诸传，又皆孝武所造。自永光以来，至于禅让，十余年内，阙而不续，一代典文，始末未举。且事属当时，多非实录，又立传之方，取舍乖衷，进由时旨，退傍世情，垂之方来，难以取信。臣今谨更创立，制成新史，始自义熙肇号，终于升明三年。……臣远愧南、董，近谢迁、固，以闾阎小才，述一代盛典，属辞比事，望古惭良，鞠躬跼蹐，腼汗亡厝。本纪列传，缮写已毕，合七帙七十卷，臣今谨奏呈。所撰诸志，须成续上。谨条目录，诣省拜表奉书以闻。[①]

可见早在沈约之前，《宋书》的修撰工作已历经多人，撰者始于何承天，经过山谦之、苏宝生到徐爰手里才完成。先是何承天奉命撰写，草立纪传，并作《天文》《律历》两志，又委托山谦之撰写其他志、传部分，山谦之不久病故，苏宝生继续撰写诸传。苏宝生被诛之后，徐爰接着续作。徐爰《宋书》不纪宋末十年历史，沈约的任务是转变撰者立场，以新朝立场讲述前代

---

① 《宋书》卷一〇〇，第2467—2468页。

历史,并补上最后十年史事。到永明六年,沈约完成了本纪、列传部分,志的部分并没有完成,这说明徐爰《宋书》志的部分并不完善,需要沈约花更多时间修撰。

旧本《宋书·乐志》究竟出自何人之手?《宋书·自序》和《志序》说法不一。《自序》称何承天"所撰志,唯《天文》《律历》,自此外,悉委奉朝请山谦之"。《志序》却称:"元嘉中,东海何承天受诏纂《宋书》,其志十五篇,以续马彪《汉志》。"①可能是何承天最初只撰写了《天文》《律历》二志,其他委托山谦之撰写,山谦之撰写完成后何承天做了审定和修改,因此说何承天作《宋书·乐志》,也不算全错。从沈约《宋书·乐志》中也确实可以看到何承天参与撰写的证据,如云:"何承天曰:'世咸传吴朝无雅乐。案孙皓迎父丧明陵,唯云倡伎昼夜不息,则无金石登哥可知矣。'承天曰:'或云今之《神弦》,孙氏以为宗庙登哥也。'史臣案陆机《孙权诔》'《肆夏》在庙,《云翘》承□',机不容虚设此言。又韦昭孙休世上《鼓吹铙哥》十二曲表曰:'当付乐官善哥者习哥。'然则吴朝非无乐官,善哥者乃能以哥辞被丝管,宁容止以《神弦》为庙乐而已乎?"②沈约在《志序》中称何承天各志"证引该博者,即而因之,亦由班固、马迁共为一家者也"。自己只是"其有漏阙,及何氏后事,备加搜采,随就补缀焉"。③ 何承天有关东吴以《神弦歌》为"为宗庙登哥"的说法,大概就是沈约所说的"漏阙"之处。

但是,不管沈约所见《宋书·乐志》出自何人之手,撰写

---

① 《宋书》卷十一,第205页。
② 《宋书》卷十九,第541页。
③ 《宋书》卷十一,第206页。

都属于朝廷行为，臧荣绪作为在野之人，没有机会厕身其间，更没有机会看到这些书稿。既然臧荣绪作《晋书·乐志》时参考沈约所据旧本《宋书·乐志》的可能性几乎没有，那么唐修《晋书·乐志》沿袭臧著《晋书·乐志》进而间接抄录《宋书·乐志》的可能性也就完全不存在了。

要说沈约记录《子夜歌》本事早于臧荣绪还有一种可能，即沈约《宋书》一百二十卷成书比臧荣绪《晋书》早，而且臧荣绪作《晋书》时有条件参考沈著。但这种可能性也不存在。《宋书·自序》云：

> 史臣年十三而孤，少颇好学，虽弃日无功，而伏膺不改。常以晋氏一代，竟无全书，年二十许，便有撰述之意。泰始初，征西将军蔡兴宗为启明帝，有敕赐许，自此迄今，年逾二十，所撰之书，凡一百二十卷。条流虽举，而采掇未周，永明初，遇盗失第五帙。建元四年未终，被敕撰国史。永明二年，又忝兼著作郎，撰次起居注。自兹王役，无暇搜撰。五年春，又被敕撰《宋书》。①

从记载可以看出，沈约是泰始初由征西将军蔡兴宗推荐给明帝，从而奉敕开始修撰《宋书》的。陈庆元《沈约事迹诗文系年》据《宋书·明帝本纪》称，蔡兴宗于泰始三年为“安西将军”，九月进号“征西将军”，推荐沈约所撰《宋书》当在是年。②

---

① 《宋书》卷一〇〇，第2466页。

② ［南朝梁］沈约撰，陈庆元校笺《沈约集校笺》，浙江古籍出版社，1995年版，第549页。

从泰始三年到永明六年刚好二十年，沈约撰写的《宋书》虽然初具规模，但“条流虽举，而采掇未周……自兹王役，无暇搜撰”，没有最终完成。而臧著《晋书》早在建元中就已藏入天禄阁。即使在建元最后一年（即建元四年）藏入，也比沈约完成《宋书》初稿早了六年。这说明，臧著《晋书》参考沈著《宋书》的可能性根本不存在。

更何况《晋书》是臧荣绪早年所作。《南齐书·臧荣绪传》云：“臧荣绪，东莞莒人也。祖奉先，建陵令，父庸民，国子助教。荣绪幼孤，躬自灌园，以供祭祀。母丧后，乃著《嫡寝论》，扫洒堂宇，置筵席，朔望辄拜荐，甘珍未尝先食。纯笃好学，括东、西晋为一书，纪、录、志、传百一十卷。隐居京口教授。南徐州辟西曹，举秀才，不就。”①且臧荣绪年长沈约二十六岁，沈约于泰始三年二十七岁奉宋明帝敕作《宋书》时，臧荣绪已经五十三岁。所以，无论是着手写作，还是最终完成，臧著都要远远早于沈著。至此，臧著《晋书》参考沈著《宋书》的疑问也可以完全被打消。

总之，从对《子夜歌》本事的记载上看，臧荣绪《晋书·乐志》早于沈约《宋书·乐志》，唐修《晋书》以臧著《晋书》为蓝本，《乐志》取材臧著《晋书·乐志》顺理成章。在内容相同的情况下将早出之臧著《晋书·乐志》搁置一边，专取后出之沈著《宋书·乐志》“删削”，不合常理。此外，也不存在臧著《晋书·乐志》参考沈著《宋书·乐志》或何承天等人所作《宋书·乐志》以致出现唐修《晋书·乐志》间接抄录《宋书·乐志》的可能性。通过考察会发现，反倒是沈著《宋书·乐志》

① 《南齐书》卷五四，第936页。

有可能参考了臧著《晋书·乐志》。根据唐修《晋书》在沈约《宋书》之后,《晋书·乐志》部分内容与《宋书·乐志》有重复之处就简单认定《晋书·乐志》抄录了《宋书·乐志》,难以令人信服。唐修《晋书·乐志》的乐府学文献价值不应该被轻易否定。

《晋书·乐志》分上下两卷,上卷主要记述西晋乐府活动,下卷主要记述东晋乐府活动。较之《汉书·礼乐志》,《晋书·乐志》记录乐府活动有两个特点:一是更丰富更具体,二是更注意记述前后沿革情况。

《晋书·乐志》开头以简短文字叙述音乐在社会生活中所起的作用及其原理,阐述了“五声、八音、六律、十二管”等音乐知识,详细叙述了前代音乐沿革情况。《汉书》纪事止于前汉,《三国志》不设乐志,所以《晋书·乐志》有意识追述前代音乐历史。

《晋书·乐志》先概述先秦音乐活动曰:

> 农瑟羲琴,倕钟和磬,达灵成性,象物昭功,由此言之,其来自远。殷氏不纲,遗风余孽,淫奏既兴,雅章奔散,《英》《茎》之制,盖已微矣。孔子曰:“人能弘道,非道弘人。”周始二《南》,《风》兼六代。昔黄帝作《云门》,尧作《咸池》,舜作《大韶》,禹作《大夏》,殷作《大濩》,周作《大武》,所谓因前王之礼,设俯仰之容,和顺积中,英华发外。《书》称命夔典乐,教胄子,则《周官》所谓奏大吕,歌黄钟。天眖来下,人祇动色,抑扬周监,以弘雅音。及褒艳兴灾,平王逢乱,礼废亲疏,乐沈河海。是以延陵季子闻歌《小雅》曰:“其周德之衰乎!犹有先王之遗风

> 焉。”而列壤称孤，各兴吟咏。魏文侯聆古乐而恐卧，晋平公听新声而忘食，先王之道，渐以陵夷。八方殊风，九州异则。秦氏并吞，遂专刑宪，至于弦歌《诗》《颂》，干戚旄羽，投诸烟火，扫地无遗。①

这段追述并不新鲜，《史记·乐书》和《汉书·礼乐志》都有类似内容。《晋书·乐志》又述汉代音乐活动曰：

> 汉祖提剑寰中，削平天下，文匪躬于德化，武有心于制作。太后摈儒家之道，大臣排贾氏之言，搢绅先生所以长叹，而子政、仲舒犹不能已也。炎汉中兴，明皇帝即位，表圭景而陈《清庙》，树槐阴而疏璧流；祀光武于明堂，以配上帝；召桓荣于太学，袒而割牲；济济焉，皇皇焉，有足观者。自斯厥后，礼乐弥殷。永平三年，官之司乐，改名大予，式扬典礼，旁求图谶，道郤《雅》《颂》，事迩中和。其有五方之乐者，则所谓“大乐九变，天神可得而礼”也。其有宗庙之乐者，则所谓“肃雍和鸣，先祖是听”者也。其有社稷之乐者，则所谓“琴瑟击鼓，以迓田祖”者也。其有辟雍之乐者，则所谓“移风易俗，莫善于乐”者也。其有黄门之乐者，则所谓“宴乐群臣，蹲蹲舞我”者也。其有短箫之乐者，则所谓“王师大捷，令军中凯歌”者也。②

---

① 《晋书》卷二二，第675—676页。

② 《晋书》卷二二，第676页。

或是由于班固对西汉乐府活动有些微词，或因《汉书》记述西汉乐府活动已较为详细，所以《晋书·乐志》对西汉乐府活动几乎一笔带过，而对东汉乐府活动则称誉有加。《晋书·乐志》分乐为六类：五方之乐、宗庙之乐、社稷之乐、辟雍之乐、黄门之乐、短箫之乐，均归太予管理。蔡邕《礼乐志》将汉乐分为四品，《晋书·乐志》和蔡邕《礼乐志》对乐的划分差异如此之大，其中原因值得探讨。

《晋书·乐志》接着概述曹魏乐府活动曰：

> 魏武挟天子而令诸侯，思一戎而匡九服，时逢吞灭，宪章咸荡。及削平刘表，始获杜夔，扬鼙总干，式遵前记。三祖纷纶，咸工篇什，声歌虽有损益，爱玩在乎雕章。是以王粲等各造新诗，抽其藻思，吟咏神灵，赞扬来飨。①

这里只是概述曹魏乐府活动，后文对具体作品演变的记述很是详细。从中可以看出，曹魏在乐府建设上有兴废继绝之功，歌诗创作也很有特色。人们特别重视乐府歌诗的艺术性，把乐府当作文学作品进行创作。正如吴相洲《乐府学概论》所言："魏晋时期乐府诗创作进入了有主名时代，诗人们开始把乐府当作诗歌进行创作。即所谓'声歌虽有损益，爱玩在乎雕章'。所作既是宫廷乐歌，又是个人抒情之作；既承载仪式娱乐功能，又高度个性化。"②

《晋书·乐志》接着概述西晋乐府活动情况曰：

---

① 《晋书》卷二二，第676页。

② 《乐府学概论》，第193页。

武皇帝采汉魏之遗范，览景文之垂则，鼎鼐唯新，前音不改。泰始九年，光禄大夫荀勖始作古尺，以调声韵，仍以张华等所制高文，陈诸下管。永嘉之乱，伶官既减，曲台宣榭，咸变污莱。虽复《象舞》歌工，自胡归晋，至于孤竹之管，云和之瑟，空桑之琴，泗滨之磬，其能备者，百不一焉。①

其对各代音乐的概述，较之《史记·乐书》和《汉书·礼乐志》对前代音乐史的追述更加自觉，后人可以从中了解汉晋乐府流变情况。

嗣后《晋书·乐志》详述曹魏乐府建设情况曰：

汉自东京大乱，绝无金石之乐，乐章亡缺，不可复知。及魏武平荆州，获汉雅乐郎河南杜夔，能识旧法，以为军谋祭酒，使创定雅乐。时又有散骑侍郎邓静、尹商善训雅乐，歌师尹胡能歌宗庙郊祀之曲，舞师冯肃、服养晓知先代诸舞，夔悉总领之。远详经籍，近采故事，考会古乐，始设轩悬钟磬。而黄初中柴玉、左延年之徒，复以新声被宠，改其声韵。②

这里主要记述魏武帝收拢人才制作雅乐和魏文帝使用新人以新声改造雅乐的情形。

《晋书·乐志》接着记述晋武帝受禅后的雅乐制作情

① 《晋书》卷二二，第676—677页。

② 《晋书》卷二二，第679页。

况曰：

> 及武帝受命之初，百度草创。泰始二年，诏郊祀明堂礼乐权用魏仪，遵周室肇称殷礼之义，但改乐章而已，使傅玄为之词云。①

可见晋武帝受禅后，郊庙乐沿用了曹魏旧乐，只是改作了歌辞而已，傅玄是晋郊庙歌辞的主要创作者。傅玄所作郊庙歌辞，《晋书·乐志》也有收录。

《晋书·乐志》又记述了燕射诸乐制作，先记曹魏燕射乐制作情况曰：

> 杜夔传旧雅乐四曲，一曰《鹿鸣》，二曰《驺虞》，三曰《伐檀》，四曰《文王》，皆古声辞。及太和中，左延年改夔《驺虞》《伐檀》《文王》三曲，更自作声节，其名虽存，而声实异。唯因夔《鹿鸣》，全不改易。每正旦大会，太尉奉璧，群后行礼，东厢雅乐常作者是也。后又改三篇之行礼诗。第一曰《于赫篇》，咏武帝，声节与古《鹿鸣》同。第二曰《巍巍篇》，咏文帝，用延年所改《驺虞》声。第三曰《洋洋篇》，咏明帝，用延年所改《文王》声。第四曰复用《鹿鸣》。《鹿鸣》之声重用，而除古《伐檀》。②

可见魏时朝堂雅乐表演尚用《诗经》篇目作为曲目。汉代虽

---

① 《晋书》卷二二，第679页。

② 《晋书》卷二二，第684页。

然有刘德等人整理出的整套雅乐，但具体如何表演，表演了哪些曲目，不见详细记载。曹魏仍有曲目表演，说明汉代确实保留了部分先秦雅乐。所憾到文帝时，仅存的几首雅乐曲目也被改造，只有《鹿鸣》篇得以保留下来。

到了晋代，乐府继续改造雅乐曲目，《晋书·乐志》详细记述晋代雅乐制作过程曰：

> 及晋初，食举亦用《鹿鸣》。至泰始五年，尚书奏，使太仆傅玄、中书监荀勖、黄门侍郎张华各造正旦行礼及王公上寿酒、食举乐歌诗。荀勖云："魏氏行礼、食举，再取周诗《鹿鸣》以为乐章。又《鹿鸣》以宴嘉宾，无取于朝，考之旧闻，未知所应。"勖乃除《鹿鸣》旧歌，更作行礼诗四篇，先陈三朝朝宗之义。又为正旦大会、王公上寿歌诗并食举乐歌诗，合十三篇。又以魏氏歌诗或二言，或三言，或四言，或五言，与古诗不类，以问司律中郎将陈颀。颀曰："被之金石，未必皆当。"故勖造晋歌，皆为四言，唯王公上寿酒一篇为三言五言焉。张华以为"魏上寿、食举诗及汉氏所施用，其文句长短不齐，未皆合古。盖以依咏弦节，本有因循，而识乐知音，足以制声度曲，法用率非凡近之所能改。二代三京，袭而不变，虽诗章辞异，兴废随时，至其韵逗留曲折，皆系于旧，有由然也。是以一皆因旧，不敢有所改易"。此则华、勖所明异旨也。时诏又使中书侍郎成公绥亦作焉。今并采列之云。[1]

---

① 《晋书》卷二二，第684—685页。

在如何为已有乐曲制作歌辞上,荀勖和张华提出了不同意见。详观二人所言,张华的意见更为合理。荀勖所作都是四言,不是不能歌唱,而是歌唱时乐工要作更多加工改造方能入乐;张华认为旧有歌辞长短不一,乃实际歌唱情况使然,句式按照旧辞来写,肯定便于歌唱。张华按照已有歌辞体式进行创作,乐工不需要更多加工就可以演唱。二人争论的焦点实际上是"选词入乐"和"因声度词"两种创作方式问题。司律中郎将陈颀说旧辞"被之金石,未必皆当",是说旧辞旧曲基本上和谐,只是个别地方不和谐,荀勖以为歌辞都应为四言,说明他没有领会其中道理。

荀勖的音乐素养虽然有限但十分敬业。《晋书·乐志》载:

> 荀勖又作新律笛十二枚,以调律吕,正雅乐,正会殿庭作之,自谓宫商克谐,然论者犹谓勖暗解。时阮咸妙达八音,论者谓之神解。咸常心讥勖新律声高,以为高近哀思,不合中和。每公会乐作,勖意咸谓之不调,以为异己,乃出咸为始平相。后有田父耕于野,得周时玉尺,勖以校己所治钟鼓金石丝竹,皆短校一米,于此伏咸之妙,复征咸归。勖既以新律造二舞,次更修正钟声。会勖薨,未竟其业。元康三年,诏其子藩修定金石,以施郊庙。寻值丧乱,莫有记之者。[1]

荀勖所作新律不正,受到阮咸讥评,他将阮咸排挤出朝廷,可

① 《晋书》卷二二,第693页。

当他发现自己的过错后，又能够主动认错并及时改正，说明他很正直、很敬业。其敬业精神还表现在他有意识地记录乐府活动上，其所作《荀氏录》是迄今所知最早的乐录，刘宋时仍有留存，王僧虔《大明三年宴乐技录》曾经引用。此外，他还作有歌录。《隋书·经籍志》《吴声歌辞曲》一卷下小注云："《魏宴乐歌辞》七卷，《晋歌章》十卷；又《晋歌诗》十八卷，《晋宴乐歌辞》十卷，荀勖撰。"[①]《旧唐书·经籍志》著录荀勖"《太乐杂歌词》三卷、《太乐歌词》二卷、《乐府歌词》十卷、《乐府歌诗》十卷、《三调相和歌词》三卷"。[②]《新唐书·艺文志》著录荀勖"《太乐杂歌辞》三卷、又《太乐歌辞》二卷、《乐府歌诗》十卷"。[③] 从记载看，荀勖所撰歌录数量十分丰富，惜今已不存。

《晋书·乐志》收录了成公绥、荀勖、张华所作《四厢乐歌》歌辞九题三十三篇，名为《四厢乐歌》，说明这些歌辞均是配合四厢乐演奏的。从歌辞看，荀勖和张华所作歌辞在体式上确实是存在差异的。

《晋书·乐志》又记舞曲制作过程曰：

> 泰始九年，光禄大夫荀勖以杜夔所制律吕，校太乐、总章、鼓吹八音，与律吕乖错，乃制古尺，作新律吕，以调声韵。事具《律历志》。律成，遂班下太常，使太乐、总章、鼓吹、清商施用。勖遂典知乐事，启朝士解音律者共

① 《隋书》卷三五，第1085页。
② 《旧唐书》卷四七，第2080页。
③ 《新唐书》卷五七，第1435页。

> 掌之。使郭夏、宋识等造《正德》《大豫》二舞，其乐章亦张华之所作云。①

从这段文字可知，晋太常下设“太乐、总章、鼓吹、清商”各署，这证明曹魏曾设有清商署。此外，张华曾作《正德》《大豫》二舞歌辞。张华所作歌辞题作《正德舞歌》《大豫舞歌》，《晋书·乐志》均有收录。

《晋书·乐志》又记录舞曲歌辞制作过程曰：

> 汉高祖自蜀汉将定三秦，阆中范因率賨人以从帝，为前锋。及定秦中，封因为阆中侯，复賨人七姓。其俗喜舞，高祖乐其猛锐，数观其舞，后使乐人习之。阆中有渝水，因其所居，故名曰《巴渝舞》。舞曲有《矛渝本歌曲》《安弩渝本歌曲》《安台本歌曲》《行辞本歌曲》，总四篇。其辞既古，莫能晓其句度。魏初，乃使军谋祭酒王粲改创其词。粲问巴渝帅李管、种玉歌曲意，试使歌，听之，以考校歌曲，而为之改为《矛渝新福歌曲》《弩渝新福歌曲》《安台新福歌曲》《行辞新福歌曲》，《行辞》以述魏德。黄初三年，又改《巴渝舞》曰《昭武舞》。至景初元年，尚书奏，考览三代礼乐遗曲，据功象德，奏作《武始》《咸熙》《章斌》三舞，皆执羽籥。及晋又改《昭武舞》曰《宣武舞》，《羽籥舞》曰《宣文舞》。咸宁元年，诏定祖宗之号，而庙乐乃停《宣武》《宣文》二舞，而同用荀勖所使郭夏、

① 《晋书》卷二二，第692页。

宋识等所造《正德》《大豫》二舞云。[1]

这段记载叙述了从西汉到曹魏再到西晋的舞曲制作过程。《巴渝舞》“其辞既古,莫能晓其句度”,是舞曲歌辞流传过程中的常见现象。《汉书·艺文志》云:“汉兴,制氏以雅乐声律,世在乐官,颇能纪其铿锵鼓舞,而不能言其义。”[2]汉代古辞到王粲时已经无法辨识,王粲向“巴渝帅李管、种玉”请教歌曲涵义,又试着让人歌唱,他听了歌唱后又改校歌曲,最后才得以成功改作歌辞。而“巴渝帅李管、种玉”能知晓歌曲涵义,说明这些舞辞或许是用巴渝方言写成。

《晋书·乐志》详细叙述了南渡后朝廷雅乐逐渐恢复的情况曰:

永嘉之乱,海内分崩,伶官乐器,皆没于刘、石。江左初立宗庙,尚书下太常祭祀所用乐名。太常贺循答云:“魏氏增损汉乐,以为一代之礼,未审大晋乐名所以为异。遭离丧乱,旧典不存。然此诸乐皆和之以钟律,文之以五声,咏之于歌辞,陈之于舞列。宫悬在庭,琴瑟在堂,八音迭奏,雅乐并作,登歌下管,各有常咏,周人之旧也。自汉氏以来,依仿此礼,自造新诗而已。旧京荒废,今既散亡,音韵曲折,又无识者,则于今难以意言。”于时以无雅乐器及伶人,省太乐并鼓吹令。是后颇得登歌,食举之乐,犹有未备。太宁末,明帝又访阮孚等增益之。咸和

---

① 《晋书》卷二二,第693—694页。

② 《汉书》卷三〇,第1712页。

> 中，成帝乃复置太乐官，鸠集遗逸，而尚未有金石也。庾亮为荆州，与谢尚修复雅乐，未具而亮薨。庾翼、桓温专事军旅，乐器在库，遂至朽坏焉。及慕容俊平冉闵，兵戈之际，而邺下乐人亦颇有来者。永和十一年，谢尚镇寿阳，于是采拾乐人，以备太乐，并制石磬，雅乐始颇具。而王猛平邺，慕容氏所得乐声又入关右。太元中，破苻坚，又获其乐工杨蜀等，闲习旧乐，于是四厢金石始备焉。乃使曹毗、王珣等增造宗庙歌诗，然郊祀遂不设乐。今列其词于后云。①

可见东晋恢复雅乐经历了一个长期的过程，且最终也没有完全恢复。成功恢复的只有宗庙乐和四厢乐，郊祀乐则付之阙如。

《晋书·乐志》接下来叙述鼓吹曲曰：

> 汉时有《短箫铙歌》之乐，其曲有《朱鹭》《思悲翁》《艾如张》《上之回》《雍离》《战城南》《巫山高》《上陵》《将进酒》《君马黄》《芳树》《有所思》《雉子班》《圣人出》《上邪》《临高台》《远如期》《石留》《务成》《玄云》《黄爵行》《钓竿》等曲，列于鼓吹，多序战阵之事。②

鼓吹曲在汉代叫短箫铙歌，因列于鼓吹，故称鼓吹曲。鼓吹曲内容“多序战阵之事”，但具体写了哪些内容，学者意见不一。

---

① 《晋书》卷二三，第697—698页。

② 《晋书》卷二三，第701页。

如清人王先谦《汉铙歌释文笺正》序云：

> 由今观之，《思悲翁》《战城南》《巫山高》《有所思》，《艺文志》之“汉兴以来兵所诛灭”歌诗也；《上之回》《将进酒》《临高台》《远如期》，出行巡狩及游歌诗也，在铙歌内者也；《圣人出》，泰一杂甘泉寿宫歌诗也，在铙歌外者也。其余九篇亦皆名仍旧曲，娄（应为屡）易新辞。《朱鹭》，美汉初朱鹭之瑞福应歌诗也，变而讽刺矣；《上陵》，旧食举曲，因上陵而名，《艺文志》之宗庙歌诗也，变而神仙矣，犹非军乐也。《远期》《有所思》，列于太乐食举曲，亦宗庙歌诗也。一变而为军乐者也，宗庙歌诗未经协律，故旧曲之《上陵》《远期》《有所思》不录乐志，所录皆协律者也。福应巡狩弗加论列，故旧曲之《朱鹭》及《上之回》《上陵》《将进酒》《临高台》《远如期》不录，其他军乐又何取焉？此十八曲者，见摈于当代礼典之书，而杂收于旷世穷搜之史，故孟坚之隘也。①

王先谦认为，这组作品并非作于一时，创作时间有先有后，也不都是鼓吹曲辞。由于班固的狭隘，作《汉书》时未予收录，后人只能从各种史籍中将其辑出，但因缺乏鉴别能力，只好都归为铙歌。

这些性质不明的歌曲到曹魏时被改作歌颂开国者功德的组曲。《晋书·乐志》云：“及魏受命，改其十二曲，使缪袭为

① ［清］王先谦《汉铙歌释文笺正》，广文书局，1978 年版，第 2—3 页。

词，述以功德代汉。”“是时吴亦使韦昭制十二曲名，以述功德受命。”“及武帝受禅，乃令傅玄制为二十二篇，亦述以功德代魏。”[①]从此形成了一个传统，每有新朝建立，都改制鼓吹曲以述开国者功德。《晋书·乐志》只收录了晋鼓吹曲辞，没有收录魏、吴鼓吹曲辞。

《晋书·乐志》又述鞞舞歌辞制作曰：

> 鞞舞，未详所起，然汉代已施于燕享矣。傅毅、张衡所赋，皆其事也。旧曲有五篇：一、《关东有贤女》，二、《章和二年中》，三、《乐久长》，四、《四方皇》，五、《殿前生桂树》，其辞并亡。曹植《鞞舞诗序》云：“故汉灵帝西园鼓吹有李坚者，能鞞舞，遭世荒乱，坚播越关西，随将军段煨。先帝闻其旧伎，下书召坚。坚年逾七十，中间废而不为，又古曲甚多谬误，异代之文，未必相袭，故依前曲作新歌五篇。”[②]

可知鞞舞用于宴飨，属于燕射歌辞。但从曹植《鞞舞诗序》中“能鞞舞”之李坚供职于“西园鼓吹”看，鞞舞原来也属于鼓吹曲，所以《晋书·乐志》将其放在鼓吹曲之后叙述。曹植《鞞舞诗序》中所说“古曲”“前曲”，当指曲辞，而非乐曲。《宋书·乐志》所载曹植《鞞舞诗序》较《晋书·乐志》所载多出两句：“不敢充之黄门，近以成下国之陋乐焉。”[③]这两句位于“故

---

① 《晋书》卷二三，第701—703页。

② 《晋书》卷二三，第710页。

③ 《宋书》卷十九，第551页。

依前曲作新哥五篇”之后，可知曹植即使才高八斗，位列藩侯，也无权制作乐府歌辞。这与曹魏乐府歌辞主要出自三祖之手的事实是相符的。

《鼙舞歌诗五篇》每篇题下皆有注。《洪业篇》题注云："当魏曲《明明魏皇帝》，古曲《关东有贤女》。"《天命篇》题注云："当魏曲《太和有圣帝》，古曲《章和二年中》。"《景皇篇》题注云："当魏曲《魏历长》，古曲《乐久长》。"《大晋篇》题注云："当魏曲《天生烝民》，古曲《四方皇》。"《明君篇》题注云："当魏曲《为君既不易》，古曲《殿前生桂树》。"[①]从中可知，"当"为"对应""当作""相当于"之意。乐府诗中也有以"当"命题者，魏晋南北朝隋唐乐府诗中此类情形共八题九首，分别为魏曹植《当欲游南山行》《当来日大难》《当墙欲高行》《当事君行》《当车已驾行》、梁范云《当对酒》、简文帝《当置酒》、唐元稹《当来日大难》、王建《当窗织》。这些题名中，前七首"当"作为诗题标记都加在固有乐府诗题名之前，[②]只有第八首王建《当窗织》例外。郭茂倩《乐府诗集》认为王建《当窗织》取自梁鼓角横吹曲《折杨柳》中"女子临窗织"句，[③]该题是乐府新题，"当"字并不是固有诗题上所加的标记。因此，实际以"当"标记乐府诗题的只有七题八首。

以"当"字作为诗题标记说明诗人清楚在写作一种与旧作相对应的新作。除非有另一种情况，即原作没有"当"字，

---

① 《晋书》卷二三，第710—712页。

② 关于乐府诗的诗题标记，可参看拙文《从诗题标记看汉唐乐府诗创作方式的演变》，吴相洲主编《乐府学》第22辑，社会科学文献出版社，2018年版，第217—228页。

③ 《乐府诗集》卷九四，第1317页。

歌录作者在整理作品时加上“当”字，以区分旧作和新作。但乐府表演以新作取代旧作的情况很普遍，只有少数乐府诗题有“当”字，足见歌录编写无此惯例。且以“当”字为题者，并非一个时代或一位诗人的作品，不像是某一歌录编写者所加，因此“当”为诗人所加才最合情理。

既然“当”字表明诗人在为某一首乐曲或某一组乐曲写作新辞，那么诗人在作“当”题乐府时是如何处理与旧作关系的呢？《乐府解题》解释曹植《当来日大难》时说：“曹植拟《善哉行》为《日苦短》。”[①]认为“当”就是“模拟”。而郭茂倩《乐府诗集·杂曲歌辞》叙论在论及《当欲游南山行》《当事君行》《当车已驾行》时却说：“又如汉阮瑀之《驾出北郭门》，曹植之《惟汉》《苦思》《欲游南山》《事君》《车已驾》《桂之树》等行……或因意命题，或学古叙事。”[②]认为曹植包括《欲游南山》《事君》《车已驾》三首诗在内的乐府诗，是“或因意命题，或学古叙事”。“因意命题”，就是诗人自创新辞“当作”旧辞；“学古叙事”，就是诗人模拟旧辞以“当作”旧辞。

那么前述七题到底属于哪种情况呢？据上述情形判断，那些不见于前人曲调的作品，可能是“因意命题”，如曹植《当墙欲高行》等；那些已见于前人曲调的作品，很可能就是“学古叙事”了，如范云《当对酒》、简文帝《当置酒》。《对酒》为相和十五曲之第十曲，吴兢《乐府古题要解》曰：“右阙古词。曹魏乐奏武帝所赋‘对酒歌太平’。其旨言王者德泽广被，政理人和，万物咸遂。若梁范云‘对酒心自足’，则言但当为乐，

① 《乐府诗集》卷三六，第540页。

② 《乐府诗集》卷六一，第678页。

勿殉名自欺也。”[1]范云之作虽与魏武之作同题，但题旨相去甚远。《置酒》为大曲十五曲之第十曲，《乐府诗集》所录曹植《野田黄雀行四解》解题云：“《乐府解题》曰：‘晋乐奏东阿王《置酒高殿上》，始言丰膳乐饮，盛宾主之献酬。中言欢极而悲，嗟盛时不再。终言归于知命而无忧也。’《空侯引》亦用此曲。”[2]梁简文帝《当置酒》也为五言句，虽也以置酒欢宴开篇，但主要写眼前美景，不言乐极而悲、盛时不再、知命无忧。[3]可见范云、简文帝二作均取旧作一点元素演绎新辞，“当”仅表明诗题与古题“相当”而已。这两首“当”题乐府虽属“学古叙事”，但仍有很大自主性，“当”有“权当作”之意。

“当”题乐府造成了很多同诗异名现象。如曹植《当墙欲高行》又名《龙欲升天》，《乐府诗集》曹植《升天行二首》解题云：“《乐府解题》曰：‘《升天行》，曹植云：“日月何时留。”鲍照云：“家世宅关辅。”曹植又有《上仙箓》与《神游》《五游》《龙欲升天》等篇，皆伤人世不永，俗情险艰，当求神仙，翱翔六合之外，与《飞龙》《仙人》《远游篇》《前缓声歌》同意。’按《龙欲升天》，即《当墙欲高行》也。”[4]这种同诗异名现象便

① 吴兢《乐府古题要解》卷上，见丁福保《历代诗话续编》，中华书局，1983年版，第26页。

② 《乐府诗集》卷三九，第570页。

③ 阮瑀《诗》云：“我行自凛秋，季冬乃来归。置酒高堂上，友朋集光辉。念当复离别，涉路险且夷。思虑益惆怅，泪下沾裳衣。”与曹植诗意相近但似不完整。宋孔欣据此作乐府诗《置酒高堂上》，诗意与阮诗相似。此诗题名很可能也是《野田黄雀行四解》或《箜篌引》，诗见逯钦立《先秦汉魏晋南北朝诗·魏诗》卷三，中华书局，1983年版，第380—381页。

④ 《乐府诗集》卷六三，第919页。

是"当"题乐府造成的，这种现象也增加了考察乐府诗文献留存的复杂性。

《晋书·乐志》又述拂舞曰：

> 拂舞，出自江左。旧云吴舞，检其歌，非吴辞也。亦陈于殿庭。杨泓序云："自到江南见《白符舞》，或言《白凫鸠舞》，云有此来数十年矣。察其辞旨，乃是吴人患孙皓虐政，思属晋也。"今列之于后云。[①]

这说明《晋书·乐志》编纂者对拂舞的来历是做过一番考证的，并非有闻必录。记载中所载杨泓序，严可均《全上古三代秦汉三国六朝文·全晋文》据《宋志》有录，作者名下注云："泓，爵里未详。"[②]《隋书·经籍志》"《集议孝经》一卷"注云："又有晋给事中杨泓，处士虞槃佐、孙氏，东阳太守殷仲文，晋陵太守殷叔道，丹阳尹车胤，孔光各注《孝经》一卷。"[③]知杨泓为晋人，曾任给事中。但《晋书·乐志》所列《拂舞歌诗五篇》，第一篇名《白鸠篇》，并非杨泓序中所说《白符舞》或《白凫鸠舞》。郭茂倩《乐府诗集》收录《晋拂舞歌》五篇，首篇《白鸠篇》解题云："《南齐书·乐志》曰：'《白符鸠舞》，出江南，吴人所造。其歌本云："平平白符，思我君惠，集我金堂。"言白者金行，符合也，鸠亦合也，符鸠虽异，其义是同。'《宋书·乐志》曰：'晋杨泓《舞序》云："自到江南，见《白符舞》，

---

① 《晋书》卷二三，第 713 页。

② ［清］严可均《全上古三代秦汉三国六朝文·全晋文》卷一二八，中华书局，1958 年版，第 2197 页。

③ 《隋书》卷三二，第 933—934 页。

或言《白凫鸠舞》,云有此来数十年矣。察其辞旨,乃是吴人患孙皓虐政,思属晋也。'晋辞曰:'翩翩白鸠,载飞载鸣。怀我君德,来集君庭。'盖晋人改其本歌云。"①可见,《白符舞》在不同史料记载中名称略有不同,但名异而实同,所指都是《拂舞歌诗五篇》中的第一篇。《拂舞歌诗五篇》第二至五篇分别为《济济篇》《独漉篇》《碣石篇》《淮南王篇》,这说明《拂舞歌诗五篇》是《晋书·乐志》编纂者所见一组歌诗,诗前所述只是介绍相关情况,并非概括所有歌诗。

《晋书·乐志》又述鼓角横吹曲曰:

> 鼓角横吹曲。鼓,案《周礼》"以鼖鼓鼓军事"。角,说者云,蚩尤氏帅魑魅与黄帝战于涿鹿,帝乃始命吹角为龙鸣以御之。其后魏武北征乌丸,越沙漠而军士思归,于是减为中鸣,而尤更悲矣。胡角者,本以应胡笳之声,后渐用之横吹,有双角,即胡乐也。张博望入西域,传其法于西京,惟得《摩诃兜勒》一曲。李延年因胡曲更造新声二十八解,乘舆以为武乐。后汉以给边将,和帝时,万人将军得用之。魏晋以来,二十八解不复具存,用者有《黄鹄》《陇头》《出关》《入关》《出塞》《入塞》《折杨柳》《黄覃子》《赤之杨》《望行人》十曲。②

横吹曲本属鼓吹,后一分为二。二者的主要区别在于是否使用胡角,所以《晋书·乐志》特别叙述了胡角,可见胡角是横

① 《乐府诗集》卷五四,第789页。
② 《晋书》卷二三,第715—716页。

吹曲最主要的特色之所在。其中李延年因张骞从西域带回《摩诃兜勒》“更造新声二十八解”，是汉横吹曲由来的最早记载，常被后世治乐府学者所引用。

《晋书·乐志》又由李延年依胡曲作新声谈到了魏晋人因旧曲而作新声：

> 案魏晋之世，有孙氏善弘旧曲，宋识善击节唱和，陈左善清歌，列和善吹笛，郝索善弹筝，朱生善琵琶，尤发新声。故傅玄著书曰：“人若钦所闻而忽所见，不亦惑乎！设此六人生于上世，越今古而无俪，何但夔牙同契哉！”案此说，则自兹以后，皆孙朱等之遗则也。①

傅玄所著书今已不可见，其原文不得而知。严可均《全上古三代秦汉三国六朝文·全晋文》亦有相似记载：

> 魏晋之世，有孙氏善歌旧曲，宋识善击节唱和，陈左善清歌，列和善吹笛，郝素善弹筝，朱生善琵琶。虽伯牙之妙手，吴姬之奇声，何以加之！人若钦所闻而忽所见，不亦惑乎？设此六人生于上世，越古今而无俪，何但夔牙同契哉！②

从叙述语气看，显非傅著原文，傅玄不太可能说出“魏晋之世”这样的话。《全上古三代秦汉三国六朝文·全晋文》引文

---

① 《晋书》卷二三，第716页。

② 《全上古三代秦汉三国六朝文·全晋文》卷四九，第1742页。

后括号内有"《宋书·乐志一》,《北堂书钞》一百十,《艺文类聚》四十四,《通典》一百四十五,《御览》五百七十六,又五百八十,又五百八十三,《永乐大典》"。[1] 按《宋书·乐志一》和《通典》卷一四五,内容与《晋书·乐志》相同。《艺文类聚》卷四四作:"《傅子》曰:郝素善弹筝,虽伯牙妙手,吴姬奇声,何以加之。"[2]《太平御览》卷五七六与之相同,卷五八〇作:"《傅子》曰:列和善吹笛,吴姬之声,无以加也。"[3]卷五八三作:"《傅子》曰:朱生善弹琴、琵琶,虽伯牙之妙,无加也。"[4]通过比对可见,是严可均误将整段文字当作傅著内容。玩味整段文字,"魏晋之世"虽非傅玄之语,但关于几位各有专长艺人的记述当出自傅著,否则傅玄之后所言就无从谈起了。

《晋书·乐志》还记述了相和、但歌、吴声等新声,如述相和歌云:

> 相和,汉旧歌也,丝竹更相和,执节者歌。本一部,魏明帝分为二,更递夜宿。本十七曲,朱生、宋识、列和等复合之为十三曲。[5]

---

① 《全上古三代秦汉三国六朝文·全晋文》卷四九,第1742页。

② [唐]欧阳询撰,汪绍楹校《艺文类聚》卷四四,上海古籍出版社,1985年版,第785页。

③ [宋]李昉《太平御览》卷五八〇,中华书局,1960年版,第2617页。

④ 《太平御览》卷五八三,第2628页。

⑤ 《晋书》卷二三,第716页。

相和而歌，其来已久。《老子》第二章即云："故有无相生，难易相成，长短相形，高下相盈，音声相和，前后相随。"①《庄子·大宗师》曰："莫然有闲而子桑户死，未葬。孔子闻之，使子贡往侍事焉。或编曲，或鼓琴，相和而歌曰：'嗟来桑户乎！嗟来桑户乎！而已反其真，而我犹为人猗！'子贡趋而进曰：'敢问临尸而歌，礼乎？'二人相视而笑曰：'是恶知礼意！'"②王逸作《楚辞章句》，多处言及相和而歌。如《九歌章句第二》"疏缓节兮安歌"句下云："言肴膳酒醴既具，不敢宁处，亲举枹击鼓，使灵巫缓节而舞，徐歌相和，以乐神也。"③《大招》"赵箫倡只"句下云："箫，乐器也。先歌为倡。言乐人将歌，徐且讴吟，扬举善曲，乃俱相和。又使赵人吹箫先倡，五声乃发也。或曰：《讴和》《扬阿》，皆歌曲也。"④《谬谏》"同音者相和兮"句下云："谓清浊也。"⑤《株昭》"赴曲相和"句下云："宫商并会，应琴瑟也。"⑥《汉书》中也常见相和而歌故事。如《礼乐志》载有孝惠时"令歌儿习吹以相和"高祖《大风歌》之事，⑦《曹参传》载曹参与吏"取酒张坐饮，大歌呼与相和"之事，⑧《广川惠王刘越传》载有刘越孙刘去为宠姬陶望卿作歌

---

① 陈鼓应《老子注译及评介》，中华书局，2009年版，第60页。

② ［清］王先谦撰，沈啸寰点校《庄子集解》，中华书局，1987年版，第64—65页。

③ ［汉］王逸章句，［宋］洪兴祖补注，夏剑钦、吴广平校点《楚辞章句补注》卷第二，岳麓书社，2013年版，第56页。

④ 《楚辞章句补注》卷第十，第219页。

⑤ 《楚辞章句补注》卷第十三，第254页。

⑥ 《楚辞章句补注》卷第十五，第278页。

⑦ 《汉书》卷二二，第1045页。

⑧ 《汉书》卷三九，第2020页。

"使美人相和歌之"之事。[①] 可知相和而歌本是一种演唱方式,后人遂以此命名一类歌曲。

以演唱方式命名一类歌曲,盖因相和而歌是其突出特点。《晋书·乐志》曰:"相和,汉旧歌也,丝竹更相和,执节者歌。"[②]这样的记载描述过于简单,具体怎样相和,一时难以知晓。但排列组合,无外乎几种情形:器与器相和,即丝、竹两类乐器相和;器与人相和,即丝竹与人声相和;或丝、竹递相与人声相和。因有"丝竹更相和"之语,似不应包括人与人相和在内。《晋书·乐志》于相和歌之外,又记述但歌曰:"无弦节,作伎最先唱,一人唱,三人和",[③]明确标示但歌没有器乐伴奏。宋人郑樵《通志二十略·乐略》云:"按《诗·南陔》之三笙以和《鹿鸣》之三雅,《由庚》之三笙以和《鱼丽》之三雅者,相和歌之道也。"[④]方之以《诗经》表演方式,谓器乐曲与声乐曲亦可相和,可备一说。相和当以同声为义。《淮南子·览冥训》曰:"今夫调弦者,叩宫宫应,弹角角动,此同声相和者也。"[⑤]《韩诗外传》曰:"古者天子左五钟。将出,则撞黄钟,而右五钟皆应之。……此言音乐相和,物类相感,同声相应之义也。"[⑥]《吴越春秋·勾践入臣外传》曰:"臣闻同声相和,同

---

① 《汉书》卷五三,第2429页。

②③ 《晋书》卷二三,第716页。

④ [宋]郑樵《通志二十略》,中华书局,1995年版,第899页。

⑤ [汉]刘安编,何宁集释《淮南子集释》卷六,中华书局,1998年版,第464页。

⑥ [汉]韩婴撰,朱英华整理,朱维铮审阅《韩诗外传》卷第一,上海书店出版社,2012年版,第61页。

心相求。”[①]然而同声之中，又有不同。《老子》云：“故有无相生，难易相成，长短相形，高下相盈，音声相和，前后相随。”扬雄《甘泉赋》云：“阴阳清浊穆羽相和兮，若夔牙之调琴。”[②]则在同声之中，又有高下、阴阳、清浊之异。

曹魏宫廷所传相和歌原有十七曲，朱生、宋识、列和等人改造成十三曲。《晋书·乐志》云：“凡乐章古辞，今之存者，并汉世街陌谣讴，《江南可采莲》《乌生十五子》《白头吟》之属也。”[③]今存歌辞，有汉代留存之旧章，亦有魏晋所作新篇。《隋书·经籍志》和《新唐书·艺文志》均著录有《三调相和歌辞》五卷，[④]《旧唐书·经籍志》著录有《三调相和歌词》三卷，标明为荀勖所撰。[⑤] 此《三调相和歌辞(词)》应当就是汉晋歌辞的文本留存。

由于《相和三调歌辞》又称《清商三调歌诗》，于是又引发了相和歌与清商曲关系问题的讨论。清商，最初是调式，因以名曲。如《韩非子·十过》曰：“平公问师旷曰：‘此所谓何声也？’师旷曰：‘此所谓清商也。’公曰：‘清商固最悲乎？’师旷曰：‘不如清徵。’”[⑥]清商后又用来指曲之美妙者。如《文选》所收张衡《西京赋》中“嚼清商而却转”句李善注引宋玉《笛

---

① ［汉］赵晔撰，周生春辑校汇考《吴越春秋辑校汇考》，中华书局，2019 年版，第 116 页。

② 《全上古三代秦汉三国六朝文·全汉文》卷五一，第 404 页。

③ 《晋书》卷二三，第 716 页。

④ 《隋书》卷三五，第 1085 页；《新唐书》卷五七，第 1435 页。

⑤ 《旧唐书》卷四七，第 2080 页。

⑥ ［清］王先慎撰，钟哲点校《韩非子集解》，中华书局，1998 年版，第 63—64 页。

赋》曰:“吟清商,追流徵。”[①]《楚辞章句·惜誓》曰:“二子拥瑟而调均兮,余因称乎清商。”小注曰:“均,亦调也。……清商,歌曲也。言赤松、王乔见己欢喜,持瑟调弦而歌。我因称清商之曲最为善也。”[②]《后汉书·仲长统列传》载:“弹《南风》之雅操,发清商之妙曲。”[③]皆属此类。

以清商名乐类,起于曹魏设立清商署。曹魏设有清商署,掌管娱乐音乐,供皇帝欣赏,西晋因之。遭逢永嘉之乱,清商署音乐流散,北魏收集余曲,合南朝吴声西曲,总名之为清商乐,此清商乐名之由来。隋文帝混一南北,合南北朝所传清商曲,置清商署,改名清乐,后入七部乐;隋炀帝列入九部乐;唐太宗列入十部乐。此郭茂倩《乐府诗集》相和歌辞、清商曲辞叙论所述清商乐流变之大概。

然而,郭茂倩在叙论中交错使用了“清商三调歌诗”“汉世三调”“相和调”“相和五调”等语,后人读之,各有所解,于是引出清商三调与相和歌关系问题。或认为清商三调属清商乐,或认为清商三调属相和歌,众说纷纭,莫衷一是,致使这个问题成为二十世纪乐府学研究的一桩公案。按说相和歌以表演方式命名,清商三调以调式命名,二者可以兼容,不是非此即彼关系,也不是前后继承关系,不应该有归属问题的争议。导致争议出现的关键在于对《乐府诗集》清商曲辞和相和歌辞叙论的解读上。

---

① [南朝梁]萧统编,[唐]李善注《文选》卷二,上海古籍出版社,1986年版,第78页。

② 《楚辞章句补注》,第228页。

③ 《后汉书》卷四九,第1644页。

其实，关于"清商三调"的归属，郭茂倩在清商曲辞叙论中已经说得很清楚：

> 清商乐，一曰清乐。清乐者，九代之遗声。其始即相和三调是也，并汉魏已来旧曲。其辞皆古调及魏三祖所作。①

在相和歌辞叙论中，他对"清商三调"的由来又有更清楚的交代：

> 《宋书・乐志》曰："相和，汉旧曲也，丝竹更相和，执节者歌。本一部，魏明帝分为二，更递夜宿。本十七曲，朱生、宋识、列和等复合之为十三曲。"其后晋荀勖又采旧辞施用于世，谓之清商三调歌诗，即沈约所谓"因弦管金石造歌以被之"者也。②

两个叙论是说，魏明帝时乐府曾经为其表演汉代流传下来的相和旧曲，西晋时荀勖把魏氏三祖所作歌辞配入相和旧曲，同时把这些歌辞编成歌录，名为《清商三调歌诗》。相和歌辞叙论所引"沈约所谓'因弦管金石造歌以被之'者"在《宋书・乐志》中原文为："又有因弦管金石，造哥以被之，魏世三调哥词之类是也。"③又云："清商三调歌诗，荀勖撰，旧词施用者，平

① 《乐府诗集》卷四四，第638页。
② 《乐府诗集》卷二六，第376页。
③ 《宋书》卷十九，第550页。

调。”[①]从《宋书·乐志》所收录的“清商三调歌诗”看,多是魏氏三祖所作《短歌行》《燕歌行》等辞。可见,《宋书·乐志》所谓“清商三调歌诗”和“魏世三调哥词”实际上指的是同一批歌辞,只是称谓不同而已。而不将“清商三调歌诗”并入相和歌,是因为前者是汉曲魏辞,后者为汉曲汉辞的缘故。

问题就出在郭茂倩没有说明为何用“清商”命名魏氏三祖所作歌辞。其实荀勖以“清商”命名歌诗,不是为了标示这些歌诗的调式,而是为了标示这些歌诗的所属机构。魏晋设有清商署,掌管娱乐性音乐,名为“清商”,取美妙音声之义。司马孚等人于魏嘉平六年九月上奏永宁宫,谈到曹魏设有清商署,署有令、丞。[②] 晋武帝有《出清商掖庭诏》云:“今出清商掖庭及诸才人、奴女、保林已下二百七十余人还家。”[③]这两例证明魏晋确实设有清商署。荀勖将撰集之歌录取名“清商”,意在表明这批歌诗是清商署的表演曲目,取名“三调”是为了标明歌诗所属调式。三调即平调、清调、瑟调,与郭茂倩叙论中所说“相和三调”“汉世三调”完全一致。可见荀勖以“清商”命名歌诗,不是为了标示调式,而是为了标示歌诗所属机构,调式已用“三调”标示清楚。总之,清商不是在相和调之外出现的新兴曲调,“清商”本义虽然指的是调式,但清商乐并不是以调式命名的乐曲。

刘宋顺帝升明二年,尚书令王僧虔曾上表论三调哥云:

---

① 《宋书》卷二一,第608页。

② 《魏志·齐王芳纪》注引《魏书》,见[西晋]陈寿《三国志·魏志》卷四,中华书局,1959年版,第129—131页。

③ 《全上古三代秦汉三国六朝文·全晋文》卷六,第1496页。

“今之《清商》,实由铜雀,魏氏三祖,风流可怀,京、洛相高,江左弥重。”①可知曹魏宫廷喜爱相和歌,早在魏武帝时就开始了。魏明帝只是将其分为二部,“更递夜宿”而已。从分两部表演,可以看出魏明帝对其喜爱的程度之甚。

《晋书·乐志》又叙但歌曰:

> 但歌,四曲,出自汉世。无弦节,作伎最先唱,一人唱,三人和。魏武帝尤好之。时有宋容华者,清彻好声,善唱此曲,当时之特妙。自晋以来不复传,遂绝。②

但歌“无弦节”,即没有伴奏,应该是“谣”,但宋容华演唱水平很高,所唱实际上应是歌,名为“但歌”,意在标示其是“歌”而非其他。《乐府诗集》引《韩诗章句》曰:“有章曲曰歌,无章曲曰谣”。③ 从上述对但歌的分析看,“歌”“谣”在实际使用中未必都如此分明。

《晋书·乐志》又云:“凡乐章古辞,今之存者,并汉世街陌谣讴,《江南可采莲》《乌生十五子》《白头吟》之属也。”④这段记载极易使人断定相和歌来自民歌。其实“街陌讴谣”,是说歌曲流传于城市当中。城市中行业分工细致,有专门从事艺术表演之职业艺人,杨衒之《洛阳伽蓝记》记载洛阳市南就有“乐律”“调音”二里,“里内之人,丝竹讴歌,天下妙伎出

① 《宋书》卷十九,第553页。
② 《晋书》卷二三,第716页。
③ 《乐府诗集》卷八三,第1165页。
④ 《晋书》卷二三,第716页。

焉”。[1] 因此，相和歌的歌者可能是职业艺人，不应看作是百姓自娱的歌唱。

《晋书·乐志》又叙吴歌杂曲曰：

> 吴歌杂曲并出江南，东晋以来，稍有增广。
>
> 《子夜歌》者，女子名子夜，造此声。孝武太元中，琅邪王轲之家有鬼歌《子夜》，则子夜是此时以前人也。
>
> 《凤将雏歌》者，旧曲也。应璩《百一诗》云“言是《凤将雏》”，然则其来久矣。《前溪歌》者，车骑将军沈充所制。
>
> 《阿子》及《欢闻歌》者，穆帝升平初，歌毕辄呼“阿子，汝闻不”？语在《五行志》。后人衍其声，以为此二曲。
>
> 《团扇歌》者，中书令王珉与嫂婢有情，爱好甚笃，嫂捶挞婢过苦，婢素善歌，而珉好捉白团扇，故制此歌。
>
> 《懊憹歌》者，隆安初俗闻讹谣之曲，语在《五行志》。
>
> 《长史变》者，司徒左长史王廞临败所制。[2]

《晋书·乐志》解释称：“凡此诸曲，始皆徒歌，既而被之管弦。又有因丝竹金石，造歌以被之，魏世三调歌辞之类是也。”[3]说明这些吴歌和曹魏相和歌产生方式不同。郭茂倩新乐府辞叙论在述及辞乐配合方式上曾引用这段记载云：“凡乐府歌辞，

① ［魏］杨衒之撰，周祖谟校释《洛阳伽蓝记校释》卷四，中华书局，2010年版，第142页。

② 《晋书》卷二三，第716—717页。

③ 《晋书》卷二三，第717页。

有因声而作歌者，若魏之三调歌诗，因弦管金石，造歌以被之是也。有因歌而造声者，若清商、吴声诸曲，始皆徒歌，既而被之弦管是也。有有声有辞者，若郊庙、相和、铙歌、横吹等曲是也。有有辞无声者，若后人之所述作，未必尽被于金石是也。”[①]从中可以看出，乐府歌辞有四种辞乐结合方式：第一种是“因声而作歌者”，指为已有乐曲写作新辞；第二种是“因歌而造声者”，指里巷徒歌，见采于乐府，其曲粗具，这些乐曲与旧声相比简而质，与无声相比则稍有曲，为这些歌辞制曲称为因歌而造声；第三种是“有声有辞者”，指辞曲均已固定；第四种是“有辞无声者”，指没有乐曲只作歌辞。

《晋书·乐志》又叙杂舞曰：

《杯柈舞》，案太康中天下为《晋世宁舞》，务手以接杯柈反覆之。此则汉世惟有柈舞，而晋加之以杯，反覆之也。

《公莫舞》，今之《巾舞》也。相传云项庄剑舞，项伯以袖隔之，使不得害汉高祖，且语项庄云“公莫”！古人相呼曰公，言公莫害汉王也。今之用巾盖像项伯衣袖之遗式。然案《琴操》有《公莫渡河曲》，然则其声所从来已久，俗云项伯，非也。

《白纻舞》，案舞辞有巾袍之言。纻本吴地所出，宜是吴舞也。晋《俳歌》又云：“皎皎白绪，节节为双。”吴音呼绪为纻，疑白纻即白绪也。

《铎舞歌》一篇，《幡舞歌》一篇，《鼓舞伎》六曲，并

① 《乐府诗集》卷九〇，第1262页。

陈于元会。①

上述诸舞，皆以舞具命名，都用于朝会。《晋书·乐志》认为，《公莫舞》又名《巾舞》，演绎鸿门宴上项伯保护刘邦事，实际上《琴操》所载《公莫渡河曲》才是《公莫舞》本事，称《公莫舞》演绎鸿门宴故事是错误的。《公莫渡河曲》即《乐府诗集》所收《公无渡河》，又名《箜篌引》，崔豹《古今注》载其本事云：“《箜篌引》者，朝鲜津卒霍里子高妻丽玉所作也。子高晨起刺船，有一白首狂夫，被发提壶，乱流而渡，其妻随而止之，不及，遂堕河而死。于是援箜篌而歌曰：‘公无渡河，公竟渡河，堕河而死，将奈公何！’声甚凄怆，曲终亦投河而死。子高还，以语丽玉。丽玉伤之，乃引箜篌而写其声，闻者莫不堕泪饮泣。丽玉以其曲传邻女丽容，名曰《箜篌引》。”②这一本事也见载于《琴操》。公无渡河故事和鸿门宴故事相差太远，可能因二曲皆有“公莫”才导致后人误认。而《巾舞》本事，据杨公骥《西汉歌舞剧巾舞〈公莫舞〉的句读和研究》，也与鸿门宴故事无关。③

《晋书·乐志》又叙后汉外来舞蹈曰：

后汉正旦，天子临德阳殿受朝贺，舍利从西方来，戏于殿前，激水化成比目鱼，跳跃嗽水，作雾翳日。毕，又化

① 《晋书》卷二三，第717—718页。

② 《乐府诗集》卷二六，第377页。

③ 杨公骥《西汉歌舞剧巾舞〈公莫舞〉的句读和研究》，《光明日报》1950年7月19日第3版，后又有增订，发表于《中华文史论丛》1986年第1期。

> 成龙，长八九丈，出水游戏，炫耀日光。以两大丝绳系两柱头，相去数丈，两倡女对舞，行于绳上，相逢切肩而不倾。魏晋讫江左，犹有《夏育扛鼎》《巨象行乳》《神龟抃舞》《背负灵岳》《桂树白雪》《画地成川》之乐。①

“舍利”，本指佛之遗骨，此处代指印度人。这些印度舞蹈与杂技相融合，与中土舞蹈不同，因此也引起了朝臣们的议论，认为有伤彝伦，应该废除。他们的意见也被晋成帝采纳，“于是除《高絙》《紫鹿》《跂行》《鳖食》及《齐王卷衣》《笮儿》等乐，又减其廪。其后复《高絙》《紫鹿》焉。”②

清代以来，《晋书》研究成果日多，其中也有关于《乐志》的内容，兹择要介绍几种：

一、清吴士鉴、刘承干《晋书斠注》。该书根据其他纪、传与《乐志》相比对，便于判断同一事件各处所记之真伪异同。如：

> 汉自东京大乱，绝无金石之乐，乐章亡缺，不可复知。及魏武平荆州，获汉雅乐郎河南杜夔，(《魏志·杜夔传》曰：“夔，字公良，河南人，以知音为雅乐郎。”)能识旧法，以为军谋祭酒，使创定雅乐。时又有散骑侍郎邓静、尹商善训雅乐(案《魏志·杜夔传》，“尹商”作“尹齐”，《宋书·乐志》亦作“尹商”，盖《魏志》误也。“善训”，《魏志》作“善咏”)，歌师尹胡能歌宗庙郊祀之曲，舞师冯肃、服养晓知先代诸舞，夔悉总领之。远详经籍，近采故事

① 《晋书》卷二三，第718页。

② 《晋书》卷二三，第719页。

> (《魏志·杜夔传》作“夔总统研精,远考诸经,近采故事”),考会古乐,始设轩悬钟磬(《魏志·杜夔传》曰“教习讲肄,备作乐器,绍复先代古乐,皆自夔始也”)。而黄初中柴玉、左延年之徒,复以新声被宠,改其声韵(《魏志·文帝纪》注:“《魏书》曰:‘有司奏改汉氏宗庙,《安世乐》曰《正世乐》,《嘉至乐》曰《迎灵乐》,《武德乐》曰《武颂乐》,《昭容乐》曰《昭业乐》,《云翻舞》曰《凤翔舞》,《育命舞》曰《灵应舞》,《武德舞》曰《武颂舞》,《文昭舞》曰《大昭舞》,《五行武[当是‘舞’字]》曰《大武舞》。’”《三国志考证》:“一曰‘文昭’当作‘文始’,‘大昭’当作‘大始’。”)。及武帝受命之初,百度草创。泰始二年,诏郊祀明堂礼乐权用魏仪,遵周室肇称殷礼之义,但改乐章而已,使傅玄为之词云。①

这样的成果,可以提示读者在阅读《乐志》时参照纪、传,通过纪、传加深对《乐志》中提到的人物和事件的了解,以利于互相生发补充。

二、清孙人龙《晋书考证》。该书对《乐志》做了一系列考证,如考“《前溪歌》者”曰:“监本‘溪’误作‘汉’。《宋志》为‘前溪头’,此即唐诗所谓‘舞爱前溪妙’者也。又云:‘车骑将军沈玩所制’,查晋世不见沈玩其人,当是讹‘充’为‘玩’耳。今仍监本。”②

---

① [清]吴士鉴、刘承干《晋书斠注》卷二二,《续修四库全书》,第275册,上海古籍出版社,2013年版,第497页。

② 《二十四史订补》第六册,第109页。

三、傅云龙《武英殿本二十三史考证·晋书考证》。该书有三条考证与《乐志》相关,如其一云:"'乐志下歌穆帝。'各本俱脱此一章,今从《宋志》增入。"①

四、丁国钧《晋书校文》。该书涉及《乐志》的共两条:"《飨天地五郊歌》:'怀和百神','和',《宋志》作'柔'。《天地郊明堂降神歌》:'应天景祥',《宋志》'应'作'膺'。"②

五、周家禄《晋书校勘记》。该书涉及《乐志》的共五条。如其二云:"'使郭夏、宋识等造《正德》《大豫》二舞,而同用荀勖所使郭琼、宋识等所造《正德》《大豫》二舞'云,'夏''琼'一人,其形相似,未知孰误。"③

六、杨正衡《晋书音义》。该书对《乐志》中的一些字词作了注音,可参看。④

此外,丘琼荪《历代乐志律志校释》对《晋书·乐志》的考证也很有价值。如谈到魏雅乐四曲"第四曰《(日)复》"句时云:"案:《乐府诗集》卷十三《晋四厢乐歌序》云:'第四曰《日复》,用《鹿鸣》,《鹿鸣》之声重用,而除古《伐檀》。'以《日复》为乐章名,是。依上文例,当云'第四曰《日复》'。此'日'字盖后人疑与'曰'字相复而妄去之也。原本无,今补。"⑤又如《晋书·乐志》云:"其后魏武北征乌丸,越沙漠而军士思归,于是减为中鸣,而尤更悲矣。"⑥其中"中鸣"一词,丘琼荪校释

---

① 《二十四史订补》第六册,第495页。
② 《二十四史订补》第六册,第532页。
③ 《二十四史订补》第六册,第600页。
④ 《二十四史订补》第六册,第641页。
⑤ 《历代乐志律志校释》第二分册,第54页。
⑥ 《晋书》卷二三,第715页。

云:“案:《通典》及《乐府诗集》引,‘中’作‘半’。案下文又云:‘中鸣一曲三声’,则‘半’字或为‘中’之讹。”①

丘琼荪还指出《晋书·乐志》中有错简之处。如“案魏晋之世,有孙氏善弘旧曲,宋识善击节唱和,陈左善清歌,列和善吹笛,郝索善弹筝,朱生善琵琶,尤发新声。故傅玄著书曰:‘人若钦所闻而忽所见,不亦惑乎!设此六人生于上世,越今古而无俪,何但夔、牙同契哉?’按此说,则自兹以后,皆孙朱等之遗则也。”他认为,这段文字有错简,“案:上一小段文字,以性质论,应置在‘但歌’一节之后,‘凡乐章古辞’一节之前。《宋志》在八音乐器之末,尤非,疑错简”。② 凡此都是考证细致,合情合理之处。

第二节 《宋书·乐志》的乐府学内容与特色

《宋书·乐志》是《乐府诗集》之前最重要的乐府学典籍。作者沈约,齐梁文章领袖,历仕宋齐梁三代,曾作《晋书》一百一十卷、《宋书》一百卷、《齐纪》二十卷,唯有《宋书》一百卷传世。

沈约《宋书》系修改增补徐爰等人《宋书》而成,本章第一节已对沈约《宋书》成书过程有详细考察,兹不赘述。在内容上,《宋书·乐志》追述了刘宋以前乐府发展的大致历程。以往正史乐志多多少少都要追述前代音乐历史,至《晋书·乐志》更为自觉,而《宋书·乐志》较之《晋书·乐志》又更加详

① 《历代乐志律志校释》第二分册,第 88 页。

② 《历代乐志律志校释》第二分册,第 89 页。

细，涉及汉初改制秦乐、河间献王献雅乐、魏武帝使杜夔创制雅乐、魏文帝改制宗庙乐、魏明帝时作《章斌舞》及改制汉乐、魏晋改作汉郊祀乐、东晋重建郊庙音乐、刘宋改制乐舞等事，对于晋宋两朝乐府活动情况的记录尤其详细，为后人研究乐府体制和乐府诗音乐形态提供了丰富资料。

在取材上，《宋书·乐志》对《晋书·乐志》多有借鉴，只是在文字上做了处理。如对《凤将雏》本事的记载，《晋书·乐志》云："《凤将雏歌》者，旧曲也。应璩《百一诗》云'言是《凤将雏》'，然则其来久矣。"①《宋书·乐志》云："《凤将雏哥》者，旧曲也。应璩《百一诗》云：'为作《陌上桑》，反言《凤将雏》。'然则《凤将雏》其来久矣，将由讹变以至于此乎？"②所记本事内容大致相同，只是文字上略有差异。再如对汉末大乱，乐章亡缺，魏武帝令杜夔创制雅乐等事的记载。《晋书·乐志》云：

> 汉自东京大乱，绝无金石之乐，乐章亡缺，不可复知。及魏武平荆州，获汉雅乐郎河南杜夔，能识旧法，以为军谋祭酒，使创定雅乐。时又有散骑侍郎邓静、尹商善训雅乐，歌师尹胡能歌宗庙郊祀之曲，舞师冯肃、服养晓知先代诸舞，夔悉总领之。远详经籍，近采故事，考会古乐，始设轩悬钟磬。而黄初中柴玉、左延年之徒，复以新声被宠，改其声韵。③

① 《晋书》卷二三，第716页。
② 《宋书》卷十九，第549页。
③ 《晋书》卷二二，第679页。

《宋书·乐志》云:

> 汉末大乱,众乐沦缺。魏武平荆州,获杜夔,善八音,尝为汉雅乐郎,尤悉乐事,于是以为军谋祭酒,使创定雅乐。时又有邓静、尹商,善训雅乐,哥师尹胡能哥宗庙郊祀之曲,舞师冯肃、服养晓知先代诸舞,夔悉总领之。远考经籍,近采故事,魏复先代古乐,自夔始也。而左延年等,妙善郑声,惟夔好古存正焉。①

二书所载内容也基本相同,《宋书·乐志》行文较《晋书·乐志》更为简洁一些。

《宋书·乐志》在记述乐府活动时尤其注意记录音乐改制过程中朝廷君臣的相关讨论。这些讨论不仅丰富了对音乐作品制作过程的描述,而且能够让人们清楚理解如此制作的原因。如:

> 散骑常侍王肃议曰:"王者各以其礼制事天地,今说者据《周官》单文为经国大体,惧其局而不知弘也。汉武帝东巡封禅还,祠太一于甘泉,祭后土于汾阴,皆尽用其乐。言尽用者,为尽用宫悬之乐也。天地之性贵质者,盖谓其器之不文尔,不谓庶物当复减之也。礼,天子宫悬,舞八佾。今祀圜丘方泽,宜以天子制,设宫悬之乐,八佾之舞。"卫臻、缪袭、左延年等咸同肃议。奏可。②

---

① 《宋书》卷十九,第534页。

② 《宋书》卷十九,第537页。

王肃是著名经学家，熟悉儒家礼乐文化，他参与音乐制作，把个中道理讲得头头是道，令人信服。这些讨论有时会涉及很具体的问题。如：

于是尚书又奏："祀圆丘以下，《武始舞》者，平冕，黑介帻，玄衣裳，白领袖，绛领袖中衣，绛合幅袴，绛袜，黑韦鞮。《咸熙舞》者，冠委貌，其余服如前。《章斌舞》者，与《武始》《咸熙》舞者同服。奏于朝庭，则《武始舞》者，武冠，赤介帻，生绛袍单衣，绛领袖，皂领袖中衣，虎文画合幅袴，白布袜，黑韦鞮。《咸熙舞》者，进贤冠，黑介帻，生黄袍单衣，白合幅袴，其余服如前。"奏可。史臣案，《武始》《咸熙》二舞，冠制不同，而云《章斌》与《武始》《咸熙》同服，不知服何冠也？①

这条记载讨论的是舞蹈服饰问题，同一舞蹈，在不同礼仪场合表演所用服饰却不尽相同，从服饰形制到服饰颜色均在讨论范围之内，可谓详尽至极。

《宋书·乐志》考证歌之由来曰：

民之生，莫有知其始也。含灵抱智，以生天地之间。夫喜怒哀乐之情，好得恶失之性，不学而能，不知所以然而然者也。怒则争斗，喜则咏哥。夫哥者，固乐之始也。咏哥不足，乃手之舞之，足之蹈之，然则舞又哥之次也。咏哥舞蹈，所以宣其喜心，喜而无节，则流淫莫反；故圣人

① 《宋书》卷十九，第536页。

以五声和其性，以八音节其流，而谓之乐，故能移风易俗，平心正体焉。昔有娀氏有二女，居九成之台，天帝使燕夜往，二女覆以玉筐，既而发视之，燕遗二卵，五色，北飞不反。二女作哥，始为北音。禹省南土，嵞山之女令其妾候禹于嵞山之阳，女乃作哥，始为南音。夏后孔甲田于东阳萯山，天大风晦冥，迷入民室，主人方乳，或曰："后来是良日也，必大吉。"或曰："不胜之子，必有殃。"后乃取以归，曰："以为余子，谁敢殃之？"后析橑，斧破断其足。孔甲曰："呜呼！有命矣。"乃作《破斧》之哥，始为东音。周昭王南征，殒于汉中。王右辛余靡长且多力，振王北济，周公乃封之西翟，徙宅西河，追思故处作哥，始为西音。此盖四方之哥也。①

又曰：

黄帝、帝尧之世，王化下洽，民乐无事，故因击壤之欢，庆云之瑞，民因以作哥。其后《风》衰《雅》缺，而妖淫靡漫之声起。周衰，有秦青者，善讴，而薛谈学讴于秦青，未穷青之伎而辞归。青饯之于郊，乃抚节悲歌，声震林木，响遏行云。薛谈遂留不去，以卒其业。又有韩娥者，东之齐，至雍门，匮粮，乃鬻哥假食。既而去，余响绕梁，三日不绝。左右谓其人不去也。过逆旅，逆旅人辱之，韩娥因曼声哀哭，一里老幼，悲愁垂涕相对，三日不食。遽而追之，韩娥还，复为曼声长哥，一里老幼，喜跃抃舞，不

① 《宋书》卷十九，第548页。

能自禁，忘向之悲也。乃厚赂遣之。故雍门之人善哥哭，效韩娥之遗声。卫人王豹处淇川，善讴，河西之民皆化之。齐人绵驹居高唐，善哥，齐之右地，亦传其业。前汉有虞公者，善哥，能令梁上尘起。若斯之类，并徒哥也。《尔雅》曰："徒哥曰谣。"①

这些记载寻根索源，对歌的由来、善歌者、歌的类型等问题作了详细梳理，被后世类书乐部类典籍在述及歌唱问题时普遍吸收，并成为《乐府诗集》杂歌谣辞叙论引用的重要史料。

《宋书·乐志》记载了相和歌、但歌、吴歌杂曲，所记内容与《晋书·乐志》基本相同，只是在吴歌杂曲中增加了《督护哥》和《读曲哥》二曲。其文曰：

《督护哥》者，彭城内史徐逵之为鲁轨所杀，宋高祖使府内直督护丁旿收敛殡埋之。逵之妻，高祖长女也，呼旿至阁下，自问敛送之事，每问，辄叹息曰："丁督护！"其声哀切，后人因其声，广其曲焉。

《读曲哥》者，民间为彭城王义康所作也。其哥云"死罪刘领军，误杀刘第四"是也。②

《宋书·乐志》之所以增加了这两条记载，大约是因为这两支乐曲创制于刘宋的缘故。

《宋书·乐志》记述了《鞞舞》《公莫舞》《拂舞》《白纻舞》

---

① 《宋书》卷十九，第548—549页。

② 《宋书》卷十九，第550页。

等诸多舞曲的由来和表演情况,内容与《晋书·乐志》所载相同。只是《宋书·乐志》在记述这些舞曲时,还记述了古人以舞相属的习俗。如云:"前世乐饮,酒酣,必起自舞。《诗》云'屡舞仙仙'是也。宴乐必舞,但不宜屡尔。讥在屡舞,不讥舞也。汉武帝乐饮,长沙定王舞又是也。魏、晋已来,尤重以舞相属。所属者代起舞,犹若饮酒以杯相属也。谢安舞以属桓嗣是也。近世以来,此风绝矣。"①这些内容《晋书·乐志》未见记载。

《宋书·乐志》考证了一些具体曲目的表演情况。如:"孝武大明中,以《鞞》《拂》、杂舞合之钟石,施于殿庭。"②在《肆夏》乐歌四章题下注云:"客入,于四箱振作《于铄曲》。皇帝当阳,四箱振作《将将曲》。皇帝入变服,四箱振作《于铄》《将将》二曲。又黄钟、太簇二箱作《法章》《九功》二曲。"③在《食举歌十章》题下注云:"黄钟、太簇二箱更作。黄钟作《晨羲》《体至和》《王道》《开元辰》《礼有容》五曲。太簇作《五玉》《怀荒裔》《皇猷缉》《惟永初》《王道纯》五曲。"④对具体曲目表演的场合、程式、调式都有记载。

《宋书·乐志》考证了"八音"的由来、形制和表演效果等。如云:"琴,马融《笛赋》云:'宓羲造琴。'《世本》云:'神农所造。'《尔雅》'大琴曰离',二十弦。今无其器。齐桓曰号钟,楚庄曰绕梁,相如曰燋尾,伯喈曰绿绮,事出傅玄《琴赋》。世云燋尾是伯喈琴,伯喈传亦云尔。以傅氏言之,则非伯喈

①② 《宋书》卷十九,第552页。

③ 《宋书》卷二〇,第594页。

④ 《宋书》卷二〇,第596页。

也。"[1]又云："琵琶，傅玄《琵琶赋》曰：'汉遣乌孙公主嫁昆弥，念其行道思慕，故使工人裁筝、筑，为马上之乐。欲从方俗语，故名曰琵琶，取其易传于外国也。'《风俗通》云：'以手琵琶，因以为名。'杜挚云：'长城之役，弦鼗而鼓之。'并未详孰实。其器不列四厢。"[2]虽然《晋书·乐志》也有关于八音的记载，但所记内容不如《宋书·乐志》详细。在《宋书·乐志》对八音的记载中，尤以对鼓吹的记录最为详细：

> 鼓吹，盖短箫铙哥。蔡邕曰："军乐也，黄帝岐伯所作，以扬德建武，劝士讽敌也。"《周官》曰："师有功则恺乐。"《左传》曰，晋文公胜楚，"振旅，凯而入"。《司马法》曰："得意则恺乐恺哥。"雍门周说孟尝君，"鼓吹于不测之渊"。说者云，鼓自一物，吹自竽、籁之属，非箫、鼓合奏，别为一乐之名也。然则短箫铙哥，此时未名鼓吹矣。应劭汉《卤簿图》，唯有骑执箛。箛即笳，不云鼓吹。而汉世有黄门鼓吹。汉享宴食举乐十三曲，与魏世鼓吹长箫同。长箫短箫，《伎录》并云，丝竹合作，执节者哥。又《建初录》云，《务成》《黄爵》《玄云》《远期》，皆骑吹曲，非鼓吹曲。此则列于殿庭者为鼓吹，今之从行鼓吹为骑吹，二曲异也。又孙权观魏武军，作鼓吹而还，此又应是今之鼓吹。魏、晋世，又假诸将帅及牙门曲盖鼓吹，斯则其时谓之鼓吹矣。魏、晋世给鼓吹甚轻，牙门督将五校，悉有鼓吹。晋江左初，临川太守谢摛每寝，辄梦闻鼓

---

① 《宋书》卷十九，第555—556页。

② 《宋书》卷十九，第556页。

吹。有人为其占之曰:“君不得生鼓吹,当得死鼓吹尔。”摛击杜韬战没,追赠长水校尉,葬给鼓吹焉。谢尚为江夏太守,诣安西将军庾翼于武昌咨事,翼与尚射,曰:“卿若破的,当以鼓吹相赏。”尚射破的,便以其副鼓吹给之。今则甚重矣。①

这段记载考证了鼓吹的来历,涉及“短箫铙哥”“黄门鼓吹”“骑吹”等不同称谓以及魏晋时期鼓吹的使用情况,有很高的史料价值,自开篇至“晋江左初”之前,几乎全部被郭茂倩《乐府诗集》鼓吹曲辞叙论所引用。

《宋书·乐志》还记录了乐府的新旧雅俗之争。晋人南渡,乐府散落殆尽,为了彰显政权的合法性,朝廷自然把恢复乐府建制当作重要任务。当时建设乐府有两个资源:一个是以相和歌为代表的中朝旧曲,另一个是以吴声西曲为代表的俗乐新声。有人呼吁保留中朝旧曲,有人又喜爱俗乐新声。两股势力斗争的结果是中朝旧曲逐渐被人遗忘,俗乐新声日益盛行,甚至新声还变成了雅乐,施用于殿庭。《宋书·乐志》载:“孝武大明中,以《鞞》《拂》、杂舞合之钟石,施于殿庭。顺帝升明二年,尚书令王僧虔上表言之,并论三调哥。”②王僧虔《表》云:

臣闻《风》《雅》之作,由来尚矣。……又今之清商,实由铜雀,魏氏三祖,风流可怀,京、洛相高,江左弥重。

① 《宋书》卷十九,第558—559页。

② 《宋书》卷十九,第552页。

> 谅以金悬干戚，事绝于斯。而情变听改，稍复零落，十数年间，亡者将半。自顷家竞新哇，人尚谣俗，务在噍危，不顾律纪，流宕无涯，未知所极，排斥典正，崇长烦淫。……臣以为宜命典司，务勤课习，缉理旧声，迭相开晓，凡所遗漏，悉使补拾。曲全者禄厚，艺敏者位优。利以动之，则人思自劝，风以靡之，可不训自革。反本还源，庶可跂踵。①

王僧虔认为，当时殿庭舞蹈和乐器建制，既不合古，又不典雅，相和歌的日渐零落尤其令人担忧，建议朝廷缉理旧声，补拾遗漏，优待精通旧声的艺人，使人思自劝，借此形成风气，不训自革达到反本还原的目的。他的建议也得到了顺帝的认可。从这段记载还可以看出，到刘宋时期，殿庭雅乐已经不够纯粹，俗乐新声受到广泛欢迎。而且俗乐新声不仅在殿庭之上受到喜爱，在朝廷之外也极为盛行。《晋书·王恭传》就记载称：“(会稽王)道子尝集朝士，置酒于东府，尚书令谢石因醉为委巷之歌。”②世家大族的权贵们在酒宴上吟唱俗乐新声，则俗乐新声在当时的盛行程度可见一斑。

音乐上的新旧之争反映到文学上就是雅俗之辨。《宋书·乐志》序云：“今《志》自郊庙以下，凡诸乐章，非淫哇之辞，并皆详载。”③序中提到“淫哇之辞”，那究竟哪些歌辞属于淫哇之辞呢?《宋书·乐志》云：

① 《宋书》卷十九，第553页。
② 《晋书》卷八四，第2184页。
③ 《宋书》卷十一，第204页。

《鞞舞》故二八，桓玄将即真，太乐遣众伎，尚书殿中郎袁明子启增满八佾，相承不复革。宋明帝自改舞曲哥词，并诏近臣虞龢并作。又有西、伧、羌、胡诸杂舞。随王诞在襄阳，造《襄阳乐》，南平穆王为豫州，造《寿阳乐》，荆州刺史沈攸之又造《西乌飞哥曲》，并列于乐官。哥词多淫哇不典正。①

可知《襄阳乐》《寿阳乐》《西乌飞哥曲》等因歌辞不够典正，而被称为淫哇之辞。但沈约对新声的态度比较宽容，他不以乐曲的新旧区分雅郑，而是以歌辞的雅俗区分雅郑，《宋书·乐志》中记录了大量吴声西曲的本事就表明了他的态度。相较而言，萧统选编《文选》时只收录相和旧曲，完全不收吴声西曲，就与沈约的观点截然不同。沈约把娱乐性歌曲也纳入正史记录，只是因为其歌词属于“淫哇之辞”，故而不录其辞。

曹魏乐府创作主要由三祖完成，宫廷乐府创作几乎是皇帝的专利。曹植才高八斗，但因仅为藩侯，所作只能“充下国之陋乐”。西晋时为宫廷写作乐府诗的多是朝中重臣，南朝乐府诗作者身份逐渐放开，使更多人能够参与到乐府诗写作当中。在这种情况下，诗人们更多地抛开乐府的仪式功用，而是按照文学作品的要求进行创作，从而大大提高了乐府诗的文学性。到齐永明年间，沈约、谢朓等人作鼓吹曲辞时，更是明白表示“赋鼓吹曲名”。谢朓还与檀秀才等人作了一组《同赋杂曲名》。这样的做法完全抛开了乐府诗的仪式功能，而是把乐府诗当作纯粹的文学作品来创作。《梁书·萧子云

① 《宋书》卷十九，第552页。

传》记载了梁朝初年萧子云质疑沈约所作郊庙歌辞不够典雅事,他的质疑得到了梁武帝的支持,武帝敕云:“郊庙歌辞,应须典诰大语,不得杂用子史文章浅言;而沈约所撰,亦多舛谬。”①这一事件说明沈约写作郊庙歌辞确实不受典诰大语的限制,而是杂用子史浅言,自由发挥。以沈约的学识修养,绝非不熟悉经典,而是不愿意被经典所局限,因而写作郊庙歌辞时才“杂用子史文章浅言”。

《宋书·乐志》记录了大量刘宋以前的乐府歌辞,这是其最大的特色。《宋书·乐志》共四卷,后三卷均录歌辞,共收歌辞十七题三百一十四篇。与《史记》《汉书》有选择地举例式收录不同,《宋书·乐志》是有闻必录,保存歌辞的意识十分鲜明。《宋书·乐志》序云:

> 班固《礼乐》《郊祀》,马彪《祭祀》《礼仪》,蔡邕《朝会》,董巴《舆服》,并各立志。夫礼之所苞,其用非一,郊祭朝飨,匪云别事,旗章服物,非礼而何?今总而裁之,同谓《礼志》。《刑法》《食货》,前说已该,随流派别,附之纪传。《乐经》残缺,其来已远,班氏所述,政抄举《乐记》,马彪《后书》,又不备续。至于八音众器,并不见书,虽略见《世本》,所阙犹众。爰及《雅》《郑》,讴谣之节,一皆屏落,曾无概见。郊庙乐章,每随世改,雅声旧典,咸有遗文。又案今鼓吹铙歌,虽有章曲,乐人传习,口相师祖,所务者声,不先训以义。今乐府铙歌,校汉、魏旧曲,曲名时同,文字永异,寻文求义,无一可了。不知今之铙

① [唐]姚思廉《梁书》卷三五,中华书局,1973年版,第514页。

章，何代曲也。今《志》自郊庙以下，凡诸乐章，非淫哇之辞，并皆详载。[①]

鉴于此前史书对乐府曲目和歌辞记载的或缺漏、或摒弃、或遗失、或有误等种种状况，沈约撰写《宋书·乐志》时采取了“凡诸乐章，非淫哇之辞，并皆详载”的主张，这样的主张凸显出沈约保存歌辞的强烈意识，很多汉魏乐府歌辞也借此得以留存至今。

《宋书·乐志》四主要著录舞曲歌辞和鼓吹曲辞。其中《鞞舞歌》，汉、魏各五篇，汉歌是“《关东有贤女》《章和二年中》《乐久长》《四方皇》《殿前生桂树》。”[②]魏歌是“《明明魏皇帝》《太和有圣帝》《魏历长》《天生烝民》《为君既不易》”，[③]但都没著录歌辞。著录歌辞的是曹植《鞞舞歌》五篇，《晋鞞舞歌》五篇。《铎舞》只录晋歌诗两篇，其中第一篇不可解读。《拂舞》歌诗五篇，实际只有四篇，五篇《拂舞行》实际也只有四篇。《杯盘舞》歌诗一篇，有辞。《巾舞》歌诗一篇，不可解读。《白纻舞》歌诗三篇，有辞。《宋泰始歌舞曲词》九篇，有辞。又有《宋世大雅》《治兵大雅》《白纻篇大雅》。

鼓吹曲辞著录有《汉鼓吹铙歌十八曲》《魏鼓吹曲十二篇》《晋鼓吹歌曲二十二篇》《吴鼓吹曲十二篇》《今鼓吹铙歌词》和何承天私造的《鼓吹铙歌十五篇》。其中《汉鼓吹铙歌

---

① 《宋书》卷十一，第204页。

② 《宋书》卷二二，第625页。

③ 《宋书》卷二二，第625—626页。

十八曲》《魏鼓吹曲十二篇》《晋鼓吹歌曲二十二篇》《吴鼓吹曲十二篇》，歌辞今存。

《今鼓吹铙歌词》仅见几解和曲名，如云："右四解，《上邪曲》""右九解，《晚芝曲》""右三解，《艾如张曲》"，但显然佚失严重，残缺不全。这组歌辞仅存部分也是声辞合写，全无句读，和汉铙歌中的《石留》《巾舞歌辞》一样，不可解读。对于不可解读的原因，沈约《今鼓吹铙歌词》题下小注说是"乐人以音声相传，训诂不可复解"。[①] 他在《宋书·乐志》序中又说："又案今鼓吹铙歌，虽有章曲，乐人传习，口相师祖，所务者声，不先训以义。今乐府铙歌，校汉、魏旧曲，曲名时同，文字永异，寻文求义，无一可了。不知今之铙章，何代曲也。"[②] 显然，沈约认为问题出在乐人身上。然而，这样的错误反倒成了乐府音乐真实存在的明证。清代以来的学者们尝试解读这些歌辞，但见解各异，莫衷一是。

何承天私造的《鼓吹铙歌十五篇》，歌辞今存。这组歌辞不述开国者功德，只据题名、古辞自制新辞。事实上，私造歌辞并不始自何承天，而是始自魏明帝时任散骑常侍的王肃。《宋书·乐志》云："（王）肃私造宗庙诗颂十二篇，不被哥。"[③] 何承天私造歌辞是在东晋安帝义熙中，《宋书·乐志》云："鼓吹铙歌十五篇，何承天义熙中私造。"[④] 制礼作乐是朝廷的重大礼乐活动，歌辞一般由朝廷组织制作，或由帝王御制，或由朝廷指派官员、学士制作。何承天私造的歌辞能被保留下来，

---

① 《宋书》卷二二，第660页。

② 《宋书》卷十一，第204页。

③ 《宋书》卷十九，第538页。

④ 《宋书》卷二二，第661页。

说明这组歌辞最终得到了朝廷认可。

《宋书·乐志》所录相和诸曲中标明“古词”的都是汉代旧曲,如《江南》《东光》《鸡鸣》《乌生八九子》《平陵东》《董逃行》《善哉行》《东门行》《艳歌罗敷行》《西门行》《折杨柳行》《艳歌何尝行》《满歌行》《雁门太守行》《白头吟》《汉鼓吹铙歌十八曲》等。沈约在收录歌辞时特别注意分门别类。他在讨论音乐分类时引用了蔡邕的观点称:“蔡邕论叙汉乐曰:一曰郊庙神灵,二曰天子享宴,三曰大射辟雍,四曰短箫铙歌。”[①]但实际上他在收录歌辞时分为郊庙、享宴、相和、舞曲、鼓吹几类,与蔡邕分类方式不同,他这种按实际情况进行分类的意识值得高度肯定。

在记录歌辞时,《宋书·乐志》还有意识地保留歌辞表演信息,具体表现有如下几点:

第一是标明曲调。《宋书·乐志》所记录的曲调有平调、清调、瑟调、楚调等,沈约在各曲调之下的具体篇目题名后还标明歌辞作者,如平调下有:“《周西》《短歌行》,武帝词”“《秋风》《燕歌行》,文帝词”,清调下有:“《晨上》《秋胡行》,武帝词”“《北上》《苦寒行》,武帝词”。[②]

第二是保留分解标记。如魏武帝《对酒》《短歌行》分六解:

对酒当歌,人生几何!譬如朝露,去日苦多。(一解)慨当以慷,忧思难忘。以何解愁,唯有“杜康”。(二

---

① 《宋书》卷二〇,第565页。

② 《宋书》卷二一,第608—610页。

解)青青子衿,悠悠我心。但为君故,沈吟至今。(三解)明明如月,何时可掇。忧从中来,不可断绝。(四解)呦呦鹿鸣,食野之苹。我有嘉宾,鼓瑟吹笙。(五解)山不厌高,水不厌深。周公吐哺,天下归心。(六解)①

第三是保留重复标记。如魏武帝《愿登》《秋胡行》标记:

愿=登=泰=华=山=,神=人=共=远=游=。经历昆仑山,到蓬莱。飘飖八极,与神人俱。思得神药,万岁为期。歌以言志,愿登泰华山。(一解)天=地=何=长=久=,人=道=居=之=短=。世言伯阳,殊不知老,赤松王乔,亦云得道。得之未闻,庶以寿考。歌以言志,天地何长久!(二解)明=明=日=月=光=,何=所=不=光=昭=。二仪合圣化,贵者独人不。万国率土,莫非王臣。仁义为名,礼乐为荣。歌以言志,明明日月光。(三解)四=时=更=逝=去=,昼=夜=以=成=岁=。大人先天,而天弗违。不戚年往,世忧不治。存亡有命,虑之为蚩。歌以言志,四时更逝去。(四解)戚=戚=欲=何=念=,欢=笑=意=所=之=。盛壮智惠,殊不再来。爱时进趣,将以惠谁。泛泛放逸,亦同何为。歌以言志,戚戚欲何念?(五解)②

第四是保留声辞合写原貌。如《巾舞》歌诗一篇:

---

① 《宋书》卷二一,第610页。
② 《宋书》卷二一,第611—612页。

吾不见公莫时吾何婴公来婴姥时吾哺声何为茂时为来婴当思吾明月之上转起吾何婴土来婴转去吾哺声何为土转南来婴当去吾城上羊下食草吾何婴下来吾食草吾哺声汝何三年针缩何来婴吾亦老吾平平门淫涕下吾何婴何来婴涕下吾哺声昔结吾马客来婴吾当行吾度四州洛四海吾何婴海何来婴海何来婴四海吾哺声熇西马头香来婴吾洛道吾治五丈度汲水吾噫邪哺谁当求儿母何意零邪钱健步哺谁当吾求儿母何吾哺声三针一发交时还弩心意何零意弩心遥来婴弩心哺声复相头巾意何零何邪相哺头巾相吾来婴头巾母何何吾复来推排意何零相哺推相来婴推非母何吾复车轮意何零子以邪相哺转轮吾来婴转母何吾使君去时意何零子以邪使君去时使来婴去时母何吾思君去时意何零子以邪思君去时思来婴吾去时母何何吾吾”①

对此类声辞合写歌辞的形成原因，前引沈约在《今鼓吹铙歌词》题下小注解释云“乐人以音声相传，训诂不可复解”。对声辞间杂，完全读不懂的歌辞也予以收录，且保留其声辞合写的原始面貌，这说明沈约很有远见，他有意识地保存了乐府歌辞复杂的原始样态，为后世了解和研究这些歌辞提供了珍贵史料。

上述四种情况表明，沈约是依照歌录收录歌辞的，在收录时努力保留了歌录原有信息。这种记录方式为后世追寻这些乐府诗的音乐形态提供了原始依据。除此之外，沈约还注意

① 《宋书》卷二二，第635—636页。

保存歌辞的其他信息，主要有如下两种情形：

首先是标注歌辞句数字数。如云："右《克官渡曲》凡十八句，其八句句三字，一句句五字，九句句四字。""右《旧邦曲》凡十二句，其六句句三字，六句句四字。"[①]这些记录相当于给这些歌辞做了标点，有利于后人对其进行标点校勘。王先谦《汉铙歌释文笺正》就沿用了此法。

其次是交代歌辞来源。如著录相和歌时云："朱生、宋识、列和等复合之为十三曲"、荀勖撰"清商三调歌诗"、"大曲"以及"楚调怨诗"。从这些信息中可以知道其著录的相和歌来源不一。

《宋书·乐志》很受学者关注，研究成果亦多。在笺证类成果中，以丘琼荪《历代乐志律志校释》和苏晋仁、萧炼子《宋书乐志校注》两部著作最有价值。

丘琼荪《历代乐志律志校释》的校释时有发明，如其对《汉鼓吹铙歌十八曲》的校释就颇有新意："鼓是一物，吹又是一物，合之为鼓吹。鼓之类别不详，吹则为笳。因疑鼓吹原为北方之乐，古所谓'胡乐'，军行马上皆奏之。传入中国，遂为军乐，后亦用于殿庭宴飨。用于马上者，亦谓之骑吹。因所用不同，而其器有异。"[②]郭茂倩《乐府诗集·鼓吹曲辞》叙论征引了很多史料，虽然征引丰富但也令人眼花缭乱，丘氏这段分析就可以作为总结。丘琼荪认为前人所说鼓吹是黄帝岐伯所造、鼓吹就是凯乐等说法，都"似出附会"。又根据崔豹《古今注》"短箫铙歌，鼓吹之一章尔"指

① 《宋书》卷二二，第645页。

② 《历代乐志律志校释》第二分册，第264页。

出:“铙歌与鼓吹,原为两事,惟铙歌亦属于鼓吹类耳。鼓吹的主要乐器为鼓与笳,铙歌为箫与铙,其器不同,可知非一。”①在此基础上,他又接着辨析“铙”究竟为何物。这种用主要乐器来分析鼓吹和铙歌之间不同的方法将问题解释的更清晰,也更有说服力。

丘琼荪看到了鼓吹用途和歌辞之间存在的矛盾,他说:“鼓吹铙歌既为军乐,又用于黄门宴飨,则其歌辞当属典雅一类,至少不为俚俗之语。然今传十八曲,如《有所思》《上邪》二曲,为男女相悦,信誓决绝之词,何耶?其中又多声辞合写,不可句读。其风格为里巷歌谣,不似庙堂雅颂,则又何耶?”②对于这些问题,他认为清人陈本礼《汉乐府三歌笺注》解释较为可信:“铙歌不尽军中乐,其诗有讽有颂,有祭祀乐章。其名不见于《史记》《汉书》,惟《宋书》有之,似汉杂曲,历魏晋传讹,《宋书》搜罗遗佚,遂统之于铙歌耳。”③丘琼荪又引《隋书·音乐志》和蔡邕《礼乐志》有关汉明帝时乐分四品的说法,认为“蔡说之天子享宴,即《隋志》之黄门鼓吹。四品中,鼓吹与铙歌,厘然为二,以铙歌为军用乐,以鼓吹为黄门享宴用乐,则又显然”。④但他发现有些鼓吹也用于军中,不独用于黄门,进而推测说:

> 鼓吹与铙歌,二者原有分别,鼓吹始用于军中,后亦用于黄门。铙歌则始用于军中,后亦普及民间。……换

① 《历代乐志律志校释》第二分册,第264页。
② 《历代乐志律志校释》第二分册,第264—265页。
③④ 《历代乐志律志校释》第二分册,第265页。

> 言之：天子享宴则专用鼓吹，军中则兼用铙歌与鼓吹，民间则专用铙歌，此殆鼓吹与铙歌渐次混杂之由。里巷铙歌既与鼓吹渐相混杂，及休文搜罗遗佚，何者为鼓吹？何者为铙歌？已不可辨，因合称之曰“鼓吹铙歌”。于是“勿复相思”与“我主万年”之词，萃为一编。观缪袭、韦昭、傅玄所制，但称鼓吹而不称铙歌。有“微令吾”“几令吾”之词者，则称鼓吹铙歌。可知魏晋之间，二者犹知所区别，江左以后，旧典不存，已无法以别之矣。①

他认为最初天子享宴专用鼓吹，军中兼用铙歌与鼓吹，民间专用铙歌，鼓吹和铙歌用途的这种交叉重合也导致了二者的逐渐混杂。既然鼓吹和铙歌逐渐混杂，所以到沈约搜罗遗佚编撰《宋书·乐志》时，已不能分辨哪些是鼓吹，哪些是铙歌，故而合称二者为“鼓吹铙歌”。而缪袭、韦昭、傅玄制作的歌辞，却称鼓吹而不称铙歌，但那些歌辞中有“微令吾”“几令吾”等词的《今鼓吹铙歌词》，声辞合写，不可解读，则称为鼓吹铙歌。他据此推测，在魏晋之间，人们尚且能分清鼓吹和铙歌的区别，到晋室南渡之后，旧典亡缺，二者的区别已经无法辨别了。

基于以上认识，丘琼荪不同意王先谦《汉铙歌释文笺正·例略》所说“十八曲不皆铙歌，盖乐府存其篇名，在汉时已屡增新曲，实为后代拟古乐府之祖。《宋书》既已沿讹，仍统名铙歌以存其旧”。并反驳道：“王说有难通处：不皆铙歌，则何承天与沈约何以采入？而其‘篇名’乃与乐府所‘存’者相同，何耶？且铙歌为军乐，又何得以男女之私作为新曲以

① 《历代乐志律志校释》第二分册，第265页。

'增'入之？此皆不可解者也。谓为拟古乐府，则亦似是而非。"①他反驳王先谦观点的理由是："大凡所谓拟古乐府者，在此乐曲已亡之后。诗人但能摹拟古作而为徒词，已不复可歌，古曰拟古。汉时鼓吹铙歌之曲俱存，但能按谱填词，即可付之箫笳，无庸摹拟。曾见汉人有拟鼓吹铙歌者乎？魏晋间人亦有拟之者乎？缪袭、韦昭、傅玄诸作，乃旧曲被新词，不得谓之拟古。"②邱琼荪认为，拟古是在乐曲已亡的情况下进行，汉时鼓吹铙歌乐曲犹存，且未见两汉魏晋时人摹拟，缪袭等人所作是为乐曲制作新辞，根本不属于拟古。丘琼荪又指出王著有关铙歌声辞合写论述上的错误，如云沈约《宋书》录铙歌时参考了《古今乐录》，进而又引王说辨析大曲体制。凡此皆有参考价值。

苏晋仁、萧炼子《宋书乐志校注》最有价值之处是将各种相关文献记载排列于后，便于读者理解原文。如在"汉末大乱，众乐沦缺。魏武平荆州，获杜夔，善八音，常为汉雅乐郎，尤悉乐事，于是以为军谋祭酒，使创定雅乐。时又有邓静、尹商，善训雅乐，哥师尹胡能哥宗庙郊祀之曲，舞师冯肃、服养晓知先代诸舞，夔悉总领之。远考经籍，近采故事，魏复先代古乐，自夔始也。而左延年等妙善郑声，惟夔好古存正焉"下罗列各种史料中与此段论述相关的记载曰：

《艺文类聚》四一挚虞《决疑》："汉末丧乱，绝无金石之乐。魏武帝至汉中，得杜夔，识旧法，始复设轩悬钟磬。

---

① 《历代乐志律志校释》第二分册，第265—266页。
② 《历代乐志律志校释》第二分册，第266页。

> 至于今用之。”《晋书·乐志》上：“魏武挟天子而令诸侯，思一戎而匡九服，时逢吞灭，宪章咸荡。及削平刘表，始获杜夔，扬鞞总干，式遵前记。”《隋书·音乐志》上：“董卓之乱，正声咸荡。汉雅乐郎杜夔，能晓乐事，八音七始，靡不兼该。魏武平荆州，得夔，使其刊定雅律。魏有先代古乐，自夔始也。”……《魏志》二九《杜夔传》：“时散郎邓静、尹齐善咏雅乐，歌师尹胡能歌宗庙郊祀之曲，舞师冯肃、服养晓知先代诸舞，夔总统研精，远考诸经，近采故事，教习讲肄，备作乐器，绍复先代古乐，皆自夔始也。黄初中为太乐令、协律都尉。自左延年等虽妙于音，咸善郑声，其好古存正莫及夔。”①

他所罗列的这些相关记载，对于阅读和理解《宋书·乐志》原文，是很好的参考资料。

《宋书乐志校注》偶尔也会提出自己的见解。如“何承天曰：‘世咸传吴朝无雅乐。案孙皓迎父丧明陵，唯云倡伎昼夜不息，则无金石登哥可知矣。’承天曰：‘或云今之《神弦》，孙氏以为宗庙登哥也。’”下有四条注释，一条云：“按沈约《上宋书表》（见《宋书》卷一百《自序》）言何承天撰《宋书》，志唯《天文》《律历》，此外悉委山谦之，则《乐志》旧稿为山谦之所撰。然经何承天审定，故其中有承天按语也。”②这样解释《宋书·乐志》中出现何承天按语的原因就很令人信服。其他

① 苏晋仁、萧炼子《宋书乐志校注》卷一，齐鲁书社，1982 年版，第 11—12 页。

② 《宋书乐志校注》卷一，第 37—38 页。

如:"按'承天曰'三字当系衍文,或有讹字。"[①]类似这样的看法,对后人理解《宋书·乐志》都很有助益。

《宋书乐志校注》经常引用《乐府诗集》。如《宋书·乐志》记载《承天命》一曲曰:"《承天命》者,言上以圣德践位,道化至盛也。"[②]《宋书乐志校注》云:"各本'至'下有'德'字,据《晋书·乐志》下、《乐府诗集》一八引《古今乐录》删。"[③]再如对《今鼓吹铙歌词》题下小注"乐人以音声相传,训诂不可复解"注云:"《乐府诗集》一九引《古今乐录》:'凡古乐录皆大字是辞,细字是声。声辞合写,故致然尔。'《宋书》一一《志序》:'又案今鼓吹铙歌,虽有章曲,乐人传习,口相师祖,所务者声,不先训以义。今乐府铙歌校汉、魏旧曲,曲名时同,文字永异,寻文求义,无一可了。不知铙章何代曲也。'"[④]这些引文也为后人研究乐府诗提供了极大便利。

除上述两部重要的研究著作外,还有大量研究《宋书·乐志》的论文,兹择要介绍如下:

一、许云和《〈宋书·乐志〉铎舞歌诗二篇考辨》辨析两篇铎舞歌诗,如云:"《宋书·乐志》载有铎舞歌诗二篇,其中《圣人制礼乐篇》古来无解者。早年逯钦立、孙楷第曾破译过此篇,今从字形相同、字形相近、字音相近、字义相近几个方面来判别,可读出其未及破译的歌词;而据《宋书·乐志》,又可复原出《圣人制礼乐篇》的乐诗和徒诗形态。汉有《圣人制礼

---

① 《宋书乐志校注》卷一,第37—38页。
② 《宋书》卷二二,第659页。
③ 《宋书乐志校注》卷四,第371页。
④ 《宋书乐志校注》卷四,第373页。

乐篇》，曹魏当国，改易其词作《太和时》以当之，至晋立，则令傅玄改易《太和时》作《云门篇》以代之，因此《圣人制礼乐篇与《云门篇》非如孙楷第所说是同一篇歌词。所谓铎舞，其最初可能为北方民间舞蹈，后为汉室所采，参以周《大武》改编而陈于殿庭，舞时振铎以为节是其最主要的特征。"①

二、陈利辉《〈宋书·乐志〉分类探析》充分肯定了沈约对相和歌辞所作分类的价值称："本文比较了《乐府诗集·相和歌辞》和《宋书·乐志》的分类，认为沈约的分类值得深入探究，因为它并不仅仅是简单的并列的乐舞内部不同种类的罗列，它更展示了世俗歌舞一系自汉世至南朝演变发展的历史轨迹。这分类的背后实透露出沈约史的眼光，性灵的感悟，文学的品位，审美的观照。"②

三、翟景运《〈宋书·乐志〉所见汉魏六朝乐府歌诗的记声方法》指出："《宋书·乐志》在著录歌诗的时候，虽然没有记载完整的乐谱，却别具心裁地运用了以字记声等特殊方法，务求从歌辞、音乐两个方面全面保存历代乐府歌诗的原始面貌，让后人得以窥见汉魏六朝乐府歌诗的某些音乐要素和表演细节，在传世典籍中堪称首创，具有极高的文献价值。"③

四、翟景运《〈宋书·乐志〉与汉魏六朝乐府歌诗》指出："《宋书·乐志》打破刘宋一代的限制，贯通上古以来数百年

---

① 许云和《〈宋书·乐志〉铎舞歌诗二篇考辨》，《学术研究》2011年第4期。

② 陈利辉《〈宋书·乐志〉分类探析》，《时代文学》2010年第2期。

③ 翟景运《〈宋书·乐志〉所见汉魏六朝乐府歌诗的记声方法》，《中国典籍与文化》2010年第2期。

的乐府历史，囊括了汉魏六朝时期所有歌诗类型的主要成分，是中国古代乐府发展史上具有里程碑意义的著作。《宋书·乐志》具有音乐通史的性质，首次著录了通俗音乐的曲目和歌辞，并且对汉魏六朝乐府歌诗进行了科学分类，奠定了汉魏六朝乐府歌诗的分类格局，客观上揭示出六百年间乐府发展变迁中的若干大趋势和大规律。”①

五、李骜《〈宋书·乐志〉所载〈白头吟〉曲辞校笺——兼论大曲的体制及对有关音乐文献的理解》指出：“在丘琼荪《汉大曲管窥》的基础上，据《乐府诗集》解题所引《宋书·乐志》和《古今乐录》语，推求郭茂倩和智匠所见古本《宋书》的文本面目，从而校订小字注文中‘词曰’当为‘乱曰’之讹，而曲辞中‘䖂如五马啾其’为‘乱曰川下马啾其’之误，又‘《白头吟》与《棹歌》同调’为‘《白头吟》与《棹歌行》同调’，‘同调’之‘调’即谓曲调，即同于《白头吟行》之曲调。”②

六、崔炼农《先唐正史乐志中的乐章叙录——古代歌辞文献研究之一》指出：“通过文本解读方式对先唐正史乐志进行全面清理，可发现乐志对乐章歌辞的叙录采用了仅载曲名兼作源流解释、集中详录乐章两种形式；歌辞编录体例则有一个渐进发展的历史过程，其中《宋书·乐志》最为典型，共有五种类型，与不同乐歌形式对应，当为乐府、乐人所掌不同乐录、唱本归并转录而成，总括起来有题置辞前和题置辞后两种基本格式；乐志对乐书编撰情况和各类乐书文

---

① 吴相洲主编《乐府学》第3辑，学苑出版社，2008年版，第59—79页。

② 吴相洲主编《乐府学》第7辑，学苑出版社，2012年版，第121—137页。

本特征亦有较详的记载；而所录乐章歌辞显示的入乐痕迹和其他音乐信息均可作为‘类’本质特征，为其他文本中可能存在的配乐歌辞确立相对可靠的判定标准，对歌辞与文人诗、歌辞集与诗文集的辨别亦具有极为重要的参考价值。”①

此外，如王小盾《论〈宋书·乐志〉所载十五大曲》、②郑锦扬《〈宋书〉乐志、律志的音乐史学研究》、③黎国韬《〈宋书·乐志〉十五大曲流行年代补证——兼论〈阿干之歌〉与〈真人代歌〉》、④潘旭光《〈宋书·乐志〉述评》、⑤孙尚勇《〈宋书·乐志〉考辨》、⑥刘亚男《中华书局点校本〈宋书·乐志〉校勘商榷》、⑦张海婧《〈宋书·乐志〉之“淫哇之辞”解读》等都是关于《宋书·乐志》的研究成果，⑧可参看。

---

① 崔炼农《先唐正史乐志中的乐章叙录——古代歌辞文献研究之一》，《中国韵文学刊》2005 年第 3 期。

② 王小盾《论〈宋书·乐志〉所载十五大曲》，《中国文化》1990 年第 2 期。

③ 郑锦扬《〈宋书〉乐志、律志的音乐史学研究》，《黄钟》（武汉音乐学院学报）1993 年第 3 期。

④ 黎国韬《〈宋书·乐志〉十五大曲流行年代补证——兼论〈阿干之歌〉与〈真人代歌〉》，《艺苑》2015 年第 1 期。

⑤ 潘旭光《〈宋书·乐志〉述评》，《齐鲁艺苑》1987 年第 3 期。

⑥ 孙尚勇《乐府文学文献研究》，人民文学出版社，2007 年版，第 219—313 页。

⑦ 刘亚男《中华书局点校本〈宋书·乐志〉校勘商榷》，《南京艺术学院学报》2018 年第 2 期。

⑧ 张海婧《〈宋书·乐志〉之“淫哇之辞”解读》，东北师范大学 2010 年硕士学位论文。

第三节 《南齐书·乐志》的乐府学内容及相关研究

《南齐书·乐志》记录乐府活动较为简单。如记齐郊庙歌辞制作和使用情况云:"明堂歌辞,祠五帝。汉郊祀歌皆四言,宋孝武使谢庄造辞,庄依五行数,木数用三,火数用七,土数用五,金数用九,水数用六。案《鸿范》五行,一曰水,二曰火,三曰木,四曰金,五曰土。《月令》木数八,火数七,土数五,金数九,水数六。蔡邕云:'东方有木三土五,故数八;南方有火二土五,故数七;西方有金四土五,故数九;北方有水一土五,故数六。'又纳音数,一言得土,三言得火,五言得水,七言得金,九言得木。若依《鸿范》木数用三,则应水一火二金四也。若依《月令》金九水六,则应木八火七也。当以《鸿范》一二之数,言不成文,故有取舍,而使两义并违,未详以数立言为何依据也。"①依照五行之数制作郊庙歌辞,这是儒家思想与阴阳五行学说的体现。

《南齐书·乐志》记录燕射歌辞时列举了具体名目,这是其较前代正史乐志更加细致之处。如:

> 元会大飨四厢乐歌辞,晋泰始五年太仆傅玄撰。正旦大会行礼歌诗四章,寿酒诗一章,食举东西厢乐十三章,黄门郎张华作。上寿食举行礼诗十八章,中书监荀勖、侍郎成公绥,言数各异。宋黄门郎王韶之造《肆夏》四章,行礼一章,上寿一章,登歌三章,食举十章,《前后

① 《南齐书》卷十一,第172页。

舞歌》一章。①

所举燕射歌辞有“元会大飨四厢乐歌辞”“正旦大会行礼歌诗”“寿酒诗”“食举东西厢乐”“上寿食举行礼诗”“《肆夏》歌辞”“前后舞歌辞”等名目。实际收录有《肆夏乐》歌辞、大会行礼歌辞、上寿歌辞、殿前登歌辞、食举歌辞、《前舞》阶步歌辞、《前舞凯容》歌诗、《后舞》阶步歌辞、《后舞凯容》歌辞。在歌辞末尾还标注属于哪厢乐演奏或“别用金石”。这些记载为考察南齐燕射歌辞表演情况提供了便利。

《南齐书·乐志》记载“舞曲”得名的缘起曰：

> 舞曲，皆古辞雅音，称述功德，宴享所奏。傅玄歌辞云：“获罪于天，北徙朔方，坟墓谁扫，超若流光。”如此十余小曲，名为舞曲，疑非宴乐之辞。然舞曲总名起此矣。②

认为舞曲最初是在宴享时所奏的古辞雅音，傅玄所作名为《舞曲》的十余小曲，应该不是宴乐歌辞，但是“舞曲”总名却由此而起。有人据此认为“舞曲”一辞出自《南齐书·乐志》。其实“舞曲”之名，最晚始于汉代，扬雄《蜀都赋》中就有“舞曲转节”之语。以“舞曲”命名歌辞，确实始自傅玄。《晋书·乐志》曰：“汉高祖自蜀汉将定三秦，阆中范因率賨人以从帝，为前锋。及定秦中，封因为阆中侯，复賨人七姓。其俗喜舞，高

① 《南齐书》卷十一，第185页。
② 《南齐书》卷十一，第191页。

祖乐其猛锐,数观其舞,后使乐人习之。阆中有渝水,因其所居,故名曰《巴渝舞》。舞曲有《矛渝本歌曲》《安弩渝本歌曲》《安台本歌曲》《行辞本歌曲》,总四篇。"[①]可知晋人以"舞曲"称舞辞,已非个例。

《南齐书·乐志》还记录了个别舞曲的表演情况。如:"《宣烈舞》执干戚。郊庙奏,平冕,黑介帻,玄衣裳,白领袖、绛领袖中衣,绛合幅袴,绛袜。朝廷,则武冠,赤帻,生绛袍单衣,绢领袖,皂领袖中衣,虎文画合幅袴,白布袜,皆黑韦缇。"[②]对舞曲所用舞具、表演场合、舞者服饰皆有详细记录,是研究南齐舞曲歌辞音乐形态的重要史料。

在记录歌辞时,《南齐书·乐志》特别注意标记歌辞创作的沿革情况。如:"皇帝初献,奏《文德宣烈之乐》:'营泰畤,定天衷。思心绪,谋筮从。(此下除二句。)田烛置,权火通。大孝昭,国礼融。(此一句改,余皆颜辞,此下又除二十二句。)'"[③]"《前舞》阶步歌辞(新辞)""《前舞凯容》歌诗(旧辞)""《后舞》阶步歌辞(新辞)""《后舞凯容歌辞》(旧辞)"[④]根据这些标记,可以很容易地区分制作歌辞的作者情况以及歌辞的沿革情况。

《南齐书·乐志》记述侏儒表演的《俳歌辞》曰:"俳不言不语,呼俳噏所。俳适一起,狼率不止。生扳牛角,摩断肤耳。马无悬蹄,牛无上齿。骆駼无角,奋迅两耳。"[⑤]并解释云:"右

---

① 《晋书》卷二二,第693页。

② 《南齐书》卷十一,第190页。

③ 《南齐书》卷十一,第169页。

④ 《南齐书》卷十一,第188—189页。

⑤ 《南齐书》卷十一,第195页。

侏儒导舞人自歌之。古辞俳歌八曲,此是前一篇。二十二句,今侏儒所歌,摘取之也。”①

《南齐书·乐志》又记角抵、像形、杂伎曰:“角抵、像形、杂伎,历代相承有也。其增损源起,事不可详,大略汉世张衡《西京赋》是其始也。魏世则事见陈思王乐府《宴乐篇》,晋世则见傅玄《元正篇》《朝会赋》。江左咸康中,罢紫鹿、跂行、鳖食、笮鼠、齐王卷衣、绝倒、五案等伎,中朝所无,见《起居注》,并莫知所由也。太元中,苻坚败后,得关中檐橦胡伎,进太乐,今或有存亡,案此则可知矣。”②这些记载与《晋书·乐志》和《宋书·乐志》所载外来杂技不尽相同。

晋初人就曾争论乐府创作是否在体式上遵守前代之法,永明宫廷又争论同样的问题。《南齐书·乐志》载:

> 永明二年,尚书殿中曹奏:“太祖高皇帝庙神室奏《高德宣烈之舞》,未有歌诗,郊应须歌辞。穆皇后庙神室,亦未有歌辞。案傅玄云:‘登歌庙异其文,飨神七室同辞。’此议为允。又寻汉世歌篇,多少无定,皆称事立文,并多八句,然后转韵。时有两三韵而转,其例甚寡。张华、夏侯湛亦同前式。傅玄改韵颇数,更伤简节之美。近世王韶之、颜延之并四韵乃转,得赊促之中。颜延之、谢庄作三庙歌,皆各三章,章八句,此于序述功业详略为宜,今宜依之。郊配之日,改降尊作主,礼殊宗庙,穆后母仪之化,事异经纶。此二歌为一章八句,别奏事御奉

①② 《南齐书》卷十一,第195页。

行。”诏“可”。尚书令王俭造太庙二室及郊配辞。[1]

永明二年南齐宫廷讨论的问题是郊庙歌辞创作在体式和用韵上是否遵循前代创作之法，他们详细梳理了前代郊庙歌辞创作的体式和用韵情况：汉代郊庙歌辞多为八句一转韵，也有两三句就转韵的，但是这种情形较少；晋时张华、夏侯湛沿袭了汉代作法，傅玄尝试多次改韵，反倒效果不好；刘宋王韶之、颜延之都是四韵而转，韵律缓急适中，颜延之和谢庄各作三庙歌三章，每章八句，叙述祖宗功业详略得宜，可以作为当今郊庙歌辞创作的模板。显然，南齐君臣都主张效仿刘宋作法。

其实，南齐君臣所论诗歌体式与音乐之间的关系，沈约等人已经提出了根本性的解决办法。《南齐书·陆厥传》就记录了沈约等人所创永明体及他与陆厥对诗歌与音乐关系问题的讨论：

永明末，盛为文章。吴兴沈约、陈郡谢朓、琅邪王融以气类相推毂。汝南周颙善识声韵。约等文皆用宫商，以平上去入为四声，以此制韵，不可增减，世呼为“永明体”。沈约《宋书·谢灵运传》后又论宫商。厥与约书曰：“范詹事自序‘性别宫商，识清浊，特能适轻重，济艰难。古今文人，多不全了斯处，纵有会此者，不必从根本中来’。沈尚书亦云‘自灵均以来，此秘未睹’。或‘暗与理合，匪由思至。张蔡曹王，曾无先觉，潘陆颜谢，去之弥远’。大旨钧使‘宫羽相变，低昂舛节。若前有浮声，则

① 《南齐书》卷十一，第179页。

后须切响，一简之内，音韵尽殊，两句之中，轻重悉异’。辞既美矣，理又善焉。但观历代众贤，似不都暗此处，而云‘此秘未睹’，近于诬乎？……自魏文属论，深以清浊为言，刘桢奏书，大明体势之致，岨峿妥怗之谈，操末续颠之说，兴玄黄于律吕，比五色之相宣，苟此秘未睹，兹论为何所指邪？故愚谓前英已早识宫徵，但未屈曲指的，若今论所申。至于掩瑕藏疾，合少谬多，则临淄所云‘人之著述，不能无病’者也。非知之而不改，谓不改则不知，斯曹、陆又称‘竭情多悔，不可力强’者也。今许以有病有悔为言，则必自知无悔无病之地，引其不了不合为暗，何独诬其一合一了之明乎？……《长门》《上林》，殆非一家之赋，《洛神》《池雁》，便成二体之作。孟坚精正，《咏史》无亏于东主，平子恢富，《羽猎》不累于凭虚。王粲《初征》，他文未能称是；杨修敏捷，《暑赋》弥日不献。率意寡尤，则事促乎一日；翳翳愈伏，而理赊于七步。一人之思，迟速天悬；一家之文，工拙壤隔。何独宫商律吕，必责其如一邪？论者乃可言未穷其致，不得言曾无先觉也。”①

陆厥批评范云、沈约过于强调自己发现永明体之功，指出前代很多诗人已经注意到讲究声律，只是没有像沈约他们那样作出清楚的理论总结而已。沈约对陆厥的批评作了回应，除了替自己辩解外，还对声律说作了更清晰地表述：

---

① 《南齐书》卷五二，第898—899页。

> 宫商之声有五，文字之别累万，以累万之繁，配五声之约，高下低昂，非思力所举。又非止若斯而已也。十字之文，颠倒相配，字不过十，巧历已不能尽，何况复过于此者乎？……自古辞人，岂不知宫羽之殊，商徵之别。虽知五音之异，而其中参差变动，所昧实多，故鄙意所谓“此秘未睹”者也。以此而推，则知前世文士便未悟此处。若以文章之音韵，同弦管之声曲，则美恶妍蚩，不得顿相乖反。譬由子野操曲，安得忽有阐缓失调之声，以《洛神》比陈思他赋，有似异手之作。故知天机启，则律吕自调；六情滞，则音律顿舛也。士衡虽云“炳若缛锦”，宁有濯色江波，其中复有一片是卫文之服？此则陆生之言，即复不尽者矣。韵与不韵，复有精粗，轮扁不能言，老夫亦不尽辨此。①

永明体的出现与乐府诗写作有直接关系。由于乐府诗需要入乐，这客观上为乐府诗写作提出了一个要求，即诗人如何作出便于合乐之诗。在这种情况下，沈约等人受歌者以字声行腔的启发，发明了永明体，即“以文章之音韵，同弦管之声曲”。四声八病，虽然不同于宫商角徵羽，但可以接近宫商角徵羽，歌者可以“以字声行腔”，根据诗歌音韵轻重、高低变化将其唱入某一曲调。这就为那些未掌握音乐知识的诗人找到了一个简单的便于合乐的作诗方法。

《南齐书·乐志》还记录了祥瑞曲《凤皇衔书伎歌辞》和萧子良等人作《永平乐歌》事。后事云：“《永平乐歌》者，竟陵

---

① 《南齐书》卷十一，第899—900页。

王子良与诸文士造奏之。人为十曲。道人释宝月辞颇美,上常被之管弦,而不列于乐官也。”①曹魏时期,三祖作乐府诗,“爱玩雕章”,王粲作新诗,“抽其藻思”,②已开始看重乐府诗的文学价值。而到了南朝,乐府诗已成为更多人自由抒情的诗歌样式,如鲍照的大量乐府诗创作都起到了很好的抒情作用。有些诗人还因写作乐府诗受到称赞和赏识,前举释宝月所作《永平乐歌》歌辞受到齐武帝欣赏就是显著例证。再如《南史·费昶传》载:“王子云,太原人,及江夏费昶,并为闾里才子。昶善为乐府,又作鼓吹曲。武帝重之,敕曰:‘才意新拔,有足嘉异。昔郎惲博物,卞兰巧辞。束帛之赐,实惟劝善。可赐绢十匹。’”③费昶也因为善为乐府且作鼓吹曲而受到齐武帝赏识。可见,善于写作乐府诗在当时已经成为诗人获得诗名和帝王赏识的重要才能。

除《南齐书·乐志》外,从《南齐书》的人物传记中也可以看到时人对新声的矛盾态度。如《南齐书·萧惠基传》载:“自宋大明以来,声伎所尚,多郑卫淫俗,雅乐正声,鲜有好者。惠基解音律,尤好魏三祖曲及《相和歌》,每奏,辄赏悦不能已。”④《南齐书·王僧虔传》载:“僧虔好文史,解音律,以朝廷礼乐多违正典,民闲竞造新声杂曲,时太祖辅政,僧虔上表曰:‘夫悬钟之器,以雅为用;凯容之礼,八佾为仪。今总章羽佾,音服舛异。……自顷家竞新哇,人尚谣俗,务在噍杀,不

---

① 《南齐书》卷十一,第196页。

② 《晋书》卷二二,第676页。

③ [唐]李延寿《南史》卷七二,中华书局,1975年版,第1783页。

④ 《南齐书》卷四六,第811页。

顾音纪，流宕无崖，未知所极，排斥正曲，崇长烦淫。'"[1]这两条记载都反映了新声在当时朝野上下备受欢迎，甚至已经达到"家竞新哇，人尚谣俗"的风靡程度。萧惠基和王僧虔都大力主张正声乐，这也从反面说明了新声的盛行已呈现压倒旧乐之势，而不得不用行政权力来纠正和扭转，齐高帝曾命萧惠基调正清商音律也是例证。[2] 凡事若有人主张重视时，就说明此事不被重视的现象已经极为严重。像萧惠基、王僧虔这样重视旧声的毕竟是少数，从记载可以看出，当时朝野上下都对新声很是着迷。而吴声歌曲也已经纳入乐府表演，改造西曲使之成为宫廷乐曲也就是顺理成章之事。《南史·徐勉传》载："普通末，武帝自算择后宫《吴声》《西曲》女妓各一部，并华少，赉勉，因此颇好声酒。"[3]这说明《吴声》《西曲》在当时宫廷已经作为乐部表演。《旧唐书·音乐志》载："《估客乐》，齐武帝之制也。布衣时常游樊、邓，追忆往事而作歌曰：'昔经樊、邓役，阻潮梅根渚。感忆追往事，意满情不叙。'使太乐令刘瑶教习，百日无成。或启释宝月善音律，帝使宝月奏之，便就。敕歌者常重为感忆之声。梁改其名为《商旅行》。"[4]这也是改西曲为乐府的典型例证。

《南齐书·乐志》的研究成果以丘琼荪《历代乐志律志校释》和丁福林《南齐书校议》二书最为重要。

---

① 《南齐书》卷三三，第594—595页。

② 《南史·王僧虔传》载："雅好文史，解音律，以朝廷礼乐，多违正典，人间竞造新声。时齐高帝辅政，僧虔上表请正声乐，高帝乃使侍中萧惠基调正清商音律。"《南史》卷二二，第602页。

③ 《南史》卷六〇，第1485页。

④ 《旧唐书》卷二九，第1066页。

《历代乐志律志校释》第二分册《南齐书·乐志》的校释对志中内容做了很多辨正和补充。如对《晋杯盘舞歌》所作按语曰："《晋杯盘舞歌》十解，解各三句，一二两句三言，三句七言。其第一解云：'晋世宁，四海平，普天安乐永大宁。'第十解云：'人命短，当结友，千秋万岁皆老寿！'据此，则'齐世昌'下疑脱一三字句。'久'，《宋志》作'友'，是，与下句'皆'字关切。注云'余辞同后一'者，余辞同后一解也，同者何？两三字句，一七字句也。如此，则第一解似无脱误。"[①]这样的辨正对正确理解《南齐书·乐志》很有帮助。

丁福林《南齐书校议》对《南齐书·乐志》的记述也多有补正。如：

> "裁化遍寒燠，布政司炎凉。（此以下除八句。）"校勘记："司"，《宋书·乐志》作"周"。校议：据《宋书·乐志二》《乐府诗集》（中华书局，1979年版）卷二，谢庄所作之《宋明堂歌》于"布政周炎凉"下有"景丽条可结，霜明冰可折。凯风扇朱辰，白云流素节"四句，谢超宗所删者，当即此四句。此云"除八句"者，非是。[②]

再如其对谢庄造辞"以数立言"一段的辨析也很有学术价值：

> 上文云："明堂歌辞，祠五帝。汉郊祀歌皆四言，宋

① 《历代乐志律志校释》第二分册，第328页。
② 丁福林《南齐书校议》卷十一，中华书局，2010年版，第67页。

孝武使谢庄造辞，庄依五行数，木数用三，火数用七，土数用五，金数用九，水数用六。案《鸿范》五行，一曰水，二曰火，三曰木，四曰金，五曰土。《月令》木数八，火数七，土数五，金数九，水数六。……未详以数立言为何依据也。"是此谢庄所作之《白帝歌》乃以九言视之，而此下之《黑帝歌》乃以六言视之也。故《宋书·乐志》载此歌时乃云："右歌《白帝》辞。九言，依金数。"载《黑帝歌》时乃云："右歌《黑帝》辞。六言，依水数。"考本卷下文所载《黑帝歌》"白云繁，亘天涯"下，较《宋志》所载谢庄《黑帝歌辞》少"雷在地，时未光。饬国典，闭关梁。四节逼，万物殿。福九城，祚八乡"数语，本卷小字注云："此下除四句。""太阴极，微阳宣"下，较《宋志》所载《黑帝歌辞》少"鹊将巢，冰已解。气濡水，风动泉"数语，本卷小字注云："此下除二句。"即是视《黑帝歌》为六言之证。此《白帝歌》于"云冲气举，德盛在素精"下，较之《宋志》所载谢庄《白帝歌辞》则少"木叶初下，洞庭始扬波。夜光彻地，飞霜照悬河"数语，而小字注乃云："此下除四句"，是前后不一，且于此歌九言之制有乖也。即此小字注之"此下除四句"，乃"此下除二句"之讹明矣。①

这些辨析可以作为《乐府诗集》整理的重要参考。此外，其有关《永平乐歌》的辨析尤值得借鉴：

竟陵王子良与诸文士造奏此乐歌，当在永明年间，

① 《南齐书校议》卷十一，第68页。

> 而歌名则为《永平乐歌》，实有可疑。寻《乐府诗集》有《永平舞》，见在卷十二，为“后唐宗庙乐舞辞”之一，而无《永平乐歌》。其卷七十五则载有齐谢朓及王融《永明乐》各十首，沈约《永明乐》一首，其云：“《南齐书·乐志》曰：‘《永明乐歌》者，竟陵王子良与诸文士造奏之。人为十曲。道人释宝月辞颇美，武帝常被之管弦，而不列于乐官。’按此曲永明中造，故曰《永明乐》。”曲既为永明中造，则自当名《永明乐歌》。谢朓《永明乐》其一曰：“帝图闰九有，皇风浮四溟。永明一为乐，《咸池》无复灵。”“彩凤鸣朝阳，玄鹤舞清商。瑞此永明曲，千载为金皇。”王融《永明乐》其十云：“西园抽蕙草，北沼掇芳莲。生逢永明乐，死日生之年。”亦明言“永明乐”“永明曲”，乃此曲为《永明乐》之明证。即此“永平乐歌”者，乃“永明乐歌”之讹。郭氏所见本书，尚不作“永平乐歌”。①

类似这样的辨析，证据充分，逻辑清晰，所论皆合情合理，为学者研究相关问题提供了很好的借鉴。

第四节　《魏书·乐志》所载乐府活动

北朝各国中北魏享国年限最久，乐府活动也最多，这些活动主要记录在北齐魏收所撰《魏书·乐志》中。北魏乐府活动有两个主题：一个是收拢旧乐，一个是改制新乐；北魏乐府

① 《南齐书校议》卷十一，第 71 页。

活动的主要人物也有两个：一个是孝文帝，一个是文明太后。北魏乐府活动的主要过程是不断有人提出改革建议，不断有人加入制作，朝廷对此虽十分重视，但口头议论多，实际收效少。这些议论中，既有真知灼见，也有浮泛之言。参与议论的既有皇帝、大臣和乐官，也有平民百姓。《魏书·乐志》中没有收录乐府歌辞。

《魏书·乐志》先是较为详细地记载了西晋乐府在永嘉之乱后的辗转流传过程：

> 永嘉已下，海内分崩，伶官乐器，皆为刘聪、石勒所获，慕容俊平冉闵，遂克之。王猛平邺，入于关右。苻坚既败，长安纷扰，慕容永之东也，礼乐器用多归长子，及垂平永，并入中山。自始祖内和魏晋，二代更致音伎；穆帝为代王，愍帝又进以乐物；金石之器虽有未周，而弦管具矣。逮太祖定中山，获其乐悬，既初拨乱，未遑创改，因时所行而用之。世历分崩，颇有遗失。①

永嘉之乱导致海内分崩离析，群雄竟起，西晋宫廷乐工和乐器先后被前赵刘聪和后赵石勒所获。后赵内乱时，冉闵取而代之，建立冉魏政权，建都邺城，得到了后赵王朝的宫廷乐工和乐器。公元 352 年，前燕慕容俊平定冉魏，攻占邺城，西晋乐工乐器又被收入前燕宫廷。这一时期，冉魏乐工和乐器发生了分流，其中一部分南迁寿春，流入江东东晋朝廷；另一部分被慕容俊收入前燕宫廷。公元 370 年，前秦王猛

① ［北齐］魏收《魏书》卷一〇九，中华书局，1974 年版，第 2827 页。

攻克邺城,前燕覆灭,被慕容俊收入前燕宫廷的西晋乐工乐器又被收入前秦,并随之进入关中长安。淝水之战后,苻氏前秦王朝瓦解,流亡于前秦的慕容氏乘机复国,是为西燕。前秦亡国后,苻坚所得前燕宫廷的大部分乐工和乐器被慕容永从长安带到了长子,进入西燕宫廷。在淝水之战中慕容垂乘时而起,于公元 384 年复建燕国,是为后燕,定都中山。公元 394 年,慕容垂在台壁之战中取胜,攻克长子,吞并了西燕王朝,西燕宫廷的乐工乐器又被后燕带至中山。公元 397 年,北魏道武帝攻占后燕都城中山时,又俘获了这些乐工及乐器。至此,西晋乐府音乐在北方政权中的主要流动告一段落。可以看出,西晋的乐府音乐经历了一个曲折复杂的流传过程,自前赵起,经后赵、冉魏、前燕、前秦、西燕、后燕,直至北魏,在诸多少数民族政权中迁播辗转,直至北魏道武帝平定中山才最终进入北魏都城平城,结束了其艰难曲折的流动过程。

化夷为夏,礼乐为先,北魏十分重视礼乐建设。《魏书·乐志》就记录了北魏制礼作乐的一系列重要活动。如"天兴元年冬,诏尚书吏部郎邓渊定律吕,协音乐",①作郊庙乐舞事。"(天兴)六年冬,诏太乐、总章、鼓吹增修杂伎"②事。"世祖破赫连昌,获古雅乐,及平凉州,得其伶人、器服,并择而存之。后通西域,又以悦般国鼓舞设于乐署。"③"太和初,高祖垂心雅古,务正音声。时司乐上书,典章有阙,求集中秘群官议定其事,并访吏民,有能体解古乐者,与之修广器数,

① 《魏书》卷一〇九,第 2827 页。

②③ 《魏书》卷一〇九,第 2828 页。

甄立名品，以谐八音。诏‘可’。虽经众议，于时卒无洞晓声律者，乐部不能立，其事弥缺。然方乐之制及四夷歌舞，稍增列于太乐。金石羽旄之饰，为壮丽于往时矣。”①“五年，文明太后、高祖并为歌章，戒劝上下，皆宣之管弦。”②“七年秋，中书监高允奏乐府歌词，陈国家王业符瑞及祖宗德美，又随时歌谣，不准古旧，辨雅、郑也。”③“十一年春，文明太后令曰：‘先王作乐，所以和风改俗，非雅曲正声不宜庭奏。可集新旧乐章，参探音律，除去新声不典之曲，裨增钟悬铿锵之韵。’”④“十五年冬，高祖诏曰：‘乐者所以动天地，感神祇，调阴阳，通人鬼。故能关山川之风，以播德于无外。由此言之，治用大矣。逮乎末俗陵迟，正声顿废，多好郑卫之音以悦耳目，故使乐章散缺，伶官失守。今方厘革时弊，稽古复礼，庶令乐正雅颂，各得其宜。今置乐官，实须任职，不得仍令滥吹也。’遂简置焉。”⑤可见北魏随着汉化程度不断加深，在制礼作乐上投入了很多精力，其目标是恢复汉晋规模，宗旨也按儒家经典归于雅正。

北魏也设立了乐府机构。北魏的乐府机构，虽未见明确记载，但《魏书·乐志》有天兴六年冬“诏太乐、总章、鼓吹增修杂伎”之语，⑥或者太乐、总章、鼓吹即为当时的礼乐机构。北魏的乐府官员，《魏书·拓跋孚传》有太和中“太乐令公孙崇修造金石”之语，⑦可知太乐令当为北魏掌管太乐的官员。

---

① 《魏书》卷一〇九，第2828—2829页。

②③④⑤ 《魏书》卷一〇九，第2829页。

⑥ 《魏书》卷一〇九，第2828页。

⑦ 《魏书》卷十八，第427页。

又,《魏书·乐志》记载孝文帝时有司乐上书言典章有缺,求集中秘群官议定其事,并访吏民中能解古乐者。[①] 此司乐亦当为北魏乐府官员。另据《魏书·官氏志》,太和中北魏官制中有协律中郎、协律郎、太乐祭酒、太乐博士、太乐典录,[②]这些大约都是北魏乐府机构掌管礼乐的官员。

北魏崇尚古雅正声。《魏书·乐志》载:"自中原丧乱,晋室播荡,永嘉已后,旧章湮没。太武皇帝破平统万,得古雅乐一部,正声歌五十曲,工伎相传,间有施用。"[③]在北魏太武帝拓跋焘所得古雅乐一部和正声歌五十曲中,虽然古雅乐的具体乐名、歌辞和表演方式未见记载,但能在北魏乐工伎人之间流传并且在朝廷上时有施用,仍然可以反映出北魏宫廷对古雅正声的推崇。

《魏书·乐志》中对南朝乐曲流传到北朝的记载尤为珍贵,如:

> 初,高祖讨淮、汉,世宗定寿春,收其声伎。江左所传中原旧曲,《明君》《圣主》《公莫》《白鸠》之属,及江南吴歌、荆楚四声,总谓《清商》。至于殿庭飨宴兼奏之。其圆丘、方泽、上辛、地祇、五郊、四时拜庙、三元、冬至、社稷、马射、籍田,乐人之数,各有差等焉。[④]

这说明,即使在南北对峙期间,通过战争等方式,南北乐府也

---

① 《魏书》卷一〇九,第 2828 页。

② 《魏书》卷一一三,第 2983—2991 页。

③ 《魏书》卷一〇九,第 2841 页。

④ 《魏书》卷一〇九,第 2843 页。

时有交流。清商乐不仅在南方得到继承和发展，而且还回流到北方，与胡戎文化形成了碰撞和交融。而北魏将已融入南北音乐成分的清商乐统称为“清商”的叫法也影响到后世，后世把汉代相和歌和南朝吴声、西曲都叫作“清商乐”，就与北魏这一叫法有关。

北魏乐府曲目制作也时有创新。《魏书·乐志》云：

> 凡乐者乐其所自生，礼不忘其本，掖庭中歌《真人代歌》，上叙祖宗开基所由，下及君臣废兴之迹，凡一百五十章，昏晨歌之，时与丝竹合奏。郊庙宴飨亦用之。[1]

《真人代歌》显然是鲜卑族音乐曲目，不属于中原音乐系统。有学者认为，《真人代歌》是在燕、魏十六国时期北狄乐流行的基础上产生的，经过后魏乐府的加工而成为北方鼓吹曲的经典之作。[2] 从“上叙祖宗开基所由，下及君臣废兴之迹”看，此曲相当于民族史诗；从“一百五十章，昏晨歌之”看，其曲或为大曲，以联歌形式表演，时间能无限拉长，其表演盛况与汉武帝时“使僮男女七十人俱歌，昏祠至明”演唱《郊祀歌十九章》的情形颇为相似。

除了本民族史诗，北魏乐府也广泛吸收其他少数民族的乐曲。《魏书·乐志》云：

---

① 《魏书》卷一〇九，第2828页。

② 王淑梅《北朝乐府诗研究》，社会科学文献出版社，2013年版，第177页。

（天兴）六年冬，诏太乐、总章、鼓吹增修杂伎，造五兵、角觝、麒麟、凤皇、仙人、长蛇、白象、白虎及诸畏兽、鱼龙、辟邪、鹿马仙车、高緪百尺、长趫、缘橦、跳丸、五案以备百戏。大飨设之于殿庭，如汉晋之旧也。太宗初，又增修之，撰合大曲，更为钟鼓之节。

世祖……后通西域，又以悦般国鼓舞设于乐署。

……

太和初，高祖垂心雅古，务正音声。……方乐之制及四夷歌舞，稍增列于太乐。金石羽旄之饰，为壮丽于往时矣。[①]

杂伎来自周边民族，汉晋时期就已存在，但北朝在这方面更为用心，为其撰写大曲，加上钟鼓之节，并于大飨时在殿庭表演。世祖通西域，又将悦般国鼓舞设于乐署。高祖时，四夷歌舞也被增列于太乐。对其他少数民族乐曲的吸收，使北魏乐府一度呈现出相对繁盛的局面。

一般而言，制礼作乐属于朝廷重大事件，只有帝王、朝中重臣和朝廷礼乐机构的官员才有资格参与其事。而北魏在雅乐制作过程中却颇能发挥民主精神，平民百姓居然也能参与其中。《魏书·乐志》云："于是芳主修营。时扬州民张阳子、义阳民儿凤鸣、陈孝孙、戴当千、吴殿、陈文显、陈成等七人颇解雅乐正声，《八佾》、文武二舞、钟声、管弦、登歌声调，芳皆请令教习，参取是非。"[②]确定音律是雅乐制作所必须，但因古

① 《魏书》卷一〇九，第2828—2829页。

② 《魏书》卷一〇九，第2832页。

人记音手段落后,经常会出现音律不准的情况。太常卿刘芳作为掌管礼乐的官员主导这次礼乐制作自是顺理成章,而张阳子、儿凤鸣、陈孝孙、戴当千、吴殿、陈文显、陈成七人显然是扬州和义阳的普通百姓,他们因为精通音律而得以参与朝廷礼乐制作,在《八佾》、文武二舞、钟声、管弦、登歌声调等问题上教习指导、发表意见。北魏制礼作乐的这种开放态度为其他朝代所少见。

此外,《魏书·乐志》还记载了精通音律且自江南回归北魏的陈仲儒参与刘芳等人组织的乐律讨论一事。[①] 陈仲儒《魏书》无传,《全上古三代秦汉三国六朝文·全后魏文》收其《答有司符问立准吕调八音状》,文中所论就是其与刘芳等人讨论的乐律问题。作者小传云:"仲儒仕梁。官爵未详。孝明时自江南归魏。"[②]此外未见其他有关陈仲儒生平仕履的记载。或者陈仲儒自梁返魏后并未入仕,只是精通音律的寻常百姓。他能参与朝廷的礼乐制作,可证北魏时百姓参与制礼作乐并非个例。

《魏书》除了《乐志》,在人物传记中也有对制礼作乐活动的记载。如《魏书·拓跋孚传》云:

永安末,乐器残缺,庄帝命孚监仪注,孚上表曰:"昔

---

① 《魏书·乐志》载:"初,御史中尉元匡与芳等竞论钟律。孝明帝熙平二年冬,匡复上言其事,太师、高阳王雍等奏停之。先是,有陈仲儒者自江南归国,颇闲乐事,请依京房,立准以调八音。神龟二年夏,有司问状。"《魏书》卷一〇九,第2833页。

② 《全上古三代秦汉三国六朝文·全后魏文》卷五二,第3773页。

太和中，中书监高闾、太乐令公孙崇修造金石，数十年间，乃奏成功。时大集儒生，考其得失。太常卿刘芳请别营造，久而方就。复召公卿量校合否，论者沸腾，莫有适从。登被旨敕，并见施用。往岁大军入洛，戎马交驰，所有乐器，亡失垂尽。臣至太乐署，问太乐令张乾龟等，云承前以来，置宫悬四箱，簨虡六架。东北架编黄钟之磬十四，虽器名黄钟，而声实夷则，考之音制，不甚谐韵。姑洗悬于东北，太蔟编于西北，蕤宾列于西南，并皆器象差位，调律不和。又有仪钟十四，虚悬架首，初不叩击，今便删废，以从正则。臣今据《周礼》凫氏修广之规，磬氏倨句之法，吹律求声，叩钟求音，损除繁杂，讨论实录，依十二月为十二宫，各准辰次，当位悬设，月声既备，随用击奏，则会还相为宫之义，又得律吕相生之体。今量钟磬之数，各以十二架为定。"奏可。于时搢绅之士，咸往观听，靡不咨嗟叹服而返。太傅、录尚书长孙承业妙解声律，特复称善。①

从记载可知，北魏曾多次制作雅乐。太和中，中书监高闾、太乐令公孙崇和此后的太常卿刘芳都曾奉旨制乐，均历久方成，但乐成后众臣考校却争议沸腾，似乎并不成功。永安末，拓跋孚再次奉旨监督修造，此次大获成功，众皆叹服称善。

《魏书·乐志》也记录了北魏雅乐歌辞保留情况。如：

初，侍中崔光、临淮王彧并为郊庙歌词而迄不施用，

① 《魏书》卷十八，第427—428页。

乐人传习旧曲，加以讹失，了无章句。后太乐令崔九龙言于太常卿祖莹曰："声有七声，调有七调，以今七调合之七律，起于黄钟，终于中吕。今古杂曲，随调举之，将五百曲。恐诸曲名，后致亡失，今辄条记，存之于乐府。"莹依而上之。九龙所录，或雅或郑，至于谣俗、四夷杂歌，但记其声折而已，不能知其本意。又名多谬舛，莫识所由，随其淫正而取之。乐署今见传习，其中复有所遗，至于古雅，尤多亡矣。①

从中可以看出，前代雅乐歌辞到北魏时或因遗失、或因讹传，出现了不能辨认的情况。而太乐令崔九龙所录歌辞也是或雅郑不分，或但记声音曲折而不能知其本意。虽然崔九龙所做工作存在很大问题，但他担心曲名失传，将所见全部记录保留下来的做法却体现出高度的专业敏锐性，很有远见，值得充分肯定。在这段记载中，使用了"今古杂曲"这一概念，可供考察《乐府诗集·杂曲歌辞》由来时参考。

关于《魏书·乐志》，前人也有一些研究成果。比如清人王先谦的《魏书校勘记》，该书涉及《魏书·乐志》的有四条。如："乐志序'太簇'并作'太蔟'是。""'九声之舞''声'作'磬'是。"②今人刘亚男《中华书局点校本〈魏书·乐志〉校勘及标点商榷》也属此类成果。③ 而成就最高的还是丘琼荪《历代乐志律志校释》第二分册《魏书·乐志》校释。如其对"商

① 《魏书》卷一〇九，第2843页。

② 《二十四史订补》第七册，第522—523页。

③ 刘亚男《中华书局点校本〈魏书·乐志〉校勘及标点商榷》，《西华师范大学学报》2013年第1期。

徵既定,又依琴五调调声之法,以均乐器。其瑟调以宫为主,清调以商为主,平调以宫为主。五调各以一声为主,然后错采众声,以文饰之,方如锦绣”一段所下按语云:

既云“五调各以一声为主”,何以瑟调、平调俱以宫声为主?可知有误。《通典》卷一四三云:“平调以角为主”,《玉海》则作“平调以羽为主”,二书亦未是。〇凌廷堪《晋泰始笛律匡谬》云:“汉世所传正声、下徵、清角三调,即平、清、瑟三调,平调即下徵调,清调即正声调,瑟调即清角调。”凌说是。惟汉世清调不用黄钟正声调而用清商,故云“清商三调”。盖汉世用商调,以太簇商为宫也。胡彦升《律吕表微》卷六“黄钟笛七调”之“太簇宫”调云:“太簇宫调即黄钟之商,亦名清商,俗正宫调。”胡说极是。〇案:下徵调于三调中最为低平,故曰平调。正声调名为黄钟正声,实为清商,故曰清调。清角于三调中为最高,故曰瑟调。瑟调亦称为侧调(五调中别有一侧调)。侧调,又为高调之别称。高调者,其声高仄也。仄与侧同。王建《宫词》云“小管丁宁侧调愁”,管小则声高也。又云“侧商调里唱《伊州》”,侧商调即高商调,高商调即高大石调。王灼《碧鸡漫志》云“《伊州》见于世者凡七商曲:大石调、高大石调……”可证《伊州》确有高商调者。上引均可证明侧调(瑟调)即高调之意,三调中以此为最高也。凌氏谓“下徵、正声、清角三调即平、清、瑟三调”,其说不磨。准此而论,则志文“其瑟调以宫为主,清调以商为主,平调以宫为主”,其中必有讹误。而瑟调与平调俱主宫,其误尤属显然。既云“五调各以一声为

> 主”，可见瑟、平二调不当同主宫声也。从上可知，此三句正文，应为“其瑟调以角为主，清调以商为主，平调以徵为主”。惟北朝及隋、唐时俗乐，皆以倍林钟下徵为黄钟宫调，故云“平调以宫为主”，亦无不可。[1]

有关“清商三调”的具体所指，音乐史学界有很多争论，丘琼荪这些阐述在征引众说的基础上作出判断，对于准确理解“清商三调”的内涵很有助益。

① 《历代乐志律志校释》第二分册，第350—351页。

第三章 隋唐五代乐志研究

隋代享国年短，但议乐活动却轰轰烈烈。唐代国力强盛，乐府活动异常活跃，产生了大量优秀诗篇，乐府学的发展也进入了繁盛时期。五代政治动荡，政权更替频繁，乐府活动衰微，乐府学也走向了衰落。记录隋唐五代乐府活动的正史乐志有《隋书·音乐志》《旧唐书·音乐志》《新唐书·礼乐志》以及《旧五代史·乐志》，下面就分别介绍其乐府学内容、乐府学价值和研究情况。

第一节 《隋书·音乐志》的乐府学内容与记录特点

《隋书》八十五卷，其中本纪、列传五十五卷，唐魏徵等撰，记隋代三十七年史事。志的部分又称《五代史志》，唐长孙无忌等撰，记梁、陈、齐、周、隋五代典章制度。可见《隋书·音乐志》并非只记有隋一代音乐，而是记录了五个朝代的音乐，有意与《南齐书·乐志》《魏书·乐志》相衔接，以补梁、陈、齐、周四代正史不设乐志之缺。

《隋书·音乐志上》在简单追述汉代到宋、齐音乐历史以后开始详细记述梁武帝"制定礼乐"事："是时对乐者七十八家，咸多引流略，浩荡其词，皆言乐之宜改，不言改乐之法。帝既素善钟律，详悉旧事，遂自制定礼乐。"①于是"定郊禋宗庙及三朝之乐"，制作新的鼓吹曲辞，即其所谓："鼓吹，宋、齐并用汉曲，又充庭用十六曲。高祖乃去四曲，留其十二，合四时也。更制新歌，以述功德。"②《隋书·音乐志上》还记述了梁武帝更造新声事："初武帝之在雍镇，有童谣云：'襄阳白铜蹄，反缚扬州儿。'识者言，白铜蹄谓马也。白，金色也。及义师之兴，实以铁骑，扬州之士，皆面缚，果如谣言。故即位之后，更造新声，帝自为之词三曲，又令沈约为三曲，以被弦管。帝既笃敬佛法，又制《善哉》《大乐》《大欢》《天道》《仙道》《神王》《龙王》《灭过恶》《除爱水》《断苦轮》等十篇，名为正乐，皆述佛法。又有法乐童子伎、童子倚歌梵呗，设无遮大会则为之。"③南朝乐府建设至梁达到鼎盛，与梁武帝本人有较高文学和音乐素养有直接关系。

历代作乐几乎都在争议中进行，皇帝在其中所起作用各不相同。反面典型如隋文帝，轰轰烈烈的举行开皇乐议，群臣各有所议，隋文帝却无力裁夺，反受何妥等人愚弄，作了错误的选择。再如赵宋诸帝，热心礼乐建设，但臣下多好异之论，

---

① 《隋书》卷十三，第 288—289 页。

② 《隋书》卷十三，第 304 页。

③ 《隋书》卷十三，第 305 页。

君上无择善之明，以至屡议屡改，屡改屡议。史称“有宋之乐，自建隆讫崇宁，凡六改作”。[①] “礼乐道丧久矣，故宋之乐屡变，而卒无一定不易之论”。[②] 正面典型如魏之三祖，亲自制作歌辞，成功地实现了汉乐府向魏乐府的过渡。再如唐太宗，虽然不很精通音乐，但能任用群才，使雅乐制作得以顺利完成。而唐玄宗更是音乐专家，在朝廷乐府建设上很有作为。

《隋书·音乐志上》又叙陈朝音乐活动。陈朝“并用梁乐，唯改七室舞辞”，[③]“天嘉元年，文帝始定圜丘、明堂及宗庙乐。”[④]陈朝享国年短，没有大规模制作礼乐，但陈后主在艳曲制作上却很是著名。《隋书·音乐志上》云：“及后主嗣位，耽荒于酒，视朝之外，多在宴筵。尤重声乐，遣宫女习北方箫鼓，谓之《代北》，酒酣则奏之。又于清乐中造《黄鹂留》及《玉树后庭花》《金钗两臂垂》等曲，与幸臣等制其歌词，绮艳相高，极于轻薄。男女唱和，其音甚哀。”[⑤]《南史·张贵妃传》亦云：“（陈）后主每引宾客，对贵妃等游宴，则使诸贵人及女学士与狎客共赋新诗，互相赠答。采其尤艳丽者，以为曲调，被以新声。选宫女有容色者以千百数，令习而歌之，分部迭进，持以相乐。其曲有《玉树后庭花》《临春乐》等。”[⑥]《代北》《黄鹂留》《玉树后庭花》《金钗两臂垂》《临春乐》等曲都是陈后主制作的艳曲，其中以《玉树后庭花》最为著名、流传也最为久远。陈后主和北

---

① ［元］脱脱等《宋史》卷一二六，中华书局，1977 年版，第 2937 页。

② 《宋史》卷一二六，第 2938 页。

③ 《隋书》卷十三，第 306 页。

④ 《隋书》卷十三，第 307 页。

⑤ 《隋书》卷十三，第 309 页。

⑥ 《南史》卷十二，第 348 页。

齐后主以及隋炀帝、南唐李后主都沉迷于音乐制作，也都是亡国之君，《玉树后庭花》等曲也因此被称为“亡国之音”。[①]

《隋书·音乐志中》记录了北齐和北周的乐府活动。如记载北齐乐府活动云：“齐神武霸迹肇创，迁都于邺，犹曰人臣，故咸遵魏典。及文宣初禅，尚未改旧章。……武成之时，始定四郊、宗庙、三朝之乐。”[②]“鼓吹二十曲，皆改古名，以叙功德。”[③]“杂乐有西凉鼙舞、清乐、龟兹等。然吹笛、弹琵琶、五弦及歌舞之伎，自文襄以来，皆所爱好。至河清以后，传习尤盛。后主唯赏胡戎乐，耽爱无已。于是繁手淫声，争新哀怨。……别采新声，为《无愁曲》，音韵窈窕，极于哀思，使胡儿阉官之辈，齐唱和之，曲终乐阕，莫不殒涕。”[④]这些记载，对了解北齐郊庙、鼓吹等仪式用乐和杂乐等娱乐用乐，以及北齐君主的音乐喜好都很有助益。再如记载北周乐府活动云：“周太祖迎魏武入关，乐声皆阙。恭帝元年，平荆州，大获梁氏乐器，以属有司。”[⑤]“太祖辅魏之时，高昌款附，乃得其伎，教习以备飨宴之礼。及天和六年，武帝罢掖庭四夷乐。其后帝娉皇后于北狄，得其所获康国、龟兹等乐，更杂以高昌之旧，并于大司乐习焉。采用其声，被于钟石，取《周官》制以陈之。”[⑥]“明帝武成二年正月朔旦，会群臣于紫极殿，始用百

---

① 参看拙文《汉唐之间“亡国之音”的认定与诗歌批评》，《音乐研究》2020年第5期。

② 《隋书》卷十四，第313—314页。

③ 《隋书》卷十四，第330页。

④⑤ 《隋书》卷十四，第331页。

⑥ 《隋书》卷十四，第342页。

戏。"[①]"武帝以梁鼓吹熊罴十二案,每元正大会,列于悬间,与正乐合奏。宣帝时,革前代鼓吹,制为十五曲。"[②]据此可知,北周自恭帝平荆州获梁朝乐器开始,宫廷方有乐声。后又得高昌伎,施用于飨宴,是为燕射乐。至武帝娉皇后于北狄,又得康国乐和龟兹乐,加上原有的高昌旧乐,令大司乐排练演习,取《周官》之制的规定陈列表演。

隋承周制,音乐带有北方少数民族色彩,所谓"制氏全出于胡人,迎神犹带于边曲",[③]说的就是这种情况。隋文帝就曾表示:"朕情存古乐,深思雅道。郑、卫淫声,鱼龙杂戏,乐府之内,尽以除之。今欲更调律吕,改张琴瑟。"[④]显然,隋文帝之所以"更调律吕,改张琴瑟",目的就是要在乐府之内存古乐雅道,除郑卫淫声。对乐府音乐的去取、对古雅正声的推崇,表明隋文帝要在礼乐制度上恢复华夏正统。出于这样的考虑,隋文帝于开皇二年召集群臣讨论音乐,这次讨论直到开皇十三年才宣告结束,持续时间长达十余年之久,是中国雅乐史和乐律发展史上的重大事件,史称"开皇乐议"。《隋书·音乐志下》记载开皇乐议的发生缘起曰:

> 开皇二年,齐黄门侍郎颜之推上言:"礼崩乐坏,其来自久。今太常雅乐,并用胡声,请冯梁国旧事,考寻古典。"高祖不从,曰:"梁乐亡国之音,奈何遣我用邪?"是时尚因周乐,命工人齐树提检校乐府,改换声律,益不能

①② 《隋书》卷十四,第342页。

③ 《隋书》卷十三,第287页。

④ 《隋书》卷二,第34页。

> 通。俄而柱国、沛公郑译奏上,请更修正。于是诏太常卿牛弘、国子祭酒辛彦之、国子博士何妥等议正乐。然沦谬既久,音律多乖,积年议不定。高祖大怒曰:“我受天命七年,乐府犹歌前代功德邪?”命治书侍御史李谔,引弘等下,将罪之。谔奏:“武王克殷,至周公相成王,始制礼乐。斯事体大,不可速成。”高祖意稍解。又诏求知音之士,集尚书,参定音乐。①

通过上述记载可以清晰地看出开皇乐议发生的原因:一、北周雅乐中掺杂着胡乐,这不符合雅乐传统;二、雅乐歌辞的内容依旧歌颂北周君主功德,与当朝政治情况不符;三、乐学和乐律学知识混乱,研讨多年未有定论。

开皇乐议中涉及众多音乐家和丰富的音乐知识,参与讨论的主要有万宝常、牛弘、何妥、郑译、苏夔等人,他们的音乐知识多寡不同,才能高下不一,为人也忠奸混杂。在对待修正雅乐声律这一主要问题上,他们各有所见,互相排斥。先是沛公郑译从龟兹人苏祇婆处学来一套被称为“五旦七声”的定音方法,“因其所捻琵琶,弦柱相饮为均,推演其声,更立七均。合成十二,以应十二律。律有七音,音立一调,故成七调十二律,合八十四调,旋转相交,尽皆和合。……又以编悬有八,因作八音之乐。七音之外,更立一声,谓之应声。”②“而何妥旧以学闻,雅为高祖所信。高祖素不悦学,不知乐,妥又耻己宿儒,不逮译等,欲沮坏其事。”先“立议非十二律旋相为

① 《隋书》卷十四,第345页。
② 《隋书》卷十四,第346页。

宫”，“又非其七调之义”，主理其事的牛弘无力分别，最终隋文帝接受了何妥的意见，被其误导，相信了其“黄钟者，以象人君之德”的说法，只“用黄钟一宫，不假余律”。[①] 结果何妥受到了奖赏，郑译等人受到了冷落。“开皇九年平陈，获宋、齐旧乐，诏于太常置清商署，以管之。求陈太乐令蔡子元、于普明等，复居其职。”[②]于是“牛弘遂因郑译之旧，又请依古五声六律，旋相为宫。雅乐每宫但一调，唯迎气奏五调，谓之五音。缦乐用七调，祭祀施用。各依声律尊卑为次。高祖犹忆妥言，注弘奏下，不许作旋宫之乐，但作黄钟一宫而已”。[③]“故隋代雅乐，唯奏黄钟一宫，郊庙飨用一调，迎气用五调。旧工更尽，其余声律，皆不复通。或有能为蕤宾之宫者，享祀之际肆之，竟无觉者。”[④]从表面看，开皇乐议讨论的是是否确立“黄钟一宫”的问题，但其实质却是在音乐领域如何对待外来文化与传统文化的问题。开皇乐议代表着隋朝对待外来文化的态度，而隋文帝最终决定采用何妥的“黄钟为宫”，仅用黄钟一调，表明自此以后隋朝雅乐再也不会旋宫转调，这样选择的结果致使雅乐逐渐走向了衰落。

然而，在这次大讨论中，郑译根据龟兹音乐家苏祇婆传授的龟兹乐调理论“五旦七调”之说，推演出了七升十二律旋相为宫的“八十四调”理论和“八音之乐”理论，却为后世研究古代乐律理论保存了珍贵史料，促进了唐代雅乐旋相为宫乃至之后俗乐八十四调和燕乐二十八调等体系的确立，具有重要

① 《隋书》卷十四，第348页。
② 《隋书》卷十五，第349页。
③ 《隋书》卷十五，第351页。
④ 《隋书》卷十五，第354页。

的音乐学意义。

隋代涌现出的大量乐府学著述都与开皇乐议有关。《隋书·万宝常传》云:“开皇之世,有郑译、何妥、卢贲、苏夔、萧吉,并讨论坟籍,撰著乐书,皆为当世所用。”①可知,郑译、何妥、卢贲、苏夔、萧吉等参与开皇乐议之人都曾撰有乐书。其中,郑译《乐府声调》六卷和《乐府声调》三卷、何妥《乐要》一卷、萧吉《乐论》一卷和《乐谱集》二十卷,均见于《隋书·经籍志》。②《旧唐书·经籍志》著录有苏夔《乐志》十卷。③ 卢贲未见乐书留存。

万宝常是个天才乐工,他也撰有乐府学著述。《隋书·万宝常传》载:“开皇初,沛国公郑译等定乐,初为黄钟调。宝常虽为伶人,译等每召与议,然言多不用。……并撰《乐谱》六十四卷。”④可知万宝常曾撰有《乐谱》六十四卷。《隋书·万宝常传》亦载:“宝常贫无子,其妻因其卧疾,遂窃其资物而逃。宝常饥馁,无人赡遗,竟饿而死。将死也,取其所著书而焚之,曰:‘何用此为?’见者于火中探得数卷,见行于世,时论哀之。”⑤《隋书·经籍志》著录有无主名《乐谱》四卷,⑥不知是否就是“见者于火中探得数卷见行于世”者。若是,则万宝常六十四卷《乐谱》尚存四卷。

《隋书·音乐志下》详细记录了隋代其他音乐建制、乐器使用情况以及乐曲名称,这对清晰描述出隋代乐府诗的音乐

---

①⑤ 《隋书》卷七八,第 1785 页。

② 《隋书》卷三二,第 926—927 页。

③ 《旧唐书》卷二六,第 1975 页。

④ 《隋书》卷七八,第 1784 页。

⑥ 《隋书》卷三二,第 927 页。

形态很有帮助。如记隋文帝《七部乐》和隋炀帝《九部乐》曰：

> 始开皇初定令，置《七部乐》：一曰《国伎》，二曰《清商伎》，三曰《高丽伎》，四曰《天竺伎》，五曰《安国伎》，六曰《龟兹伎》，七曰《文康伎》。又杂有疏勒、扶南、康国、百济、突厥、新罗、倭国等伎。其后牛弘请存《鞞》《铎》《巾》《拂》等四舞，与新伎并陈。……及大业中，炀帝乃定《清乐》《西凉》《龟兹》《天竺》《康国》《疏勒》《安国》《高丽》《礼毕》，以为《九部》。乐器工衣创造既成，大备于兹矣。①

隋王朝建国后，在宫廷音乐建设方面把之前魏晋南北朝流传下来的雅乐、清商乐以及引进的少数民族音乐一并吸收并加以整合，形成了七部乐，又称七部伎。② 之后，隋炀帝又在七部乐基础上有所增加，形成了九部乐，又称九部伎。同时，乐器、乐工服饰的创制也已完成，隋代乐府至此臻于完备。这些伎乐，对唐代乐府发展有着积极影响，唐代十部伎就是在此基础上形成。

《隋书·音乐志下》不仅一一罗列了七部乐和九部乐的名称，而且对各部乐的来历、乐器、乐工、乐曲等都有记述。如记述《清乐》曰：

---

① 《隋书》卷十五，第 376—377 页。

② 王小盾《关于〈古今乐纂〉和音乐文献的辨伪》（《文艺研究》2008 年第 11 期）和《论中国乐部史上的隋代七部乐》（《中国音乐学》2009 年第 4 期）对《隋志》记录七部乐有高度评价，可参看。

《清乐》其始即《清商三调》是也，并汉来旧曲。乐器形制，并歌章古辞，与魏三祖所作者，皆被于史籍。属晋朝迁播，夷羯窃据，其音分散。苻永固平张氏，始于凉州得之。宋武平关中，因而入南，不复存于内地。及平陈后获之。高祖听之，善其节奏，曰："此华夏正声也。昔因永嘉，流于江外，我受天明命，今复会同。虽赏逐时迁，而古致犹在。可以此为本，微更损益，去其哀怨，考而补之。以新定律吕，更造乐器。"其歌曲有《阳伴》，舞曲有《明君》《并契》。其乐器有钟、磬、琴、瑟、击琴、琵琶、箜篌、筑、筝、节鼓、笙、笛、箫、篪、埙等十五种，为一部。工二十五人。①

所述涉及《清乐》的肇端及其自汉至南北朝的迁转流传过程，并及歌曲舞曲名称、所用乐器及乐工人数，据此可知《清乐》基本情形之大概。再如记述《龟兹乐》曰：

《龟兹》者，起自吕光灭龟兹，因得其声。吕氏亡，其乐分散，后魏平中原，复获之。其声后多变易。至隋有《西国龟兹》《齐朝龟兹》《土龟兹》等，凡三部。开皇中，其器大盛于闾闬。时有曹妙达、王长通、李士衡、郭金乐、安进贵等，皆妙绝弦管，新声奇变，朝改暮易，持其音技，估衒公王之间，举时争相慕尚。……炀帝不解音律，略不关怀。后大制艳篇，辞极淫绮。令乐正白明达造新声，创《万岁乐》《藏钩乐》《七夕相逢乐》《投壶乐》《舞席同心

① 《隋书》卷十五，第377—378页。

髻》《玉女行觞》《神仙留客》《掷砖续命》《斗鸡子》《斗百草》《泛龙舟》《还旧宫》《长乐花》及《十二时》等曲，掩抑摧藏，哀音断绝。①

通过这些记载，可知龟兹乐本为吕光灭龟兹后所得，吕氏亡后其乐分散，后魏平中原后复得。其声历经辗转，发生了很多变化，到隋代时分为《西国龟兹》《齐朝龟兹》《土龟兹》三部。隋开皇中，其乐器盛行于闾闬。当时精通管弦、妙绝音律的曹妙达、王长通、李士衡、郭金乐、安进贵等人，在王公贵族之间展示绝妙技艺，备受时人艳羡推崇。隋炀帝时制作了大量艳曲，歌辞淫靡华丽。炀帝还令白明达创制新声，所创乐曲有《万岁乐》等十四曲。这样的记录，清晰详尽，对研究隋代乐府很有助益。

《隋书·音乐志》在记录音乐活动的同时还特别注意收录乐府歌辞，其所收歌辞之全、数量之多，可谓空前。《隋书·音乐志》的记录特点是不厌其详，例如对梁代三朝乐四十九曲，逐曲予以叙述；对梁鼓吹十二曲、北齐鼓吹二十曲、北周鼓吹十五曲的名称及本事，也一一交代；对各种乐器的数量、形制和排列，对艺人的数量和装束，对舞者所用舞具等，都有详尽记述。如记北周乐府表演情形曰：

高祖既受命，定令，宫悬四面各二虡，通十二镈钟，为二十虡。虡各一人。建鼓四人，柷敔各一人。歌、琴、瑟、箫、筑、筝、搊筝、卧箜篌、小琵琶，四面各十人，在编磬下。

① 《隋书》卷十五，第378—379页。

> 笙、竽、长笛、横笛、箫、筚篥、篪、埙，四面各八人，在编钟下。舞各八佾。宫悬簨虡，金五博山，饰以旒苏树羽。其乐器应漆者，天地之神皆朱，宗庙加五色漆画。天神悬内加雷鼓，地祇加灵鼓，宗庙加路鼓，登歌，钟一虡，磬一虡，各一人；歌四人，兼琴瑟；箫、笙、竽、横笛、篪、埙各一人。其漆画及博山旒苏树羽，与宫悬同。登歌人介帻、朱连裳、乌皮履。宫悬及下管人，平巾帻，朱连裳。凯乐人，武弁，朱褠衣，履袜。文舞，进贤冠，绛纱连裳，帛内单，皂领袖褠，乌皮鞮，左执籥，右执翟。二人执纛，引前，在舞人数外，衣冠同舞人。武弁，朱褠衣，乌皮履。三十二人，执戈，龙楯。三十二人执戚，龟。二人执旍，居前。二人执鼗，二人执铎，二人执铙，二人执錞。四人执弓矢，四人执殳，四人执戟，四人执矛。自旍已下夹引，并在舞人数外，衣冠同舞人。①

对北周乐府表演中所用乐器、使用各种乐器的乐工人数和乐工分布位置、乐器上漆画的色彩和纹饰、不同祭祀场合乐器的增减、不同种类乐工的服饰及人数、舞者的服饰及所持舞具等，都一一罗列，详细介绍，这些描述有助于后人考察北周宫廷音乐表演情况。

《隋书·音乐志下》对隋代乐府诗学也有记载，如云：

> 先是高祖遣内史侍郎李元操、直内史省卢思道等，列清庙歌辞十二曲。令齐乐人曹妙达，于太乐教习，以代周

① 《隋书》卷十四，第343—344页。

> 歌。其初迎神七言，象《元基曲》，献奠登歌六言，象《倾杯曲》，送神礼毕五言，象《行天曲》。至是弘等但改其声，合于钟律，而辞经敕定，不敢易之。至仁寿元年，炀帝初为皇太子，从飨于太庙，闻而非之。乃上言曰："清庙歌辞，文多浮丽，不足以述宣功德，请更议定。"于是制诏吏部尚书、奇章公弘，开府仪同三司、领太子洗马柳顾言，秘书丞、摄太常少卿许善心，内史舍人虞世基，礼部侍郎蔡徵等，更详故实，创制雅乐歌辞。"①

这是关于郊庙歌辞创作的讨论，最初李元操、卢思道所作清庙歌辞十二曲，由曹妙达负责在太乐教习，其中迎神曲为七言、献奠登哥为六言、送神礼毕为五言。到牛弘等改制雅乐时，也只是修改曲调，使其更合乎声律，歌辞因是敕定，未敢改动。到仁寿元年，隋炀帝以皇太子身份从飨于太庙，对已有歌辞很不满意。他认为李元操、卢思道所作清庙歌辞文辞太过浮华流丽，不足以宣扬祖先功德。于是又组织牛弘、柳顾言、许善心、虞世基、蔡徵等人重新参详故实，另制新辞。这次讨论，焦点问题是郊庙歌辞的风格问题。显然，隋炀帝的主张是反对浮丽文辞，这与后世对隋炀帝喜好艳辞的固有印象大相径庭。

隋炀帝为皇太子时反对浮丽文辞，即位后却沉迷新声，大制艳辞，他还曾讲述乐府创作的道理。《隋书·音乐志下》载：

> 炀帝不解音律，略不关怀。后大制艳篇，辞极淫绮。

---

① 《隋书》卷十五，第359—360页。

> 令乐正白明达造新声,创《万岁乐》……等曲,掩抑摧藏,哀音断绝。帝悦之无已,谓幸臣曰:“多弹曲者,如人多读书。读书多则能撰书,弹曲多即能造曲。此理之然也。”①

白明达所造《万岁乐》等曲是新声艳曲,很得隋炀帝欢心,隋炀帝也据此阐述了乐府创作的道理。他认为,弹曲跟读书是一个道理,读书多就能写书,弹曲多就能造曲。将这条记载与前文所引炀帝为太子时对李元操、卢思道所作清庙歌辞不满的记载相结合,就可以清楚地看到隋炀帝对乐府歌辞从反对“文多浮丽”到喜好“辞极淫绮”的观念转变过程。

清代以来,出现了一些《隋书》研究成果。如清傅云龙《隋书考证》,该书涉及《音乐志》的有20条。如:

> “宾入门,四箱奏《肆夏》辞”。各本皆作“箱”,已下多“箱”字,或作“厢”,或作“箱”,互异。按《仪礼·公食大夫礼》:“公许,宾升,公揖,退于箱。”注:“箱,东至之处。”《尔雅》:“室有东西厢,曰庙;无东西厢,曰寝。”《前汉书·周昌传》:“吕后侧耳东箱听。”注:师古曰:正寝之东西室皆曰箱,言似箱箧之形。《晁错传》:“错趋避东箱。”《韵会》:“厢”通“箱”。②

“宾入门,四箱奏《肆夏》辞”出自《北齐元会大飨歌》,属于燕

---

① 《隋书》卷十五,第379页。

② 《二十四史订补》第八册,第7页。

射歌辞。傅云龙引经据典考证其中的“箱”字,可谓详尽至极。这样的考证对整理《乐府诗集》很有参考价值。

现代学者也有研究《隋书·音乐志》的成果。如日本学者山寺三知《〈隋书·音乐志〉标点琐议》、许云和《〈隋书·音乐志〉断句商榷一例》二文辨析《隋书·音乐志》的标点问题,[①]王洪军《〈隋书·音乐志〉之“并戾”问题谜底辨歧》讨论《隋书·音乐志》中的一个语词。王文指出:“《隋书·音乐志》之‘并戾’问题谜底只有一个,那就是‘二声并戾’,非此原文献实在难以贯通。由此观之,百衲本、汲古阁本及《通典》《册府元龟》之‘三声并戾’很可能为笔误所致。我们不能因为只有殿本作‘二声并戾’便放弃之以‘从众’,所谓‘少数服从多数’,不是学术原则。”[②]类似辨析,对深入解读《隋书·音乐志》很有助益。

第二节　《旧唐书·音乐志》的乐府学内容与版本争议

《旧唐书·音乐志》详细记录了唐代乐府活动,是考察唐代乐府建设和乐曲制作的重要文献。《乐府诗集》征引《旧唐书》多达三十三次,足见其重要程度。

《旧唐书·音乐志一》按照乐志书写惯例,首先简述音乐作用和由三代到隋的音乐历史,认为“隋世雅音,惟清乐十四

---

① ［日］山寺三知《〈隋书·音乐志〉标点琐议》,《文化艺术研究》2012 年第 1 期;许云和《〈隋书·音乐志〉断句商榷一例》,《中国史研究》2011 年第 3 期。

② 王洪军《〈隋书·音乐志〉之“并戾”问题谜底辨歧》,《音乐研究》2004 年第 2 期。

调而已”。祖孝孙由隋入唐，继续为唐朝制定雅乐，因开皇乐议中隋文帝的偏执无知而被否定的旋宫之法至唐得以实施。《旧唐书·音乐志一》云：

> 孝孙又奏：陈、梁旧乐，杂用吴、楚之音；周、齐旧乐，多涉胡戎之伎。于是斟酌南北，考以古音，作为大唐雅乐。以十二律各顺其月，旋相为宫。按《礼记》云，“大乐与天地同和”，故制十二和之乐，合三十一曲，八十四调。祭圜丘以黄钟为宫，方泽以林钟为宫，宗庙以太簇为宫。五郊、朝贺、飨宴，则随月用律为宫。①

唐前各代多作有雅乐，如梁时作有《俊雅》《皇雅》《胤雅》《寅雅》《介雅》《需雅》《雍雅》《涤雅》《牷雅》《诚雅》《献雅》《禋雅》十二雅，北齐作有《肆夏》《昭夏》《皇夏》，北周作有《皇夏》《肆夏》《昭夏》《纳夏》《章夏》《深夏》《族夏》《陔夏》《骜夏》，隋作有《昭夏》《皇夏》《诚夏》《需夏》《昭夏》，用于郊庙、朝会。至唐作“十二和”乐，后来不断制作，数量超过了十二之数，有《豫和》《太和》《肃和》《雍和》《寿和》《舒和》《雍和》《福和》《歆和》《顺和》《昭和》《致和》《咸和》《九和》《显和》《敬和》《钦和》《齐和》《德和》《禋和》《通和》《归和》《承和》《永和》《严和》《升和》《虔和》《同和》《宁和》《恭和》《通和》《正和》《诚和》等名。而北齐、北周、隋代各“夏”却因为歌辞无存，名称已远不足十二之数。这些雅乐均按月律演奏。

《旧唐书·音乐志一》又记各代所作宗庙舞名，《长发》

① 《旧唐书》卷二八，第1041页。

《大基》《大成》《大明》《光大》《崇德》《钧天》《太和》《大政》《景云》《广运》《惟新》《保大》《文明》《大顺》《象德》《和宁》《大钧》《文成》等，皆为庙舞名称。

《旧唐书·音乐志一》又记太宗时作《七德》《九功》舞事。《七德舞》《九功舞》原本分别名为《破阵乐》和《庆善乐》，均为太宗所造。《旧唐书·音乐志一》云：

> 《破阵乐》，太宗所造也。太宗为秦王之时，征伐四方，人间歌谣《秦王破阵乐》之曲。及即位，使吕才协音律，李百药、虞世南、褚亮、魏徵等制歌辞。百二十人披甲持戟，甲以银饰之。发扬蹈厉，声韵慷慨，享宴奏之，天子避位，坐宴者皆兴。《庆善乐》，太宗所造也。太宗生于武功之庆善宫，既贵，宴宫中，赋诗，被以管弦。舞者六十四人。衣紫大袖裾襦，漆髻皮履。舞蹈安徐，以象文德洽而天下安乐也。①

太宗为秦王时，征伐四方，故而民间歌谣有《秦王破阵乐》。至太宗即位，据此改制，为之协配音律，新制歌辞，由一百二十名舞者披甲执戟表演，激烈慷慨，称为《破阵乐》舞，贞观七年太宗亲制《破阵乐舞图》。此舞在享宴时表演，表演时皇帝需离位起立，与宴重臣皆需起立，情形相当于今之演奏国歌。贞观六年，太宗行幸庆善宫，宴群臣，此宫乃太宗降诞之所，故而起居郎吕才以太宗《幸武功旧宅诗》被之管弦，名为《功成庆善乐》之曲，由六十四名舞者穿紫色宽袖舞服表演，安详从

① 《旧唐书》卷二九，第 1059—1060 页。

容。这两支舞曲在当时相当于武舞和文舞。

到高宗麟德二年，此二舞又用于郊庙。《旧唐书·音乐志一》载："麟德二年十月，制曰：'国家平定天下，革命创制，纪功旌德，久被乐章。今郊祀四悬，犹用干戚之舞，先朝作乐，韬而未伸。其郊庙享宴等所奏宫悬，文舞宜用《功成庆善》之乐，皆着履执拂，依旧服袴褶、童子冠。其武舞宜用《神功破阵》之乐，皆被甲持戟，其执纛之人，亦着金甲。人数并依八佾，仍量加箫、笛、歌鼓等，并于悬南列坐，若舞即与宫悬合奏。其宴乐内二色舞者，仍依旧别设。'"[①]至上元三年，郊庙祭祀亦用《上元舞》。当年十一月高宗敕曰："供祠祭《上元舞》，前令大祠享皆将陈设。自今已后，圆丘方泽，大庙祠享，然后用此舞，余祭并停。"[②]由以上记载可以看出，高宗麟德二年时，此二舞在郊庙祭祀中仍被用作文舞和武舞，然而到上元三年时，郊庙祭祀也用《上元舞》。这其中原因是什么，《旧唐书·音乐志一》的记载给出了答案：

仪凤二年十一月六日，太常少卿韦万石奏曰："据《贞观礼》，郊享日文舞奏《豫和》《顺和》《永和》等乐，其舞人着委貌冠服，并手执籥翟。其武舞奏《凯安》，其舞人并着平冕，手执干戚。奉麟德二年十月敕，文舞改用《功成庆善乐》，武舞改用《神功破阵乐》，并改器服等。自奉敕以来，为《庆善乐》不可降神，《神功破阵乐》未入雅乐，虽改用器服，其舞犹依旧，迄今不改。事既不安，恐

---

① 《旧唐书》卷二八，第1047—1048页。

② 《旧唐书》卷二八，第1048页。

> 须别有处分者。”以今月六日录奏，奉敕：“旧文舞、武舞既不可废，并器服总宜依旧。若悬作《上元舞》日，仍奏《神功破阵乐》及《功成庆善乐》，并殿庭用舞，并须引出悬外作。其安置舞曲，宜更商量作安稳法。并录《凯安》六变法象奏闻。”万石又与刊正官等奏曰：“谨按《凯安舞》是贞观中所造武舞，准《贞观礼》及今礼，但郊庙祭享奏武舞之乐即用之。”①

可知在祭祀中，因《庆善乐》不可降神，《破阵乐》未入雅乐，所以引发了新的问题。《庆善乐》《破阵乐》虽作为旧有文舞、武舞不可废弃，在施用时也改用器服，但舞容却一仍其旧，太常少卿韦万石以为不妥。在此种情况下，朝廷便作了一个变通，在郊祀使用《上元舞》时，《庆善乐》《破阵乐》二舞依然演奏，至于舞曲的具体安置，可再想更为稳妥的方法。韦万石等人想出的方法就是郊祀时所需武舞可用贞观中所造《凯安舞》。这说明，《庆善乐》《破阵乐》二舞虽然仍按文舞、武舞性质施用，但却没有了文舞、武舞之名，而《凯安舞》则在郊祀时具有了武舞之名。

朝廷也曾将《庆善乐》《破阵乐》二舞修入雅乐。《旧唐书·音乐志一》载韦万石与刊正官等上奏曰：

> 立部伎内《破阵乐》五十二遍，修入雅乐，只有两遍，名曰《七德》。立部伎内《庆善乐》七遍，修入雅乐，只有一遍，名曰《九功》。《上元舞》二十九遍，今入雅乐，一无

① 《旧唐书》卷二八，第1048—1049页。

所减。每见祭享日三献已终,《上元舞》犹自未毕,今更加《破阵乐》《庆善乐》,兼恐酌献已后,歌舞更长。其雅乐内《破阵乐》《庆善乐》及《上元舞》三曲,并望修改通融,令长短与礼相称,冀望久长安稳。《破阵乐》有象武事,《庆善乐》有象文事。按古六代舞,有《云门》《大咸》《大夏》《大韶》,是古之文舞;殷之《大濩》,周之《大武》是古之武舞。依古义,先儒相传,国家以揖让得天下,则先奏文舞;若以征伐得天下,则先奏武舞。望请应用二舞日,先奏《神功破阵乐》,次奏《功成庆善乐》。……其《神功破阵乐》《功成庆善乐》《上元》之舞三曲,待修改讫,以次通融作之,即得与旧乐前后不相妨破。若有司摄行事日,亦请据行事通融。①

从韦万石等人的奏表中可以看出,《破阵乐》《庆善乐》虽曾被修入雅乐,删减了容量,更改了乐名,但在具体表演中却出现了问题。《七德》本自《破阵乐》,原为五十二遍,修入雅乐后,只有两遍;《九功》本自《庆善乐》,原为七遍,修入雅乐后,只有一遍;《上元舞》原本二十九遍,入雅乐后一无所减。因《上元舞》遍数太多,每逢祭祀,三献之礼已毕,而《上元舞》表演却仍未结束。再加上《七德》《九功》二舞,更会拉长表演时间,致使歌舞表演时长与祭祀礼仪程序无法对应。歌舞表演服务于祭祀礼仪,二者不能相配,这显然是很大的问题,需要乐府考量改造。

《破阵乐》的表演效果极好。如《旧唐书·音乐志一》

① 《旧唐书》卷二八,第1049页。

记载仪凤年间的一次表演曰："（仪凤）三年七月，上在九成宫咸亨殿宴集，有韩王元嘉、霍王元轨及南北军将军等。乐作，太常少卿韦万石奏称：'《破阵乐舞》者，是皇祚发迹所由，宣扬宗祖盛烈，传之于后，永永无穷。自天皇临驭四海，寝而不作，既缘圣情感怆，群下无敢关言。臣忝职乐司，废缺是惧。依礼，祭之日，天子亲总干戚以舞先祖之乐，与天下同乐之也。今《破阵乐》久废，群下无所称述，将何以发孝思之情？'上矍然改容，俯遂所请，有制令奏乐舞，既毕，上欷歔感咽，涕泗交流，臣下悲泪，莫能仰视。久之，顾谓两王曰：'不见此乐，垂三十年，乍此观听，实深哀感。追思往日，王业艰难勤苦若此，朕今嗣守洪业，可忘武功？'……侍宴群臣咸呼万岁。"[①]《破阵乐》久废不用，高宗于九成宫大宴群臣时，太常少卿韦万石奏请表演该舞，演出竟令高宗君臣感动垂泪，可知该舞确实起到了颂祖宗盛烈、发孝思之情、叹王业艰难的表演效果。

《旧唐书·音乐志一》又记："（贞观）十四年，有景云见，河水清。张文收采古《朱雁》《天马》之义，制《景云河清歌》，名曰宴乐，奏之管弦，为诸乐之首，元会第一奏者是也。"[②]作祥瑞乐曲，始于汉武帝。不过汉武帝时以祥瑞曲用于郊祀，此时则以祥瑞曲用于朝会。该乐取名"宴乐"，因"宴"与"燕"通，于是就有了"燕乐"这一乐种。早在周代，燕乐就已是乐之一种。《周礼·春官宗伯第三》曰："磬师掌教击磬，击编钟。教缦乐、燕乐之钟磬。"郑玄注云："燕乐，房中之乐，所谓

---

① 《旧唐书》卷二八，第1049—1050页。

② 《旧唐书》卷二八，第1046页。

阴声也。”[1]燕乐在周代主要用于祭祀和宴飨。《周礼·春官宗伯第三》曰：“凡祭祀、飨射，共其钟、笙之乐。燕乐，亦如之。”[2]燕乐亦有舞。《周礼·春官宗伯第三》曰：“凡祭祀、宾客，舞其燕乐。”[3]贾谊《新书》云：“干戚戈羽之舞，管籥琴瑟之会，号呼歌谣声音不中律，燕乐《雅》《讼》逆乐序，凡此其属，诏工之任也。”[4]燕乐曾是与雅乐并列的一类，周代就有燕乐、雅乐、缦乐、薰服等乐，到汉代亦是如此。贾谊《新书》云：“故君乐雅乐，则友、大臣可以侍；君乐燕乐，则左右、侍御者可以侍；君开北房从熏服之乐，则厮役从。”[5]后代正史乐志也多将雅乐和燕乐分开著录。唐十部乐“总谓之燕乐”，始见于《新唐书·礼乐志》，如云：“燕乐。高祖即位，仍隋制设九部乐：《燕乐伎》，乐工舞人无变者。《清商伎》者，隋清乐也。……《西凉伎》……《天竺伎》……《高丽伎》……《龟兹伎》……《安国伎》……《疏勒伎》……《康国伎》……高宗即位，景云见，河水清，张文收采古谊为《景云河清歌》，亦名燕乐。”[6]因为《燕乐伎》列于十部之首，故而才用燕乐代指十部乐。现代学者多认为燕乐是与清乐相对之俗乐，是当时新声俗乐的总称，这显然是对燕乐的误解。[7]

---

① 《十三经注疏·周礼注疏》卷二四，第 800 页。

②③ 《十三经注疏·周礼注疏》卷二四，第 801 页。

④ ［汉］刘向撰，阎振益、钟夏校注《新书校注》卷五，中华书局，2000 年版，第 174 页。

⑤ 《新书校注》卷八，第 293 页。

⑥ 《新唐书》卷二一，第 469—471 页。

⑦ 参看拙文《“词起源于燕乐”说修正》，《中国韵文学刊》2019 年第 2 期，后收入拙著《乐府文献考论》，凤凰出版社，2020 年版，第 35 页。

《旧唐书·音乐志一》又记显庆二年高宗君臣作琴曲《白雪》事曰：

> 至是太常上言曰："臣谨按《礼记》《家语》云：舜弹五弦之琴，歌《南风》之诗。是知琴操曲弄，皆合于歌。又张华《博物志》云：'《白雪》是大帝使素女鼓五十弦瑟曲名。'又楚大夫宋玉对襄王云：'有客于郢中歌《阳春白雪》，国中和者数十人。'是知《白雪》琴曲，本宜合歌，以其调高，人和遂寡。自宋玉以后，迄今千祀，未有能歌《白雪曲》者。臣今准敕，依于琴中旧曲，定其宫商，然后教习，并合于歌。辄以御制《雪诗》为《白雪》歌辞。又按古今乐府，奏正曲之后，皆别有送声，君唱臣和，事彰前史。辄取侍臣等奉和雪诗以为送声，各十六节，今悉教讫，并皆谐韵。"上善之，乃付太常编于乐府。六年二月，太常丞吕才造琴歌《白雪》等曲，上制歌辞十六首，编入乐府。①

从中可知，琴曲《白雪》原本可以歌唱，但因曲调太高，能和者很少，故而自宋玉以后至唐千年以来，无人能够歌唱。唐代乐府依据旧有琴曲，为其确定音调，令乐工演习，使之能够歌唱。乐曲改造完成后，又采用高宗御制的《雪诗》作为歌辞，用侍臣奉和高宗的《雪诗》作为正曲之外的送声歌辞，各十六节，乐府排练演唱，皆能音韵和谐。到显庆六年时，吕才造琴歌《白雪》等曲，高宗亲制歌辞十六首，编入乐府。这条记载完

① 《旧唐书》卷二八，第1047页。

整记录了琴曲《白雪》被加工改造进入乐府，成为真正乐府歌辞的过程。

古人对琴曲多有论及。如宋人郑樵云：“《琴操》所言者何尝有是事！琴之始也，有声无辞，但善音之人，欲写其幽怀隐思而无所凭依，故取古之人悲忧不遇之事，而以命操。或有其人而无其事，或有其事又非其人，或得古人之影响又从而滋蔓之。君子之所取者，但取其声而已，取其声之义而非取其事之义。”[①]郑樵认为《琴操》所言未必确有其事，琴在最开始就是有声无辞的，且是擅长音律之人想要表达他们的幽怀隐思苦于没有依凭，故而取古人悲叹不遇之事用以命操。这些琴曲，有的有其人而无其事，有的有其事而非其人，很大程度因为古人的影响而得以滋长蔓延。人们所采取借鉴的，只是琴曲的音声而已，是取其音声之义而非其事之义。元人吴莱《与黄明远第三书论乐府杂说》亦云：“又闻学琴者言，琴操多出乎楚汉，或有声无辞，其意辄高远可喜，而有辞者反不逮，是则乐家未必专取其辞，而特以其声为主者，又明矣。”[②]吴莱所言与郑樵类同，他也赞成琴曲是取其声而非取其事。他还认为琴操多出自汉人。然而，琴操的歌辞和本事，虽然有的出自汉人，但不能断言所有歌辞、本事均出自汉人之手。证实已然无凭，证伪何尝有据？扬雄《琴清英》、蔡邕《琴操》，一出西汉末年，一出东汉末年，但都记述了先秦琴曲歌辞及其本事，若说二人均在作伪，实在于理不通。《列子·天瑞》曰：“孔子游

① ［宋］郑樵撰，王树民点校《通志二十略》，中华书局，1992 年版，第 910 页。

② 李修生《全元文》卷一三七〇，凤凰出版社，1998 年版，第 131 页。

于太山,见荣启期行乎郕之野,鹿裘带索,鼓琴而歌。”[①]《列子·仲尼》曰:“仲尼闲居,子贡入侍,而有忧色。子贡不敢问,出告颜回。颜回援琴而歌。”[②]二书所记之事未必实有,但“鼓琴而歌”“援琴而歌”乃古人生活常情。既然有歌,则必有歌辞,不能武断地认为汉代琴书所记先秦人琴歌、本事均为向壁虚造。因此,前引《旧唐书·音乐志一》所载唐显庆年间高宗君臣作琴曲《白雪》事中,太常寺考证得出“琴操曲弄,皆合于歌”的结论是正确的。

玄宗善音乐,乐府音乐到了他那个时代,仪式功能已大大让位于娱乐功能。《旧唐书·音乐志一》记录了玄宗时的音乐活动,虽然文字不多,但内容却相当丰富。如:

> 玄宗在位多年,善音乐,若宴设酺会,即御勤政楼。先一日,金吾引驾仗北衙四军甲士,未明陈仗,卫尉张设,光禄造食。候明,百僚朝,侍中进中严外办,中官素扇,天子开帘受朝,礼毕,又素扇垂帘,百僚常参供奉官、贵戚、二王后、诸蕃酋长,谢食就坐。太常大鼓,藻绘如锦,乐工齐击,声震城阙。太常卿引雅乐,每色数十人,自南鱼贯而进,列于楼下。鼓笛鸡娄,充庭考击。太常乐立部伎、坐部伎依点鼓舞,间以胡夷之伎。日旰,即内闲厩引蹀马三十匹,为《倾杯乐曲》,奋首鼓尾,纵横应节。又施三层板床,乘马而上,抃转如飞。又令宫女数百人自帷出击雷鼓,为《破阵乐》《太平乐》《上元乐》。虽太常积习,皆不

---

① 杨伯峻《列子集释》卷一,中华书局,1979年版,第22页。

② 《列子集释》卷四,第114页。

如其妙也。若《圣寿乐》，则回身换衣，作字如画。又五坊使引大象入场，或拜或舞，动容鼓振，中于音律，竟日而退。①

这段记载再现了玄宗大酺御勤政楼时的音乐表演场景。大酺的准备工作在前一日就已启动，而盛大热烈的音乐表演则从天亮百官朝贺后开始。图绘精美的太常大鼓先作开场演出，乐工一起击鼓，声震城阙，拉开了整场表演的序幕。各色雅乐罗列于楼下，立部伎和坐部伎相继表演，其间还杂以胡夷伎。天色将暮之际，三十匹舞马入场表演《倾杯乐曲》，舞马奋首鼓尾，纵横应节且能于三层板床之上抃转如飞，技艺之精湛令人称奇。数百名宫女自帷帐击鼓而出，表演《破阵乐》《太平乐》《上元乐》。仅从参与演出的舞马数和宫女数，就可以想见表演场面的宏大和震撼。此外还有回身换衣、作字如画的《圣寿乐》以及舞象表演，前者在如今的大型广场表演中仍可见到。

这段记载中的"即内闲厩引蹀马三十匹……又施三层板床，乘马而上，抃转如飞"，文字难通，后世多有索解，清人所撰《旧唐书校勘记》就有详细考证。该书卷十三、十四为《音乐志》，由刘毓崧校勘。刘毓崧通过校勘各种传世文献，解开了这个谜团：

"中官素扇，天子开帘受朝，礼毕，又素扇垂帘"，沈本、张本两"素"字，皆作"索"，是也。……"即内闲厩"，

① 《旧唐书》卷二八，第1051页。

>《册府》“闲”作“开”，按《通鉴》注，无“闲”字。……“《倾杯乐曲》”，丁氏子复云《册府元龟》“倾杯”上有“使令”二字。张氏宗泰云：“《新志》云‘舞《倾杯》数十曲’”。今按，《倾杯》，乐名，太宗诏长孙无忌所置。又《会要》云：“黄钟商，时号越调者也。”据此则“倾杯”上有脱字，当依《新志》补。《册府元龟》“倾”上有“使令”二字，然于文意，仍当有“舞”字。……“乘马而上，抃转如飞”，张氏宗泰云：“按此志所言，则马第舞《倾杯》等曲，而乘马上榻者，乃壮士，非舞马于榻上也，于理焉近。《新志》云‘壮士举榻，马不动’，当是误会此志之文。”按《通鉴》注，“如飞”作“而舞”，盖人既抃转而舞，则马亦随之。《新志》之言马舞，本于郑处诲《明皇杂录》，似亦可通。[1]

从他的考证可知舞马表演的具体情形：从内厩中引出舞马三十匹，使舞马舞《倾杯乐曲》，又施三层板床，壮士乘马上榻，人既抃转而舞，马亦随之而舞。其情形很像如今的马戏表演。

在勤政楼举行的大型音乐表演除了大酺以外，还有元宵节。《旧唐书·音乐志一》载：“每初年望夜，又御勤政楼，观灯作乐，贵臣戚里，借看楼观望。夜阑，太常乐府悬散乐毕，即遣宫女于楼前缚架出眺歌舞以娱之。若绳戏竿木，诡异巧妙，固无其比。”[2]参与元宵节音乐盛会表演的有太常乐府散乐、绳戏竿木等百戏。观看表演的除了勤政楼上的玄宗，也有众

---

① [清]罗士琳、刘文淇、刘毓崧、陈立《旧唐书校勘记》卷十三，《续修四库全书》，第283册，第710—711页。

② 《旧唐书》卷二八，第1052页。

臣贵戚。从记载看,元宵节的音乐表演虽不如大酺时盛大,但有元宵花灯,且演出会一直持续到深夜。观灯赏乐,也是别有一番趣味。

《旧唐书·音乐志一》记玄宗教授梨园弟子事曰:

> 玄宗又于听政之暇,教太常乐工子弟三百人为丝竹之戏,音响齐发,有一声误,玄宗必觉而正之,号为皇帝弟子,又云梨园弟子,以置院近于禁苑之梨园。太常又有别教院,教供奉新曲。太常每凌晨,鼓笛乱发于太乐署。别教院廪食常千人,宫中居宜春院。玄宗又制新曲四十余,又新制乐谱。①

唐代乐府至玄宗时达到鼎盛,除了太常寺各署以外,还有左右教坊、别教院、梨园等,乐府机构众多,制作的音乐作品也最多,乐府诗创作进入了极盛时期。今天所见唐代乐曲和歌辞多作于玄宗之世,玄宗对盛唐音乐文化乃至整个唐代文化的繁荣都起到了极其重要的作用。

《旧唐书·音乐志一》又记安史之乱以后音乐制作及凯乐歌辞情况。凯乐属鼓吹乐,唐代没有像以往各代那样制作纪开国者功德的鼓吹曲。中唐时柳宗元认为这是个缺陷,他被贬后自制《唐鼓吹铙歌》十二首献给朝廷,但朝廷并未依此作鼓吹曲。《乐府诗集·鼓吹曲辞》收录了这组歌辞。其实,唐代虽然没有按照前代传统作歌颂开国者功德的鼓吹曲,但却有类似创作,只是没有纳入鼓吹系列而已。如《功成破阵

① 《旧唐书》卷二八,第1051—1052页。

乐》就是叙开国者功德的，后来高宗、武后、玄宗按照这一传统继续制作，也形成了一个系列，这就是立部伎中的八部乐。即：《安乐》《太平乐》《破阵乐》《庆善乐》《大定乐》《上元乐》《圣寿乐》《乐圣乐》。《旧唐书·音乐志二》载：

> 《庆善乐》，太宗所造也。……舞蹈安徐，以象文德洽而天下安乐也。《大定乐》，出自《破阵乐》。舞者百四十人，被五彩文甲，持槊。歌和云，“八纮同轨乐”，以象平辽东而边隅大定也。《上元乐》，高宗所造。舞者百八十人，画云衣，备五色，以象元气，故曰“上元”。《圣寿乐》，高宗武后所作也。舞者百四十人，金铜冠，五色画衣。舞之行列必成字，十六变而毕。有“圣超千古，道泰百王，皇帝万年，宝祚弥昌”字。《光圣乐》，玄宗所造也。舞者八十人，乌冠，五彩画衣，兼以《上元》《圣寿》之容，以歌王迹所兴。①

记载详细描述了各大乐舞的规模、舞者服饰、具体舞容、象征意义等，从“以象平辽东而边隅大定”和“歌王迹所兴”可见，这些乐舞在实际上已经发挥了歌颂开国者功德的作用。

立部伎中的《庆善乐》，清人岑建功《旧唐书逸文》认为当有歌辞，辞曰：“寿邱唯旧迹，酆邑乃前基。粤余承累圣，悬弧亦在兹。弱龄逢运改，提剑郁匡时。指麾八荒定，怀柔万国夷。梯山盛入欤，驾海亦来思。单于陪武帐，日逐卫文榥。端扆朝四岳，无为任百司。霜节明秋景，轻冰结水湄。芸黄遍原

---

① 《旧唐书》卷二九，第1060页。

隰，禾颖积京坻。共乐还谯宴，欢此《大风》诗。"他给出的理由是："《乐府》五十六、《会要》三十三叙太宗幸庆善宫赋诗在贞观六年九月二十九日（又卷三十同）。'盛人'作'咸人'，'槐'作'螭'，'谯'作'乡'，'欢'作'歌'。案，《音乐志》一云'贞观六年太宗行幸庆善宫，宴从臣于渭水之滨，赋诗十韵'，而未载其诗，此条当是彼处逸文。"[①]岑建功所辑《旧唐书逸文》基于这样一个判断，即其所见《旧唐书》和原本《旧唐书》有很大差别。但据今人吴玉贵《唐书辑校》前言，今本《旧唐书》是宋真宗咸平三年修订，与旧本之间的差异并没有清人想象的那么大，岑氏所辑大多都不是旧书原文。即以该篇为例，《旧唐书·音乐志二》记述各大乐舞，都没有记录歌辞，怎么唯独记录了《庆善乐》歌辞呢？所以，要将岑氏辑录的逸文当作旧本原文，还需要有其他文献佐证方才可信。

立部伎中的《大定乐》，清人罗士琳等《旧唐书校勘记》考证曰：

《册府》《通典》《会要》"大"上有"五"字。"出自《破阵乐》"，《通典》"出"上有"高宗所造"四字。按上下文诸部之乐，皆言某帝所造，此条不应独不言，显系脱去。《册府》《会要》云"太宗平辽时作"，今考此志下文，以云"以象平辽东"，疑《通典》"高"字乃"太"字之误。云"八

① ［清］岑建功《旧唐书逸文》卷六，《续修四库全书》，第285册，第61页。

弦同轨乐”,《册府》“云”作“亦谓之”。按《通典》《会要》同。[①]

《旧唐书校勘记》对《大定乐》的考证很有说服力,值得采信。该书在校勘各本异文的基础上,能提出一系列问题,还会根据义理和相关知识进行综合判断,因此多有发现,对于理解《旧唐书·乐志》大有裨益。

唐九部乐中,除了立部伎的《安乐》《太平乐》《破阵乐》《庆善乐》《大定乐》《上元乐》《圣寿乐》《乐圣乐》八部乐以外,其余都属坐部伎。《旧唐书·音乐志二》即云:“《安乐》等八舞,声乐皆立奏之,乐府谓之立部伎,其余总谓之坐部伎。”[②]并记载坐部伎曲目曰:“坐部伎有《宴乐》《长寿乐》《天授乐》《鸟歌万岁乐》《龙池乐》《破阵乐》,凡六部。”[③]将这些曲目与立部伎的八部乐相比较可以看出,有些曲目和立部伎相同,只是规模和表演方式有别。《旧唐书·音乐志二》记坐部伎诸乐具体表演情况曰:

《宴乐》,张文收所造也。工人绯绫袍,丝布袴。舞二十人,分为四部:《景云乐》,舞八人,花锦袍,五色绫袴,云冠,乌皮靴;《庆善乐》,舞四人,紫绫袍,大袖,丝布袴,假髻;《破阵乐》,舞四人,绯绫袍,锦衿褾,绯绫裤;《承天乐》,舞四人,紫袍,进德冠,并铜带。……此乐惟《景云舞》仅存,余并亡。《长寿乐》,武太后长寿年所造

① 《旧唐书校勘记》,《续修四库全书》,第283册,第713页。
②③ 《旧唐书》卷二九,第1061页。

> 也。舞十有二人，画衣冠。《天授乐》，武太后天授年所造也。舞四人，画衣五采，凤冠。《鸟歌万岁乐》，武太后所造也。武太后时，宫中养鸟能人言，又常称万岁，为乐以象之。舞三人，绯大袖，并画鸲鹆，冠作鸟像。①

坐部伎的表演规模远远小于立部伎，而表演规模的小型化势必弱化其仪式功能，相应地娱乐功能也因此得以增强，其内容也由“歌王迹所兴”转变为歌颂祥瑞。这里有个问题：《宴乐》当中又有《景云乐》《庆善乐》《破阵乐》《承天乐》四部，《破阵乐》既然是坐部伎中《宴乐》四部之一部，为何又是立部伎八部中之一部？这是因为立部伎中的《破阵乐》是唐玄宗另行制作的，与《宴乐》四部之中的《破阵乐》不同。《旧唐书·音乐志二》即云：“《破阵乐》，玄宗所造也。生于立部伎《破阵乐》。舞四人，金甲胄。”②可知立部伎中的《破阵乐》确为唐玄宗所造，舞者穿金甲胄而舞。而坐部伎中《宴乐》四部之一的《破阵乐》乃张文收所造，舞者穿绯绫袍、锦衿褾、绯绫裤而舞。

《旧唐书·音乐志二》云：“自《长寿乐》已下皆用龟兹乐，舞人皆着靴，惟《龙池》备用雅乐，而无钟磬，舞人蹑履。”③据此可知坐部伎的六部乐自第二部《长寿乐》以下都是龟兹乐，而立部伎八部乐自第三部《破阵乐》以下也以龟兹乐为主。《旧唐书·音乐志二》云：“自《破阵舞》以下，皆雷大鼓，杂以龟兹之乐，声振百里，动荡山谷。《大定乐》加金钲，惟《庆善

---

① 《旧唐书》卷二九，第1061页。

②③ 《旧唐书》卷二九，第1062页。

舞》独用西凉乐，最为闲雅。"[①]可以看出，龟兹乐虽然来自西域，但却成了立部伎和坐部伎共同的音乐主体。从记载中的描述看，立部伎诸乐自《破阵舞》以下乐器用大鼓，表演时声音洪大，可以传至百里以外，甚至能产生地动山摇的震撼感。

《旧唐书·音乐志二》又记清乐由来、曲目和流传过程曰：

> 清乐者，南朝旧乐也。永嘉之乱，五都沦覆，遗声旧制，散落江左。宋、梁之间，南朝文物，号为最盛；人谣国俗，亦世有新声。后魏孝文、宣武，用师淮、汉，收其所获南音，谓之清商乐。隋平陈，因置清商署，总谓之清乐，遭梁、陈亡乱，所存盖鲜。隋室已来，日益沦缺。武太后之时，犹有六十三曲，今其辞存者，惟有《白雪》《公莫舞》《巴渝》《明君》《凤将雏》《明之君》《铎舞》《白鸠》《白纻》《子夜》《吴声四时歌》《前溪》《阿子》及《欢闻》《团扇》《懊憹》《长史》《督护》《读曲》《乌夜啼》《石城》《莫愁》《襄阳》《栖乌夜飞》《估客》《杨伴》《雅歌》《骁壶》《常林欢》《三洲》《采桑》《春江花月夜》《玉树后庭花》《堂堂》《泛龙舟》等三十二曲。《明之君》《雅歌》各二首，《四时歌》四首，合三十七首。又七曲有声无辞，《上林》《凤雏》《平调》《清调》《瑟调》《平折》《命啸》，通前为四十四曲存焉。[②]

---

① 《旧唐书》卷二九，第 1060 页。

② 《旧唐书》卷二九，第 1062—1063 页。

隋唐时期，南朝清商署所传乐曲总名为清乐，在唐朝宫廷表演中逐渐式微。这段记载主要取材于《通典·乐典》。但这里只是记录了宫廷清乐留存情况，不能代表唐代所有清乐留存情况。其具体曲目及本事，《晋书·乐志》《宋书·乐志》都有记载，因很多乐曲为《宋书·乐志》之后新增，故这些新增乐曲及本事均见于《旧唐书·音乐志》。其中，《莫愁乐》《石城》《襄阳》《栖乌夜飞》《估客》《杨伴》《骁壶》《常林欢》《三洲》《采桑》产于宋、齐、梁三代，而《春江花月夜》《玉树后庭花》《堂堂》则是陈后主所作，《泛龙舟》为隋炀帝所作。这些乐曲及其本事都是《宋书·乐志》所无而《旧唐书·音乐志》记载甚详的。

《旧唐书·音乐志二》又述《西凉乐》曰："《西凉乐》者，后魏平沮渠氏所得也。晋、宋末，中原丧乱，张轨据有河西，苻秦通凉州，旋复隔绝。其乐具有钟磬，盖凉人所传中国旧乐，而杂以羌胡之声也。魏世共隋咸重之。"[①]《西凉乐》虽然属于边地音乐，但却源于中原旧乐，风格娴雅。

《旧唐书·音乐志二》又述四夷之乐。其中东夷之乐有《高丽乐》《百济乐》，南蛮之乐有《扶南乐》《天竺乐》《骠国乐》，西戎之乐有《高昌乐》《龟兹乐》《疏勒乐》《康国乐》《安国乐》，北狄之乐有鲜卑、吐谷浑、部落稽三国乐，皆为马上之乐，乐名为《慕容可汗》《吐谷浑》《部落稽》《钜鹿公主》《白净王太子》《企喻》。在四夷之乐中，西戎之乐中的《龟兹乐》很是特殊，《隋书·音乐志》云："《西凉》者，起苻氏之末，吕光、沮渠蒙逊等，据有凉州，变龟兹声为之，号为秦汉伎。魏太武

① 《旧唐书》卷二九，第1068页。

既平河西得之,谓之《西凉乐》。至魏、周之际,遂谓之《国伎》。今曲项琵琶、竖头箜篌之徒,并出自西域,非华夏旧器。《杨泽新声》《神白马》之类,生于胡戎。胡戎歌非汉魏遗曲,故其乐器声调,悉与书史不同。其歌曲有《永世乐》,解曲有《万世丰》,舞曲有《于阗佛曲》。"[①]《隋书·音乐志》认为《西凉乐》出自龟兹,这一看法未必正确,客观地说,其最多只是受到了龟兹乐影响。对此,《旧唐书·音乐志二》所云"盖凉人所传中国旧乐,而杂以羌胡之声也"[②]才是更为准确的表述。不过,龟兹乐传入唐朝以后的影响确实非其他西域诸国乐所能相比,这可能与其音乐特点有关。

有人认为龟兹人善音乐,其在西域诸国音乐传入唐朝过程中曾经起到汇总过渡的作用。宋人王灼《碧鸡漫志》"霓裳羽衣曲"条云:"蔡絛《诗话》云:出唐人《西域记》。龟兹国王与臣庶知乐者,于大山间听风水声,均节成音。后翻入中国,如《伊州》《甘州》《凉州》,皆自龟兹致。此说近之,但不及《霓裳》。予谓《凉州》定从西凉来,若《伊》与《甘》,自龟兹致,而龟兹听风水造诸曲,皆未可知。"[③]蔡絛《诗话》称龟兹君臣都善音乐,他们能据所听大山之间的风水声而创制乐曲,这些乐曲后来翻入中原,《伊州》《甘州》《凉州》等曲,皆自龟兹而来。王灼不同意这种说法,他认为《凉州》肯定是从西凉而来,至于称《伊州》《甘州》来自龟兹,是龟兹君臣听风水声所作乐曲,则很难确定。现代学者也大都认为《凉州》与《西凉

---

① 《隋书》卷十五,第378页。

② 《旧唐书》卷二九,第1068页。

③ [宋]王灼撰,岳珍校正《碧鸡漫志校正》卷三,巴蜀书社,2000年版,第53页。

乐》不同，如有学者将《西凉乐》称作“老凉州”，不同于郭知运所进“新凉州”。但他认为“老凉州”属“清商乐”，[①]这一看法却又谬之千里。在《隋书·音乐志》和《旧唐书·音乐志》的记载中，《西凉乐》与《清乐》都是并列关系，既然二者并置，就不存在从属关系。

四夷乐中《北狄乐》传入中原的时间更早。《旧唐书·音乐志二》云：

> 《北狄乐》，其可知者鲜卑、吐谷浑、部落稽三国，皆马上乐也。鼓吹本军旅之音，马上奏之，故自汉以来，《北狄乐》总归鼓吹署。后魏乐府始有北歌，即《魏史》所谓《真人代歌》是也。代都时，命掖庭宫女晨夕歌之。周、隋世，与《西凉乐》杂奏。今存者五十三章，其名目可解者六章：《慕容可汗》《吐谷浑》《部落稽》《钜鹿公主》《白净王太子》《企喻》也。其不可解者，咸多可汗之辞。[②]

可知北狄乐自汉代就属鼓吹署，在后魏时北歌就已进入乐府，其篇目《乐府诗集》引《古今乐录》称《梁鼓角横吹曲》有《企喻》等歌三十六曲，胡吹旧曲又有《隔谷》等歌三十曲，总六十六曲，[③]而到唐代已剩五十三章，其中名目可解者仅有六章。可见北狄乐像清乐一样，到唐代乐曲数量也有

---

① 王胜明《〈梁州曲〉乃〈凉州曲〉之误辩》，《青海社会科学》2009年第5期。

② 《旧唐书》卷二九，第1071—1072页。

③ 《乐府诗集》卷二一，第260页。

衰減。

自从《晋书·乐志》开始记录散乐以后,各代史志亦多记散乐,《旧唐书·音乐志》也不例外。《旧唐书·音乐志二》载:

散乐者,历代有之,非部伍之声,俳优歌舞杂奏。汉天子临轩设乐,舍利兽从西方来,戏于殿前,激水成比目鱼,跳跃嗽水,作雾翳日,化成黄龙,修八丈,出水游戏,辉耀日光。绳系两柱,相去数丈,二倡女对舞绳上,切肩而不倾。如是杂变,总名百戏。江左犹有《高絙紫鹿》《跂行鳖食》《齐王卷衣》《笮鼠》《夏育扛鼎》《巨象行乳》《神龟抃戏背负灵岳》《桂树白雪》《画地成川》之伎。晋成帝咸康七年,散骑侍郎顾臻表曰:"末世之乐,设外方之观,逆行连倒。四海朝觐帝庭,而足以蹈天,头以履地,反天地之顺,伤彝伦之大。"乃命太常悉罢之。其后复《高絙紫鹿》。后魏、北齐,亦有《鱼龙辟邪》《鹿马仙车》《吞刀吐火》《剥车剥驴》《种瓜拔井》之戏。周宣帝征齐乐并会关中。开皇初,散遣之。大业二年,突厥单于来朝洛阳宫,炀帝为之大合乐,尽通汉、晋、周、齐之术,胡人大骇。帝命乐署肄习,常以岁首纵观端门内。大抵散乐杂戏多幻术,幻术皆出西域,天竺尤甚。汉武帝通西域,始以善幻人至中国。安帝时,天竺献伎,能自断手足,刳剔肠胃,自是历代有之。我高宗恶其惊俗,敕西域关令不令入中国。苻坚尝得西域倒舞伎。睿宗时,婆罗门献乐,舞人倒行,而以足舞于极铦刀锋,倒植于地,低目就刃,以历脸中,又植于背下,吹筚篥者立其腹上,终曲而亦无伤。又伏伸其手，两人蹑之，旋身绕手，百转无已。汉世有《橦木伎》，又有《盘舞》。晋世加之以杯，谓之《杯盘舞》。乐府诗云，“妍袖陵七盘”，言舞用盘七枚也。梁谓之《舞盘伎》。梁有《长蹻伎》《掷倒伎》《跳剑伎》《吞剑伎》，今并存。又有《舞轮伎》，盖今戏车轮者。《透三峡伎》，盖今透飞梯之类也。《高絙伎》，盖今之戏绳者是也。梁有《猕猴幢伎》，今有《缘竿》，又有《猕猴缘竿》，未审何者为是。又有《弄椀珠伎》《丹珠伎》。①

所记详细追溯了散乐的来源、历代流变、具体曲目、表演情况及部分散乐在乐府诗创作中的呈现，俨然一部散乐发展小史，是后世研究散乐的宝贵资料。

《旧唐书·音乐志二》又记歌舞戏曰：“歌舞戏，有《大面》《拨头》《踏摇娘》《窟礧子》等戏。玄宗以其非正声，置教坊于禁中以处之。”②可知《大面》《拨头》《踏摇娘》《窟礧子》都是当时歌舞戏的名称，这些歌舞戏虽非正声，但却被置于教坊之中，是唐代宫廷表演的戏剧。《旧唐书·音乐志二》云：“其余杂戏，变态多端，皆不足称。”③既云“其余杂戏”，说明当时宫廷歌舞戏数量很多，绝不限于已列出的这几种；从“皆不足称”看，其余歌舞戏艺术水平不高，故而未列其名称。

金、石、丝、竹、匏、土、革、木，谓之八音，《旧唐书·音乐志二》对八音及其乐器也有详细记录和考证。所记八音及乐

---

① 《旧唐书》卷二九，第1072—1073页。
② 《旧唐书》卷二九，第1073页。
③ 《旧唐书》卷二九，第1074页。

器依次为：匏三，巢、竽、和；竹七，籥、箫、笛（短笛、长笛、中管）、篪、横笛、义嘴笛、筚篥；木四，柷、敔、舂牍、拍板；丝十四，琴、瑟、筝（杂乐筝、他乐筝）、轧筝、筑、清乐筝、琵琶、阮咸、箜篌、七弦、太一、六弦、天宝乐；土三，埙、缶、八缶；金七，钟（镈、编钟、剽、栈）、錞于、铙、方响、铜拔、钲、铜鼓；石一，磬（泗滨磬、华原磬）；革十四，鼓、雷鼓、灵鼓、路鼓、足鼓、楹鼓、县鼓、建鼓、晋鼓、应鼓、大鼓、鞞、鞉、腰鼓、齐鼓、檐鼓、羯鼓（两杖鼓）、都昙鼓、毛员鼓、答腊鼓（揩鼓）、鸡娄鼓、正鼓、和鼓（皆腰鼓）、节鼓、抚拍。[①] 其对这些八音乐器的考证也很是详尽，如云："篪，吹孔有觜如酸枣。横笛，小篪也。汉灵帝好胡笛，五胡乱华，石遵玩之不绝音。《宋书》云：有胡篪出于胡吹，则谓此。梁胡吹歌云：'快马不须鞭，反插杨柳枝。下马吹横笛，愁杀路傍儿。'此歌辞元出北国。之横笛皆去觜，其加觜者谓之义觜笛。"[②]对篪的形制、小篪的名称、在汉代的流传、《宋书》中的记载、梁代与此相关歌辞的来源、因形制不同而产生的不同乐器称谓都有详细记载。再如："筚篥，本名悲篥，出于胡中，其声悲。亦云：胡人吹之以惊中国马云。"[③]记载了筚篥的本名、来源和声调风格等，不仅有助于人们了解筚篥这种乐器，而且对于据此判断用筚篥表演的乐府曲调的风格特色也有助益。

《旧唐书·音乐志二》详细记述了乐悬制度：

乐悬，横曰簨，竖曰簴。饰簨以飞龙，饰趺以飞廉，钟

---

① 《旧唐书》卷二九，第1074—1079页。

②③ 《旧唐书》卷二九，第1075页。

> 簴以挚兽，磬簴以挚鸟，上列树羽，傍垂流苏，周制也。悬以崇牙，殷制也。饰以博山，后世所加也。宫悬每架金博山五，轩县三。鼓，承以花趺，覆以华盖，上集翔鹭。隋氏二十架，先置建鼓于四隅，镈钟方面各三，依其辰位，杂列编钟、磬各四架于其间。二十六架，则编钟十二架，磬亦如之。轩悬九架，镈钟三架，在辰丑申地，编钟、磬皆三架。设路鼓二于悬内戌巳地之北。设柷敔于四隅，舞人立于其中。錞于、铙、铎、抚拍、舂牍，列于舞人间。唐礼，天子朝庙用三十六架。高宗成蓬莱宫，充庭七十二架。武后迁都，乃省之。皇后庙及郊祭并二十架，同舞八佾。先圣庙及皇太子庙并九架，舞六佾。悬间设柷敔各一，柷于左，敔于右。錞于、抚拍、顿相、铙、铎，次列于路鼓南。舞人列于悬北。登歌二架，登于堂上两楹之前。编钟在东，编磬在西。登歌工人坐堂上，竹人立堂下，所谓"琴瑟在堂，竽笙在庭"也。殿庭加设鼓吹于四隅。①

所记内容包括乐悬的具体所指，乐悬形制自周代至后世的演变以及唐代的乐悬制度。这些记载为以往史志所未见，是研究乐悬制度的重要史料。

《旧唐书·音乐志三》《旧唐书·音乐志四》专门记录歌辞。前者在记录歌辞之前交代歌辞创作及选录情况云：

> 贞观二年，太常少卿祖孝孙既定雅乐，至六年，诏褚亮、虞世南、魏徵等分制乐章。其后至则天称制，多所改

---

① 《旧唐书》卷二九，第1080—1081页。

> 易,歌辞皆是内出。开元初,则中书令张说奉制所作,然杂用贞观旧词。自后郊庙歌工乐师传授多缺,或祭用宴乐,或郊称庙词。二十五年,太常卿韦绦令博士韦逌、直太乐尚冲、乐正沈元福、郊社令陈虔申怀操等,铨叙前后所行用乐章为五卷,以付太乐、鼓吹两署,令工人习之。时太常旧相传有宫、商、角、徵、羽《宴乐》五调歌词各一卷,或云贞观中侍中杨恭仁妾赵方等所铨集,词多郑、卫,皆近代词人杂诗,至绦又令太乐令孙玄成更加整比为七卷。又自开元已来,歌者杂用胡夷里巷之曲,其孙玄成所集者,工人多不能通,相传谓为法曲。今依前史旧例,录雅乐歌词前后常行用者,附于此志。其五调法曲,词多不经,不复载之。①

从中可以看出,唐代乐府歌辞也多由皇帝、重臣撰写,但乐府歌辞的保留情况却不够理想,历经几次整理仍然混乱不堪,有些歌辞乐工已无法演唱。从“其五调法曲,词多不经,不复载之”可以看出,《旧唐书·音乐志》编纂者的思想不够通达,刻意区分歌辞雅郑,在歌辞收录时不录宴乐、法曲等歌辞,这直接致使唐代大量乐府歌辞失载,尤其是属于燕射歌辞的《宴乐》五调歌词竟因不够雅正而全然未录,这是《旧唐书·音乐志》的一大缺点。明人胡震亨《唐音癸签·乐通》就认为《乐府诗集·燕射歌辞》不录唐代燕射歌辞与《旧唐书·音乐志》编纂者不录宴乐歌辞有直接关系。他说:“辞之近郑、卫者,既尽为之删,其稍近雅者,又复不亟存一二,唐乐章之挂漏独

① 《旧唐书》卷三〇,第1089—1090页。

甚，史家固不能辞其责也。”[①]这样的看法很有见地。

借助于《旧唐书·音乐志》的著录，唐代雅乐歌辞得以较为完整地保存了下来。《旧唐书·音乐志》在收录这些歌辞时，很注意标注作者、宫调、施用仪轨等信息。如：“享太庙乐章十三首（贞观中魏徵褚亮等作），迎神用《永和》（黄钟宫三成，大吕角二成，太簇徵二成，应钟羽二成，总九变同用）”[②]“仪坤庙乐章十二首，迎神用《永和》（林钟宫，散骑常侍、昭文馆学士徐彦伯作）”[③]。这些歌辞都被郭茂倩收录到《乐府诗集》中，郭茂倩在各大类叙论和各曲调的解题中也经常直接引用《旧唐书·音乐志》中所记录的作者、宫调、施用仪轨等信息。如《唐祀圜丘乐章》解题引《唐书·乐志》曰：“贞观二年，祖孝孙修定雅乐，取《礼记》云‘大乐与天地同和’，故制十二和之乐：祭天神奏《豫和之乐》，祭地祇奏《顺和》，祭宗庙奏《永和》……六年，冬至祀昊天于圜丘乐章，褚亮、虞世南、魏徵等作。”[④]《乐府诗集》记载的这些信息都来源于《旧唐书·音乐志》，《旧唐书·音乐志》的乐府学价值于此可见。

《旧唐书》其他志传部分还记载了一些歌谣，被郭茂倩收录在《乐府诗集·杂歌谣辞》当中。如《薛将军歌》《颜有道歌》《新河歌》《田使君歌》《黄獐歌》《得体歌》《黄台瓜辞》《唐天宝中京师谣》《唐贞观中高昌国童谣》等。《新唐书·礼乐志》不录雅乐歌辞，其他志传中也记录了一些歌谣，如《唐

---

① [明]胡震亨《唐音癸签》卷十二，上海古籍出版社，1981年版，第126页。

② 《旧唐书》卷三一，第1129页。

③ 《旧唐书》卷三一，第1140页。

④ 《乐府诗集》卷四，第58页。

永淳初童谣》《唐高宗永淳中童谣》《唐武德初童谣》《唐神龙中谣》《唐中宗时童谣》《唐景龙中谣》《唐天宝中童谣》《唐天宝中幽州谣》《唐德宗时童谣》《唐元和初童谣》《唐咸通中童谣》等，这些歌谣《乐府诗集·杂歌谣辞》也有收录。

早在宋代，就有多种《旧唐书》的研究著作。仅宋人晁公武《郡斋读书志·史评类》著录的就有吕夏卿《唐书直笔》四卷、《唐书新例须知》一卷、宋宝平《唐书音训》四卷、阙名《唐书音义》三十卷、孙甫《唐史要论》十卷、吴缜《唐书辨正》二十卷、适适先生《唐史评》三卷。

宋人郭茂倩编撰《乐府诗集》时经常出现引用《唐书》的情况，而其引用《新唐书》时则特意标明"《新唐书》"，所以通常认为《乐府诗集》引用时所称《唐书》应该就是刘昫《旧唐书》。但郭茂倩所引《唐书》和今本《旧唐书》文字常有出入。归结起来，产生出入的原因有三个：一是郭茂倩引用时撮其要义，更改了原文；二是郭茂倩所引《旧唐书》不是今本《旧唐书》；三是郭茂倩所引既非旧本《旧唐书》，又非今本《旧唐书》，而是唐人韦述所撰《唐书》。后两个原因牵扯到了《旧唐书》的流传问题，并直接引发了该书的版本之争。

清人岑建功认为今本《旧唐书》并非完秩，所以他作《唐书逸文》为之补正。近人岑仲勉又作《〈旧唐书逸文〉辨》，对岑建功所补提出质疑，但所言仍有未洽之处。[①] 今人吴玉贵《唐书辑校》辑出《太平御览》所引《旧唐书》全部内容，他通过仔细比对后发现：

---

① 岑仲勉《岑仲勉史学论文集》，中华书局，1990年版，第589—597页。

北宋初年，随着印刷术的普及和发展，宋朝官方开始陆续将前朝十七史修订刻板，继宋太宗淳化五年下诏修订《史记》和前后《汉书》后，在宋真宗咸平三年，又下诏修订《三国志》《晋书》和《唐书》，两年之后修订工作完成，但因为《唐书》错讹太多，准备另修，所以没有刻板。今天见到的《旧唐书》，就是咸平三年做了大量修订工作后的《旧唐书》；而《太平御览》引用的《唐书》，则是修订前的《旧唐书》，更多地保留了刘昫原书的面貌。换言之，《太平御览》引《唐书》与今天见到的《旧唐书》的差异，是因为咸平三年修订《旧唐书》造成的。我们今天只能见到被宋人修改后的《旧唐书》，而《太平御览》引《唐书》则直接引自未经修订的《旧唐书》，所以《太平御览》引《唐书》不仅对于校勘和研究《旧唐书》具有不可替代的意义，对唐代历史研究也具有十分重要的史料价值。①

吴玉贵理清了《旧唐书》的流传问题。那么，《乐府诗集》所引《唐书》究竟是旧本《唐书》还是修订后的今本《唐书》呢？通过比对《太平御览》所引《唐书》发现，《乐府诗集》所引《唐书》与旧本《唐书》差异更大，与今本《旧唐书》更为接近。来看吴玉贵所辑第 1195 条：

《乐志》曰：睿宗时，婆罗门乐人倒行而足舞极铦刀锋，〔倒〕植于地，低(因)〔目〕就刃，以历脸中。又植于

① 吴玉贵《唐书辑校》前言，中华书局，2008 年版，第 12 页。

背下,吹觱篥〔者〕立其腹上,终曲而无伤。又伏伸其手足,〔两人〕蹑之,旋身绕手,百转无已。汉世有橦(末)〔木〕伎,又有《盘舞》,晋世(如)〔加〕之以《杯盘舞》。〔乐府〕诗云:"妍(妯)〔袖〕凌七盘。"言舞用盘七枚也。梁谓之《盘舞伎》。梁又有《长蹻伎》《跳铃伎》《掷倒〔伎〕》《跳剑伎》《吞剑伎》,今并存。又有《舞轮伎》,盖今之戏车轮者。《透三峡伎》,盖今之透飞梯之类。《高絙伎》,盖今之戏绳者是也。梁又有《猕猴幢戏》,今有《缘竿伎》,又〔有〕《猕猴缘竿》,未审何者为是。今又有《弄碗珠伎》《弄丹珠伎》。歌舞戏有《大面》《拨头》《踏摇娘》《窟礧子》等戏,置教坊于禁中以处之。①

同样的内容,今本《旧唐书·乐志》作:

睿宗时,婆罗门献乐,舞人倒行,而以足舞于极铦刀锋,倒植于地,低目就刃,以历脸中,又植于背下,吹筚篥者立其腹上,终曲而亦无伤。又伏伸其手,两人蹑之,施身绕手,百转无已。汉世有《橦木伎》,又有盘舞。晋世加之以杯,谓之《杯盘舞》。乐府诗云,"妍袖陵七盘",言舞用盘七枚也。梁谓之《舞盘伎》。梁有《长蹻伎》《掷倒伎》《跳剑伎》《吞剑伎》,今并存。又有《舞轮伎》,盖今戏车轮者。《透三峡伎》,盖今透飞梯之类也。《高絙伎》,盖今之戏绳者是也。梁有《猕猴幢伎》,今有《缘竿》,又有《猕猴缘竿》,未审何者为是。又有《弄碗珠伎》

① 《唐书辑校》卷三,第757页。

《丹珠伎》。歌舞戏，有《大面》《拨头》《踏摇娘》《窟礧子》等戏。玄宗以其非正声，置教坊于禁中以处之。[①]

可见，二书所引存在多处文字出入。《乐府诗集》所引究竟根据哪个版本的《旧唐书》，我们可再据《乐府诗集》中涉及二书所引这条记载的《晋杯盘舞歌》解题来帮助判断。《晋杯盘舞歌》解题引《唐书·乐志》云："汉有《盘舞》，晋世谓之《杯盘舞》。乐府诗云：'妍袖陵七盘。'言舞用盘七枚也。"[②]从此例看，《乐府诗集》所引与今本《旧唐书》更接近些。

我们可从今本《旧唐书》和《乐府诗集》中再找一例比对。《旧唐书·音乐志一》载：

武德九年，始命孝孙修定雅乐，至贞观二年六月奏之。……孝孙又奏：陈、梁旧乐，杂用吴、楚之音；周、齐旧乐，多涉胡戎之伎。于是斟酌南北，考以古音，作为大唐雅乐。以十二律各顺其月，旋相为宫。按《礼记》云，"大乐与天地同和"，故制十二和之乐，合三十一曲，八十四调。祭圜丘以黄钟为宫，方泽以林钟为宫，宗庙以太簇为宫。五郊、朝贺、飨宴，则随月用律为宫。初，隋但用黄钟一宫，惟扣七钟，余五钟虚悬而不扣。及孝孙建旋宫之法，皆遍扣钟，无复虚悬者矣。祭天神奏《豫和》之乐，地祇奏《顺和》，宗庙奏《永和》。天地、宗庙登歌，俱奏《肃和》。皇帝临轩，奏《太和》。王公出入，奏《舒和》。皇帝

① 《旧唐书》卷二九，第 1073 页。

② 《乐府诗集》卷五六，第 809 页。

> 食举及饮酒，奏《休和》。皇帝受朝，奏《政和》。皇太子轩悬出入，奏《承和》。元日、冬至皇帝礼会登歌，奏《昭和》。郊庙俎入，奏《雍和》。皇帝祭享酌酒、读祝文及饮福、受胙，奏《寿和》。五郊迎气，各以月律而奏其音。又郊庙祭享，奏《化康》《凯安》之舞。[1]

同样的内容，见于《乐府诗集·郊庙歌辞》中《唐祀圆丘乐章》解题：

> 《唐书·乐志》曰："贞观二年，祖孝孙修定雅乐，取《礼记》云'大乐与天地同和'，故制十二和之乐：祭天神奏《豫和之乐》，祭地祇奏《顺和》，祭宗庙奏《永和》，登歌奠玉帛奏《肃和》，皇帝行及临轩奏《太和》，王公出入，送文舞出、迎武舞入奏《舒和》，皇帝食举及饮酒奏《休和》，皇帝受朝奏《正和》，皇太子轩悬出入奏《承和》，正至皇帝礼会登歌奏《昭和》，郊庙俎入奏《雍和》，酌献、饮福酒奏《寿和》。六年，冬至祀昊天于圆丘乐章，褚亮、虞世南、魏徵等作。"大历十四年，改《豫和》为《元和》，以避讳也。按唐初作十二和以法天数，其后增造非一，颇无法度，皆随时制名云。[2]

可见，《乐府诗集》所引内容虽然与《旧唐书》原文句数不同，但是引用处用语却基本相同，这也说明郭茂倩所引是今本

① 《旧唐书》卷二八，第1040—1042页。
② 《乐府诗集》卷四，第58页。

《旧唐书》。

清人研究《旧唐书》的成果还有张道《旧唐书疑义》,《旧唐书疑义》卷二有对杜淹所言“陈将亡也,为《玉树后庭花》;齐将亡也,而为《伴侣曲》。行路闻之,莫不悲泣”和唐太宗所言“今《玉树》《伴侣》之曲,其声具存”的质疑,其云:“按:《通典》云:‘齐将亡也,而为《伴侣》《行路难》,闻之,莫不悲泣。’则《行路难》亦乐府名,与太宗‘三曲具存’语合(《玉树后庭花》,一曲也;《伴侣》,二曲也;《行路难》三曲也),《志》本袭《通典》文而脱一‘难’字,‘行路’便与‘闻之’相属。至《通鉴·唐纪》云:‘齐之将亡,作《伴侣曲》;陈之将亡,作《玉树后庭花》,其声哀思,行路闻之’云云,而以太宗语为‘二曲具存’,则袭《志》文也。”①这样的质疑看似颇有道理,其实并不成立。不成立的原因有三点:第一,杜淹、太宗只是提到两支曲子,一是陈朝,一是北齐,谓太宗言北齐时多出来一个《行路难》,有碍行文通畅;第二,《行路难》创调很早,②并不始于北齐;第三,《旧唐书·音乐志》不一定取材于《通典》,相反《旧唐书·音乐志》和《通典》都可能取材于《太宗实录》和《唐史》等著作,也不排除《通典》编纂时出现抄录错误。

此外,清人董衡《唐书释音》对《旧唐书·音乐志》中的部分词语做了注音,如“箜篌”“觱篥”“龟兹”等,③但参考价值不大。

今人孙晓辉《两唐书乐志研究》对于新旧《唐书》资料来

---

① 《二十四史订补》第九册,第184页。

② 《乐府诗集》卷七〇,第997页。

③ 《二十四史订补》第九册,第350页。

源有详细考证,可参看。但因孙著写作时吴玉贵《唐书辑校》尚未出版,所以对《旧唐书》源流的清理尚不清晰。比如,孙著认同岑仲勉对岑建功的批评,她引岑仲勉《〈旧唐书逸文〉辨》中的说法称:"《御览》之《唐书》,多韦氏旧著,非经刘昫增损后之《唐书》也。"[①]而据吴玉贵的考证,《太平御览》征引的正是刘昫《旧唐书》的原貌,只是所引为宋真宗咸平三年修订之前的版本,而非今天所见的咸平三年修订之后的版本。

第三节　《新唐书·礼乐志》的乐府学内容与价值

关于《新唐书》的撰作,宋人晁公武《郡斋读书志》云:"右皇朝嘉祐中曾公亮等被诏删定,欧阳修撰纪、志,宋祁撰列传。"[②]《新唐书·礼乐志》共十二卷,最后两卷为乐志,也是记述唐代乐府活动的重要文献。《乐府诗集》征引《新唐书》八次。

以往乐志往往先谈音乐的意义,进而或详或简地追述前代音乐历史,《新唐书·礼乐志》则从乐器谈起,讲古人通过乐器记录音乐的方法。这是《新唐书·礼乐志》与以往乐志最大的不同之处。

《新唐书·礼乐志》记述了唐初雅乐制作,对具体表演情况的记述较《旧唐书·音乐志》更为详细。如云:

---

① 孙晓辉《两唐书乐志研究》,上海音乐学院出版社,2005 年版,第 50 页。

② [宋]晁公武撰,孙猛校证《郡斋读书志校证》,上海古籍出版社,1990 年版,第 193 页。

一曰《豫和》，以降天神。冬至祀圆丘，上辛祈谷，孟夏雩，季秋享明堂，朝日，夕月，巡狩告于圆丘，燔柴告至，封祀太山，类于上帝，皆以圜钟为宫，三奏；黄钟为角，太簇为徵，姑洗为羽，各一奏，文舞六成。五郊迎气，黄帝以黄钟为宫，赤帝以函钟为徵，白帝以太簇为商，黑帝以南吕为羽，青帝以姑洗为角，皆文舞六成。[1]

同样的内容，《旧唐书·音乐志》只简略记载云："降神用《豫和》"[2]《新唐书·礼乐志》则详细记述了使用《豫和》祭祀的场合和节候、祭祀的仪程、乐曲演奏的宫调和流程以及文舞的表演情况。

《新唐书·礼乐志》还记述了从献祖到昭宗的庙舞名称：

初，太宗时，诏秘书监颜师古等撰定弘农府君至高祖太武皇帝六庙乐曲舞名，其后变更不一，而自献祖而下庙舞，略可见也。献祖曰《光大之舞》，懿祖曰《长发之舞》，太祖曰《大政之舞》，世祖曰《大成之舞》，高祖曰《大明之舞》，太宗曰《崇德之舞》，高宗曰《钧天之舞》，中宗曰《太和之舞》，世祖曰《大成之舞》，高祖曰《大明之舞》，太宗曰《崇德之舞》，高宗曰《钧天之舞》，中宗曰《太和之舞》，睿宗曰《景云之舞》，玄宗曰《大运之舞》，肃宗曰《惟新之舞》，代宗曰《保大之舞》，德宗曰《文明之舞》，顺宗曰《大顺之舞》，宪宗曰《象德之舞》，穆宗曰《和宁之

---

① 《新唐书》卷二一，第464—465页。
② 《旧唐书》卷三〇，第1090页。

> 舞》，敬宗曰《大钧之舞》，文宗曰《文成之舞》，武宗曰《大定之舞》，昭宗曰《咸宁之舞》，其余阙而不著。①

《旧唐书·音乐志》只记献祖至睿宗庙舞，②《新唐书·礼乐志》则增加了玄宗至昭宗庙舞，记述更加全面。

《新唐书·礼乐志》对《七德舞》《九功舞》制作和表演情况的记述与《旧唐书·音乐志》略异。如《新唐书·礼乐志》云："唐之自制乐凡三：一曰《七德舞》，二曰《九功舞》，三曰《上元舞》。"③《旧唐书·音乐志》虽然也记述了《七德舞》《九功舞》和《上元舞》，但记述重点在于《七德舞》和《九功舞》，而且只云"三曲"，并未提出"三大舞"的说法。《新唐书·礼乐志》则记《上元舞》较为详细，其云："《上元舞》者，高宗所作也。舞者百八十人，衣画云五色衣，以象元气。其乐有《上元》《二仪》《三才》《四时》《五行》《六律》《七政》《八风》《九宫》《十洲》《得一》《庆云》之曲，大祠享皆用之。"④据此可知《上元舞》舞者人数和具体乐曲名称，从舞者一百八十人和用乐多达十二曲看，该舞规模相当宏大。

《新唐书·礼乐志》对九部乐来历及表演用器的记载则多沿袭《隋书·音乐志》，兹不赘述。《新唐书·礼乐志》还记录了俗乐二十八调的具体名称曰："凡所谓俗乐者，二十有八调：正宫、高宫、中吕宫、道调宫、南吕宫、仙吕宫、黄钟宫为七宫；越调、大食调、高大食调、双调、小食调、歇指调、林钟商为

---

①③ 《新唐书》卷二一，第467页。

② 《旧唐书》卷二八，第1044页。

④ 《新唐书》卷二一，第468页。

七商;大食角、高大食角、双角、小食角、歇指角、林钟角、越角为七角;中吕调、正平调、高平调、仙吕调、黄钟羽、般涉调、高般涉为七羽。”①并介绍这二十八调的特点是“从浊至清,迭更其声,下则益浊,上则益清”,②施用场合为燕射活动之时。

《新唐书·礼乐志》对坐部伎和立部伎表演曲目的记述也很详细,内容多与《旧唐书·音乐志》相同。其对清乐具体篇目的记述,也一如《旧唐书·音乐志》,均采用《通典·乐典》的说法,将《白雪》《公莫舞》《巴渝》《明君》《明之君》《鞞舞》《铎舞》《白鸠》等曲都归入清乐。郭茂倩《乐府诗集》虽然称清商乐包含相和旧曲,但他在收录清商曲辞时,却只录吴声和西曲歌辞,不录汉魏相和旧辞,这样的做法可能是为了保持相和歌辞和舞曲歌辞的完整性。

《新唐书·礼乐志》对玄宗参与乐府活动的记载也较《旧唐书·音乐志》更为详细,从中可见玄宗为盛唐乐府带来的几点新变化,很能体现《新唐书·礼乐志》的乐府学价值。

第一,设立藩邸乐,置内教坊。《新唐书·礼乐志》载:“玄宗为平王,有散乐一部,定韦后之难,颇有预谋者。及即位,命宁王主藩邸乐,以亢太常,分两朋以角优劣。置内教坊于蓬莱宫侧,居新声、散乐、倡优之伎,有谐谑而赐金帛朱紫者,酸枣县尉袁楚客上疏极谏。”③玄宗本身就精通音乐,他在即位前就在藩邸有散乐一部,即位后又令同样精通音乐的宁王主理藩邸乐,其乐甚至可与宫廷太常乐相抗衡。后又置内教坊,举凡新声、散乐、倡优之伎尽纳其中,且对技艺突出者多

①② 《新唐书》卷二二,第473页。

③ 《新唐书》卷二二,第475页。

有嘉赏。

第二，分乐为立部伎和坐部伎二部。《新唐书·礼乐志》载："帝即位……又分乐为二部：堂下立奏，谓之立部伎；堂上坐奏，谓之坐部伎。太常阅坐部，不可教者隶立部，又不可教者，乃习雅乐。"①玄宗按照表演方式的不同将乐分为二部：站立于堂下表演的为立部伎，坐于堂上表演的为坐部伎。《旧唐书·音乐志》虽然也记载了此二部伎，但只云"声乐皆立奏之，乐府谓之立部伎，其余总谓之坐部伎"，②不云分立坐二部始于玄宗。

第三，亲自教授梨园弟子。《新唐书·礼乐志》载："玄宗既知音律，又酷爱法曲，选坐部伎子弟三百教于梨园，声有误者，帝必觉而正之，号'皇帝梨园弟子'。宫女数百，亦为梨园弟子，居宜春北院。梨园法部，更置小部音声三十余人。"③可知玄宗时梨园乐队由三部分组成：坐部伎子弟三百、宫女数百、小部音声三十余人。《旧唐书·音乐志》只记坐部伎子弟三百，未记其他，但所记坐部伎子弟三百名称为"皇帝弟子"，又称"梨园弟子"，④非"皇帝梨园弟子"。

第四，制作大量乐曲。唐代乐府活动繁盛，乐府曲调也多，其中如《龙池乐》《圣寿乐》《光圣乐》《夜半乐》《还京乐》《霓裳羽衣曲》《玄真道曲》《大罗天曲》《紫清上圣道曲》《景云》《九真》《紫极》《小长寿》《承天》《顺天乐》《君臣相遇乐》《荔枝香》《凉州》《伊州》《甘州》等，或为玄宗亲自制作，或为

① 《新唐书》卷二二，第 475 页。
② 《旧唐书》卷二九，第 1061 页。
③ 《新唐书》卷二二，第 476 页。
④ 《旧唐书》卷二八，第 1051 页。

玄宗敕令制作，或为玄宗朝边将进献。

在汉唐音乐史上，帝王中以汉武帝和唐玄宗两人影响最大，他们都对朝廷音乐机构做了大幅改造。玄宗时乐府活动臻于鼎盛，从业人员之多，超乎想象。《新唐书·礼乐志》载："唐之盛时，凡乐人、音声人、太常杂户子弟隶太常及鼓吹署，皆番上，总号音声人，至数万人。"①仅朝廷乐府机构的从业人员就多达数万人，足见盛唐乐府活动的繁盛程度。

《新唐书·礼乐志》对玄宗勤政楼大酺时舞马表演的记述与《旧唐书·音乐志》略有差异。《新唐书·礼乐志》载："玄宗又尝以马百匹，盛饰分左右，施三重榻，舞《倾杯》数十曲，壮士举榻，马不动。"②从记载看，其表演情形像是壮士举榻，舞马在榻上舞《倾杯》。上百匹马位于三重榻上，壮士如何举起，其场景不可想象。《旧唐书》所记舞马表演本章第二节已有引述和辨析，与此不同，兹不赘述。另外，《旧唐书·音乐志》记大酺时云"若宴设酺会，即御勤政楼"，《新唐书·礼乐志》则云："每千秋节，舞于勤政楼下，后赐宴设酺，亦会勤政楼。"③似是说明勤政楼下的大型音乐表演最初只在玄宗生日举行，后来才扩大到赐宴设酺。

《新唐书·礼乐志》对安史乱后乐府的恢复情况以及历代皇帝制作和接受四方进献乐曲的记录也很详细。如云：

> 大历元年，又有《广平太一乐》。《凉州曲》，本西凉所献也，其声本宫调，有大遍、小遍。贞元初，乐工康昆仑寓其声于琵琶，奏于玉宸殿，因号《玉宸宫调》，合诸乐，

①②③　《新唐书》卷二二，第477页。

则用黄钟宫。其后方镇多制乐舞以献。[1]

从记载看,似是先有《广平太一乐》,后有《凉州曲》,记述的顺序很容易导致误解。事实上,《凉州曲》是开元九年之前由凉州都督郭知运进献,[2]远远早于大历元年的《广平太一乐》。盛唐只是边将献乐,而中唐则发展为中原方镇献乐。这大约是因为安史之乱以后,河西没入吐蕃,边将献乐已失去了现实基础的缘故。

关于《凉州》调式,《新唐书·礼乐志》所载大约出自段安节《乐府杂录》,提及调式有宫调和黄钟宫。而在《乐府诗集·近代曲辞》《凉州》解题中,郭茂倩则征引了大量文献,记载了《凉州》的多种调式,如:"《乐苑》曰:'《凉州》,宫调曲。……,《乐府杂录》曰:'《梁州曲》,本在正宫调中,有大遍小遍。至贞元初,康昆仑翻入琵琶玉宸宫调,初进曲在玉宸殿,故有此名。合诸乐即黄钟宫调也。'张同《幽闲鼓吹》曰:'段和尚善琵琶,自制《西凉州》。后传康昆仑,即《道调凉州》也,亦谓之《新凉州》云。'"[3]《乐苑》称《凉州》是宫调,《乐府杂录》云有正宫调和黄钟宫,《幽闲鼓吹》又称有道调。调式的多样说明《凉州》传入中原后,或因艺人各有演绎,故所用调式也不尽相同。到宋代,《凉州》已多达七个宫调。王灼《碧鸡漫志》云:"唐史又云:其声本宫调。今《凉州》见于世者

---

① 《新唐书》卷二二,第477—478页。

② 参看拙文《唐代边地民族乐府〈凉州〉考论》,《民族文学研究》2016年第6期,后收入拙著《乐府文献考论》,第50页。

③ 《乐府诗集》卷七九,第1117页。

凡七宫曲，曰黄钟宫、道调宫、无射宫、中吕宫、南吕宫、仙吕宫、高宫，不知西凉所献何宫也。然七曲中，知其三是唐曲，黄钟、道调、高宫者是也。”[①]可知宋代《凉州》的七个宫调分别为黄钟宫、道调宫、无射宫、中吕宫、南吕宫、仙吕宫和高宫。在这七个宫调中，唐代《凉州》常用的是黄钟、道调、高宫三调。[②]王灼认为黄钟宫就是正宫，康昆仑不可能在正宫外别制《黄钟凉州》，他又引张祜诗“春风南内百花时，道调凉州急遍吹。揭手便拈金碗舞，上皇惊笑悖拏儿”和《幽闲鼓吹》所记证明《道调凉州》确实存在。而至于高宫，王灼认为就是高调，他以白居易《秋夜听高调凉州》诗中“楼上金风声渐紧，月中银字韵初调。促张弦柱吹高管，一曲《凉州》入泬寥”为证，认为大吕宫俗称高宫，其商为高大石，其羽为高般涉，所谓高调，就是高宫。[③]

关于《凉州》的体制，有大遍、小遍之说，[④]也来自《乐府杂录》。但王灼认为并不存在小遍，《碧鸡漫志》曰：“史及《脞说》又云：‘《凉州》有大遍、小遍’，非也。”[⑤]任半塘《唐声诗》不同意王灼说法，他认为“‘大遍’殆指大曲，‘小遍’指杂

① 《碧鸡漫志校正》卷三，第73页。

② 关于《凉州》调式，可参看拙文《唐代边地民族乐府〈凉州〉考论》，《民族文学研究》2016年第6期，后收入拙著《乐府文献考论》，第52页。

③ 《碧鸡漫志校正》卷三，第73—74页。

④ 关于《凉州》体制，可参看拙文《唐代边地民族乐府〈凉州〉考论》，《民族文学研究》2016年第6期，后收入拙著《乐府文献考论》，第53—54页。

⑤ 《碧鸡漫志校正》卷三，第74页。

曲”。[①] 亓娟莉《〈凉州曲〉文献新考》则指出《乐府杂录》中“有大遍小遍”乃因传抄中出现衍文所致，其始为有“大遍者”，后来变成“大遍小者”，最后变成像今传本这样的“大遍小遍”。[②] 照此看来，《新唐书·礼乐志》编纂者和郭茂倩所见《乐府杂录》已经出现了讹误。

《新唐书·礼乐志》也很受后代学者关注，将两《唐书》互证比较是很多学者采用的研究视角。如清人赵绍祖《新旧唐书互证》有两条涉及《新唐书·礼乐志》。第一条为：“《新书》：‘太祖曰《大政之舞》’，《旧书》作《大基》，又作《大政》。”案《新志》后云：“及高宗崩，改《治康》舞曰《化康》以避讳。此当是避元宗讳也，而《志》不言。”第二条为：“《新书》：‘高宗即位，景云见，河水清，张文收采古谊为《景云河清歌》，亦名燕乐。’案：《唐会要》云：‘贞观十四年，有景云见，河水清。协律郎张文收采古《朱雁》《天马》之义，制《景云河清歌》，名曰燕乐。’《册府元龟》亦载贞观十四年，则非高宗即位时也。”[③]可见，参照对读对于研究两《唐书》而言是行之有效的方法，也很有意义。有的学位论文也用这个方法开展研究。[④] 孙晓辉《〈新唐书·礼乐志〉的史料来源》通过排比两《唐书》中的乐志资料，清理《新唐书·礼乐志》较《旧唐书·音乐志》所增加的史料，继而确立《新唐书·礼乐志》的引书范围，在此基础上逐一考证其史源关系，并指出《新唐

---

① 任半塘《唐声诗》下编，上海古籍出版社，1982 年版，第 492 页。

② 亓娟莉《〈凉州曲〉文献新考》，《中国音乐》2009 年第 1 期。

③ 《二十五史三编》第七分册《唐书之属（续）》，第 106 页。

④ 张百合《〈旧唐书·音乐志〉与〈新唐书·礼乐志〉比较研究》，中国音乐学院 2014 年硕士学位论文。

书·礼乐志》礼制部分最重要的史料来源是《大唐开元礼》，音乐部分最重要的史料来源是徐景安《乐书》《乐府杂录》以及中晚唐杂史笔记等，她甚至还据此辑录出了鲜为人知的《古今乐纂》《律书乐图》等唐代乐书。[①] 此外，郑祖襄《“增其事、省其文”，难免疏漏——〈新唐书·礼乐志〉若干记载讨论》辨析了《新唐书·礼乐志》记载中有误或不够准确的六个问题：“‘唐初沿用隋九部乐’的记载不够准确”“‘燕乐部’建立不在唐高宗年代”“‘秦汉子出于胡中’是记写简省造成的错误”“‘清乐失传’的年代不准确”“坐、立部伎产生年代的记写疏漏”“‘天宝乐曲以边地名’乃五行说”。[②] 这些成果都很有价值，研究《新唐书·礼乐志》和乐府学的学者可以参看。

第四节 《旧五代史·乐志》的乐府学内容与记录缺点

五代时期政权更迭频繁，每代享国时间平均不到十一年，五十三年间换了十几位皇帝，几乎无暇制礼作乐。加之唐末战乱，雅乐破坏严重，乐府活动和唐代相较已远不可同日而语。因为朝代更迭，新朝皇帝不能奉祀前朝皇帝清庙，故而不得不改制郊庙乐歌，这些情况主要记录在宋人薛居正等所撰《旧五代史·乐志》中。欧阳修所作《五代史记》(后人名为《新五代史》)不设乐志，只有个别人物传记(如《崔棁传》)中

① 孙晓辉《〈新唐书·礼乐志〉的史料来源》，《中国音乐学》2003年第4期。

② 郑祖襄《“增其事、省其文”，难免疏漏——〈新唐书·礼乐志〉若干记载讨论》，原载《音乐研究季刊》2001年第4期，后收入氏著《华夏旧乐新证》，第169—183页。

涉及乐府活动，但较为简略。薛居正由五代入宋，撰写《旧五代史·乐志》所用史料多据《五代实录》，且成书时间在宋初，距离五代不远，因而是研究五代乐府活动的珍贵史料。

《旧五代史·乐志》较为真切地反映了五代雅乐沿革情况。乐志前有一段说明文字，从中可以概见五代雅乐颓坏及制作情形：

> 古之王者，理定制礼，功成作乐，所以昭事天地，统和人神，历代已来，旧章斯在。洎唐季之乱，咸、镐为墟；梁运虽兴，《英》《茎》扫地。庄宗起于朔野，经始霸图，其所存者，不过边部郑声而已，先王雅乐，殆将泯绝。当同光、天成之际，或有事清庙，或祈祀泰坛，虽簨虡犹施，而宫商孰辨？遂使磬襄、鼗武，入河、汉而不归；汤《濩》、舜《韶》，混陵谷而俱失。洎晋高祖奄登大宝，思迪前规，爰诏有司，重兴二舞。旋属烽火为乱，明法罔修，汉祚几何，无暇制作。周显德五年冬，将立岁仗，有司以崇牙树羽，宿设于殿庭。世宗因亲临乐悬，试其声奏，见钟磬之类，有设而不击者，讯于工师，皆不能对。世宗恻然，乃命翰林学士、判太常寺事窦俨参详其制，又命枢密使王朴考正其声。朴乃用古累黍之法，以审其度，造成律准，其状如琴而巨，凡设十三弦以定六律、六吕旋相为宫之义。世宗善之，申命百官议而行之。今亦备纪于后，以志五代雅乐沿革之由焉。①

---

① ［宋］薛居正等《旧五代史》卷一四四，中华书局，1976年版，第1923—1924页。

历代以来,王者建国都要制礼作乐。李唐末年,天下大乱,后梁继之而起,但雅乐已丧失殆尽。至后唐,留存下来的音乐也只是边部俗乐而已,雅乐几乎完全消失。以至后唐庄宗同光年间至明宗天成年间,郊庙祭祀虽有乐悬,但已不辨音律。后晋高祖时重新制作文、武二舞。后汉仅享三年国祚,无暇制作。后周显德五年,世宗有感雅乐沦缺,令窦俨参详乐制,王朴考正乐声,雅乐改制成功完成。这是五代雅乐制作的基本情况。

《旧五代史·乐志》详列了各代宗庙乐舞和部分郊祀乐舞名称。如记载后梁宗庙乐舞和郊祀乐舞云:

> 梁开平初,太祖受禅,始建宗庙,凡四室,每室有登歌、酌献之舞:肃祖宣元皇帝室曰《大合之舞》,敬祖光宪皇帝室曰《象功之舞》,宪祖昭武皇帝室曰《来仪之舞》,烈祖文穆皇帝室曰《昭德之舞》,登歌乐章各一首。(案《五代会要》云:太常少卿杨焕撰。)二年春,梁祖将议郊禋,有司撰进乐名、舞名:乐曰《庆和之乐》,舞曰《崇德之舞》,皇帝行奏《庆顺》,奠玉帛登歌奏《庆平》,迎俎奏《庆肃》,酌献奏《庆熙》,饮福酒奏《庆隆》,送文舞迎武舞奏《庆融》,亚献奏《庆和》,终献奏《庆休》,乐章各一首。太庙迎神,舞名《开平》,皇帝行、盥手、登歌、饮福酒、彻豆、送神,皆奏乐,乐章各一首。[1]

可知自梁太祖开平元年开始,后梁始建宗庙,凡四室,皆有登歌、庙舞。到开平二年春,又拟定了郊祀乐舞名和郊祀仪式程

---

① 《旧五代史》卷一四四,第1924—1925页。

序。从后梁雅乐制作状况便可以大致想见五代其他诸国雅乐情形。总体来看，五代诸国除后汉没有制礼作乐以外，其他四国雅乐规模都不大，建制也不很完备，已远不能和唐代相比。

《旧五代史·乐志》不标注乐章歌辞作者，更不著录歌辞，这是极大的缺点。《旧五代史·乐志》的记载中多见“乐章词多不录”“其歌词文不录”“曲词文多不载”之语，这看似使史书修撰更为便利，但却致使大量乐府歌辞亡佚，使后人失去了解和研究当时乐府的珍贵原始文献，这种做法太过短视，缺乏史家的远见卓识。

《旧五代史·乐志》虽然有两卷，但乐府奏议却占了很大篇幅，从中仍可看到一些乐府活动情况和乐府曲名。如：“晋天福四年十二月，礼官奏：‘来岁正旦，王公上寿，皇帝举酒，请奏《玄同之乐》；再举酒，奏《文同之乐》。’从之。”[1]上寿属燕射活动，据此可知后晋天福四年所用燕射乐曲名。

再如，《旧五代史·乐志》记天福五年议朝会乐章乐舞事曰：

> 其正冬朝会礼节、乐章、二舞行列等事宜，差太常卿崔棁、御史中丞窦贞固、刑部侍郎吕琦、礼部侍郎张允与太常寺官一一详定。……其年秋，棁等具述制度上奏云：“按《礼》云……今议一从令式，排列教习。文舞郎六十四人，分为八佾，每佾八人。左手执籥。……二人执纛前引，数于舞人之外。舞人冠进贤冠，服黄纱袍，白纱中单，皂领褾，白练襠裆，白布大口袴，革带，乌皮履，白布袜。

① 《旧五代史》卷一四四，第1927页。

武舞郎六十四人,分为八佾。左手执干。……右手执戚。……二人执旌前引……二人执鼗鼓,二人执铎。……金錞二,每錞二人举之,一人奏之。……二人执铙以次之。……二人掌相在左……二人掌雅在右……武舞人服弁,平巾帻金支绯丝大袖,绯丝布裲裆,甲金饰,白练褴裆,锦腾蛇起梁带,豹文大口布袴,乌皮靴。工人二十,数于舞人之外。武弁朱褠,革带,乌皮履,白练褴裆,白布袜。殿庭仍加鼓吹十二按。……今请制大床十二,床容九人,振作歌乐,其床为熊罴貙豹腾倚之状以承之,象百兽率舞之意。分置于建鼓之外,各三桉,每桉羽葆鼓一,大鼓一,金錞一,歌二人,箫二人,笳二人。十二桉,乐工百有八人,舞郎一百三十有二人,取年十五已上,弱冠已下,容止端正者。其歌曲名号、乐章词句,中书条奏,差官修撰。"从之。①

从太常卿崔棁的奏议中可以看到后晋创制文武二舞的最初设想,他引经据典的对乐舞形制、舞者服饰、所执舞具及表演程序等内容都做了周密详尽的规定。如果能将这些设想完全付诸作乐和表演实践的话,效果应该是不错的。但在实际演出中,效果却似乎并不很理想。《新五代史 · 崔棁传》记载同年的演出情况云:

(天福)五年,高祖诏太常复文武二舞,详定正、冬朝会礼及乐章。自唐末之乱,礼乐制度亡失已久,棁与御史中

① 《旧五代史》卷一四四,第1928—1930页。

丞窦贞固、刑部侍郎吕琦、礼部侍郎张允等草定之。其年冬至，高祖会朝崇元殿，廷设宫县，二舞在北，登歌在上。文舞郎八佾，六十有四人，冠进贤，黄纱袍，白中单，白练褴裆，白布大口袴，革带履。左执籥，右秉翟。执纛引者二人。武舞郎八佾，六十有四人，服平巾帻，绯丝布大袖、绣裆甲金饰，白练褴，锦腾蛇起梁带，豹文大口袴，乌靴。左执干，右执戚。执旌引者二人。加鼓吹十二按，负以熊豹，以象百兽率舞。按设羽葆鼓一，大鼓一，金錞一。歌、箫、笳各二人。王公上寿，天子举爵，奏《玄同》；三举，登歌奏《文同》；举食，文舞舞《昭德》，武舞舞《成功》之曲。礼毕，高祖大悦，赐棁金帛，群臣左右睹者皆嗟叹之。然礼乐废久，而制作简缪，又继以龟兹部《霓裳法曲》，参乱雅音，其乐工舞郎，多教坊伶人、百工商贾、州县避役之人，又无老师良工教习。明年正旦，复奏于廷，而登歌发声悲离烦慝，如《薤露》《虞殡》之音，舞者行列进退，皆不应节，闻者皆悲愤。……开运二年，太常少卿陶谷奏废二舞。①

从记载看，天福五年后晋高祖在崇元殿举行朝会时，开始的表演是按照崔棁等人最初的设想进行的，所奏《玄同》《文同》二曲，所舞《昭德》《成功》二舞，得到了高祖和群臣叹赏。但此后表演的龟兹部《霓裳法曲》，不仅音乐很不理想，而且参演人员更是良莠不齐。乐工舞者中除了教坊伶人之外，甚至还有百工商贾和州县避役之人，这些人缺乏音乐素养，加之又没有专业乐工教习，训练无素，其表演效果可想而知。到第二年

① 《新五代史》卷五五，第636—637页。

正旦朝会再次表演时,登歌音调悲伤愁苦,形同挽歌《薤露》《虞殡》之音,舞者队形变换和舞步进退都不能与乐曲节奏相协配。朝廷大型庆典上的乐舞表演都能如此拙劣,当时乐府的衰颓程度可想而知。记载中称开运二年在太常少卿陶谷的建议下,文武二舞被废弃。从天福五年的创制,到开运二年的废弃,后晋文武二舞仅存在了短短五年时间。存在时间之短和前述表演情况之差都反映了一个事实,那就是后晋议改雅乐的活动并未取得理想效果且最后以失败告终。

《旧五代史·乐志》又记后汉高祖时的改乐活动曰:

> 汉高祖受命之年,秋九月,权太常卿张昭上疏,奏改一代乐名。……祖孝孙所定二舞名,文舞曰《治康之舞》,请改为《治安之舞》;武舞曰《凯安之舞》,请改为《振德之舞》。贞观中二舞名,文舞《功成庆善乐》,前朝名《九功舞》,请改为《观象之舞》;武舞《秦王破阵乐》,前朝名为《七德舞》,请改为《讲功之舞》。其《治安》《振德》二舞,请依旧郊庙行用,以文舞降神,武舞送神。其《观象》《讲功》二舞,请依旧宴会行用。①

后汉高祖受命之年为天福十二年,当年太常卿张昭上疏奏请改乐名,分别修改了隋祖孝孙和唐贞观中的文舞和武舞之名,文舞分别改名为《治安之舞》和《观象之舞》,武舞分别改名为《振德之舞》和《讲功之舞》。并且规定了这两对文武舞各自的施用场合,《治安》《振德》二舞用于郊庙,《观象》《讲功》二

① 《旧五代史》卷一四四,第1931页。

舞用于宴会。

张昭还奏请将唐“十二和乐”改为“十二成乐”，取《韶》乐九成之义。《旧五代史·乐志》记“十二成乐”施用场合及曲名曰：“祭天神奏《豫和》之乐，请改为《禋成》；祭地祇奏《顺和》，请改为《顺成》；祭宗庙奏《永和》，请改为《裕成》；祭天地、宗庙，登歌奏《肃和》，请改为《肃成》；皇帝临轩奏《太和》，请改为《政成》；王公出入奏《舒和》，请改为《弼成》；皇帝食举及饮宴奏《休和》，请改为《德成》；皇帝受朝、皇后入宫奏《正和》，请改为《扆成》；皇太子轩悬出入奏《承和》，请改为《胤成》；元日、冬至皇帝礼会，登歌奏《昭和》，请改为《庆成》；郊庙俎入奏《雍和》，请改为《骍成》；皇帝祭享、酌献、读祝文及饮福、受胙奏《寿和》，请改为《寿成》。”①

等到后周建立，再次改乐，又对文舞、武舞名称和“十二成乐”作了修改。《旧五代史·乐志》载：

> 周广顺元年，太祖初即大位，惟新庶政，时太常卿边蔚上疏请改舞名，其略云：“前朝改祖孝孙所定二舞名，文舞曰《治安之舞》，武舞曰《振德之舞》，今请改《治安》为《政和之舞》，《振德》为《善胜之舞》。前朝改贞观中二舞名，文舞曰《观象之舞》，武舞曰《讲功之舞》，今请改《观象》为《崇德之舞》，《讲功》为《象成之舞》。又议改‘十二成’，今改为‘顺’。”②

---

① 《旧五代史》卷一四四，第1932页。

② 《旧五代史》卷一四五，第1935—1936页。

后周太祖即位的广顺元年,太常卿边蔚上疏请改乐名。文舞分别改名为《政和之舞》和《崇德之舞》,武舞分别改名为《善胜之舞》和《象成之舞》。他还奏请后汉“十二成乐”为“十二顺乐”。《旧五代史·乐志》记“十二顺乐”施用场合及曲名曰:“祭天神奏《禋成》,请改为《昭顺》之乐;祭地祇奏《顺成》,请改为《宁顺》之乐;祭宗庙奏《裕成》,请改为《肃顺》之乐;祭天地、宗庙,登歌奏《肃成》,今请改为《感顺》之乐;皇帝临轩奏《政成》,请改为《治顺》之乐;王公出入奏《弼成》,请改为《忠顺》之乐;皇帝食举奏《德成》,请改为《康顺》之乐;皇帝受朝、皇后入宫奏《扆成》,请改为《雍顺》之乐;皇太子轩悬出入奏《胤成》,请改为《温顺》之乐;元日、冬至皇帝礼会,登歌奏《庆成》,请改为《礼顺》之乐;郊庙俎入奏《骍成》,请改为《禋顺》之乐;皇帝祭享、酌献、读祝及饮福、受胙奏《寿成》,请改为《福顺》之乐。”①

后周世宗即位后,很重视音乐建设,曾多次下令修改雅乐。《旧五代史·乐志》载:“(显德)五年六月,命中书舍人窦俨参详太常雅乐”,“(显德)六年春正月,枢密使王朴奉诏详定雅乐十二律旋相为宫之法,并造律准,上之。”②窦俨接受了参详雅乐的任务后,曾上疏论乐曰:“伏请命博通之士,上自五帝,迄于圣朝,凡乐章沿革,总次编录,系于历代乐录之后,永为定式,名之曰《大周正乐》,俾乐寺掌之。依文教习,务在齐肃。”③据此可知,当时曾撰有《大周正乐》一书,配合朝廷的

① 《旧五代史》卷一四五,第1935—1936页。

② 《旧五代史》卷一四五,第1936—1937页。

③ 《旧五代史》卷一四五,第1936页。

改乐活动。《宋史·艺文志》著录有《大周正乐》八十八卷，五代周窦俨订论，[①]与《旧五代史·乐志》所载相符。显德六年，王朴奉诏完成雅乐修改后表示："伏以旋宫之声久绝，一日而补，出臣独见，恐未详悉，望集百官及内外知音者较其得失，然后依调制曲。"[②]于是世宗诏令尚书省集百官详议，兵部尚书张昭等人通过详细考察后，肯定了王朴的改乐工作，只是建议尚需与后周初新改诸曲磨合演练。

今人研究《旧五代史·乐志》的成果不多，李晓龙、王小盾有《从〈旧五代史乐志〉看音乐文献的校勘》，[③]可参看。

与五代乐府相关的还有《五代会要》一书。《五代会要》成书于建隆二年，也是根据《五代实录》撰写而成。该书成书早于《旧五代史》十多年，保存完整，不似《旧五代史》是散佚后经人辑录而成，对研究五代乐府活动价值更大。该书"庙乐"条记录了各代宗庙用乐情况，内容与《旧五代史》相同。与《唐会要》一样，《五代会要》很注意记录乐章歌辞的撰作者。清人邵晋涵《旧五代史考异》于乐志部分就多引《五代会要》作为补充。如：

《大合之舞》《象功之舞》《来仪之舞》《昭德之舞》、登歌乐章各一首。案《五代会要》云："太常少卿杨焕撰。"

舞《武成之舞》、登歌乐章一首。案《五代会要》云：

① 《宋史》卷二〇二，第5054页。

② 《旧五代史》卷一四五，第1939页。

③ 李晓龙、王小盾《从〈旧五代史乐志〉看音乐文献的校勘》，《音乐艺术》（上海音乐学院学报）2015年第1期。

> “尚书兵部侍郎崔居俭撰。”又原本脱“成”字，今据《五代会要》增入。[①]

从这两例可以看出，邵晋涵《五代会要》所作的补充主要是乐章歌辞的作者信息。此外，《五代会要》中“论乐”条记录了多篇五代朝臣有关雅乐的奏议，郭茂倩《乐府诗集》所收《梁太庙乐舞辞》的解题中就引用了《五代会要》中的相关记载。

郭茂倩《乐府诗集》在五代郊庙歌辞解题中还四次引用《唐余录》一书，该书不知作于何时，从郭茂倩引用时的排列顺序看，应该是在《五代会要》和《旧五代史》之后。《唐余录》对宗庙乐舞演奏情况的记录较为详细，如在《汉宗庙乐舞辞》解题中，郭茂倩引《五代史·乐志》曰：“汉宗庙酌献乐舞：文祖室奏《灵长之舞》，德祖室奏《积善之舞》，翼祖室奏《显仁之舞》，显祖室奏《章庆之舞》，高祖室奏《观德之舞》。”[②]又引《唐余录》曰：“高祖追尊四祖庙，且远引汉之二祖为六室。张昭因傅会其礼，乃曰太祖高皇帝创业垂统，室奏《武德之舞》，世祖光武皇帝再造丕基，室奏《大武之舞》，自如其旧。而《大武》即用东平王苍辞云。”[③]可以看出，《唐余录》的记载相较《旧五代史·乐志》在事件始末和歌辞采用等细节上更为详尽。

此外还有清人陈鳣所作《续唐书》，该书以南唐接续后唐，卷十三为乐志，内容多引《旧五代史·乐志》，惟于志之末

---

① ［清］邵晋涵《旧五代史考异》卷五，《续修四库全书》，第290册，第230页。

②③ 《乐府诗集》卷十二，第176页。

尾述大周后作《醉邀舞破》《恨来迟破》事及当时整理《霓裳羽衣》事。如云:“故唐盛时,《霓裳羽衣》最为大曲,乱离之后,绝不复传。后得残谱,以琵琶奏之,乐工曹生亦善琵琶,按谱粗得其声,而为未尽善。后辄变易讹谬,颇去洼淫,烦手新音,清越可听,于是开元天宝之遗音,复传于世。”[①]据此可知《霓裳羽衣》在五代的流传情况。

① 《二十四史订补》第九册,第954页。

第四章　汉唐乐录研究

记录乐章表演情况的典籍称作“乐记”“技录”或“乐录”。陈释智匠荟萃西晋荀勖《荀氏录》、刘宋张永《元嘉正声技录》、王僧虔《大明三年宴乐技录》等各家技录，写成《古今乐录》，影响很大，于是后世把这类典籍统称为“乐录”。本章主要考察西汉刘德《乐记》、西晋荀勖《荀氏录》、刘宋张永《元嘉正声技录》、王僧虔《大明三年宴乐技录》、陈释智匠《古今乐录》、唐崔令钦《教坊记》、南卓《羯鼓录》、段安节《乐府杂录》《琵琶录》等典籍，分析其记录的乐章制作、表演和流传等内容和所涉及的问题，并介绍相关研究情况。

第一节　两汉乐录论略

因文献留存所限，今天所见两汉乐录类典籍只有西汉河间献王刘德所作《乐记》。《汉书・礼乐志》云：“是时，河间献王有雅材，亦以为治道非礼乐不成，因献所集雅乐。天子下大乐官，常存肄之，岁时以备数，然不常御，常御及郊庙皆非雅声。”[①]《汉书·艺文志》记载河间献王收集进献雅乐事曰：

> 汉兴，制氏以雅乐声律，世在乐宫，颇能纪其铿锵鼓舞，而不能言其义。六国之君，魏文侯最为好古，孝文时得其乐人窦公，献其书，乃《周官·大宗伯》之《大司乐》章也。武帝时，河间献王好儒，与毛生等共采《周官》及诸子言乐事者，以作《乐记》，献八佾之舞，与制氏不相远。其内史丞王定传之，以授常山王禹。禹，成帝时为谒者，数言其义，献二十四卷记。刘向校书，得《乐记》二十三篇，与禹不同，其道浸以益微。[②]

从中可以看出，汉武帝时河间献王喜好儒术，他曾有意识地收集整理前代雅乐。他收集整理雅乐与汉初乐人制氏但纪雅乐铿锵鼓舞而不能言其义不同，而是记录了很多音乐信息，并引经据典写成著作，这部著作就叫作《乐记》。这部《乐记》被内史丞王定传授给了汉成帝时的谒者王禹，王禹多次向成帝提及此书大义并进献此书，王禹所献书为二十四卷。刘向校书时，曾得到《乐记》二十三篇，与王禹所献《乐记》应非同一部书。今《汉书·艺文志》著录有《乐记》二十三篇、《王禹记》二十四篇，[③]前者应是刘向校书时所得，后者当为王禹进献于

---

① 《汉书》卷二二，第584页。
② 《汉书》卷三〇，第1712页。
③ 《汉书》卷三〇，第1711页。

汉成帝之书。《王禹记》二十四篇的前身即为河间献王刘德《乐记》。

刘德《乐记》到底记载了哪些内容呢？从前引《汉书·艺文志》所载"河间献王好儒，与毛生等共采《周官》及诸子言乐事者，以作《乐记》"推测，刘德《乐记》应是采集《周官》和诸子与乐相关的言论和记载，阐述儒家的音乐理论。《汉书·礼乐志》载："河间献王采礼乐古事，稍稍增辑，至五百余篇。"[①]可知刘德采集的古代礼乐故事数量相当可观，多达五百余篇，这五百余篇古代礼乐故事应该都是刘德《乐记》中的内容。前引《汉书·艺文志》又称刘德作《乐记》的同时"献八佾之舞"，则刘德《乐记》中应该也包含乐舞表演内容。

关于刘德《乐记》的内容，还可以从其他文献的引用中窥见一斑。如曹植《辨道论》引《乐记》云："文帝得魏文侯乐人窦公，年百八十，两目盲，帝奇而问之，何所施行。对曰：'臣年十三而失明，父母哀其不及事，教臣鼓琴。臣不能导引，不知寿得何力。"[②]曹植所引《乐记》内容言及"魏文侯乐人窦公"，前引《汉书·艺文志》在记述刘德《乐记》之前，先述汉初制氏记乐事，次述孝文时得魏文侯乐人窦公献书事，所记与曹植所引《乐记》内容相合。这说明，曹植所引当是刘德《乐记》内容。又，蔡邕《明堂论》亦引《乐记》云："《乐记》曰：'武王伐殷，获俘馘于京太室。'"[③]这条出自《乐记》的引文不见于

① 《汉书》卷二二，第1035页。

② 《全上古三代秦汉三国六朝文·全三国文》卷十八，第1151页。

③ 《全上古三代秦汉三国六朝文·全后汉文》卷八〇，第903页。

今本《礼记·乐记》。此外,《文选》收司马相如《上林赋》,其中“巴渝宋蔡,淮南《干遮》”句李善注云:“张揖曰:《乐记》曰:‘宋音燕女溺志。蔡人讴员三人,淮南鼓员四人。’《干遮》,曲名。”①这条出自《乐记》的引文也不见于今本《礼记·乐记》。既然不见于今本《乐记》,就有可能出自刘德《乐记》。如果真是这样,则可以据此推测刘德《乐记》记述的乐府活动相当详细。

宋人陈振孙《直斋书录解题》亦言及河间献王《乐记》,其文曰:“窦公之《大司乐章》既已见于《周礼》,河间献王之《乐记》亦已录于《小戴》,则古乐已不复有书。”②《小戴》指《小戴礼记》,即今本《礼记》。按陈振孙的说法,河间献王刘德的《乐记》被录于今本《礼记·乐记》之中。但据《隋书·经籍志》,《小戴礼记》所录《乐记》并非河间献王刘德《乐记》。《隋书·经籍志》载:“汉初,河间献王又得仲尼弟子及后学者所记一百三十一篇献之,时亦无传之者。至刘向考校经籍,检得一百三十篇,向因第而叙之。而又得《明堂阴阳记》三十三篇、《孔子三朝记》七篇、《王史氏记》二十一篇、《乐记》二十三篇,凡五种,合二百十四篇。戴德删其烦重,合而记之,为八十五篇,谓之《大戴记》。而戴圣又删大戴之书,为四十六篇,谓之《小戴记》。”③从这段记载可看出两点:第一,河间献王刘德《乐记》共有一百三十一篇,至刘向考校经籍时尚存一百三十篇,此《乐记》与刘向之后所得的《乐记》二十三篇并非同一

---

① 《文选》卷八,第 374 页。
② 《直斋书录解题》,第 399 页。
③ 《隋书》卷三二,第 925 页。

部书;第二,被编入《小戴礼记》的《乐记》是刘向之后又得的《乐记》二十三篇,而非河间献王刘德《乐记》。很明显,陈振孙大约是误把编入《小戴礼记》的《乐记》二十三篇当作了刘德《乐记》。

当然,今本《礼记·乐记》中也有一些关于乐章的记录。如孔子向宾牟贾解释周乐《大武》表演的涵义云:"夫乐者,象成者也。总干而山立,武王之事也;发扬蹈厉,大公之志也。《武》乱皆坐,周召之治也。且夫《武》,始而北出,再成而灭商,三成而南,四成而南国是疆,五成而分周公左召公右,六成复缀以崇。天子夹振之而驷伐,盛威于中国也。分夹而进,事蚤济也。久立于缀,以待诸侯之至也。"[①]这段记载详细描述了《大武》的表演情况和象征意义,但这样的内容在《乐记》中并不多见。

汉代乐录除刘德《乐记》外,还有桓谭《乐元起》。《新唐书·艺文志》著录西汉"桓谭《乐元起》二卷"。[②] 桓谭在成帝时曾任乐府令,他在《桓子新论·离事第十一》中自称:"昔余在孝成帝时为乐府令,凡所典领倡优、伎乐,盖有千人。"[③]据此推测,桓谭所撰《乐元起》中或记有乐府活动。

汉代乐章的表演情况,除了见于乐录、《史记·乐书》和《汉书·礼乐志》中的记载以外,《后汉书》的《礼仪志》和《祭祀志》中也有相关记载。如《后汉书·礼仪志》载:

---

① 《十三经注疏·礼记正义》卷三九,第1542页。

② 《新唐书》卷五七,第1435页。

③ [汉]桓谭撰,白兆麟校注《桓谭新论校注》,黄山书社,2017年版,第88页。

> 正月上丁，祠南郊。礼毕，次北郊，明堂，高庙，世祖庙，谓之五供。五供毕，以次上陵。西都旧有上陵。东都之仪，百官、四姓亲家妇女、公主、诸王大夫、外国朝者侍子、郡国计吏会陵。昼漏上水，大鸿胪设九宾，随立寝殿前。钟鸣，谒者治礼引客，群臣就位如仪。乘舆自东厢下，太常导出，西向拜，折旋升阼阶，拜神坐。退坐东厢，西向。侍中、尚书、陛者皆神坐后。公卿群臣谒神坐，太官上食，太常乐奏食举，舞《文始》《五行》之舞。乐阕，群臣受赐食毕，郡国上计吏以次前，当神轩占其郡国谷价，民所疾苦，欲神知其动静。①

所记是东汉郊庙祭祀的场景，祭祀仪式中有《文始》《五行》舞表演的情形，这对于考察东汉郊庙祭祀乐章的表演很有帮助。再如《后汉书·祭祀志》载：

> 陇、蜀平后，乃增广郊祀，高帝配食，位在中坛上，西面北上。天、地、高帝、黄帝各用犊一头，青帝、赤帝共用犊一头，白帝、黑帝共用犊一头，凡用犊六头。日、月、北斗共用牛一头，四营群神共用牛四头，凡用牛五头。凡乐奏《青阳》《朱明》《西皓》《玄冥》，及《云翘》《育命》舞。中营四门，门用席十八枚，外营四门，门用席三十六枚，凡用席二百一十六枚，皆莞簟，率一席三神。日、月、北斗无陛郭醊。既送神，燎俎实于坛南巳地。②

---

① 《后汉书》志第四，第3102—3103页。

② 《后汉书》志第七，第3161页。

这是东汉增广郊祀礼仪后祀五帝的仪式，其中《青阳》《朱明》《西皓》《玄冥》四曲和《云翘》《育命》二舞表演的记载，可以作为考察汉代郊庙歌辞表演情况的史料。

其他典籍中有些记载也值得注意，这些记载虽然没有列出具体表演曲目，但从中仍然可以看到一些乐曲表演情况。如贾谊《新书·匈奴》载：

> 降者之杰也，若使者至也，上必使人有所召客焉。……上使乐府幸假之倡乐，吹箫鼓鞀，倒挈面者更进，舞者蹈者时作，少间击鼓舞其偶人，莫时乃为戎乐，携手胥强上客之后，妇人先后扶侍之者固十余人，令使者、降者时或得此而乐之耳。[①]

贾谊曾就如何才能做到"与单于争其民"的问题提出五种措施，即所谓的"建三表，设五饵"。[②] 以立信义、爱人之状和好人之技为"三表"；以赐之盛服车乘、赐之盛食珍味、赐之音乐妇人、赐之高堂邃宇府库奴婢、对于来降者要亲近安抚为"五饵"。这条记载就是五饵中的第三饵，以音乐舞蹈和妇人为诱饵，从而达到使匈奴归降的目的。这样的记载虽然初衷并非专门记述音乐表演活动，但却无意中涉及音乐表演内容，从中可以看到一些汉代乐府音乐表演的情况。

再如司马相如《上林赋》对音乐表演场景的描写：

---

① 《新书校注》卷四，第136页。

② 《汉书·贾谊传》亦载："及欲试属国，施五饵三表以系单于，其术固以疏矣。"见《汉书》卷四八，第2265页。

> 于是乎游戏懈怠，置酒乎昊天之台，张乐乎轇轕之宇；撞千石之钟，立万石之虡；建翠华之旗，树灵鼍之鼓。奏陶唐氏之舞，听葛天氏之歌，千人唱，万人和，山陵为之震动，川谷为之荡波。巴渝宋蔡，淮南于遮，文成颠歌，族居递奏，金鼓迭起，铿枪闛鞈，洞心骇耳。荆吴郑卫之声，《韶》《濩》《武》《象》之乐，阴淫案衍之音，鄢郢缤纷，《激楚》结风，俳优侏儒，狄鞮之倡，所以娱耳目而乐心意者，丽靡烂漫于前，靡曼美色于后。[①]

《上林赋》在内容上虽然不乏夸张成分，但这段记载却也在一定程度上反映了汉王朝鼎盛时期乐府音乐活动的盛况：千人同唱，万人相和，山陵震动，川谷荡波，诸乐并举，轮番演奏，荆吴郑卫之声，《韶》《濩》《武》《象》之乐，雅俗俱陈，应有尽有。通过其所描写的盛大热烈且又震撼人心的音乐表演场景，也可管窥汉武帝时乐府音乐活动之一斑。

第二节　魏晋南北朝乐录考察

《隋书·经籍志》著录魏僧人撰《乐元》一卷，应该和西汉桓谭《乐元起》是同类典籍。西晋荀勖作有《荀氏录》，这是第一部以“录”命名的乐录类典籍。该书已佚，从陈释智匠《古今乐录》所引王僧虔《大明三年宴乐技录》的转引中可以得见一鳞半爪。如《乐府诗集》卷三一引《古今乐录》云：“《猛虎行》，王僧虔《技录》曰：‘荀录所载，明帝《双桐》一篇，今不

---

① 《全上古三代秦汉三国六朝文·全汉文》卷二一，第242页。

传。'"[1]《乐府诗集》卷三二又引《古今乐录》曰:"《从军行》,王僧虔云:荀录所载左延年《苦哉》一篇今不传。"[2]据此可知《荀氏录》以记录乐府歌辞表演情况为主要内容。但郑祖襄认为:"智匠所说的《荀氏录》,就是荀勖编辑的《魏宴乐歌辞》(七卷)和《晋宴乐歌辞》(十卷)这两种书。"[3]荀勖编辑的《魏宴乐歌辞》七卷和《晋宴乐歌辞》十卷显然是专门收录魏晋时期宴乐歌辞的歌录,歌录与乐录不同,一般不记录乐曲表演情况,《荀氏录》既然以记录乐府歌辞表演情况为主要内容,就应该不是歌录,郑祖襄的推测可能并不成立。孙尚勇《〈宋书·乐志〉考辨》认为《荀氏录》"不是西晋的荀勖所作,而应是荀勖之后、王僧虔之前的一位荀姓士人所撰"。[4] 可备一说。

继西晋荀勖《荀氏录》之后,南朝出现了刘宋张永《元嘉正声技录》、王僧虔《大明三年宴乐技录》和陈释智匠《古今乐录》等著名乐录。《隋书·经籍志》著录有梁武帝《乐社大义》十卷、陈沙门智匠撰《古今乐录》十二卷、《春官乐部》五卷。[5]可知除释智匠所撰《古今乐录》外,又有《乐社大义》和《春官乐部》这样的典籍。若从书名看,《乐社大义》应该是记录音乐机构要义的典籍,而其作者为梁武帝,则所记音乐机构当为乐府机关,其所记要义应该有乐府音乐表演方面的内容。尤

---

① 《乐府诗集》卷三一,第462页。

② 《乐府诗集》卷三二,第475页。

③ 郑祖襄《〈荀氏录〉考》,吴相洲主编《乐府学》第1辑,学苑出版社,2006年版,第22页。

④ 《乐府文学文献研究》,第303页。

⑤ 《隋书》卷三二,第926页。

其值得注意的是《春官乐部》五卷，其下标注“梁有《宋元嘉正声技录》一卷，张解撰，亡”，[①]这说明《春官乐部》和《宋元嘉正声技录》应属于同类著作，“张解”应是“张永”之误。王僧虔《大明三年宴乐技录》未见著录。《宋元嘉正声技录》和《大明三年宴乐技录》到隋唐之际已经亡佚，只有《古今乐录》传至宋代后才不见著录。幸有《初学记》《太平御览》《乐府诗集》等典籍大量征引《古今乐录》，《古今乐录》又征引《元嘉正声技录》和《大明三年宴乐技录》，今天才可以得见这两部乐录的部分内容。换言之，《古今乐录》因《初学记》《太平御览》《乐府诗集》等典籍的征引才得以保存部分内容，《元嘉正声技录》和《大明三年宴乐技录》又因《古今乐录》的征引才得以保存部分内容。乾隆年间江邨绥作《乐府类解》，其《凡例》中列举参考书目云：“论载乐府之书，王僧虔《技录》、郑樵《乐府遗声》、《乐府明辩》、《乐府解题》、《古题要解》、《古今乐录》、《乐府广题》、《乐府诗集》、《乐府广序》等。其余言涉乐府者何限？……初学者不知所适从。独《古乐苑》一书，论辩颇正，庶乎集大成者。”[②]王僧虔《技录》在中土久已失传，据江邨绥所言，当时在日本仍有流传，不知如今是否留存，如果能够有幸留存至今，将对乐府学研究起到重要推动作用。

《元嘉正声技录》的作者张永是刘宋大臣，他曾任建康令、太子詹事、会稽太守、南兖州刺史等职。《乐府诗集》多次引用《元嘉正声技录》。如《乐府诗集·相和歌辞》叙论引《宋

---

① 《隋书》卷三二，第926页。

② ［日］江邨绥《乐府类解》凡例，日本天明5年（1785）刻本，第3页。

书·乐志》《晋书·乐志》和王僧虔《启》后云:“又诸调曲皆有辞、有声,而大曲又有艳、有趋、有乱。辞者其歌诗也,声者若羊吾夷伊那何之类也,艳在曲之前,趋与乱在曲之后,亦犹吴声西曲前有和,后有送也。又大曲十五曲,沈约并列于瑟调。今依张永《元嘉正声技录》分于诸调,又别叙大曲于其后。唯《满歌行》一曲,诸调不载,故附见于大曲之下。其曲调先后,亦准《技录》为次云。”①可见郭茂倩在收录相和歌辞时虽然参考了《宋书·乐志》,但对歌辞的曲调归属,却没有依据《宋书·乐志》都归于一个曲调,而是根据张永《元嘉正声技录》的记载,将其分置于各调之下。

《元嘉正声技录》中关于相和歌辞音乐形态的记载十分珍贵。如《乐府诗集·相和歌辞》吟叹曲小序引《古今乐录》曰:

> 张永《元嘉技录》有吟叹四曲:一曰《大雅吟》,二曰《王明君》,三曰《楚妃叹》,四曰《王子乔》。《大雅吟》《王明君》《楚妃叹》,并石崇辞。《王子乔》,古辞。《王明君》一曲,今有歌。《大雅吟》《楚妃叹》二曲,今无能歌者。古有八曲,其《小雅吟》《蜀琴头》《楚王吟》《东武吟》四曲阙。②

《元嘉正声技录》清楚地记载了吟叹四曲的曲名、歌辞留存及表演情况,从中可知当时哪些乐曲还在乐府表演,哪些乐府已

① 《乐府诗集》卷二六,第376—377页。

② 《乐府诗集》卷二九,第424页。

不再表演,哪些乐曲已经失传。

再如《乐府诗集·相和歌辞》平调曲下引《古今乐录》曰:

> 张永《录》曰:"未歌之前,有八部弦、四器,俱作在高下游弄之后。凡三调,歌弦一部,竟辄作送,歌弦今用器。又有《大歌弦》一曲,歌'大妇织绮罗',不在歌数,唯平调有之,即清调'相逢狭路间,道隘不容车'篇。后章有'大妇织绮罗,中妇织流黄'是也。张《录》云:'非管弦音声所寄,似是命笛理弦之余。'"①

"相逢狭路间,道隘不容车"是相和歌辞清调曲《相逢行》的首二句,该诗末尾云:"大妇织绮罗,中妇织流黄。小妇无所为,挟瑟上高堂。丈人且安坐,调丝方未央。"②据张永的说法,本是清调曲《相逢行》后章的"大妇织绮罗,中妇织流黄",被用作了平调曲的送声。③ 因为是送声,所以不计算在歌曲的数量之内,其音乐功能只是"命笛理弦之余"。张永《元嘉正声技录》所记是刘宋元嘉年间的音乐情况,据此可知,刘宋时期乐府已经把《相逢行》的末章单独析出,作为平调曲命笛理弦之用。

又如《乐府诗集·相和歌辞》瑟调曲小序引《古今乐录》曰:

> 其器有笙、笛、节、琴、瑟、筝、琵琶七种,歌弦六部。

① 《乐府诗集》卷三〇,第441—442页。
② 《乐府诗集》卷三四,第508页。
③ 送声指乐曲终而和以他辞。

> 张永《录》云:“未歌之前有七部,弦又在弄后。晋、宋、齐止四器也。”①

张永《元嘉正声技录》记载了瑟调曲演奏所用乐器、表演程序和晋、宋、齐表演乐器的使用情况。

从以上几例可以看出,张永《元嘉正声技录》记载了丰富的相和歌辞音乐表演信息,所憾该书没有完整保留下来。

《大明三年宴乐技录》的作者王僧虔也是刘宋大臣,他曾任南琅邪太守、尚书仆射、尚书令等职。《大明三年宴乐技录》记录了大明三年相和歌表演情况。《乐府诗集》平调曲小序引《古今乐录》曰:

> 王僧虔《大明三年宴乐技录》,平调有七曲:一曰《长歌行》,二曰《短歌行》,三曰《猛虎行》,四曰《君子行》,五曰《燕歌行》,六曰《从军行》,七曰《鞠歌行》。②

不仅记录了平调曲的数量,还一一列举每一曲的曲名。这种著录方式与前引《乐府诗集》吟叹曲小序张永《元嘉正声技录》对吟叹四曲的记录相似。

郭茂倩编撰《乐府诗集》时对王僧虔《大明三年宴乐技录》多有引用,如论及“大曲十五曲”分类时先引《宋书·乐志》,后即引王僧虔《大明三年宴乐技录》云:“按王僧虔《技录》:‘《棹歌行》在瑟调,《白头吟》在楚调。’而沈约云同调,

---

① 《乐府诗集》卷三六,第535页。

② 《乐府诗集》卷三〇,第441页。

未知孰是。”[①]根据王僧虔《技录》与沈约《宋书·乐志》记载的不同，对《棹歌行》和《白头吟》的调式问题提出疑问。又，《乐府诗集·相和歌辞》楚调曲小序引《古今乐录》曰：“王僧虔《技录》：楚调曲有《白头吟行》《泰山吟行》《梁甫吟行》《东武琵琶吟行》《怨诗行》。其器有笙、笛弄、节、琴、筝、琵琶、瑟七种。”[②]根据王僧虔《技录》对楚调曲音乐表演信息的记载，不仅列出楚调曲的具体曲名，还列出了表演常用的乐器。

《大明三年宴乐技录》还记录了相和歌流传至大明三年时的表演情况。如《乐府诗集》引《古今乐录》曰：“《猛虎行》，王僧虔《技录》曰：‘荀录所载，明帝《双桐》一篇，今不传。’”[③]又云：“《从军行》，王僧虔云，荀录所载左延年《苦哉》，一篇，今不传。”[④]又云：“王僧虔《技录》，平调又有《鞠歌行》，今无歌者。”[⑤]又云：“《豫章行》，王僧虔云《荀录》所载《古白杨》一篇，今不传。”[⑥]又云：“王僧虔《技录》有《大墙上蒿行》，今不歌。”[⑦]以上数例，均有“今不传”“今无歌者”“今不歌”等标示表演情况的字样，说明这些乐曲到大明三年的时候或已失传，或已不歌，这同时说明王僧虔非常关注乐府曲调的流传情况。此外，王僧虔论及上述乐曲中的《猛虎行》《从军行》《豫章行》时，多次言及“荀录”（即荀勖的《荀

---

① 《乐府诗集》卷四三，第 635 页。
② 《乐府诗集》卷四一，第 599 页。
③ 《乐府诗集》卷三一，第 462 页。
④ 《乐府诗集》卷三二，第 475 页。
⑤ 《乐府诗集》卷三三，第 494 页。
⑥ 《乐府诗集》卷三四，第 501 页。
⑦ 《乐府诗集》卷三九，第 569 页。

氏录》）中的相关记载，这说明王僧虔作《技录》时，曾用《荀氏录》作为参照，考察了《荀氏录》所记乐府歌辞到大明三年时的留存情况。

王僧虔对音乐素有研究，发表过不少对乐舞的看法，尤其留意相和歌的流传问题。顺帝升明二年，他曾上表论三调歌，表达他对相和歌日渐零落的忧虑，建议朝廷整理。他的建议得到了顺帝的认可，吩咐有司执行，但史书未载最终结果如何。王僧虔的表奏和所讨论的问题，本书第二章第二节《宋书·乐志》已经论及，兹不赘述。

除张永《元嘉正声技录》和王僧虔《大明三年宴乐技录》外，陈释智匠的《古今乐录》也是非常重要的乐录类典籍。《古今乐录》集南朝乐录之大成，流传久远，影响极大，也多见于史籍著录。其中，《隋书·经籍志》著录为十二卷，《旧唐书·音乐志》《新唐书·艺文志》《宋史·艺文志》均著录为十三卷，宋代以后不见著录。《清史稿·艺文志》著录有一卷本《古今乐录》，系清人辑本。该书的清人辑本有三种，分别是王谟《汉魏遗书钞》本、马国翰《玉函山房辑佚书》本和黄奭《汉学堂丛书》本。今人辑本有两种，分别是吉联抗本和郑祖襄本。吉联抗本主要从《乐府诗集》中辑出《古今乐录》的文字，并添加简单注释，收入其《古乐书佚文辑注》中。[1] 郑祖襄本集合四家辑本而成，名为《〈古今乐录〉辑佚本汇编》，配有译文、注释和按语，收录在其《华夏旧乐新探》中。[2] 古代辑录

① 吉联抗《古乐书佚文辑注》，人民音乐出版社，1990年版，第1—48页。

② 郑祖襄《〈古今乐录〉辑佚本汇编》，见氏著《华夏旧乐新探》，中央音乐学院出版社，2008年版，第325—426页。

手段落后，遗漏缺失在所难免。如今电子文献丰富，信息技术发达，今人重新辑补，时有发现，确实后出转精。

释智匠《古今乐录》成书以后，《初学记》《太平御览》《乐府诗集》《文献通考》等典籍都有征引。如《初学记》“乐部上·歌第四”“落日”条引《古今乐录》曰：“《白日落西山歌》者，沈攸之发荆州下，未败之前，思归京师所作歌。”①《乐府诗集》《西乌夜飞》解题引《古今乐录》曰：“《西乌夜飞》者，宋元徽五年，荆州刺史沈攸之所作也。攸之举兵发荆州，东下，未败之前，思归京师，所以歌。和云：‘白日落西山，还去来。’送声云：‘折翅乌，飞何处，被弹归。’”②同样的事件，二书征引的记载在文字上却不尽相同。再如《初学记》“乐部上·歌第四”“石城”条引《古今乐录》曰：“《莫愁乐》者，亦因《石城乐》而有此歌。石城西有女子名莫愁，善歌谣，且《石城乐》和中有‘忘愁’声，因有此歌。”③《乐府诗集》《莫愁乐》解题引《唐书·乐志》曰：“《莫愁乐》者，出于《石城乐》。石城有女子名莫愁，善歌谣，《石城乐》和中复有‘忘愁’声，因有此歌。”④二书所引《莫愁乐》本事在文字上也有出入。不过此处的出入，大约是因为《旧唐书·音乐志》引《古今乐录》或郭茂倩引《旧唐书·音乐志》时在文字上做了处理的缘故。

引用《古今乐录》最多的是《乐府诗集》。《古今乐录》是郭茂倩编撰《乐府诗集》的重要史料来源，在《乐府诗集》十二类中，郊庙歌辞、燕射歌辞、鼓吹曲辞、横吹曲辞、相和歌辞、清

---

① ［唐］徐坚等《初学记》卷十五，中华书局，1962 年版，第 378 页。

② 《乐府诗集》卷四九，第 722 页。

③ 《初学记》卷十五，第 378 页。

④ 《乐府诗集》卷四八，第 698 页。

商曲辞、舞曲歌辞、琴曲歌辞、杂曲歌辞、杂歌谣辞、新乐府辞十一类都征引了《古今乐录》。[①] 惟有近代曲辞一类，因只录隋唐乐府歌辞，所以没有征引《古今乐录》。这说明，《古今乐录》涉及的乐府曲调十分全面，几乎遍布了《乐府诗集》各大类。而郭茂倩对乐府诗的分类应该也受到了《古今乐录》的影响。

除了《乐府诗集》以外，以《太平御览》征引《古今乐录》次数最多。《太平御览》引用《古今乐录》时有两种标注方式：一种是标注“释智匠《古今乐录》”，作者和书名信息俱全；一种是直云“《古今乐录》”，不标注作者信息。这其中有个问题，就是在不标注作者信息的《古今乐录》中出现了隋文帝与大臣讨论吹灰验证律吕事。释智匠虽与隋文帝同时，但他身在南朝，如何能够详细记述北国故事？或许有人在释智匠《古今乐录》成书后曾加以补充但未标注姓名，《太平御览》编者无法辨别，因此就分作两书引用。郑祖襄曾论及其中有关隋文帝与大臣讨论吹灰验证律吕事，但他仍然认为是释智匠所作。[②]

喻意志《〈古今乐录〉考》认为：“《古今乐录》的主要参考文献是张永《元嘉正声技录》、王僧虔《大明三年宴乐技录》以及沈约《宋书·乐志》。智匠书中鼓吹曲、舞曲等类解题及歌辞多据沈约《宋书·乐志》；在相和歌辞中亦时以上书所录为参照。《古今乐录》大致可以分为‘歌’‘舞’‘八音’‘律历’四

① 新乐府辞一类专收“唐世新歌”，只在考察曲名来源时征引了《古今乐录》一次。

② 郑祖襄《关于智匠和〈古今乐录〉》，见氏著《华夏旧乐新探》，第323页。

大类。每一大类下又有若干小类。不仅有题解、歌辞,还有宫悬图。另外,每一大类有大序,小类有小序,具体到曲调,则又有乐曲解题。"①郭茂倩编撰《乐府诗集》时的体例安排显然受到了《古今乐录》的影响。

《古今乐录》记录乐府活动内容十分丰富,学术意识非常鲜明,释智匠以《古今乐录》为书名,就有集前代和当今乐录大成之意。郑祖襄《〈古今乐录〉辑佚本汇编》将其内容分为二十四个细目排列,具体是:"一、历代乐,二、八音,三、候气,四、郊庙歌,五、燕射歌,六、鼓吹,七、横吹,八、相和歌,九、相和六引,十、相和曲,十一、吟叹曲,十二、四弦曲,十三、平调曲,十四、清调曲,十五、瑟调曲,十六、楚调曲,十七、大曲,十八、吴声歌曲,十九、神弦歌,二十、西曲歌、二十一、舞曲,二十二、俳歌,二十三、琴曲,二十四、杂曲。"②其内容主要有以下几个方面:

第一,介绍乐府器物。如《初学记·乐部》"乐部上·雅乐第一"谈及八音时引《古今乐录》云:"金为钟镈镯铙,石为磬,丝为琴、瑟、箜篌、筝、筑、琵琶,竹为篪、笛、籥、箫、管,匏为笙、簧、竽,土为埙、缶,革为鼓,木为柷敔也。"③《初学记·乐部》"乐部下·琴第一"谈及琴之形制时引《古今乐录》云:"文王加一,武王加一,今称二弦为文武弦。"④《太平御览》"乐部"引《古今乐录》曰:"镈师掌金奏之鼓(谓主击晋鼓以

---

① 喻意志《〈古今乐录〉考》,《中国音乐学》2008年第3期。

② 郑祖襄《〈古今乐录〉辑佚本汇编说明》,见氏著《华夏旧乐新探》,第320—321页。

③ 《初学记》卷十五,第365页。

④ 《初学记》卷十六,第385页。

奏春钟镈)。又卒长执铙(奴交切),两司马执铎,公司马执镯(音蜀)。又金铙止鼓,以金铎通鼓,以金镯节鼓。以钟鼓者,前击钟次击鼓也。"①可以看出,《古今乐录》中记载了很多乐府器物以及乐府施用乐器的情况。

第二,描述乐曲音乐形态。如《乐府诗集》中《莫愁乐》解题引《古今乐录》曰:"《莫愁乐》亦云蛮乐,旧舞十六人,梁八人。"②《江陵乐》解题引《古今乐录》云:"《江陵乐》,旧舞十六人,梁八人。"③这些记载可以帮助人们了解这些乐舞在不同朝代表演情况的不同。《梁大壮大观舞歌二首》解题引《古今乐录》曰:"梁改《宣烈》为《大壮》,即周《武舞》也。改《凯容》为《大观》,即舜《韶舞》也。陈以《凯容》乐舞用之郊庙,而《大壮》《大观》犹同梁舞,所谓祠用宋曲,宴准梁乐,盖取人神不杂也。"④其中记录了梁《大壮》《大观》舞的改制、施用场合等信息,因智匠所处时代距梁较近,所以他对梁代乐舞的记录也更为详细。

第三,记录乐曲流传情况。如《乐府诗集·清商曲辞》吴声歌曲一小序引《古今乐录》云:

吴声歌旧器有篪、箜篌、琵琶,今有笙、筝。其曲有《命啸》吴声游曲半折、六变、八解,《命啸》十解。存者有《乌噪林》《浮云驱》《雁归湖》《马让》,余皆不传。吴声十曲:一曰《子夜》,二曰《上柱》,三曰《凤将雏》,四曰《上声》,五

---

① 《太平御览》卷五八二,第 2625 页。

② 《乐府诗集》卷四八,第 698 页。

③ 《乐府诗集》卷四九,第 710 页。

④ 《乐府诗集》卷五二,第 761 页。

曰《欢闻》，六曰《欢闻变》，七曰《前溪》，八曰《阿子》，九曰《丁督护》，十曰《团扇郎》，并梁所用曲。《凤将雏》以上三曲，古有歌，自汉至梁不改，今不传。上声以下七曲，内人包明月制舞《前溪》一曲，余并王金珠所制也。游曲六曲《子夜四时歌》《警歌》《变歌》，并十曲中间游曲也。半折、六变、八解，汉世已来有之。八解者，古弹、上柱古弹、郑干、新蔡、大治、小治、当男、盛当，梁太清中犹有得者，今不传。又有《七日夜》《女歌》《长史变》《黄鹄》《碧玉》《桃叶》《长乐佳》《欢好》《懊恼》《读曲》，亦皆吴声歌曲也。①

释智匠详细记录了吴声歌旧时所用乐器、乐曲、至今仍存和已经失传的乐曲；吴声十曲的曲名、所用歌辞、歌辞流传情况和乐曲的制作者；游曲六曲曲名，半折、六变、八解的流传，八解的具体所指和流传；其他吴声歌曲的名称。通过这些记录，可以清楚地了解吴声歌曲的流变。

在考证一些具体问题时，释智匠经常征引荀勖《荀氏录》、张永《元嘉正声技录》和王僧虔《大明三年宴乐技录》，互为补充。如《乐府诗集·相和歌辞》楚调曲小序引《古今乐录》曰：

王僧虔《技录》："楚调曲有《白头吟行》《泰山吟行》《梁甫吟行》《东武琵琶吟行》《怨诗行》。其器有笙、笛弄、节、琴、筝、琵琶、瑟七种。"张永《录》云："未歌之前，有一部弦，又在弄后。又有但曲七曲：《广陵散》《黄老弹飞引》《大胡笳鸣》《小胡笳鸣》《鹍鸡游弦》《流楚》《窈

① 《乐府诗集》卷四四，第640页。

> 冤》，并琴、筝、笙、筑之曲，王《录》所无也。其《广陵散》一曲，今不传。”①

释智匠先征引了王僧虔《技录》对楚调曲的记载，因《技录》只记曲名和乐器，所以他又征引了张永《录》，补充了王僧虔《技录》中缺失的信息，如对歌弦表演流程、但曲七曲名称、琴筝笙筑曲和《广陵散》的记载。释智匠用这样的征引方式，清晰完整的呈现了楚调曲的表演和流传面貌。

释智匠在《古今乐录》中有意识地将以往乐录中关于某一乐曲的记录排列在一起，以便使人们看到这些乐府曲调的实际流传情况。但由于《古今乐录》征引前代乐录，前代乐录又征引前代乐录，最终《古今乐录》又被《乐府诗集》等后代典籍征引，因此判断哪些内容是释智匠所写就成了难题。郑祖襄《〈古今乐录〉“相和歌”文字的标点及释义》专门研究过这一问题，②可参看。

第四，保留部分乐府歌辞。《古今乐录》保留了一些乐府歌辞，如《太平御览》“兵部”引《古今乐录》云：“明帝《休成之乐歌》曰：‘玉镳息节，金辂怀音。’”③又云：“《襄阳铜蹄哥》曰：‘龙马紫金鞍，翠毛白玉羁。照耀双阙下，知是襄阳儿。’”④《古今乐录》所记这两首歌辞，在《乐府诗集》中都有

---

① 《乐府诗集》卷四一，第 599 页。

② 郑祖襄《〈古今乐录〉“相和歌”文字的标点及释义》，《音乐研究》2006 年第 2 期，后收入氏著《华夏旧乐新探》，第 250—270 页。

③ 《太平御览》卷三五八，第 1648 页。

④ 《太平御览》卷三五九，第 1650 页。

完整收录，前者题作《休成乐》，后者题作《襄阳踏铜蹄》。[①]《古今乐录》还注意到了前人歌辞记录中的声辞合写现象。如《宋书·乐志》云："《宋鼓吹铙歌辞四篇》，旧史言，诂不可解。汉《鼓吹铙歌十八篇》，按《古今乐录》，皆声、辞、艳相杂，不复可分。"[②]这应该是后人读《宋书·乐志》时根据《古今乐录》所记声辞合写情况所加的按语。

第五，记录乐曲本事。《古今乐录》记录了很多乐曲本事。如《太平御览》"乐部"引《古今乐录》云："《莫愁乐》者，亦因《石城乐》而有此歌。石城西有女子名莫愁，善歌谣，且《石城乐》和中有'忘愁'声，因有此歌。"[③]同书又引《古今乐录》云："《白纻舞》，案：辞有巾袍之言。纻本吴地所出，宜是吴舞也。晋《徘徊歌》曰：'交交白绪，节节为双。'吴音呼'绪'为'纻'，疑'白绪'即'白纻'也。"[④]《古今乐录》所记《莫愁乐》和《白纻舞》本事是研究这两首乐曲的珍贵史料。

第六，记录乐曲名称。《古今乐录》记录了很多乐曲名称。如《太平御览》"乐部"引《古今乐录》曰："晋宋已后，歌曲有《淫豫歌》、《杨叛儿歌》（南齐有杨昊母为师入宫，童谣呼为杨婆儿。婆转为叛）、《扶风歌》（晋刘琨作）、《百年歌》（晋王道冲、陆机并作）、《白日歌》（宋沈攸之所作，亦曰"日落歌"。其歌曰："白日落西山。"）、《九曲歌》（宋何承天作）、《采葛妇歌》（古越人作）、《桃叶歌》（晋王献之所作）、《同声

---

① 《乐府诗集》卷八，第121页；《乐府诗集》卷四八，第708页。

② 《宋书》卷二二，第666—667页。

③ 《太平御览》卷五七一，第2581页。

④ 《太平御览》卷五七四，第2593页。

歌》(汉张衡作)、《碧玉歌》(晋孙绰作)、《四时歌》(出于《子夜》)、《子夜歌》(古有女名子夜,造此歌)、《上声歌》(亦名《促柱》,哀悲之古曲)、《白纻歌》(起于吴,孙皓时作)、《襄阳白铜鞮歌》、《前溪歌》(晋车骑将军沈玩所作)、《欢闻歌》(晋穆帝初,歌毕,辄呼"欢闻",因以为名)、《团扇歌》。"[①]对乐曲名称、歌辞作者、源流出处、表演情况等信息都有清晰记载。

第七,记录古代音乐故事。《古今乐录》还记录了很多古代的音乐故事。如《太平御览》"乐部"征引《古今乐录》时就摘录了很多歌唱故事,涉及帝尧、孔甲、周文王、秦始皇、庄周、沈攸之等人以及《白日落西山歌》《莫愁乐》《斧斤之歌》《箕山之歌》等曲名。[②]

北朝有无乐录类典籍难以确定。《隋书·经籍志》著录有"《乐书》七卷(后魏丞相士曹行参军信都芳撰)"。[③] 此书《旧唐书·经籍志》《新唐书·艺文志》《通志二十略·艺文略》均有著录,卷数与《隋书·经籍志》所载不同,均为九卷。《旧唐书·经籍志》载:"《乐书》九卷,信都芳注。"[④]《新唐书·艺文志》载:"信都芳删注,《乐书》九卷。"[⑤]《通志二十略·艺文略》载:"《删注乐书》,九卷,后魏信都芳。"[⑥]信都

---

① 《太平御览》卷五七三,第2589页。

② 王辉斌《智匠与〈古今乐录〉及其乐府观》认为:"智匠《古今乐录》对'前乐府'的注重,直接影响了郭茂倩《乐府诗集》对汉'乐府机关'以前'古歌'的收录。"见《铜仁学院学报》2015年第6期。

③ 《隋书》卷三二,第926页。

④ 《旧唐书》卷四六,第1975页。

⑤ 《新唐书》卷四七,第1435页。

⑥ 《通志二十略》,第1508页。

芳，河间人，字王琳，好学，善天文算数，为侍中、安丰王延明门生。北魏孝明帝正光中，延明受诏监修金石，博探古今乐事，欲抄集五经算事为《五经宗》及古今乐事为《乐书》，令信都芳为之考算。后因战乱，延明南奔，于是信都芳自行撰注，所成著作即史志目录所著录的信都芳《乐书》。关于信都芳的事迹，《魏书》《北齐书》和《北史》均有记载。①

信都芳《乐书》已佚，其内容除《魏书》所记载的“集古今乐事”外，李昉《太平御览》所引《古今乐录》中的一条记载，或与《乐书》有关。记载云：

> 北齐神武霸府田曹参军信都芳代号知音，能以管候气，观云色。尝与人对语，即指天曰：“孟春之气至矣。”人往验管，而飞灰已应。每月所候，言皆无爽。又为轮扇二十四，埋地中，以测二十四气。每一气感，则一扇住，并与管灰相应，若合符契焉。②

前已言及，释智匠《古今乐录》征引了不少前代乐录。既然《古今乐录》引用了信都芳律管吹灰事，说明此事或曾被乐录记录下来，而此事是否出自信都芳《乐书》，仅据这条记载尚且不能确定。《续修四库全书》“经部·乐类”有唐武则天《乐书要录》三卷，《四库全书总目·四库未收书提要》《乐书要录》三卷提要称其中保存了信都芳《乐书》的部分内容：“唐武

① 《魏书》卷九一、卷一〇九，第1955、2836页；[唐]李百药《北齐书》卷四九，中华书局，1972年版，第675页；[唐]李延寿《北史》卷八九，中华书局，2003年版，第2934页。

② 《太平御览》卷五六五，第2554页。

则天撰。是编《唐书·艺文志》著录十卷,《宋志》即未见,阙佚久矣。此日本人用活字版摆印,仅存第五、第六、第七三卷。其中所引古籍,如《月令章句》、《五经通义》、《三礼义宗》、信都芳删注《乐书》、苏夔《乐志》,皆世所罕觏,未尝不借是以存其崖略。至所列旋宫之法、十二相生之图,尤足以备参考。"[①] 翻检典籍,确如提要所言,今存《乐书要录》并非完璧,仅存第五卷至第七卷。其中的第六卷有信都芳《乐书注图法》,记载了信都芳律管吹灰事。[②] 这说明,《古今乐录》所引此事确实出自信都芳《乐书》。《乐书要录》所引信都芳《乐书注图法》内容不多,所论都是律学问题。

第三节　隋唐五代乐录叙说

《隋书·万宝常传》云:"开皇之世,有郑译、何妥、卢贲、苏夔、萧吉,并讨论坟籍,撰著乐书,皆为当世所用。"[③]可知郑译、何妥、卢贲、苏夔、萧吉曾经都有乐府学著述,他们的著作《隋书·经籍志》和《旧唐书·经籍志》均有著录,本书第三章已有论述,兹不赘言。这些著作虽已亡佚,但从书名看,包含乐章表演内容、属于乐录类典籍的有郑译《乐府声调》六卷和《乐府声调》三卷以及萧吉《乐谱集》二十卷。

唐五代人在文献记载中经常提到人们使用乐录和写作乐

① ［清］永瑢等《四库全书总目》,中华书局,1965 年版,第 1853 页。

② ［唐］武曌《乐书要录》卷六,《续修四库全书》,第 1113 册,第 14—15 页。

③ 《隋书》卷七八,第 1785 页。

录的情形。如中唐元稹《乐府古题序》云："《诗》讫于周，《离骚》讫于楚。是后，诗之流为二十四名：赋、颂、铭、赞、文、诔、箴、诗、行、咏、吟、题、怨、叹、章、篇、操、引、谣、讴、歌、曲、词、调，皆诗人六义之余，而作者之旨。……纂撰者由诗而下十七名，尽编为《乐录》。"①五代后周王朴《详定雅乐疏》云："陛下天纵文武，奄宅中区，思复三代之风。临视乐悬，亲自考听，知其亡失……以臣尝学律历，宣示古今乐录，令臣讨论，臣虽不敏，敢不奉诏。"②后周窦俨《上治道事宜疏》亦云："伏请命博通之士，上自五帝，迄于圣朝，凡乐章沿革，总次编录。凡三弦之通，七弦之琴，十三弦之筝，二十弦之离，二十五弦之瑟；三漏之籥，六漏之箫，七漏之笛，八漏之篪；十三管之和，十七管之笙，十九管之巢，二十三管之箫；皆列谱记，对而合之，类从声等，虽异必通，编于历代《乐录》之后，永为定式，名之《大周正乐》，俾乐寺掌之。"③这些记载中提到的《乐录》都是前人所作。

也有些文献记载中提及的《乐录》是唐人所作。如《太平广记》"陶岘"载："陶岘者，彭泽令孙也。开元中，家于昆山，富有田业……尝撰集《乐录》八音，以定音之得失。……而岘有夕乐一部，常奏清商曲。"④可知开元中人陶岘精通音律，曾

① ［唐］元稹撰，冀勤点校《元稹集》卷二三，中华书局，2010 年版，第 291 页。

② ［清］董诰等《全唐文》卷八六〇，中华书局，1983 年版，第 9025 页。

③ 《全唐文》卷八六三，第 9045 页。

④ ［宋］李昉《太平广记》卷四二〇，中华书局，1961 年版，第 3421—3422 页。

撰有《乐录》。再如《唐语林》载:“开府孙沇亦知音。贞元中,集《乐录》三卷,德宗览而善焉。”[①]宋沇是盛唐宰相宋璟之孙,从这条记载看,他通晓音律,在贞元中也纂集有《乐录》三卷。以上两例,都是唐人自作《乐录》的例证。此外,元人马端临《文献通考·乐考》中提及《唐乐录》一书:“麾,周人所建也。后世叶律郎执之,以令乐工焉。其制高七尺,干饰以龙首,缀纁帛,画升龙于上。乐将作则举之,止则偃之。堂上则立于西阶,堂下则立于乐悬之前,少西。《唐乐录》谓之‘晕干’,今太常武舞用之。”[②]其中的《唐乐录》,很可能也是唐人所作乐录。

《旧唐书·经籍志》著录的唐人乐录有《乐略》四卷(元殷撰)、《古今乐记》八卷(李守真撰)。[③]《新唐书·艺文志》著录的唐人乐录有元殷《乐略》四卷、李守真《古今乐记》八卷、张文收《新乐书》十二卷、刘贶《太乐令壁记》三卷、徐景安《历代乐仪》三十卷、崔令钦《教坊记》一卷、段安节《乐府杂录》一卷(文昌孙)、南卓《羯鼓录》一卷。[④]《宋史·艺文志》著录的唐人乐录有《唐宗庙用乐仪》一卷、《唐肃明皇后庙用乐仪》一卷、崔令钦《教坊记》一卷、刘贶《大乐令壁记》三卷、《大乐图义》一卷(不知作者)、段安节《琵琶录》一卷、又《乐府杂录》二卷、陆鸿渐《教坊录》一卷、徐景安《新纂乐书》三十卷。[⑤]

---

① [宋]王谠撰,周勋初校正《唐语林校证》卷五,中华书局,1987年版,第478页。

② [元]马端临撰,上海师范大学古籍研究所、华东师范大学古籍研究所点校《文献通考》卷一四四,中华书局,2011年版,第4360页。

③ 《旧唐书》卷四六,第1975—1976页。

④ 《新唐书》卷五七,第1435—1437页。

⑤ 《宋史》卷二〇二,第5053—5054页。

这些著作多已亡佚,留存至今的只有崔令钦《教坊记》、南卓《羯鼓录》、段安节《乐府杂录》和《琵琶录》。《乐府诗集》征引《教坊记》三次、《羯鼓录》一次、《乐府杂录》七次、《琵琶录》一次,可见乐录类典籍的重要性。

《教坊记》《羯鼓录》《乐府杂录》和《琵琶录》中记录了大量乐府曲目表演情况,但它们的重点在于传奇述异。这些乐录的作者作为乐府活动的旁观者,访寻乐府故事,意在以资博闻,而非保存乐章表演信息以备日后作为乐府建设的参考。宋人晁公武《郡斋读书志》就批评《教坊记》说:"开元中,教坊特盛,令钦记之。率鄙俗事,非有益于正乐也。"①但也应该看到,崔令钦等人记录乐府活动时的态度却是极为认真的,很多乐府活动情况确实也借此得以保存至今。崔令钦在《教坊记》序中即云:"诏曰:'太常礼司,不宜典俳优杂伎。'乃置教坊,分为左右而隶焉。左骁卫将军范安及为之使。开元中,余为左金吾仓曹,五官十二三是坊中人。每请禄俸,每加访问,尽为余说之。今中原有事,漂寓江表,追思旧游,不可复得;粗有所识,即复疏之,作《教坊记》。"②崔令钦在飘零流寓之际,追忆开元中与乐府机构官员共事时听到的乐府故事,追思开元乐府盛况,撰成了此书。这样的撰作背景,也让《教坊记》具备了存一代乐府典实的史的意味。南卓在《羯鼓录》中自述:"会昌元年,卓因为洛阳令,数陪刘宾客、白少傅宴游,白有家僮,多佐酒。卓因谈往前三数事,二公亦应和之,谓卓曰:

---

① 《郡斋读书志校证》卷二,第 94 页。

② [唐]崔令钦撰,任半塘笺订《教坊记笺订》,中华书局,2012 年版,第 2 页。

‘若吾友所谈，宜为文纪，不可令堙没也。’时过而未录。及陕府卢尚书任河南尹，又话之，因遣为纪，即粗为编次，尚未脱稿。至东阳，因曝书见之，乃详列而竟焉。虽不资儒者之博闻，亦助宾筵之谈话，属之好事，庶几流传。”[①]显然，南卓撰写《羯鼓录》是受到了刘禹锡和白居易等人的鼓励，不令乐府故事湮没、使之长久流传下去是他们共同的初衷。段安节在《乐府杂录》序中云：“自念浅拙，聊且直书，以俟博闻者补兹漏焉。”[②]段安节表示，他只是直书乐府事。而这样直书的可贵之处就在于，其在某种程度上就是当时乐府活动情况的实录。这些乐录的作者有一个共同的特点，那就是他们都秉持着认真求实的态度，希望把乐府故事真实地记录下来。崔令钦在《教坊记》后记中表示，撰著的目的也意在告诫君主：“倘谓修小善而无益，犯小恶而无伤，殉嗜欲近情，忘性命大节，施之于国则国败，行之于家则坏。败与坏，不其痛哉！”[③]这样看来，这些乐录并非都像陈振孙所说那样“率鄙俗事，非有益于正乐”。

任半塘《教坊记笺订》将《教坊记》的内容分为如下诸类：崔氏自序、教坊制度与人事（二十则）、曲名（二百七十八曲名）、大曲名（四十六大曲名）、曲调本事（五则）、崔氏后记。可见，《教坊记》有杂记性质，涉及乐府活动的许多方面，特别是其对教坊故事、诸种习俗的记述不仅具体详细而且生动有

---

① ［唐］南卓《羯鼓录》，上海古籍出版社，1988 年版，第 10—11 页。

② ［唐］段安节撰，亓娟莉校注《乐府杂录校注》，上海古籍出版社，2015 年版，第 1 页。

③ 《教坊记笺订》，第 187 页。

趣。如:“妓女入宜春院,谓之‘内人’,亦曰‘前头人’,常在上前头也。其家犹在教坊,谓之‘内人家’,四季给米。其得幸者谓之‘十家’,给宅第,赐无异等。”①从中可知教坊中人在当时的称谓。《教坊记》对一些乐曲表演情况的记述也细致而生动。如:

> 开元十一年初,制《圣寿乐》。令诸女衣五方色衣,以歌舞之。宜春院女教一日,便堪上场,惟挡弹家弥月不成。至戏日,上亲加策励曰:“好好作!莫辱没三郎。”令宜春院人为首尾,挡弹家人在行间,令学其举手而已。宜春院亦有工拙,必择尤者为首尾。首即引队,众所瞩目,故须能者。乐将阕,稍稍失队,余二十许人。舞曲终,谓之“合杀”,尤要快健,所以更须能者也。……《圣寿乐》舞,衣襟皆各绣一大窠,皆随其衣本色。制纯缦衫,下才及带,若短汗衫者以笼之,所以藏绣窠也。舞人初出,乐次,皆是缦舞衣。至第二叠,相聚场中,即于众中,从领上抽去笼衫,各内怀中。观者忽见众女咸文绣炳焕,莫不惊异!②

从中可以看到开元年间《圣寿乐》的表演情况,涉及演员构成、排练困难、表演实况、舞者服饰、表演效果等,连玄宗在表演前的动员讲话都清楚记录了下来。

《教坊记》共记录了二百七十八个曲名。此外,在文献记

① 《教坊记笺订》,第 12 页。

② 《教坊记笺订》,第 21—23 页。

载中，乐录类典籍还有《歌曲名》《历代乐名》《历代曲名》等，这些典籍也记录曲名，[①]但都没有流传下来，因此《教坊记》著录如此之多的曲名就显得十分重要。这些曲名有的没有歌辞传世，有的有歌辞传世。像《抛球乐》《清平乐》《破阵乐》《千秋乐》《泛龙舟》《长命女》《武媚娘》《杨柳枝》《浣溪沙》《浪淘沙》《想夫怜》《长相思》《拜新月》《倾杯乐》《望月婆罗门》《玉树后庭花》《渔父引》《大郎神》《胡渭州》《三台》《山鹧鸪》《醉公子》《广陵散》《穆护子》《河满子》等在《乐府诗集》中都有歌辞。《教坊记》中著录了四十六个大曲名，像《凉州》《伊州》《甘州》《霓裳》《后庭花》《伴侣》《柘枝》《回波乐》等歌辞亦见录于《乐府诗集》。《教坊记》还考证了《兰陵王》《踏谣娘》《乌夜啼》《安公子》《春莺啭》五个乐曲的本事。

今人关于《教坊记》曲名的研究，可参看周延良《关于〈教坊记〉中几个曲名的考辨》。[②] 关于《教坊记》作者的研究，可参看李一飞《〈教坊记〉作者崔令钦生平考补》。[③]

南卓《羯鼓录》是唐代唯一一部关于鼓的专著。该书分前、后二录，前录成于唐宣宗大中二年，后录成于大中四年，保存了关于唐代乐器羯鼓的珍贵史料，涉及唐玄宗、李琎、黄幡

---

① 《隋书·经籍志》有《歌曲名》五卷和《历代乐名》一卷，均未录撰者。见《隋书》卷三二，第927页。《旧唐书·经籍志》有《历代曲名》一卷，未录撰者。见《旧唐书》卷四六，第1976页。《新唐书·艺文志》亦有《历代曲名》一卷，未录撰者。见《新唐书》卷四七，第1946页。

② 周延良《关于〈教坊记〉中几个曲名的考辨》，《晋阳学刊》1996年第3期。

③ 李一飞《〈教坊记〉作者崔令钦生平考补》，《文献》1997年第2期。

绰、宋璟、宋沇、李皋、李琬、杜鸿渐、韩皋等人与羯鼓有关的故事。如：

> 羯鼓出外夷，以戎羯之鼓，故曰羯鼓。其音主太簇一均，龟兹部、高昌部、疏勒部、天竺部皆用之……诸曲调如《太簇曲》《色俱腾》《乞婆娑》《曜日光》等九十二曲名，玄宗所制。上洞晓音律……尤爱羯鼓玉笛，常云八音之领袖，诸乐不可为比。尝遇二月初……小殿内庭，柳杏将吐，睹而叹曰："对此景物，岂得不为他判断之乎！"左右相目，将命备酒，独高力士遣取羯鼓。上旋命之，临轩纵击一曲，曲名《春光好》，神思自得。及顾柳杏，皆已发折，上指而笑谓嫔御曰："此一事不唤我作天公，可乎？"……又制《秋风高》，每至秋空迥彻，纤翳不起，即奏之，必远风徐来，庭叶纷下。其曲妙绝入神，例皆如此。汝南王琎，宁王长子也。……玄宗特钟爱焉，自传授之。……琎常戴砑绢帽。打曲，上自摘红槿花一朵，置于帽上笪处，二物皆极滑，久之方安，遂奏《舞山香》一曲，而花不坠落。①

其中所记玄宗临轩击羯鼓曲《春光好》和《秋风高》的场景和玄宗的言论，都生动有趣，如在目前。羯鼓演奏时用两鼓槌击打，鼓点急促而演奏者头不能晃动。玄宗摘红槿花置于汝南王李琎砑绢帽上，令其奏《舞山香》，砑绢帽光滑，而汝南王却能做到曲毕而花不坠落。从中不仅能看出汝南王高超的羯鼓演奏技艺，同时也反映了唐代宫廷娱乐性乐府活动中浓郁的

① 《羯鼓录》，第3—4页。

生活气息。

《羯鼓录》在书末附有一百三十一个“诸宫曲”名，分别是：“太簇宫”二十三曲、“太簇商”五十曲、“太簇角”十五曲、“诸佛曲词”十曲、“食曲”三十三曲。南卓还作注曰：“徵羽调与蕃部不载。”①

今人关于《羯鼓录》的研究成果不多，其中郭可悫《唐代音乐著作〈羯鼓录〉撰述于洛阳小考》一文考察了《羯鼓录》的产生背景和主要内容。文中指出：“《羯鼓录》是唐朝人南卓在洛阳受人倡议而撰写的音乐著作，记载了羯鼓的源流、形状、制作材料和要求、效果、演奏技法，以及唐玄宗以来与羯鼓相关联的人物掌故和史事，其内容为别的史书所不曾记载，是研究唐代音乐艺术、宫廷生活、社会风气以及中外文化交流等情况的重要文献。”②可参看。

《乐府杂录》作者段安节是晚唐诗人段成式之子、温庭筠之婿。他精通音乐，其父段成式曾任太常卿，这是段安节能够写出该书的重要条件。段安节在《乐府杂录》序中述及该书成书缘起云：“安节以幼少即好音律，故得粗晓宫商。亦以闻见数多，稍能记忆。尝见《教坊记》，亦未周详。以耳目所接，编成《乐府杂录》一卷。”③可知段安节通晓音律，又因为家庭原因能常对乐府之事耳闻目见，他看到《教坊记》所记不够详备，所以才综合自身见闻，撰写了《乐府杂录》。

《乐府杂录》记事相较《教坊记》而言更为系统。其内容大

---

① 《羯鼓录》，第 14 页。

② 郭可悫《唐代音乐著作〈羯鼓录〉撰述于洛阳小考》，《洛阳师范学院学报》2011 年第 3 期。

③ 《乐府杂录校注》，第 1 页。

致有以下几部分：第一，乐府各部。具体是雅乐部、云韶部、清乐部、鼓吹部、驱傩、熊罴部、鼓架部、龟兹部、胡部，内容涉及乐府体制、乐器、舞衣、舞具、代表曲目等。第二，各色演员。歌者如永新、张红红、田顺郎等，俳优如张野狐、李仙鹤、范传康、上官唐卿、吕敬迁等，其中还涉及舞者表演的具体曲目和分类等。第三，各种乐器。具体是琵琶、筝、箜篌、笙、笛、觱篥、五弦、方响、击瓯、琴、阮咸、羯鼓、鼓、拍板等。第四，乐曲本事。如《安公子》《黄骢叠》《离别难》《夜半乐》《还京乐》《雨霖铃》《康老子》《得宝子》《文叙子》《望江南》《杨柳枝》《新倾杯乐》《道调子》《傀儡子》等曲的本事。第五，《别乐识五音轮二十八调图》。详细描述了二十八调名称，以五音和四声相配合。

段安节对乐府各部的记录，是晚唐乐府各部情况最完整的记录。对此，其他史志也偶有涉及，但详细程度都不及段安节《乐府杂录》。《乐府杂录》最后一部分《别乐识五音轮二十八调图》的原图已佚，难以看到其间完整关系，其所论也一直存在争议，但他毕竟列出了燕乐二十八调具体名称，是后世研究燕乐二十八调的重要文献。后人关于二十八调的研究成果颇多，早期研究中以罗蔗园《〈别乐识五音轮二十八调图〉笺订——唐段安节〈乐府杂录〉笺订的一部分》为代表，[①]后期则以李玫《〈乐府杂录·别乐识五音轮二十八调图〉的校勘》为代表。李玫指出："《乐府杂录》……最后一节'别乐仪识五音轮二十八调图'，第一次完整记录了燕乐二十八调调名和乐律之间的逻辑关系，对研究'燕乐二十八调'理论有重大意

① 罗蔗园《〈别乐识五音轮二十八调图〉笺订——唐段安节〈乐府杂录〉笺订的一部分》，《音乐研究》1959 年第 4 期。

义。但由于《乐府杂录》传本颇多,异文也多,加之这段文字只剩文字而无图,更带来理解上的困难。以往的校勘虽已做得很严谨,但因局限于音乐学专业知识的隔膜,校勘本存在着一些显而易见的缺陷。针对于此,本文从音乐学的角度,对‘别乐仪识五音轮二十八调图’的异文进行分析,提出校勘意见。”①此外,张炎《词源》、凌廷堪《燕乐考原》、林谦三《隋唐燕乐调研究》、丘琼荪《燕乐探微》、刘崇德《燕乐新说》也都涉及“别乐仪识五音轮二十八调图”,可参看。

今人关于《乐府杂录》的研究成果中,有亓娟莉的系列论文《〈乐府杂录〉校勘十六则》《〈乐府杂录·熊罴部〉考辨》《〈乐府杂录〉两处错简新考》《〈乐府杂录〉著者段安节生平考略》等,其另有《〈乐府杂录〉研究》和《〈乐府杂录〉校注》,可视为《乐府杂录》研究的总结性成果。② 其中如《〈乐府杂录〉著者段安节生平考略》考察段安节生平后称:“《乐府杂录》是现存唐代音乐文献,其撰者段安节表字大仪,生年约在文宗大和末、开成初,即大约公元836年前后,卒年约与唐亡时间相同。段安节娶温庭筠之女为妻,长期生活于唐长安,历仕国子司业、吏部郎中、沂王傅等职。”③再如,关于《凉州》的

---

① 李玫《〈乐府杂录·别乐识五音轮二十八调图〉的校勘》,《中央音乐学院学报》2009年第2期。

② 亓娟莉《〈乐府杂录〉校勘十六则》,《音乐研究》2014年第6期;亓娟莉《〈乐府杂录·熊罴部〉考辨》,《文献》2010年第1期;亓娟莉《〈乐府杂录〉两处错简新考》,《西北大学学报》2009年第4期;亓娟莉《〈乐府杂录〉研究》,西北大学2009年博士学位论文;亓娟莉《乐府杂录校注》,上海古籍出版社,2015年版。

③ 亓娟莉《〈乐府杂录〉著者段安节生平考略》,《咸阳师范学院学报》2016年第5期。

结构，前人多有讨论，《乐府诗集·近代曲辞》《凉州》解题引《乐府杂录》云"《梁州曲》，本在正宫调中，有大遍小遍。"宋人王灼根据宋代大曲体制认为整套大曲就称大遍，《凉州》不可能有大遍、小遍。任半塘则认为"大遍"指大曲，"小遍"指杂曲。亓娟莉认为这一争论源于《乐府杂录》的传抄错误，她考察《乐府杂录》版本时指出，原文最初是"有大遍者"，后变成"大遍小者"，最后变成今本"大遍小遍"。这样的解释合乎情理，结束了关于这一问题的争端。[①] 其他《乐府杂录》研究成果如李建栋《〈乐府杂录〉辑佚》，他在清人钱熙祚校勘本辑佚四条和亓娟莉《〈乐府杂录〉研究》辑佚三条基础上另外辑出佚文三条，[②]可参看。

段安节还撰有《琵琶录》一书，专录琵琶演奏故事，其中也涉及乐曲表演情况。如：

> 开元中，梨园有骆供奉、贺怀知、雷海清。其乐器或以石为槽，鹍鸡筋作弦，用铁拨弹之。安史之乱，流落于外。有举子曰白秀才，寓止京师，偶值宫娃弟子出在民间，白即纳一妓焉。跨驴之洛，其夜风清月朗，是丽人忽唱新声，白惊，遂不复唱。逾年，因游灵武，李灵曜尚书广场设筵，白预坐末，广张妓乐。至有唱《何满子》者，四坐倾听，俱称绝妙。白曰："某有伎人，声调殊异于此。"便召至，短髻薄妆，态度闲雅。发问曰："适唱何曲？"曰：

---

① 亓娟莉《〈凉州曲〉文献新考》，《中国音乐》2009 年第 1 期。

② 李建栋《〈乐府杂录〉辑佚》，《安徽商贸职业技术学院学报》2014 年第 2 期。

"《何满子》。"遂品调,举袂发声,清亮激昂,诸乐不能逐。部中有一面琵琶,声韵高下,拢捻掲掩,节拍无差。遂问曰:"莫是宫中胡二姊否?"胡复问曰:"莫是梨园骆供奉否?"二人相对汍澜,欷歔不已。[1]

歌者是乐府声乐表演的第一主体。胡二姊所唱《何满子》与其他歌者"声调殊异""清亮激昂,诸乐不能逐",说明同一曲调,歌者各有演绎,演唱水平和表演效果大不相同。从这段记载也可看出安史之乱以后梨园弟子的聚散离合。[2]《琵琶录》中这些记载对研究乐府活动以及《何满子》曲调传唱情况都很有帮助。

---

① [宋]陶宗仪等编《说郛三种》卷二〇,上海古籍出版社,1988年版,第376页。

② 上述有关唐代乐录的介绍参考了吴相洲《乐府学概论》第三章第三节"隋唐五代乐府学",特此说明,以示不敢掠美。

第五章　汉唐歌录研究

《文镜秘府论·论文意》云："乐府者，选其清调合律唱，入管弦，所奏即入之乐府聚至。如《塘上行》《怨诗行》《长歌行》《短歌行》之类是也。"[①]收录这些"入之乐府"的歌辞的典籍叫作"歌录"。歌录在正史艺文志、经籍志中多有著录。考察汉唐歌录的成书、流传及歌辞收录情况，是乐府学研究的一项重要工作。

第一节　两汉歌录述略

《汉书·艺文志》著录西汉"歌诗二十八家，三百一十四篇"。[②] 这些歌诗，或以人命名，如《高祖歌诗》二篇、《临江王

---

① ［日］遍照金刚撰，卢盛江校考《文镜秘府论汇校汇考》，中华书局，2006年版，第1350页。

② 《汉书》卷三〇，第1755页。

及愁思节士歌诗》四篇、《李夫人及幸贵人歌诗》三篇、《诏赐中山靖王子哙及孺子妾冰未央材人歌诗》四篇、《黄门倡车忠等歌诗》十五篇、《杂各有主名歌诗》十篇;或以功能命名,如《泰一杂甘泉寿宫歌诗》十四篇、《宗庙歌诗》五篇、《汉兴以来兵所诛灭歌诗》十四篇、《出行巡狩及游歌诗》十篇、《诸神歌诗》三篇、《送迎灵颂歌诗》三篇;或以地域命名,如《吴楚汝南歌诗》十五篇、《燕代讴雁门云中陇西歌诗》九篇、《邯郸河间歌诗》四篇、《齐郑歌诗》四篇、《淮南歌诗》四篇、《左冯翊秦歌诗》三篇、《京兆尹秦歌诗》五篇、《河东蒲反歌诗》一篇、《洛阳歌诗》四篇、《河南周歌诗》七篇、《周谣歌诗》七十五篇、《周歌诗》二篇、《南郡歌诗》五篇,只有"《杂歌诗》九篇"没有归属。这些歌诗虽然早已亡佚,但从题名中仍然可以看到很多信息。例如以功能命名的歌诗就可以推测其在不同场合的表演情况,以地域命名的歌诗可以与《汉书·艺文志》中"自孝武立乐府而采歌谣,于是有代、赵之讴,秦、楚之风,皆感于哀乐,缘事而发,亦可以观风俗,知薄厚云"①的记载相互印证。

除了歌录,正史乐志及纪传有时也会收录歌辞。如《史记·乐书》就记录了《太一之歌》和《天马歌》。再如《史记·留侯世家》就记载了高祖所歌《楚歌》:"四人为寿已毕,趋去。上目送之,召戚夫人指示四人者曰:'我欲易之,彼四人辅之,羽翼已成,难动矣。吕后真而主矣。'戚夫人泣,上曰:'为我楚舞,吾为若楚歌。'歌曰:'鸿鹄高飞,一举千里。羽翮已就,横绝四海。横绝四海,当可奈何!虽有矰缴,尚安所施!'歌

① 《汉书》卷三〇,第1756页。

数阕，戚夫人嘘唏流涕，上起去，罢酒。竟不易太子者，留侯本招此四人之力也。”[①]又如《史记·淮南衡山列传》记载了《淮南王歌》：“孝文十二年，民有作歌歌淮南厉王曰：‘一尺布，尚可缝；一斗粟，尚可舂。兄弟二人不能相容。’”[②]可知正史乐志和纪传收录的乐府歌辞，不仅记录了歌辞，而且还记录了本事，是研究乐府歌辞的宝贵资料。

《汉书·礼乐志》载有《安世房中歌》十七章和《郊祀歌》十九章，开乐志记录歌辞之先河。《汉书》其他纪传还记录了一些歌谣，有的见于《史记》，有的不见于《史记》。如《戚夫人歌》《瓠子歌二首》《李陵歌》《广川王歌二首》《牢石歌》《李延年歌》《李夫人歌》等。《后汉书》未设《礼乐志》和《艺文志》，但有些志传中也记录了歌谣。如《后汉书·五行志》载：“更始时，南阳有童谣曰：‘谐不谐，在赤眉。得不得，在河北。’”“世祖建武六年，蜀童谣曰：‘黄牛白腹，五铢当复。’”“王莽末，天水童谣曰：‘出吴门，望缇群。见一蹇人，言欲上天；令天可上，地上安得民！’”“顺帝之末，京都童谣曰：‘直如弦，死道边。曲如钩，反封侯。’”“桓帝之初，天下童谣曰：‘小麦青青大麦枯，谁当获者妇与姑。丈人何在西击胡，吏买马，君具车，请为诸君鼓咙胡。’”[③]等等。这些歌谣，有一部分被郭茂倩收入《乐府诗集·杂歌谣辞》中。

---

① 《史记》卷五五，第2047页。

② 《史记》卷一一八，第3080页。

③ 《后汉书》志第十三，第3280—3281页。

第二节　魏晋南北朝歌录叙说

《隋书·经籍志》著录的魏晋歌录有《魏宴乐歌辞》七卷、《晋歌章》十卷、晋荀勖所撰《晋歌诗》十八卷和《晋宴乐歌辞》十卷、《三调相和歌辞》五卷、晋郝生所撰《太乐备问钟铎律奏舞歌》四卷。[①]《旧唐书·经籍志》著录有《三调相和歌词》三卷、荀勖所撰《太乐杂歌辞》三卷、《太乐歌辞》二卷、《乐府歌词》十卷、《乐府歌诗》十卷。[②]《新唐书·艺文志》较之《旧唐书·经籍志》,未见著录《乐府歌词》十卷。此外,《旧唐书·经籍志》中的《三调相和歌词》三卷,《新唐书·艺文志》中为《三调相和歌辞》五卷。[③] 其他魏晋歌录,二书记载相同。《晋书·乐志》又有《清商三调歌诗》,其文曰:"又有因丝竹金石,造歌以被之,魏世三调歌辞之类是也。"[④]"《清商三调歌诗》,荀勖撰,旧词施用者。"[⑤]此《清商三调歌诗》应该就是《隋书·经籍志》和两《唐书》著录的《三调相和歌词(辞)》。[⑥]汉代歌录不标注撰者,魏晋以后开始标注撰者。除了歌录,《晋书·乐志》还收录了晋郊祀明堂乐章、四厢乐歌、宗庙歌诗、晋鼓吹曲、鼙舞歌诗、拂舞歌诗等歌辞。

《隋书·经籍志》著录的南朝歌录有《乐府歌诗》二十卷

---

① 《隋书》卷三五,第1085页。

② 《旧唐书》卷四七,第2080页。

③ 《新唐书》卷五七,第1435页。

④ 《晋书》卷二三,第717页。

⑤ 《宋书》卷二一,第608页。

⑥ 《相和三调歌辞》又称《清商三调歌诗》,见本书第二章第一节。

（秦伯文撰）、《乐府歌诗》十二卷、《乐府三校歌诗》十卷、《乐府歌辞》九卷、《太乐歌诗》八卷、《歌辞》四卷（张永记）、《宋太始祭高禖歌辞》十一卷、《齐三调雅辞》五卷、《古今九代歌诗》七卷（张湛撰）、《三调诗吟录》六卷、《奏鞞铎舞曲》二卷，又有鼓吹、清商、乐府、宴乐、高禖、鞞、铎等歌辞、舞录，凡十部，《陈郊庙歌辞》三卷（并录，徐陵撰）。[①] 此外，另有《古乐府》八卷、《乐府歌辞钞》一卷、《歌录》十卷、《古歌录钞》二卷、《吴声歌辞曲》一卷不能确定年代，录此备考。这些歌录至唐代或有留存，甚至包括一些《隋书·经籍志》没有著录的歌录到唐代仍有可能留存。如《旧唐书·经籍志》著录的谢灵运《新撰录乐府集》十一卷、[②]《新唐书·艺文志》著录的谢灵运《新录乐府集》十一卷，[③]《隋书·经籍志》就都没有著录。

虽然这些歌录至今大多亡佚，但其中所录歌辞却并没有完全消失。如荀勖的《清商三调歌诗》就被《乐府诗集》全部收录在相和歌辞当中。有些歌录因被其他典籍征引得以保留部分内容。例如《文选》李善注就多次引用《歌录》，使得《歌录》的内容因此留存至今。兹胪列如下：

古乐府《怨歌行》题下注云："《歌录》曰：《怨歌行》，古辞。然言古者有此曲，而班婕妤拟之。婕妤，帝初即位，选入后宫。始为少使，俄而大幸，为婕妤，居增成舍。

① 《隋书》卷三五，第1085页。

② 《旧唐书》卷四七，第2080页。

③ 《新唐书》卷五七，第1435页。

后赵飞燕宠盛，婕妤失宠，希复进见。成帝崩，婕妤充园陵，薨。"①

马融《长笛赋并序》"吹笛为《气出》《精列》相和"句下注云："《歌录》曰：古相和歌十八曲，《气出》一，《精列》二。《魏武帝集》有《气出》《精列》二古曲。"②

曹操《苦寒行》题下注云："《歌录》曰：苦寒行，古辞。"③

曹丕《燕歌行》题下注云："《歌录》曰：燕，地名。犹楚宛之类。此不言古辞，起自此也。他皆类此。"《善哉行》题下注云："《歌录》曰：《善哉行》，古词也。《古出夏门行》曰：善哉殊复善，弦歌乐我情。然善哉，叹美之辞也。"④

曹植《美女篇》题下注云："《歌录》曰：《美女篇》，《齐瑟行》也。"⑤《白马篇》题下注云："《歌录》曰：《白马篇》，《齐瑟行》也。"⑥《名都篇》题下注云："《歌录》曰：《名都篇》，《齐瑟行》也。"⑦曹植《赠丁翼》"齐瑟扬东讴"句下注云："《歌录》有《美女篇·齐瑟行》。"⑧

嵇康《琴赋》"下逮谣俗，蔡氏五曲"句注云："《歌

① 《文选》卷二七，第1280页。
② 《文选》卷十八，第808页。
③ 《文选》卷二七，第1282页。
④ 《文选》卷二七，第1283—1284页。
⑤ 《文选》卷二七，第1287页。
⑥ 《文选》卷二七，第1288页。
⑦ 《文选》卷二七，第1289页。
⑧ 《文选》卷二四，第1126页。

录》曰:《箜篌谣》《俗行》,盖亦古曲,未详本末。俗传蔡氏五曲:《游春》《渌水》《坐愁》《秋思》《幽居》也。"“王昭、楚妃,千里别鹤”句注云:“《歌录》曰:石崇《楚妃叹》歌辞曰:《楚妃叹》,莫知其所由。楚之贤妃能立德著勋,垂名于后,唯樊姬焉,故令叹咏声永世不绝,疑必尔也。”(陆机《吴趋行》“楚妃且勿叹,齐娥且莫讴”句下注与此略同)①

潘岳《笙赋》“子乔轻举,明君怀归。荆王喟其长吟,楚妃叹而增悲”句注云:“《歌录》曰:吟叹四曲:《王昭君》《楚妃叹》《楚王吟》《王子乔》,皆古辞。《荆王》《子乔》,其辞犹存。”②“含啁啴谐,雍雍喈喈,若群雏之从母也”句注云:“《歌录》,《步出夏门行古辞歌》曰:‘凤凰鸣啾啾,一母从九雏。’”③“晋野悚而投琴,况齐瑟与秦筝”句注云:“《歌录》有《美人篇》《齐瑟行》。”④

陆机《悲哉行》题下注云:“《歌录》曰:《悲哉行》,魏明帝造。”⑤《塘上行》题下注云:“《歌录》曰:《塘上行》,古辞。或云甄皇后造,或云魏文帝,或云武帝。歌曰:蒲生我池中,叶何一离离。”⑥

鲍照《东门行》题下注云:“《歌录》曰:《日出东门行》,古辞也。”⑦《放歌行》题下注云:“《歌录》曰:《孤子

---

① 《文选》卷十八,第846页。

②③ 《文选》卷十八,第859页。

④ 《文选》卷十八,第860页。

⑤ 《文选》卷二八,第1307页。

⑥ 《文选》卷二八,第1315页。

⑦ 《文选》卷二八,第1323页。

生行》，古辞曰《放歌行》。”①

沈约《齐故安陆昭王碑文》“无假里端之籍，而恶子咸诛”句注云：“《歌录》曰：《雁门太守行》曰：外行猛政，内怀慈仁。文武备具，课民不贫。移恶子姓，偏著里端。”②

从上述引文大体可以推断《歌录》是魏晋人所作。喻意志《〈歌录〉考》推断《歌录》产生的时间稍晚，她认为“《歌录》是产生于西晋至南朝宋时（具体而言即公元 270 年至 475 年）”。③

除《文选》以外，《乐府诗集》也五次引用《歌录》，分别在卷三五《塘上行五解》、卷三八《饮马长城窟》、卷三八《孤儿行》、卷六二《悲哉行》和卷六三《齐瑟行》的解题中：一、魏武帝《塘上行五解》解题：“《歌录》曰：‘《塘上行》，古辞。或云甄皇后造。’”④二、《饮马长城窟行》解题：“《歌录》云：‘饮马长城窟’，信非虚言也。”⑤三、《孤儿行》解题：“《歌录》曰：‘《孤子生行》，亦曰《放歌行》。’”⑥四、陆机《悲哉行》解题：“《歌录》曰：‘《悲哉行》，魏明帝造。’”⑦五、《齐瑟行》解题：

① 《文选》卷二八，第 1328 页。

② 《文选》卷五九，第 2553 页。

③ 喻意志《〈歌录〉考》，《天津音乐学院学报（天籁）》2004 年第 2 期。

④ 《乐府诗集》卷三五，第 521—522 页。

⑤ 《乐府诗集》卷三八，第 555 页。

⑥ 《乐府诗集》卷三八，第 567 页。

⑦ 《乐府诗集》卷六二，第 899 页。

"《歌录》曰:'《名都》《美女》《白马》,并《齐瑟行》也。曹植《名都篇》曰:'名都多妖女。'《美女篇》曰:'美女妖且闲。'《白马篇》曰:'白马饰金羁。'皆以首句名篇,犹《艳歌罗敷行》有《日出东南隅篇》,《豫章行》有《鸳鸯篇》是也。'"[①]可以看出,《乐府诗集》所引《歌录》内容没有超出《文选》征引范围,只是个别文字略有出入,如《齐瑟行》解题引《歌录》就与《文选》曹植《美女篇》题下注所引稍有不同。《隋书·经籍志》著录的"《歌录》十卷",也许就是此书。喻意志《〈歌录〉考》认为《隋书·经籍志》著录的《歌录》十卷"是一部记录乐府音乐的典籍。唐末宋初时全部散佚。清人王谟曾辑佚此书,但有遗漏及考据失实者"。[②] 该文将《歌录》的全部佚文加以分析,对其内容、成书及流传等问题作了全面考证。可参看。

徐陵所编《玉台新咏》是否属于《歌录》是个问题。《隋书·经籍志》将其与诗人诗集著录在一起,但《隋书·经籍志》紧接着就著录《乐府歌辞钞》《歌录》《古歌录钞》等歌录。《旧唐书·经籍志》则径直将其当作歌录,与其他歌录并置:"《歌录集》八卷、《汉魏吴晋鼓吹曲》四卷、《乐府歌诗》十卷、《太乐杂歌词》三卷(荀勖撰)、《太乐歌词》二卷、《乐府歌词》十卷、《乐府歌诗》十卷、《三调相和歌词》三卷、《新撰录乐府集》十一卷(谢灵运撰)、《玉台新咏》十卷(徐陵撰)"[③]。《隋书·经籍志》还著录"《陈郊庙歌辞》三卷(并录,徐陵撰)",[④]

① 《乐府诗集》卷六三,第911页。

② 喻意志《〈歌录〉考》,《天津音乐学院学报》2004年第2期。

③ 《旧唐书》卷四七,第2080页。

④ 《隋书》卷三五,第1085页。

“并录”说明徐陵编撰过歌录。徐陵在《玉台新咏序》中称：“无怡神于暇景，惟属意于新诗。庶得代彼皋苏，微蠲愁疾。但往世名篇，当今巧制，分诸麟阁，散在鸿都。不籍连章，无由披览。于是，燃脂暝写，弄笔晨书，撰录艳歌，凡为十卷。”①可见他对该书的定性是“艳歌集”。唐人李康成编有《玉台后集》，意在接续徐陵《玉台新咏》，他也认为《玉台新咏》是一部专录“乐府艳诗”的集子。他在《玉台后集》序中称：“昔陵在梁世，父子俱事东朝，特承优遇。时承平好文，雅尚宫体，故采西汉以来词人所著乐府艳诗，以备讽览。”②宋人晁公武《郡斋读书志》卷二《玉台新咏》解题即引李康成此说，显然认可他的说法。③ 此外，《新唐书・艺文志》也将《玉台新咏》与其他歌录著录在一起。综上所述，可以说，《玉台新咏》和它的续编《玉台后集》都可以看作歌录。只是这两部歌录的编撰目的并不是为了保存乐府歌辞，而是作为乐府诗读本供人欣赏，这是它们与其他歌录不同的一点。从这个角度讲，也可以说，《玉台新咏》既是一部歌录，也是一部诗歌读本。

---

① [南朝・梁]徐陵编，[清]吴兆宜注，程琰删补，穆克宏点校《玉台新咏笺注》，中华书局，1985 年版，第 12—13 页。

② [唐]李康成《玉台后集》，见傅璇琮等编《唐人选唐诗新编》，中华书局，2014 年版，第 384 页。

③ 晁公武《郡斋读书志》所收《玉台新咏》解题云：“右陈徐陵纂。唐李康成云：‘昔陵在梁世，父子俱事东朝，特见优遇。时承华好文，雅尚宫体，故采西汉以来词人所著乐府艳诗，以备讽览。’”见《郡斋读书志校证》卷二，第 97 页。

第三节　隋唐歌录考辨

《隋书·经籍志》著录大量歌录，但能确定是隋代人所作的只有秦王记室崔子发所撰《乐府新歌》十卷和秦王司马殷僧首所撰《乐府新歌》二卷。郭茂倩《乐府诗集·新乐府辞》叙论定义新乐府辞云："新乐府者，皆唐世之新歌也。"①"乐府新歌"的概念或许就是来自这两部歌录。除了歌录，《隋书·音乐志》还记录了大量郊庙歌辞，可以补梁、陈、北魏、北齐以及隋代歌录亡佚之缺憾。如沈约所制歌诗三十曲、陈朝所改七室舞辞、北齐郊庙歌辞、北周郊庙歌辞以及隋代郊庙歌辞等。

唐代乐府活动繁盛，所作歌辞极多，但两《唐书》著录的歌录均为唐前人所作，未见著录唐人歌录。这就引来一系列问题：唐代有无歌录？如果有，谁人所作？两《唐书》为何没有著录唐人歌录？

歌录是乐府歌辞表演的脚本，是乐府活动所必须，唐人确实作有歌录。《旧唐书·音乐志》载：

> （开元）二十五年，太常卿韦绦令博士韦逌、直太乐尚冲、乐正沈元福、郊社令陈虔申怀操等，铨叙前后所行用乐章为五卷，以付太乐、鼓吹两署，令工人习之。时太常旧相传有宫、商、角、徵、羽《宴乐》五调歌词各一卷，或云贞观中侍中杨恭仁妾赵方等所铨集，词多郑、卫，皆近

---

① 《乐府诗集》卷九〇，第1262页。

代词人杂诗，至绦又令太乐令孙玄成更加整比为七卷。①

可见唐代曾有著录燕射歌辞的歌录，如《宴乐》五调歌词一类的著作，唐人作有歌录毋庸置疑。唐代歌录的编纂者既有太常寺官员，也有太常寺以外的人。杨恭仁妾赵方等为何能铨集五调歌词，她以何种身份，出于何种目的，在何种情境下铨集歌词，如今已不得而知。

这些歌录未被两《唐书》著录，当与两《唐书》编纂者的修史观念有关。《旧唐书·音乐志》云：

贞观二年，太常少卿祖孝孙既定雅乐，至六年，诏褚亮、虞世南、魏徵等分制乐章。其后至则天称制，多所改易，歌辞皆是内出。开元初，则中书令张说奉制所作，然杂用贞观旧词。自后郊庙歌工乐师传授多缺，或祭用宴乐，或郊称庙词。二十五年，太常卿韦绦令博士韦逌……铨叙前后所行用乐章为五卷，以付太常、鼓吹两署，令工人习之。时太常旧相传有宫、商、角、徵、羽《宴乐》五调歌词各一卷……至绦又令太乐令孙玄成更加整比为七卷。又自开元已来，歌者杂用胡夷里巷之曲，其孙玄成所集者，工人多不能通，相传谓为法曲。今依前史旧例，录雅乐歌词前后常行用者，附于此志。其五调法曲，词多不经，不复载之。②

在《旧唐书·音乐志》编纂者看来，收录“雅乐歌词”是沿袭前

① 《旧唐书》卷三〇，第1089页。

② 《旧唐书》卷三〇，第1089—1090页。

代史书旧例,其他歌词如《宴乐》五调法曲之类,则因“词多不经”,故而在编纂史书时有意不予收录。

明人胡震亨《唐音癸签·乐通》“论唐初乐曲散佚”条曾对两《唐书》不录唐代燕射歌辞提出过批评,他说:

> 初,太宗命祖孝孙等定雅乐,寻诏褚亮等分制乐章。高宗上元中,复令太常少卿韦万石与太史令姚元辩增损当时郊庙燕会乐曲。迨则天称制,改易典章,歌辞多是内出。开元中,诏中书张说复行厘正,上自定声度,说为之辞,中间杂用贞观旧辞为多。太常卿韦縚尝铨叙为五卷,付太乐、鼓吹两署习之。此一代乐章刊定始末也。奈《旧史》不能考遵前代史例,于乐志中只录郊庙,而无朝会燕射等曲。《新志》则并郊庙不录。其辞因日就亡佚。《旧史》书序云:“燕乐歌辞,太常先有宫商角徵羽五调,调各一卷,是贞观中侍中杨恭仁妾赵方等辑近代词人杂诗为之者。韦縚亦尝令太乐令孙玄成整比为七卷,以辞多不经,不录。”今考《会要》,殿庭元日、冬至朝会乐章七,元日迎送皇帝奏《太和》,开元中源乾曜作;群官行奏《舒和》,上公上寿奏《休和》,皇帝受酒登歌奏《昭和》,显庆中李义府作;中宫朝会乐章四,东宫朝会乐章五,亦义府作。此固雅乐曲也,何以亦不录乎?辞之近郑、卫者,既尽为之删,其稍近雅者,又复不亟存一二,唐乐章之挂漏独甚,史家固不能辞其责也。[1]

---

① [明]胡震亨《唐音癸签》卷十二,上海古籍出版社,1981年版,第125—126页。

胡震亨注意到了《旧唐书·音乐志》和《新唐书·礼乐志》均不录朝会燕射等曲的现象，他同时考察《唐会要》发现，其中用于朝会上寿等燕射活动的雅乐曲“十二和”乐的歌辞如源乾曜所作《太和》、李义府所作《昭和》等，也因为或近乎郑卫而悉数被删，或稍近雅正也仍未能亟存一二。他最后总结道：唐代乐章的大量缺失，史家难辞其咎。这是两《唐书》未录唐代燕射歌录和燕射歌辞的重要原因，而这也影响到了郭茂倩《乐府诗集》对唐代燕射歌辞的收录。

郭茂倩编撰的《乐府诗集》著录上古至五代乐府歌辞，堪称完备，各类歌辞收录力求齐全（杂歌谣辞除外），但在燕射歌辞一类却对唐代燕射歌辞一首未录，从而导致唐代没有燕射歌辞的误解。郭茂倩在近代曲辞叙论中将近代诸曲称作宴乐，既为宴乐，歌辞当收入燕射歌辞一类，为何收入近代曲辞？这些问题是乐府学史上迄今未能解决的难题。

《乐府诗集·燕射歌辞》叙论云：

> 隋炀帝初，诏秘书省学士定殿前乐工歌十四曲，终大业之世，每举用焉。其后又因高祖七部乐，乃定以为九部。唐武德初，宴享承隋旧制，用九部乐。贞观中，张文收造宴乐，于是分为十部。后更分宴乐为立坐二部。天宝已后，宴乐西凉、龟兹部著录者二百余曲，而清乐、天竺诸部不在焉。①

郭茂倩在燕射歌辞叙论中提到了唐代有宴乐“著录者二百余

① 《乐府诗集》卷十三，第182页。

曲”，但《乐府诗集·燕射歌辞》却一首唐代燕射歌辞都未曾收录，遑论数量较多的二百余曲。巧合的是，郭茂倩在近代曲辞叙论也提到唐代燕射二百余曲。《乐府诗集·近代曲辞》叙论云：

> 隋自开皇初，文帝置七部乐：一曰西凉伎，二曰清商伎，三曰高丽伎，四曰天竺伎，五曰安国伎，六曰龟兹伎，七曰文康伎。至大业中，炀帝乃立清乐、西凉、龟兹、天竺、康国、疏勒、安国、高丽、礼毕，以为九部，乐器工衣于是大备。唐武德初，因隋旧制，用九部乐。太宗增高昌乐，又造宴乐，而去礼毕曲。其著令者十部：一曰宴乐，二曰清商，三曰西凉，四曰天竺，五曰高丽，六曰龟兹，七曰安国，八曰疏勒，九曰高昌，十曰康国，而总谓之燕乐。声辞繁杂，不可胜纪。凡燕乐诸曲，始于武德、贞观，盛于开元、天宝。其著录者十四调二百二十二曲。又有梨园别教院法歌乐十一曲，云韶乐二十曲。肃、代以降，亦有因造。①

郭茂倩在燕射歌辞和近代曲辞叙论中都论及宴乐和十部伎，唐十部伎皆用于宴飨，从实际功能看，各部伎乐歌辞都应属于燕射歌辞。更为重要的是，燕射歌辞叙论所云宴乐“著录者二百余曲”和近代曲辞叙论所云燕乐诸曲“其著录者十四调二百二十二曲”显系同一批歌辞。这说明，郭茂倩确实有意将大量唐代燕射歌辞置于近代曲辞中。

郭茂倩为何不将唐代燕射歌辞置于燕射歌辞一类而是置于近代曲辞中呢？其实他在近代曲辞叙论已有交代：“近代

① 《乐府诗集》卷七九，第1107页。

曲者，亦杂曲也。"[①]所谓"杂"，次小、不正、混合之意。而近代曲分部表演，且有大曲，不得谓其次小；近代曲体制完备，边界清晰，不得谓其混合；那就只余下不正。[②] 这就是说，郭茂倩之所以称近代曲为杂曲，是认为其不正，即不合典正。何谓不合典正？不合典正就是不够典雅正式。具体来说，不合典正应该包括两层含义：一是乐曲多为新声俗乐，不够典雅；二是表演仪式功能弱化、娱乐功能增强，不够正式。唐代燕射乐恰好具备这两点。

唐代燕射乐中多见新声俗乐，其中用于燕射表演的十部伎是贞观十六年在隋九部乐基础上形成的，包括燕乐伎、清商伎、西凉伎、扶南伎、高丽伎、龟兹伎、安国伎、疏勒伎、康国伎、高昌伎，[③]除燕乐伎和清乐伎外，十部伎中其他八部伎表演曲目多为少数民族乐曲。如西凉伎乐曲有《杨泽新声》《神白马》《永世乐》《万世丰》《于阗佛曲》，天竺伎乐曲有《沙石疆》《天曲》，高丽伎乐曲有《芝栖》《歌芝栖》，龟兹伎乐曲有《善善》《摩尼解》《婆伽儿舞》《小天舞》《圣明乐》《疏勒盐》《太平乐》《破阵乐》《万斯年》，[④]安国伎乐曲有《附萨单时》《末奚》《居和祇》，疏勒伎乐曲有《亢利死让乐》《远服》《盐曲》，康国伎乐曲有《戢殿农和正》《贺兰钵鼻始》《末奚波地》《农

① 《乐府诗集》卷七九，第 1107 页。

② 对于近代曲特征的分析，可参看郭丽、吴相洲编撰《乐府续集》卷一一四，第 4 册，上海古籍出版社，2020 年版，第 1778 页。

③ ［唐］杜佑撰，王文锦、王永兴等点校《通典》卷一四六，中华书局，1988 年版，第 3720 页。

④ 《太平乐》又称《五方师子舞》，《乐府杂录》分作《五方狮子》《太平乐》二曲，误。

惠钵鼻始》《前拔地惠地》，高昌伎乐曲有《圣明乐》《善善摩尼》《婆伽儿》《小天》《疏勒盐》。郭茂倩在《乐府诗集·燕射歌辞》叙论中称“天宝已后，宴乐西凉、龟兹部著录者二百余曲”，①可知这些乐部在唐代仍然参与燕射表演，且其表演曲目多达二百余曲。十部伎后又分化为立部伎和坐部伎，表演的乐曲也多为少数民族乐曲。更值得注意的是胡部，表演新声俗乐的胡部在开元二十四年获得升堂演奏机会后，其乐曲在宫廷曾风靡一时。胡部乐曲中除未见歌辞留存的《奉圣乐》一曲以外，其他歌辞全部被郭茂倩归入了近代曲辞。这说明，这些乐曲虽用于燕射表演，但因其为新声俗乐、不够典雅，所以歌辞被悉数归入近代曲辞。

唐代燕射乐表演仪式功能的弱化和娱乐功能的增强则可从太常寺对立、坐部伎和雅乐部乐工的择选要求看出。元稹新乐府《立部伎》题下小注曰：

> 李传云：太常选坐部伎无性识者，退入立部伎，又选立部伎无性识者，退入雅乐部，则雅乐可知矣。②

可见，唐代太常寺择选乐工时，最优秀的乐工优先选入坐部伎，天赋和表演技艺差一些的退入立部伎，更差的退入雅乐部。雅乐部主要表演仪式性乐曲，仪式性乐曲配合礼节仪轨演奏，典雅平和、变化较少，对乐工的表演技艺要求较低；坐部

---

① 《乐府诗集》卷十三，第 182 页。

② 《元稹集》卷二四，第 327 页。《新唐书·礼乐志》也有相似记载：“太常阅坐部，不可教者隶立部，又不可教者，乃习雅乐。”见《新唐书》卷二二，第 475 页。

伎主要表演娱乐性乐曲,娱乐性乐曲注重艺术享受,优美动听、富于变化,对乐工的表演技艺要求较高。很明显,从雅乐部到立部伎再到坐部伎,对乐工演艺技能的要求不断提高,乐曲表演的娱乐功能逐渐增强,仪式功能逐渐弱化。可知唐代所看重的燕射乐特性,已不在于礼节仪式,而在于艺术享受。坐部伎受到重视,是燕射乐走向娱乐化的重要标志。唐代燕射乐无论是在乐曲为新声俗乐、不够典雅方面,还是在表演的仪式功能弱化、娱乐功能增强方面,都符合郭茂倩对近代曲的定义,大量唐代燕射歌辞被归入近代曲辞,这是原因之一。

郭茂倩将大量唐代燕射歌辞置于近代曲辞的另一个原因,是他受到前述两《唐书》编纂者不录唐代燕射歌辞做法的影响,认为这些歌辞虽用于燕射典礼,但不够雅正,达不到他理想中"以雅制乐"的燕射歌辞标准。[①] 前述《旧唐书》编纂者认为唐代燕射歌辞"词多不经",《新唐书》编纂者亦如是。《新唐书·礼乐志》云:

> 盖唐自太宗、高宗作三大舞,杂用于燕乐,其它诸曲出于一时之作,虽非纯雅,尚不至于淫放。[②]

在《新唐书》编纂者看来,《破阵乐》《庆善乐》这些用于燕射典礼的乐舞,也仅仅是"不至于淫放"而已,仍然达不到"纯雅"标准。郭茂倩的看法与此完全相同,《乐府诗集·舞曲歌

---

① "以雅制乐"观念,实是汉代以来一直流行的史家传统思想,汉武帝治礼作乐功绩卓著,《汉书》却多置微词便是显例。

② 《新唐书》卷二二,第474—475页。

辞》杂舞小序云：

> 唐太宗贞观中，始造宴乐。其后又分为立坐二部，堂下立奏，谓之立部伎。堂上坐奏，谓之坐部伎。立部伎八……自《破阵乐》以下，皆用大鼓，杂以龟兹乐，其声震厉。……《庆善乐》专用西凉乐……坐部伎六……自《长寿乐》以下，用龟兹乐，唯《龙池乐》则否。武后、中宗之世，大增造立坐部伎诸舞，随亦寝废。[①]

《庆善乐》《破阵乐》是唐初君臣精心制作的乐舞，实际上起着文舞、武舞的作用，这些乐舞虽然用于燕射典礼，但郭茂倩仍将其看作杂舞。唐代燕射歌辞不够雅正，所以归入专收隋唐以来杂曲的近代曲辞；唐代燕射乐舞不够雅正，所以归入舞曲歌辞中的杂舞。至此，《乐府诗集·燕射歌辞》不收唐代燕射歌辞的原因已经明了。[②]

需要注意的是，《旧唐书·经籍志》《新唐书·艺文志》《宋史·艺文志》不著录唐人歌录，不等于唐人没有歌录。《乐府诗集》所录作品大部分作于唐代，说明郭茂倩应该看到了大量唐人歌录。除前述《宴乐》五调歌词外，唐人撰写歌录的记载屡见于文献。如《新唐书·礼乐志》云："高宗以琴曲浸绝，虽有传者，复失宫商，令有司修习。太常丞吕才上言：'舜弹五弦之琴，歌《南风》之诗，是知琴操曲弄皆合于歌。今

---

① 《乐府诗集》卷五三，第766—767页。

② 关于唐代燕射乐曲及歌辞的留存、去向及归类原因，可参看拙文《论唐代燕射乐曲、歌辞归类及相关问题》，《文学评论》2022年第5期。

以御《雪诗》为《白雪歌》。古今奏正曲复有送声，君唱臣和之义，以群臣所和诗十六韵为送声十六节。'帝善之，乃命太常著于乐府。才复撰《琴歌》《白雪》等曲，帝亦制歌词十六，皆著乐府。"①可知当时乐府曾纂辑高宗、吕才等人所作的《白雪》等歌辞。卢照邻作有《乐府杂诗序》，乐府诗是"侍御史贾君之所作"，"中山郎余令……撰而集之"，②说明唐代也有人会为他人纂辑歌录。皮日休《论白居易荐徐凝屈张祜》云："祜元和中作宫体诗，词曲艳发，当时轻薄之流重其才，合噪得誉。及老大，稍窥建安风格。诵乐府录，知作者本意。讲讽怨谲，时与六义相左右。"③张祜是中晚唐诗人，以擅长写作乐府歌诗闻名，他曾诵读当时流传的乐府录。齐己有《谢荆幕孙郎中见示〈乐府歌集〉二十八字》，孙郎中指孙光宪，从诗题可知孙光宪作有《乐府歌集》。④ 从这些记载可以看出，唐人确实作有不少歌录，所憾多已失传。唐人所作大量乐府诗往往散见于诗人别集当中，像李白、王维、元稹、白居易、李贺这样著名的乐府诗人，都没有乐府诗专集。

唐人有时把收录乐府诗的集子叫作乐录。如孟郊《清东曲》云："樱桃花参差，香雨红霏霏。含笑竞攀折，美人湿罗衣。采采清东曲，明眸艳珪玉。青巾艑上郎，上下看不足。南阳公首词，编入新乐录。"⑤元稹《奉和浙西大夫李德裕述梦四

---

① 《新唐书》卷二一，第471—472页。

② ［唐］卢照邻撰，李云逸校注《卢照邻集校注》卷六，中华书局，1998年版，第343页。

③ 《全唐文》卷七九七，第8359页。

④ 《全唐诗》卷八四七，第9593页。

⑤ 《全唐诗》卷三七二，第4186页。

十韵大夫本题言赠于梦中诗赋以寄一二僚友故今所和者亦止述翰苑旧游而已次本韵》云："顾我曾陪附，思君正郁陶。近酬新《乐录》，仍寄续《离骚》。"[①]李商隐《献侍郎钜鹿公启》云："伏见侍郎所制《春闱放榜后寄呈在朝同年兼简新及第诸先辈》五言四韵诗一首。……非首义于论思，实终篇于润色。光传乐录，道焕诗家。"[②]这些记载中唐人所谓的"乐录"，指的是收录乐府诗的集子。事实上，收录乐府诗的集子应该叫作歌录。乐录和歌录有别，前者记录乐府表演活动，后者记录乐府歌辞。大约是因为有的乐录兼收歌辞，所以才有人把歌录也称作乐录。

有些收录歌辞的诗集却不以歌录命名。在《旧唐书·经籍志》《新唐书·艺文志》和《宋史·艺文志》中，唐人诗歌总集都未见以"乐府"为名，以"歌词""歌诗"命名的倒有一些。如《新唐书·艺文志》著录有《赵抟歌诗》二卷、《翰林歌词》一卷。[③]《宋史·艺文志》著录有《鲍溶歌诗》五卷、王涯《翰林歌词》一卷、(令狐楚)《歌诗》一卷。[④]《旧唐书·李德裕传》记载李德裕有一方《歌诗篇录》刻石。[⑤] 这些歌辞集不同于乐府歌录，但集中确实含有乐府。如署名王涯的《翰林歌词》就是乐府诗总集，因为中唐时期翰林学士为乐府写作歌辞是常例。令狐楚《歌诗》一卷很可能就是宪宗时令狐楚所纂进的《御览诗》，又称《唐歌诗》。有学者统计，入选《御览

① 《元稹集》外集续补卷一，第 802 页。

② 《全唐文》卷七七八，第 8120—8121 页。

③ 《新唐书》卷六〇，第 1614—1624 页。

④ 《宋史》卷二〇八，第 5340—5341 页。

⑤ 《旧唐书》卷一七四，第 4528 页。

诗》的30位诗人中,有27人的作品曾被《乐府诗集》收录,在《乐府诗集》中未有作品呈现的只有13人。即使没有被《乐府诗集》收录,其收录于《御览诗》中的作品也以与乐府相关者居多。《御览诗》中收录马逢诗5首,不单这5首没有被《乐府诗集》收录,马逢的其他诗作也未在《乐府诗集》中。但其中4首从诗题和内容上看,均为作者有意作乐府:《新乐府》《从军》及《宫词二首》等3题5首。还有《御览诗》中收录的郑鏦4首诗作,分别为《邯郸侠少年》《玉阶怨》《婕妤怨》及《入塞曲》,《乐府诗集》均未收录,但其诗题显系乐府。有的诗人在《御览诗》中仅有1首作品,即被《乐府诗集》所收,如《御览诗》中只录了李宣远《塞下作》1首,《乐府诗集》收录在新乐府辞中;《御览诗》中只录了姚系《古别离》1首,《乐府诗集》也收录在杂曲歌辞中。① 可以看出,《御览诗》中的诗歌要么为《乐府诗集》所收录,要么虽未被收录但确为乐府,要么就是自身就有很强的可歌性,总之都与乐府关系极为密切。此外,《新唐书·艺文志》《宋史·艺文志》都著录有李康《玉台后集》十卷,②此书应该就是唐人李康成《玉台后集》。《玉台后集》早已亡佚,《唐人选唐诗新编》中的《玉台后集》一卷乃陈尚君所辑,其中所收诗人皆善作乐府诗,集中诗歌亦多赖《乐府诗集》而存全诗。③ 这说明,《玉台后集》确实是一部收录“乐府歌诗”的歌录。

当然,有些名为乐府的著作,虽然也载录了一些唐人乐府

① 宋颖芳《唐代乐府诗文献留存问题考察》,首都师范大学2013年博士学位论文,第40页。

② 《新唐书》卷六〇,第1623页;《宋史》卷一六二,第5398页。

③ 《唐人选唐诗新编》,第379页。

诗，但却不一定是唐代歌录。如清人沈雄《古今词话·词话上卷》征引了《乐府衍义》一书。书中有云：

> 岑参《六州歌头》云："西去轮台万里余。也知音信日应疏。陇山鹦鹉能言语，为报家人数寄书。"注云："六州，伊、渭、梁、氐、凉也。一作伊、梁、甘、石、胡渭、氐州。"王维《伊州歌》云："秋风明月独离居，荡子从军十载余。征人去日殷勤嘱，归雁来时好寄书。"张仲素《胡渭州》云："亭亭孤月照行舟，寂寂长江万里流。乡国不知何处是，云山漫漫使人愁。"王之涣《梁州歌》云："黄河远上白云间，一片孤城万仞山。羌笛何须怨杨柳，春风不度玉门关。"张祜《氐州第一》云："十指纤纤玉笋红，雁行轻度翠弦中。分明自说长城苦，水阔云寒一夜风。"苻载《甘州歌》云："月里嫦娥不画眉，只将云雾作罗衣。不知梦逐青鸾去，犹把花枝盖面归。"无名氏《凉州歌》云："一去辽阳系梦魂，忽传征骑到中门。纱窗不肯施红粉，图遣萧郎问泪痕。"此皆商调曲也。乐府所收《六州歌头》，则一百四十三字长短句之三叠者。①

《乐府衍义》虽书名为乐府，书中内容也涉及多首唐人乐府诗，但从末尾"乐府所收《六州歌头》，则一百四十三字长短句之三叠者"看，其应该是唐后人所作的词学著作，并非唐代歌录。此书之所以名为乐府，大约是宋代以来人们也以词称乐府的缘故。此类著作不属于乐府学典籍，不在本书考察之列。

---

① 唐圭璋《词话丛编》，中华书局，1986年版，第746—747页。

第六章　汉唐乐府解题典籍研究

乐府诗有题名、本事、曲调、体式、风格五个要素。[①] 解释乐府诗题名的典籍称为乐府解题典籍。这些典籍以揭示题名含义为主要内容，可能涉及创调本事、传播本事、流传本事、题材、主题各个方面。本章主要介绍汉扬雄《琴清英》、蔡邕《琴操》、晋崔豹《古今注》、唐吴兢《乐府古题要解》、刘悚《乐府古题解》等解题类典籍。

第一节　两汉乐府解题典籍考索

汉扬雄《琴清英》是琴学典籍，因述及一系列琴曲由来，实际上包含了解题内容，因此也可以视为乐府解题典籍。《琴清英》亡佚已久，但从后世文献征引中也可以看到部分内

① 《乐府学概论》，第116—173页。

容。如：

昔者神农造琴，以定神禁淫嬖去邪，欲反其真者也。舜弹五弦之琴而天下治，尧加二弦，以合君臣之恩也。（《通典》一百四十四、《御览》五百七十七）

尹吉甫子伯奇至孝，后母谮之。自投江中，衣苔带藻，忽梦见水仙，赐其美药，思惟养亲，扬声悲歌，船人闻而学之。吉甫闻船人之声，疑似伯奇，援琴作《子安之操》。（《水经注》三三江水一、《御览》五百七十八）

《雉朝飞操》者，卫女傅母之所作也。卫侯女嫁于齐太子，中道闻太子死。问傅母曰："何如？"傅母曰："且往当丧。"丧毕，不肯归，终之以死。傅母悔之，取女所自操琴于冢上鼓之，忽有二雉俱出墓中，傅母抚雌雉曰："女果为雉邪？"言未毕，俱飞而起，忽然不见。傅母悲痛，援琴作操，故曰《雉朝飞》。（《艺文类聚》九十，《御览》五百七十八、九百十七，又见郭茂倩《乐府》）

晋王谓孙息曰："子鼓琴，能令寡人悲乎？"息曰："今处高台邃宇，连屋重户，藿肉浆酒，倡乐在前。难可使悲者。"乃谓少失父母，长无兄嫂，当道独坐，暮无所止。于此者，乃可悲耳。乃援琴而鼓之。晋王酸心哀涕曰："何子来迟也。"（《御览》五百七十七）

祝牧与妻偕隐，作琴歌云："天下有道，我黼子佩。天下无道，我负子戴。"（马骕《绎史》）[1]

① 《全上古三代秦汉三国六朝文·全汉文》卷五四，第421—422页。

上述引文均见于《全汉文》卷五四,由此可知《琴清英》的大致内容。清人马国翰所辑《琴清英》一卷,当不出上述范围。从引文可见,《琴清英》除了讲述琴之形制、功能以外,主要记述琴曲本事,介绍该题琴曲的由来。其中有创调本事,如《子安之操》《雉朝飞操》和祝牧所作琴歌;有传播本事,如孙息为晋王演奏琴歌。

今人也有一些研究《琴清英》的成果。如王娜《〈琴清英〉的文学价值》考察《琴清英》中所载琴歌的文学价值。[①] 赵德波《蔡邕〈琴操·雉朝飞操〉考论》对比了《琴清英》和《琴操》所载《雉朝飞操》的异同并指出:"《雉朝飞操》在扬雄的《琴清英》和蔡邕的《琴操》中都有著录,是两首同题琴曲。两首琴曲之所以题目相同,是因为它们具有大体一致的题材和基调,都把雉鸟作为男女婚姻的象征。扬雄《琴清英》对《雉朝飞操》所作的题解,以春秋时期卫地文化为背景;蔡邕《琴操》对《雉朝飞操》所作的题解,则是有春秋及战国时期齐文化的折射。从西汉后期到东汉后期,《雉朝飞操》不但文化背景出现差异,而且经历了由雅乐到新声的演变。"[②]可参看。

《琴操》是古代影响最大的一部琴书,但其流传情况十分特殊,难以确定其作者,难以肯定辑佚内容归属,难以确定内容真伪。

西汉桓谭、东汉蔡邕和西晋孔衍都作有《琴操》,又都陆续亡佚。古代文献中对《琴操》有大量引用,或标注作者,或

---

① 王娜《〈琴清英〉的文学价值》,《中国文学研究》2016 年第 4 期。

② 赵德波《蔡邕〈琴操·雉朝飞操〉考论》,《中州学刊》2010 第 5 期。

不标注作者,因此虽然如今可以看到很多《琴操》内容,但却不能确定来自哪种《琴操》。至于三种《琴操》之间有无继承关系更是不得而知。三种《琴操》中,以蔡邕《琴操》最为著名,但《隋书·经籍志》《旧唐书·经籍志》《新唐书·艺文志》《宋史·艺文志》均未著录,只有《清史稿·艺文志》著录有"汉蔡邕《琴操》一卷"。[①] 这当是清人黄奭辑本,远非蔡邕原作。各家史志著录的《琴操》,署名只有桓谭、孔衍以及无名氏。如《隋书·经籍志》著录有《琴操》三卷(晋广陵相孔衍撰)、《琴操钞》二卷、《琴操钞》一卷。[②] 三种典籍中,两种《琴操钞》未标何人所作,亦不知钞自何书。《旧唐书·经籍志》著录有《琴操》二卷(桓谭撰)、《琴操》三卷(孔衍撰)。[③]《新唐书·艺文志》著录有桓谭《乐元起》二卷、又《琴操》一卷、孔衍《琴操》二卷。[④]《宋史·艺文志》著录有孔衍《琴操引》三卷。[⑤]

现代论者多认为三种《琴操》作者都应该是蔡邕。如李祥霆《〈琴操〉撰者辨证》"确信《琴操》是蔡邕所撰"。[⑥] 马萌《〈琴操〉撰者考辨》也认为"《琴操》一书为蔡邕所撰。《隋书·经籍志》等正史及公私书目中对桓谭《琴操》与孔衍《琴操》的记载并不可靠,桓谭与《文选》李善注、《太平御览》等引

---

① 赵尔巽等《清史稿》卷一四五,中华书局,1977 年版,第 4241 页。

② 《隋书》卷三二,第 926 页。

③ 《旧唐书》卷四六,第 1976 页。

④ 《新唐书》卷五七,第 1435 页。

⑤ 《宋史》卷二〇二,第 5053 页。

⑥ 李祥霆《〈琴操〉撰者辨证》,《中央音乐学院学报》1983 年第 3 期。

用的蔡邕《琴操》无关，孔衍《琴操》是否存在仍然存疑，即便存在也是'撰述蔡邕之书'，非孔衍自著。无署名的《琴操钞》与《琴操》，只是蔡邕《琴操》的'异本'，非异书"。[①] 赵德波《〈琴操〉的作者及其成书》亦云："关于《琴操》的撰者及其创作年代，据史料记载，主要有两汉之际桓谭说、西晋孔衍说、东汉蔡邕说三种说法。但无论从文本的角度、文献记载的角度还是从著者的生平思想的角度分析，将《琴操》一书的编撰权给予蔡邕无疑都是最有说服力的。《琴操》一书产生于东汉音乐文化下移，琴的地位得到提升的历史背景下，是蔡邕本人的音乐天赋、儒道兼修的思想及传奇经历双重作用下的产物，其成书大致在流放吴会的十二年间(179—190)。"[②]

桓谭《琴操》，各类目录学著作都没有详细记述，具体信息不明。孔衍《琴操》，有的目录学著作有简单记述，可以知其大概。如《文献通考·经籍》云："《琴操》三卷。《崇文总目》：'晋广陵相孔衍撰。述诗曲之所从，总五十九章。'陈氏曰：'止一卷，不著名氏。'《中兴书目》云：'晋广陵守孔衍以琴调《周诗》五篇、古操、引共五十篇，述所以命题之意。'今《周诗》篇同，而操、引才二十一篇，似非全书也。"[③]可见马端临曾看到该书，但已非完秩。《初学记·乐部下》"孙赋、霍歌"条有引文涉及孔衍《琴操》曰："钮滔母孙氏有《箜篌赋》，文具下。孔衍《琴操》曰：《箜篌引》者，朝鲜津卒霍里

① 马萌《〈琴操〉撰者考辨》，《中国社科院研究生院学报》2005年第2期。

② 赵德波《〈琴操〉的作者及其成书》，《西南交通大学学报》2008年第5期。

③ 《文献通考》卷一八六，第5459页。

子高所作也。有一征夫,被发提壶,涉河而渡。其妻追止之不及,坠河而死,乃号天嘘唏,鼓箜篌而歌曰:'公无渡河,公竟渡河,公渡河而死当奈何?'曲终,投河死。子高援琴作歌,故曰《箜篌引》。操曰朝鲜里子高尔。"[1]引述内容是孔衍《琴操》对琴曲《箜篌引》本事的记载,据此可知,该书内容也以解释琴曲题名为主。喻意志《汉唐音乐典籍叙录》亦有叙及,[2]可参看。

由于《琴操》古本亡佚,清人有多种辑本。辑录情况,孙启治、陈建华《古佚书辑本目录》有比较详细的叙述:

> 今存《琴操》旧本二卷,为惠栋钞本,不详所自,其文与诸书所引多合,阮元收入《宛委别藏》中(详参《揅经室外集》)。其后《读画斋丛书》等所刊者即此本,并附《补遗》三节,乃采自《艺文类聚》、《文选》李善注,不知何人所辑。孙星衍校本即据《读画斋丛书》本,并于《补遗》增辑佚文四节,采自《北堂书钞》及《类聚》。黄奭又据孙本《补遗》增补,从《水经·淇水》注等采得三节,又于原辑"宁戚饭牛"一节增补八字。王仁俊所辑有二,收入《玉函山房辑佚书续编》者仅从《书钞》采得一节,已见于孙本《补遗》;收入《经籍佚文》者则从《水经·漯水》注、《古诗源》各采得一节,则出诸家所采之外。王谟未见旧本,从唐、宋类书及《乐府诗集》等辑成一卷,并依《隋志》题为孔衍撰。按王所采皆未出旧本之范围也。杜文澜仅

---

① 《初学记》卷十六,第394页。

② 《汉唐音乐典籍叙录》,第88—89页。

从《古诗源》转录一节而已。①

曹道衡、刘跃进《先秦两汉文学史料学》充分肯定了这一叙述，认为“众多辑本中，以孙星衍《平津馆丛书》本为最优”。②关于《琴操》版本及流传，吉联抗《〈琴操〉考异》一文有详细考证，③可参看。此外，杨超《〈大周正乐〉佚文所见〈琴操〉篇目考》考证《太平御览》所引《大周正乐》中二十五篇琴曲解题的文字，认为其来源于当时《琴操》的某个传本。④ 亦可参看。

清人黄奭所辑蔡邕《琴操》一卷，何辉远曾作校勘，收录在吉联抗所编《中国古代音乐文献丛刊》中。⑤ 书中首先介绍了琴之由来、功用、形制，其次介绍“古琴曲诗歌五曲”“十二操”“九引”及“河间杂歌二十一章”。每曲题下解释其本事和主旨。如：“鹿鸣者，周大臣之所作也。王道衰，大臣知贤者幽隐，故弹弦风谏。”“《邹虞》者，邵国之女所作也。古者役不逾时，不失嘉会。”⑥扬雄《琴清英》只介绍本事，蔡邕《琴操》与扬雄《琴清英》不同，不仅介绍本事，而且阐明诗作主旨。这其中存在一个疑问黄奭未曾作出说明，那就是：他究竟依据什么认定所辑《琴操》就是蔡邕所作。

---

① 孙启治、陈建华《中国古佚书辑本目录解题》，上海古籍出版社，2009 年版，第 243 页。

② 《先秦两汉文学史料学》，第 396 页。

③ 吉联抗《〈琴操〉考异》，《音乐研究》1982 年第 2 期。

④ 杨超《〈大周正乐〉佚文所见〈琴操〉篇目考》，《中国音乐学》2014 年第 1 期。

⑤ 吉联抗编《中国古代音乐文献丛刊》，人民音乐出版社，1990 年版。

⑥ 《中国古代音乐文献丛刊》，第 1—2 页。

此处将笔者收集到的《文选》李善注、徐坚《初学记》和李昉《太平御览》中标明是蔡邕《琴操》的内容胪列于下，以期借此窥斑见豹：

蔡邕《琴操》曰：伏羲氏作琴，弦有五者，象五行也。周，周公；孔，孔子也。①

蔡邕《琴操》曰：《思归引》者，卫女之所作也。《琴引》者，秦时倡屠门高之所作也。②

蔡邕《琴操》曰：《鹿鸣》者，周大臣之所作也。王道衰，大臣知贤者幽隐，故弹弦风谏。③

蔡邕《琴操》曰：商陵牧子娶妻五年，无子，父兄欲为改娶，牧子援琴鼓之，叹别鹤以舒其愤懑，故曰《别鹤操》。鹤一举千里，故名千里别鹤也。④

蔡邕《琴操》曰：楚明光者，楚王大夫也。昭王得瑀氏璧，欲以贡于赵王，于是遣明光奉璧之赵。瑀，古和字。⑤

蔡邕《琴操》曰：伏羲氏作琴，弦有五，象五行。⑥

---

① 张衡《归田赋》"弹五弦之妙指，咏周孔之图书"句注，见《文选》卷十五，第 693 页。

② 马融《长笛赋》"故聆曲引者，观法于节奏"句注，《文选》卷十八，第 817 页。

③ 嵇康《琴赋》"《飞龙》《鹿鸣》，《鹍鸡》游弦"句注，《文选》卷十八，第 845—846 页。

④ 嵇康《琴赋》"千里别鹤"句注，见《文选》卷十八，第 846 页。

⑤ 卢谌《览古》"赵氏有和璧"句注，《文选》卷二一，第 996 页。

⑥ 陆机《演连珠五十首》"万殊之曲，穷于五弦"句注，见《文选》卷五五，第 2398 页。

蔡邕《琴操》曰：昔思革子、成文子、叔僭子三人相为友，闻楚成王好士，相与俱往见之。于豪嵚岩之间，卒遇飘风暴雨，俱伏于空柳之下。衣寒粮乏，度不俱活，三人相视叹曰："与其俱死也，岂若并衣粮于一人哉。"二子以革为贤，推衣让之。①

蔡邕《琴操》曰：商陵牧子，娶妻五年无子，父母将欲为改娶。妻闻，中夜惊起，倚户悲啸。牧子闻，援琴鼓之。痛恩爱以永离，叹别鹤以舒情，故曰《别鹤操》。②

蔡邕《琴操》曰：卞和者，楚野人，常居山耕种。因得玉璞，以献于怀王。王以为欺慢，斩其足。和作歌曰："悠悠沂水，经荆山兮；精气郁泱，谷岩岩兮；中有神宝，灼灼明兮；穴山采玉，难为功兮。"③

蔡邕《琴操》曰：周成王时，天下化，凤皇来舞于庭。成王乃援琴而歌曰："凤皇翔兮于紫庭，余何德兮以感灵。"④

蔡邕《琴操》曰：周成王时，天下大治，凤皇来舞于庭。成王乃援琴而歌曰："凤皇翔兮于紫庭，余何德兮以感灵。"⑤

从以上引文可以看出，蔡邕《琴操》征引了大量琴曲故事，有的还保留了琴曲歌辞。这些歌辞中，如卞和所歌"悠悠沂水，

① 《初学记》卷十七，第 412 页。
② 《初学记》卷十八，第 449 页。
③ 《初学记》卷二七，第 651 页。
④ 《初学记》卷三〇，第 724 页。
⑤ 《太平御览》卷九一五，第 4058 页。

经荆山兮；精气郁泱，谷岩岩兮；中有神宝，灼灼明兮；穴山采玉，难为功兮”，成王所歌“凤皇翔兮于紫庭，余何德兮以感灵”，《乐府诗集·琴曲歌辞》均未收录，可以作为《乐府诗集》补编的资料。

古代文献中大量征引且不标注作者的《琴操》内容大体与此类似，虽然不知道是桓谭、蔡邕、孔衍三人中谁人所作，但毕竟是重要的琴学典籍，价值与标注作者之《琴操》同等重要。如《初学记》“乐部下”“琴第一”“叙事”就四次征引《琴操》，涉及琴之来历、形制、琴家、琴曲等内容。郭茂倩《乐府诗集·琴曲歌辞》叙论几乎是原文照搬这段记载而来。如《初学记》论琴曲曰：

> 《琴操》曰：古琴曲有诗歌五曲：一曰《鹿鸣》、二曰《伐檀》、三曰《驺虞》、四曰《鹊巢》、五曰《白驹》。又有十二操：一曰《将归操》（孔子所作。孔子之赵，闻杀窦鸣犊而作此曲）、二曰《猗兰操》（孔子所作，伤不逢时）、三曰《龟山操》（孔子作。季桓子受齐女乐，孔子欲谏不得，退而望鲁龟山，作此曲。喻季氏若龟山之蔽鲁）、四曰《越裳操》（周公所作）、五曰《拘幽操》（文王作。文王拘于羑里，作此曲）、六曰《岐山操》（周人为文王所作）、七曰《履霜操》（尹吉甫子伯奇，无罪见逐，自伤，作此曲）、八曰《朝飞操》（牧犊子所作。牧犊子七十无妻，见雉朝飞，感而作此曲也）、九曰《别鹤操》（商陵牧子所作。娶妻五年无子，父母欲为改娶，其妻闻之，中夜悲啸。牧子感之，作此曲）、十曰《残形操》（曾子所作。曾子梦一狸，不见其首而作此曲）、十一曰《水仙操》（伯牙所作）、十二

> 曰《怀陵操》(伯牙所作)。又有九引:一曰《烈女引》(楚樊妃作)、二曰《伯妃引》(鲁伯妃所作)、三曰《贞女引》(鲁次室女所作)、四曰《思归引》(卫女所作)、五曰《霹雳引》(楚商梁所作。商梁出游九皋之泽,遇风雷霹雳,畏惧而归,作此引)、六曰《走马引》(樗里牧恭作,为父报冤杀人而亡藏于山林之下,有天马引之,感之,作此引)、七曰《箜篌引》(樗里子高所作,即《公无渡河曲》)、八曰《琴引》(秦时屠高门作)、九曰《楚引》(楚龙丘子高所作)。又有《河间杂歌二十一章》。①

引文中罗列了五曲、九引、十二操所包含的具体琴曲名和作者,可知《琴操》中收录了魏晋以前流传的大量著名琴曲。《乐府诗集》所录琴曲歌辞正以这些琴曲为主干。

《琴操》影响很大,但也备受后人质疑。如吴兢《乐府古题要解》云:"《琴操》纪事好与本传相违,今两存者,以广异闻也。"②吴兢认为《琴操》纪事随意,不够准确。有人认为《琴操》中所载先秦人所作琴曲歌辞都是汉人伪托。如邓安生《〈琴操〉的版本与作者》就说:"《琴操》是著录琴曲的乐书,隋唐有三家不同的文本,宋元之际皆已亡佚。清代有平津馆丛书与汉魏遗书两个系统,既多误辑,又将三家《琴操》混为一谈。琴曲出自民间艺人与失意士人之手,经过后人的不断修订完善,所谓桓谭、蔡邕、孔衍《琴操》只是假托。"③笔者认

---

① 《初学记》卷十六,第386页。

② 《历代诗话续编》,第57页。

③ 邓安生《〈琴操〉的版本与作者》,《民族文学研究》2014年第5期。

为，琴曲歌辞由来已久，古代君子无故不离琴，文王、周公、成王、孔子作有琴曲合情合理。古人抄录歌辞，追叙琴曲来历，应有文献依据，不至于向壁虚造，而至于文字出入亦属古籍传抄中的常见现象。

唐代韩愈有《琴操十首》，十首题名均取自《琴操》，且皆有题注。如《拘幽操》题注云："文王羑里作。"①《岐山操》题注云："周公为太王作。"②《履霜操》题注云："尹吉甫子伯奇无罪，为后母谮而见逐，自伤作。"③韩愈《琴操十首》及题注，后世多认为是据蔡邕《琴操》而作。如韩醇云："按《琴操》十有二，公取其十，如下所作是也。惟《水仙》《怀陵操》乃伯牙所作，公削之。为之词者十事，各注于下。"朱熹云："今按欧本云：此效蔡邕作十操，事迹皆出《琴操》云。"④韩愈据蔡邕《琴操》作《琴操十首》，说明他对蔡邕《琴操》及其所记本事深信不疑。仔细考察会发现，质疑《琴操》所载先秦人作琴曲歌辞真实性者，也并没有拿出可靠的证据。怀疑虽然有益于发现问题，但信而好古才是治学应有的态度。

由于《琴操》影响深广，有人甚至把琴操当作诗体之名。如《四库全书总目》《白云稿》五卷提要云："今世所传仅存五卷，杂文之后仅有琴操而无诗。"⑤《倪文僖集》三十二卷提要云："此本凡赋辞、琴操、古今体诗、诗余十一卷，颂、赞、表、

① ［唐］韩愈撰，屈守元、常思春校注《韩愈全集校注》，四川大学出版社，1996年版，第798页。

②③ 《韩愈全集校注》，第799页。

④ 转引自《韩愈全集校注》，第800页。

⑤ 《四库全书总目》卷一六九，第1468页。

笺、箴、铭一卷，文二十卷。”[①]《古赋辨体》八卷、外集二卷提要云：“其外集二卷，则拟骚、琴操歌等篇，为赋家流别者也。”[②]《明文衡》九十八卷提要云：“是编首代言、为词臣奉敕撰拟之文、次赋、次骚、次乐府、次琴操……为类凡三十有八。”[③]从这些提要可以看出，在诗文集的分类中，琴操不仅成为一种单独的诗体，甚至发展成了与乐府并列的一种体裁。

从汉代学术背景看，当时出现《琴清英》《琴操》这样的典籍是自然之事。汉人崇儒，有解经传统，喜欢以解题形式传授知识，有时连记述历史事件都采用解题方式。《后汉书·五行志》记载歌谣的方式就是典型例证。书中通常先引歌谣，然后进行解释，融历史叙述于解释文字当中。如：

> 桓帝之初，京都童谣曰：“城上乌，尾毕逋。公为吏，子为徒。一徒死，百乘车。车班班，入河间。河间姹女工数钱，以钱为室金为堂。石上慊慊舂黄粱。梁下有悬鼓，我欲击之丞卿怒。”案此皆谓为政贪也。“城上乌，尾毕逋”者，处高利独食，不与下共，谓人主多聚敛也。“公为吏，子为徒”者，言蛮夷将畔逆，父既为军吏，其子又为卒徒往击之也。“一徒死，百乘车”者，言前一人往讨胡既死矣，后又遣百乘车往。“车班班，入河间”者，言上将崩，乘舆班班入河间迎灵帝也。“河间姹女工数钱，以钱为室金为堂”者，灵帝既立，其母永乐太后好聚金以为堂

① 《四库全书总目》卷一七〇，第1487页。
② 《四库全书总目》卷一八八，第1708页。
③ 《四库全书总目》卷一八九，第1715页。

也。"石上慊慊舂黄粱"者，言永乐虽积金钱，慊慊常苦不足，使人舂黄粱而食之也。"梁下有悬鼓，我欲击之丞卿怒"者，言永乐主教灵帝，使卖官受钱，所禄非其人，天下忠笃之士怨望，欲击悬鼓以求见，丞卿主鼓者，亦复谄顺，怒而止我也。①

这些内容与其说是记录歌辞，不如说是在解释歌辞本事，历史记录就融入在解释本事的文字之中。

第二节　魏晋南北朝乐府解题典籍述略

魏晋南北朝乐府解题典籍如今可见的是晋崔豹《古今注》。关于《古今注》的卷数和作者，史志记载有异。《隋书·经籍志》著录："《古今注》八卷（伏无忌撰）。"②同书又录："《古今注》三卷（崔豹撰）。"③《旧唐书·经籍志》著录："《古今注》八卷（伏无忌撰）。"④同书又录："《古今注》五卷（崔豹撰）。"⑤《新唐书·艺文志》著录："崔豹《古今注》一卷。"⑥同书又录："崔豹《古今注》三卷、伏侯《古今注》三卷。"⑦《宋史·艺文志》著录："崔豹《古今注》三卷、周蒙《续古今注》三

① 《后汉书》卷十三，第3281—3282页。
② 《隋书》卷三三，第959页。
③ 《隋书》卷三四，第1007页。
④ 《旧唐书》卷四六，第1995页。
⑤ 《旧唐书》卷四七，第2033页。
⑥ 《新唐书》卷五八，第1489页。
⑦ 《新唐书》卷五九，第1535页。

卷……马缟《中华古今注》三卷。"[1]可知《古今注》的作者有崔豹和伏无忌两种说法,《新唐书·艺文志》中的伏侯可能就是《隋书·经籍志》和《旧唐书·经籍志》所载的伏无忌;《古今注》的卷数有一卷、三卷、五卷和八卷四种说法,在各种说法中,崔豹《古今注》以三卷说出现次数最多,伏无忌《古今注》以八卷说出现次数最多。此外,后世又有续作,如周蒙《续古今注》和马缟《中华古今注》。续作的出现,也说明《古今注》的影响之大。

崔豹,字正熊,一作正雄,渔阳人。晋太子太傅丞,以治王氏礼为博士,兼通《论语》。余嘉锡《四库提要辨正》卷十五《古今注》条有介绍。关于崔豹《古今注》,《四库全书总目》"《古今注》三卷、附《中华古今注》三卷"提要云:

> 《古今注》三卷,旧本题晋崔豹撰。《中华古今注》三卷,旧本题后唐太学博士马缟撰。豹书无序跋。缟书前有自序,称昔崔豹《古今注》博识虽广,殆有阙文。洎乎黄初,莫之闻见。今添其注,以释其义。然今互勘二书,自宋齐以后事二十九条外,其魏晋以前之事,豹书惟草木一类及鸟兽类"吐绶鸟一名功曹"七字为缟书所无。缟书惟服饰一类及开卷宫室一条、封部兵陈二条、马韵犬二条为豹书所阙。其余所载,并皆相同。不过次序稍有后先,字句偶有加减。缟所谓增注释义,绝无其事。又缟书中卷云:"棒,崔正熊注车辐也。"使全袭豹语,不应此条独著豹名。考《太平御览》所引书名,有豹书而无缟书。

---

[1] 《宋史》卷二〇五,第5208—5210页。

《文献通考·杂家类》又只有缟书而无豹书。知豹书久亡，缟书晚出，后人摭其中魏以前事赝为豹作。又检校《永乐大典》所载苏鹗《演义》与二书相同者十之五六，则不特豹书出于依托，即缟书亦不免于剿袭。特以相传既久，姑存以备一家耳。考刘孝标《世说注》，载豹字正能，晋惠帝时官至太傅。马缟称为正熊。二字相近，盖有一误。新旧《五代史》均有缟传，载其明经及第，登拔萃科。仕梁为太常修撰，累历尚书郎，参知理院事，迁太常少卿。唐庄宗时为中书舍人、刑部侍郎，权判太常卿。明宗时贬绥州司马，复为太子宾客，迁户部兵部侍郎，终于国子祭酒。今本题"唐太学博士"，盖据《书录解题》。然称为"太学博士"，实振孙之误。至其时代，则振孙亦称后唐不专称唐，实明人刊本以意改之也。①

根据提要可知，崔豹《古今注》早已亡佚，五代马缟收集续编，作《中华古今注》，苏鹗所作《苏氏演义》又大量抄录崔著和马著。对此，余嘉锡已辨其非，可参看。② 王朝客《〈古今注〉小考》亦云："至《四库全书总目提要》一出，伪书之说似为定谳。实则不能轻易断《古今注》为伪书，前人已辨其诬，今分源流篇与关系篇判定《古今注》渊源有自，实非伪书。"③

如果暂且搁置真伪之辨，有一点可以明确，那就是古代文献征引《古今注》，时代越靠前，崔豹所作的可能性就越大。

---

① 《四库全书总目》卷一一八，第1015页。

② 余嘉锡《四库提要辨正》卷十五，中华书局，1980年版，第858页。

③ 王朝客《〈古今注〉小考》，《贵州文史丛刊》2001年第3期。

如《文选》所收《长歌行》古辞题下李善注云:“崔豹《古今注》曰:长歌,言寿命长短定分,不妄求也。此上一篇似伤年命,而下一首直叙怨情。”[①]《文选》所收陆机《吴趋行》题下李善注云:“崔豹《古今注》曰:《吴趋曲》,吴人以歌其地也。”[②]这些内容出自崔豹原作的可能性很大。郑祖襄《〈古今注〉“横吹曲”史料真伪谈》通过考证《古今注》所记横吹曲事的真伪,认为《古今注》确为可信之书。[③] 孔庆茂《芝秀堂本〈古今注〉版本考》考证了《古今注》的传世版本,可参看。[④]

《古今注》有些内容与《琴操》重合。如《文选》所收嵇康《琴赋》“千里别鹤”句李善注云:“蔡邕《琴操》曰:‘商陵牧子娶妻五年,无子,父兄欲为改娶,牧子援琴鼓之,叹别鹤以舒其愤懑,故曰《别鹤操》。鹤一举千里,故名千里别鹤也。’崔豹《古今注》曰:‘《别鹤操》,商陵牧子所作也。牧子娶妻五年,无子,父母将为之改娶。妻闻之,中夜起,闻鹤声,倚户而悲。牧子闻之,怆然歌曰:将乖比翼隔天端,山川悠远路漫漫。揽衣不寝食。后人因以为乐章也。’”[⑤]两书都记述了《别鹤操》本事,所记并不完全相同。

今本《古今注》分上中下三卷,卷中“音乐三”考证了《雉朝飞》《别鹤操》《走马引》《淮南王》《武溪深》《吴趋曲》《箜

① 《文选》卷二七,第1279页。

② 《文选》卷二八,第1308页。

③ 郑祖襄《〈古今注〉“横吹曲”史料真伪谈》,原载《中央音乐学院学报》1994年第4期,后收入氏著《华夏旧乐新证》,第158页。

④ 孔庆茂《芝秀堂本〈古今注〉版本考》,《古籍整理研究学刊》2008年第3期。

⑤ 《文选》卷十八,第846页。

篌引》《平陵东》《薤露》《蒿里》《长歌》《短歌》《陌上桑》《杞梁妻》《钓竿》《董逃歌》《短箫铙歌》《上留田》《日重光》《月重轮》《横吹》等曲调的本事、含义、流变和表演等情况。如《横吹》注云："魏晋以来，二十八解不复具存。世用者《黄鹤》《龙头》《出关》《入关》《出塞》《入塞》《折杨柳》《黄华子》《赤之阳》《望行人》等十曲。"① 与《琴操》专门记述琴曲本事不同，《古今注》记载了很多乐府曲名。《古今注·音乐》是第一部真正意义上的乐府解题类典籍，乐府解题类典籍从此成为乐府学典籍中的一个种类。

郭茂倩《乐府诗集》征引崔豹《古今注》凡十八处。如李贺《箜篌引》解题云：

> 一曰《公无渡河》。崔豹《古今注》曰："《箜篌引》者，朝鲜津卒霍里子高妻丽玉所作也。子高晨起刺船，有一白首狂夫，被发提壶，乱流而渡，其妻随而止之，不及，遂堕河而死。于是援箜篌而歌曰：'公无渡河，公竟渡河。堕河而死，将奈公何！'声甚凄怆，曲终亦投河而死。子高还，以语丽玉。丽玉伤之，乃引箜篌而写其声，闻者莫不堕泪饮泣。丽玉以其曲传邻女丽容，名曰《箜篌引》。"②

所引是崔豹《古今注》对《箜篌引》本事的记载。《艺文类聚·

① ［晋］崔豹撰，王根林校点《古今注》卷中，见上海古籍出版社编《汉魏六朝笔记小说大观》，上海古籍出版社，1999 年版，第 239 页。

② 《乐府诗集》卷二六，第 377 页。

乐部》"箜篌"引《琴操》亦记《箜篌引》本事曰:"《箜篌引》者,朝鲜津卒霍子高所作也,子高晨刺舡而濯,有一狂夫,被发提壶而渡,其妻追止之,不及,堕河而死,乃号天嘘唏,鼓箜篌而歌,曲终投河而死,子高援琴,作其歌声,故曰《箜篌引》。"① 《艺文类聚·乐部》所引《琴操》的记载与《古今注》不仅详略有别,而且细节信息亦不完全相同。此《琴操》不知为何人所作,难以判断其与《古今注》有无借鉴关系。或者二书都取自他书,相互之间并无关联。

除了《古今注》,时人其他诗文中也可以看到一些乐府解题内容。如陆机《鞠歌行》序云:"按汉宫阁有含章鞠室、灵芝鞠室,后汉马防第宅卜临道,连阁通池,鞠城弥于街路。《鞠歌》将谓此也。又东阿王诗'连骑击壤',或谓蹴鞠乎?三言七言,虽奇宝名器,不遇知己,终不见重。愿逢知己,以托意焉。"②这是对《鞠歌行》题名含义的考证。此类乐府解题内容也值得注意。

第三节　隋唐乐府解题典籍叙说

唐代出现一批乐府解题典籍。据《新唐书·艺文志》《宋史·艺文志》著录,唐人解题类典籍有吴兢《乐府古题要解》、郗昂(一作王昌龄)《乐府古今题解》三卷、刘𫄧《乐府古题解》一卷、王昌龄《续乐府古题解》一卷。其中,王昌龄《续乐府古题解》一卷可能就是郗昂《乐府古今题解》三卷。孙尚勇

---

① 《艺文类聚》卷四四,第787页。

② 《先秦汉魏晋南北朝诗·晋诗》卷五,第667页。

《乐府文学文献研究》考察了“吴兢《要解》以降的题解类乐府书”六种，具体是：佚名《乐府解题》一卷、唐郗昂《乐府古今题解》三卷、唐沈建《乐府广题》一卷、宋刘次庄《古乐府序解》一卷、唐刘竦《乐府古题解》一卷、佚名《续乐府解题》，①可参看。

吴兢《乐府古题要解》，今存。宋人晁公武《郡斋读书志》著录“《古乐府》十卷并《乐府古题要解》二卷”并云：“右唐吴兢纂。杂采汉、魏以来古乐府辞，凡十卷。又于传记及诸家文集中采乐府所起本义，以释解古题云。”②据此可知吴兢原书既有歌辞又有解题。《乐府古题要解》序云：

> 乐府之兴，肇于汉魏。历代文士，篇咏实繁。或不睹于本章，便断题取义。赠夫利涉，则述《公无度河》；庆彼载诞，乃引《乌生八九子》；赋雉斑者，但美绣颈锦臆；歌天马者，唯叙骄驰乱蹋。类皆若兹，不可胜载。递相祖习，积用为常，欲令后生，何以取正？余顷因涉阅传记，用诸家文集，每有所得，辄疏记之。岁月积深，以成卷轴，向编次之，目为《古题要解》云尔。③

吴兢有感于长期以来诗人不深究古题本事，不仔细研读古辞，只根据乐府题名望文生义写作古乐府，所作严重偏离古题本事的现象，根据自己读书所见，对古题本事、本义进行说明。

吴相洲《乐府学概论》指出：“乐府创作基本不离本事，与

① 《乐府文学文献研究》，第 341—342 页。

② 《郡斋读书志校证》卷二，第 96 页。

③ 《历代诗话续编》，第 24 页。

后来曲子词大不相同。曲子词最初也按本事创作,后来却出现了大面积背离。苏轼以《念奴娇》抒发‘大江东去’的豪放情怀,辛弃疾以《贺新郎》发出‘道男儿、到死心如铁,看试手,补天裂’的悲壮呼喊。乐府诗创作很少出现这种情况,本事一直维护自身题材,保持统一性。”①乐府诗拟作大都不偏离本事,在古题本事阙失情况下古辞就成了追索本事的依据,所以吴兢特别强调古辞的作用。如《乐府古题要解》《江南曲》解题云:

> 右《江南曲》古词云:“江南可采莲,莲叶何田田。”又云:“鱼戏莲叶东,鱼戏莲叶西,鱼戏莲叶南,鱼戏莲叶北。”盖美其芳晨丽景,嬉游得时。若梁简文“桂楫晚应旋”,唯歌游戏也。又有《采菱曲》等,疑皆出于此。②

《江南曲》古辞写江南采莲时观赏鱼戏莲叶的情景,鱼在莲叶间穿梭往来的轻灵,也传达出采莲人欢快的心情。郭茂倩借古辞揭示《江南曲》的本义应是写芳晨丽景,嬉游得时。再如《乐府古题要解》《乌生八九子》解题云:

> 右古辞云:“乌生八九子,端坐秦氏桂树间。”言乌母生子,本在南山岩石间,而来为秦氏弹丸所杀;白鹿在苑中,人得以脯;黄鹄摩天,鲤鱼在深渊,人可得而烹煮之。则寿命各有定分,死生何叹前后也。若梁刘孝威“城上

① 《乐府学概论》,第139页。

② 《历代诗话续编》,第24页。

乌，一年生九雏”，但咏乌而已，不言本事。[①]

《乌生八九子》只存两句古辞，这两句古辞写的是乌鸦生子，本在南山的岩石之间，却被秦氏用弹丸射杀的故事。事实上，《乌生八九子》的完整本事是写乌鸦、白鹿、黄鹄、鲤鱼自由自在的生活却无辜受到人类伤害，题名《乌生》和古辞只揭示了其中一种动物。所以，吴兢又补充了其他几种动物的本事，并指出刘孝威《乌生八九子》并未严格围绕该题本事创作。

吴兢《乐府古题要解》是郭茂倩编撰《乐府诗集》时写作解题的重要史料来源，《乐府诗集》引用《乐府古题要解》达一百零一次之多，由此足见其重要性。

今人研究成果中，孙尚勇《吴兢〈乐府古题要解〉略考》和《吴兢〈乐府古题要解〉的体例及影响》对吴兢《乐府古题要解》有全面考察，可参看。[②] 关于《乐府古题要解》的流传情况，高山《〈乐府古题要解〉考》通过对《乐府古题要解》内容的解读及历代著录情况的梳理，认为“今本《乐府古题要解》内容虽然是吴兢所作，但序却非原貌，乃是刘餗《乐府古题解》的序言。其作伪时间也应为南宋时期而非《四库全书总目》所认为的元代”。[③]

刘餗《乐府古题解》一卷，今存，条目较吴兢《乐府古题要

① 《历代诗话续编》，第 26 页。

② 《乐府文学文献研究》，第 314—369 页。

③ 高山《〈乐府古题要解〉考》，《兰州文理学院学报》2014 年第 1 期。

解》要少，解释文字也较为简单。两书之间是否存在借鉴关系尚且难以确定，其中有少数解释文字大致相同。如《大垂手》解题，《乐府古题解》云："言舞而垂其手，亦有小垂手及独摇手之类。"[①]《乐府古题要解》云："右言舞而垂其手。亦有《小垂手》及《独垂手》也。"[②]再如，《乐府古题解》《伯牙操》解题云：

> 伯牙学琴于成连先生。成连曰："吾师云春在海中，能移人意。"与俱往蓬莱山，留伯牙曰："此居习之，吾将迎师。"刺船而去，旬日不返。伯牙但闻水声倾洞，山林窅冥，禽鸟啼号。乃叹曰："吾师谓移人意者，岂此也?"援琴而歌，顿悟其妙旨。[③]

《乐府古题要解》卷下《水仙操》解题云：

> 右旧说伯牙学鼓琴于成连先生，三年而成。至于精神寂寞，情志专一，尚未能也。成连云："吾师子春在海中，能移人情。"乃与伯牙延望，无人。至蓬莱山，留伯牙曰："吾将迎吾师。"刺船而去，旬时不返，但闻海上水汩汲漰澌之声。山林窅冥，群鸟悲号，怆然叹曰："先生将移我情。"乃援琴而歌之。曲终，成连刺船而还。伯牙遂为天下妙手。[④]

---

① [唐]刘悚《乐府古题解》，见《说郛三种》卷一〇〇，第4588页。

② [唐]吴兢《乐府古题要解》卷下，见《历代诗话续编》，第52页。

③ 《说郛三种》卷一〇〇，第4587页。

④ 《历代诗话续编》，第57页。

二书所记本事大致相同,只是故事细节和文字繁简有别。这一故事《琴操》也有记载。《文选》所收嵇康《琴赋》"田连操张"句李善注引《琴操》云:"伯牙学琴于成连先生,先生曰:'吾能传曲而不能移情。吾师有方子春,善于琴,能作人之情。今在东海上,子能与我同事之乎?'伯牙曰:'夫子有命,敢不敬从。'乃相与至海上见子春受业焉。"[①]《琴操》所记与前二书为同一本事,但文字又与前二书并不完全相同。这说明此类传说早已有之,三书或各有所本。

如前所述,乐府解题类典籍前代多有,但并没有以"解题"命名的典籍。唐代出现了一系列以"解题"命名的乐府学典籍,是一个值得注意的现象。这间接说明唐代很多人已经不掌握古乐府知识,不知道乐府题名的本意,但同时也说明这一时期人们很重视古乐府,通过撰写乐府解题类著作来阐明乐府题名本义,让更多人了解和掌握这些乐府学知识。

唐人诗文中也有一些解题内容。如吕才《进白雪歌奏》对琴曲《白雪》的解释:

臣按《礼记》及《家语》云:"舜弹五弦之琴,歌南风之诗。"是知琴操曲弄,皆合于歌。又张华《博物志》云:"《白雪》是天帝使素女鼓五十弦瑟曲名。"又楚大夫宋玉《对襄王》云:"有客于郢中歌《阳春》《白雪》,国中和者数十人。"是知《白雪》琴曲,本宜合歌,以其调高,人

① 《文选》卷二,第840—841页。

> 和遂寡。自宋玉以来,迄今千祀,未有能歌《白雪》曲者。①

这是显庆二年高宗君臣作琴曲《白雪》时太常丞吕才对该曲所作的说明。吕才所上奏章中引述的古代文献有关《白雪》的记载,实际上就是《白雪》的解题。

唐代还出现了记述同时代人诗歌本事的典籍,其中包括部分乐府诗创作本事。如孟棨《本事诗》云:

> 宁王曼贵盛,宠妓数十人,皆绝艺上色。宅左有卖饼者妻,纤白明媚,王一见注目,厚遗其夫取之,宠惜逾等。环岁,因问之:"汝复忆饼师否?"默然不对。王召饼师使见之,其妻注视,双泪垂颊,若不胜情。时王座客十余人,皆当时文士,无不凄异。王命赋诗。王右丞维诗先成:"莫以今时宠,宁忘昔日恩。看花满眼泪,不共楚王言。"②

春秋时息侯夫人姓妫,人称息夫人,亦称息妫。楚文王设宴招待息侯时将其袭杀,纳息夫人,生堵敖和成王。此事见载于《左传》"庄公十四年"。王维这首诗在《王维集》中题作《息夫人》,③诗以息夫人比喻被宁王强夺的卖饼者妻。这

---

① 《全唐文》卷一六〇,第1636页。

② [唐]孟棨撰,李学颖校点《本事诗》,见上海古籍出版社编《唐五代笔记小说大观》,上海古籍出版社,2000年版,第1239页。

③ [唐]王维撰,陈铁民校注《王维集校注》卷一,中华书局,1997年版,第21页。

首诗后被采入乐府《簇拍相府莲》曲调演唱，成为乐府歌辞。《本事诗》虽本意不在于记述乐府诗本事，但在记载同时代人诗歌本事时却无意中保留了这首乐府诗的创作本事。《簇拍相府莲》歌辞有两首，另一首《本事诗》未载，辞云："闺烛无人影，罗屏有梦魂。近来音耗绝，终日望应门。"①

再如李濬《松窗杂录》所记李白在宫中作《清平调》三首事曰：

> 开元中，禁中初重木芍药，即今牡丹也。得四本红、紫、浅红、通白者，上因移植于兴庆池东沉香亭前。会花方繁开，上乘月夜召太真妃以步辇从。诏特选梨园弟子中尤者，得乐十六色。李龟年以歌擅一时之名，手捧檀板，押众乐前欲歌之。上曰："赏名花，对妃子，焉用旧乐词为？"遂命龟年持金花笺宣赐翰林学士李白，进《清平调》词三章。白欣承诏旨，犹苦宿酲未解，因援笔赋之。"云想衣裳花想容，春风拂晓露华浓。若非群玉山头见，会当瑶台月下逢。""一枝红艳露凝香，云雨巫山枉断肠。借问汉宫谁得似，可怜飞燕倚新妆。""名花倾国两相欢，长得君王带笑看。解释春风无限恨，沉香亭北倚阑干。"龟年遽以词进。上命梨园弟子约略调抚丝竹，遂促龟年以歌。太真妃持颇黎七宝杯，酌西凉州蒲萄酒，笑领意甚厚。上因调玉笛以倚曲，每曲遍将换，则迟其声以媚之。太真饮罢，饰绣巾重拜上意。龟年常话于五王，独忆以歌

① 《乐府诗集》卷八〇，第852页。

得自胜者无出于此，抑亦一时之极致耳。①

这是盛唐著名诗人李白、宫廷歌唱家李龟年和唐玄宗合作创作《清平调》的故事。类似故事在唐人笔记中还有很多。这些故事本意不在于解释乐府题名，但它们却记述了乐府曲调的创调本事，为后人写作解题提供了重要史料。

① ［唐］李濬编，阳羡生校点《松窗杂录》，见《唐五代笔记小说大观》，第1213页。

第七章　汉唐乐府诗学典籍研究

乐府诗学典籍，是专论乐府诗的典籍，如刘勰《文心雕龙·乐府》、徐陵《玉台新咏序》、王通《续诗》、卢照邻《乐府杂诗序》、李白《古风》其一、元结《系乐府序》《补乐歌十首序》、白居易《新乐府序》、元稹《乐府古题序》、皮日休《补九夏歌序》《正乐府十篇序》等。这些典籍在古代目录学著作中没有被当作乐府学典籍著录，但它们所论对象却是实实在在的乐府诗，本书从实际情况出发，将其纳入乐府学典籍研究范围。

第一节　《文心雕龙·乐府》的内容与刘勰的乐府观

关于乐府诗的文学特点汉代已有零星论述，魏晋以来论者渐多，但《文心雕龙·乐府》却是第一次专门论述乐府诗。可以说，《文心雕龙·乐府》是第一部真正意义上的乐府诗学典籍，标志着乐府学批评从此走向自觉阶段。

《乐府》在《文心雕龙》文体论中位列第三，排在《辨骚》《明诗》之后，《诠赋》之前，可见在刘勰心目中地位之重要。乐府诗也是诗，却与其他诗作分开单独论述，说明乐府诗有其特殊性。在《文心雕龙·乐府》中，刘勰首先引述儒家有关音乐的经典表述为乐府诗定性曰："乐府者，声依永，律和声也。"①"声依永，律和声"出自《尚书·尧典》，原文为："诗言志，歌永言，声依永，律和声，八音克谐，无相夺伦，神人以和。"②刘勰认为，所谓"乐府"，是用宫、商、角、徵、羽的音调来引申发挥诗意，又用黄钟、大吕等十二律来和五音配合。刘勰还表达写作《乐府》的原因云："昔子政品文，诗与歌别，故略具乐篇，以标区界。"③子政是西汉刘向的字。刘勰表示，从前刘向整理文章时，认为"诗""歌"有别，才把二者区分开来，他之所以写作这篇《乐府》，就是为了表示这二者之间的区别。

《文心雕龙·乐府》叙述上古音乐传说云："钧天九奏，既其上帝；葛天八阕，爰乃皇时。自《咸》《英》以降，亦无得而论矣。"④"钧天九奏，既其上帝"出自《史记·赵世家》所载赵简子做梦事："居二日半，简子寤。语大夫曰：'我之帝所甚乐，与百神游于钧天，广乐九奏万舞，不类三代之乐，其声动人心。'"⑤"葛天八阕"出自《吕氏春秋·古乐》："昔葛天氏之乐，三人操牛尾投足以歌八阕：一曰《载民》，二曰《玄鸟》，三曰《遂草木》，四曰《奋五谷》，五曰《敬天常》，六曰《建帝功》，

①④ 《文心雕龙注》卷二，第101页。

② 《十三经注疏·尚书正义》卷三，第131页。

③ 《文心雕龙注》卷二，第103页。

⑤ 《史记》卷四三，第2143页。

七曰《依地德》，八曰《总禽兽之极》。"[①]关于"《咸》《英》"，《庄子·天下》曰："黄帝有《咸池》，尧有《大章》，舜有《大韶》，禹有《大夏》，汤有《大濩》，文王有《辟雍》之乐，武王、周公作《武》。"[②]《吕氏春秋·古乐》云："黄帝又命伶伦与荣将铸十二钟，以和五音，以施《英韶》。以仲春之月乙卯之日日在奎始奏之，命之曰《咸池》。"[③]又云："帝喾命咸黑作为声，歌《九招》《六列》《六英》。"[④]刘勰认为，上古音乐传说中不仅天上常奏《万舞》，而且上古葛天氏的时候也曾有过八首乐歌。即使是像典籍中记载的黄帝时的《咸池》和帝喾时的《五英》等乐，现在也都无从考究了。

《文心雕龙·乐府》接着叙述四方乐歌云："至于涂山歌于候人，始为南音；有娀谣乎飞燕，始为北声；夏甲叹于东阳，东音以发；殷整思于西河，西音以兴。音声推移，亦不一概矣。"[⑤]在四方音乐中，夏禹时涂山女唱"候人兮猗"，是南方乐歌的开始；有娀氏二女唱"燕燕往飞"，是北方乐歌的开始；夏代孔甲在东阳作《破斧》歌，是东方乐歌的开始；商代整甲在西河想念故居而作歌，是西方乐歌的开始。历代音律声调的演变，是很复杂的。刘勰认为周代乐官采集百姓歌谣，乐人将其加工成为乐曲，因为有感而发，故而真挚动人。"师旷觇风于盛衰，季札鉴微于兴废"故事是古代音乐与政治相通的生

---

① ［秦］吕不韦编，许维遹集释，梁运华整理《吕氏春秋集释》卷五，中华书局，2009年版，第119页。

② 《庄子集解》卷八，第289页。

③ 《吕氏春秋集释》卷五，第123页。

④ 《吕氏春秋集释》卷五，第124页。

⑤ 《文心雕龙注》卷二，第101页。

动例证。刘勰进一步阐述道:“夫乐本心术,故响浃肌髓,先王慎焉,务塞淫滥。敷训胄子,必歌九德,故能情感七始,化动八风。”[①]正是因为音乐与社会、人生有密切关联,所以音乐制作应该特别慎重,极力避免“淫滥”。刘勰对上古三代音乐的看法与儒家经典表述一致,没有更多创新。

刘勰认为汉代以来乐府没有很好地继承周代音乐传统,所作乐府或是文辞不够雅正,或是音乐流于郑卫。春秋时期,礼崩乐坏,始皇焚书,《乐经》遂亡。汉承秦制,重建礼乐,音乐已经失去了中和之美。到汉武帝表彰儒术,扩大乐府职能,采诗夜诵,有赵代秦楚之讴,李延年等制作雅乐,司马相如等写作歌辞,音乐活动十分繁盛。但所制新乐和歌辞却都不够理想,其具体表现有四:第一,李延年以新声制作雅乐,朱买臣、司马相如等人用楚辞体写作歌辞。即所谓的“延年以曼声协律,朱马以骚体制歌”。[②]第二,所作歌辞不够雅正。即所谓“《桂华》杂曲,丽而不经,《赤雁》群篇,靡而非典”。[③]第三,河间献王刘德整理进献了一整套雅乐,最接近周代雅乐,朝廷却不常行用,而朝廷常用的雅乐却不是雅声。[④] 即所谓“河间荐雅而罕御”。[⑤]第四,汲黯公开批评汉武帝以《天马歌》祭祀祖宗。即所谓“故汲黯致讥于《天马》也”。[⑥]关于汲黯讥讽《天马歌》事,虽然后人多以公孙弘卒年判定汲黯和公孙弘不可能就此事争论,但汉武帝时确实以《天马歌》祭祀祖

---

①②③⑤⑥ 《文心雕龙注》卷二,第101页。

④ 《汉书·礼乐志》记载河间献王刘德献雅乐事曰:“是时,河间献王有雅材,亦以为治道非礼乐不成,因献所集雅乐。天子下大乐官,常存肄之,岁时以备数,然不常御,常御及郊庙皆非雅声。”见《汉书》卷二二,第1070页。

宗，时人有类似批评也在情理之中。加之，上文所述刘勰对西汉雅乐的看法包括汲黯致讥于《天马》事也与《汉书·礼乐志》所载完全一致。如《汉书·礼乐志》云："今汉郊庙诗歌，未有祖宗之事，八音调均，又不协于钟律，而内有掖庭材人，外有上林乐府，皆以郑声施于朝廷。"①其中所载"今汉郊庙诗歌，未有祖宗之事"和"皆以郑声施于朝廷"的情形都与刘勰所述一致。刘勰认为汉武帝以后，到元帝、成帝时音乐更加淫靡，雅正的音乐因不能适应一般人的爱好已难以发展。即所谓"迩及元成，稍广淫乐。正音乖俗，其难也如此"。② 到了东汉，郊庙歌辞虽然文辞典雅，但音乐上仍然不能复古。即所谓"暨后郊庙，惟杂雅章，辞虽典文，而律非夔旷"。③

《文心雕龙·乐府》又叙魏晋乐府诗创作特点云："至于魏之三祖，气爽才丽，宰割辞调，音靡节平。"④合乐诗歌要讲究声律，即声、韵、调错杂使用才便于歌唱。魏之三祖的诗歌符合这一要求，说明他们懂得歌辞创作规律，作诗时自觉讲究声律，能很好地与音乐结合，所以刘勰以"宰割辞调，音靡节平"称赞他们的乐府创作成就。对于《文心雕龙·乐府》中这几句记载，多被认为是在称赞魏之三祖所作乐府诗很美，因"丽"和"靡"都有美丽之意。笔者以为，这种解释并没有说清魏之三祖"宰割辞调"与绮靡诗风之间的关联，因此有必要对其间关系作出更清晰的揭示。⑤

---

① 《汉书》卷二二，第 1071 页。

②③④ 《文心雕龙注》卷二，第 102 页。

⑤ 关于魏之三祖"宰割辞调"在诗歌史上的重大意义，可参看拙文《魏之三祖"宰割辞调"的诗歌史意义》，《光明日报》2017 年 4 月 17 日"文学遗产"版，后收入拙著《乐府文献考论》，第 402 页。

“宰割辞调”中的“宰割”，本指杀牲切肉，有分割、支配义。“辞调”，即歌辞用字声调。“宰割词调”就是切割词语，按声调进行搭配。歌辞配乐时确实需要适当加工，因为句式长短、声韵高下，都可能影响入乐效果。《文心雕龙·乐府》云：“凡乐辞曰诗，诗声曰歌，声来被辞，辞繁难节；故陈思称李延年闲于增损古辞，多者则宜减之，明贵约也。”[①]李延年“增损古辞”，也是在“宰割”歌辞。据《晋书·乐志》记载，汉末大乱，乐府毁坏、乐章亡缺，魏武帝使杜夔等人复建才初具规模。但到了魏文帝黄初年间，柴玉、李延年之徒，“复以新声被宠，改其声韵。”[②]《晋书·乐志》还记载了他们所改的具体篇目：“杜夔传旧雅乐四曲，一曰《鹿鸣》，二曰《驺虞》，三曰《伐檀》，四曰《文王》，皆古声辞。及太和中，左延年改夔《驺虞》《伐檀》《文王》三曲，更自作声节，其名虽存，而声实异。”[③]可知左延年不仅改了歌辞，而且改了音乐。《晋书·乐志》云：“三祖纷纶，咸工篇什，声歌虽有损益，爱玩在乎雕章。”[④]三祖“损益声歌”，和李延年“增损古辞”“改其声韵”意思相同。

“宰割辞调”也叫“商榷辞藻”。沈约《宋书·谢灵运传论》云：“若夫敷衽论心，商榷前藻，工拙之数，如有可言。夫五色相宣，八音协畅，由乎玄黄律吕，各适物宜。欲使宫羽相变，低昂互节，若前有浮声，则后须切响。一简之内，音韵尽

---

① 《文心雕龙注》卷二，第102—103页。

② 《晋书》卷二二，第679页。

③ 《晋书》卷二二，第684页。

④ 《晋书》卷二二，第676页。

殊；两句之中，轻重悉异。妙达此旨，始可言文。”[①]从沈约这段永明声律说的经典表述中可以看出：“商榷前藻”就是合理安排声韵，使诗歌的声、韵、调能错杂使用。《文选》收录了沈约的《宋书·谢灵运传论》，其中“商榷前藻”句李善注云：“《楚辞》曰：‘跪敷衽以陈辞。’陆机《乐府篇》曰：‘商榷为此歌。’”[②]“五色相宣，八音协畅”句李善注云：“《文赋》曰：‘暨音声之迭代，若五色之相宣。’”[③]说明沈约正是借助陆机《乐府篇》和《文赋》中有关声律的论述来阐述其声律说内涵的。

“音靡节平”中的“靡”，为亲顺、顺服之意，“平”，为均平、正当之意。“音靡节平”就是音节平顺。合上句“气爽才丽”之“丽”，就是陆机《文赋》所云“诗缘情而绮靡”中的“绮靡”。陆机对“绮靡”的解释是：“其会意也尚巧，其遣言也贵妍，暨音声之迭代，若五色之相宣。”[④]这也正是《文选》李善注沈约《宋书·谢灵运传论》“五色相宣，八音协畅”句时所引。李善进一步解释说：“言音声迭代而成文章，若五色相宣而为绣也。”[⑤]“音声迭代”，即声韵高下搭配，错落有致。魏之三祖的乐府诗“音靡节平”，就是说他们所作乐府诗声律和谐顺畅。这在《文心雕龙》其他篇章相关用语中也可以得到印证。如《诔碑》云：“观其序事如传，辞靡律调，固诔之才也。”[⑥]《章

① 《宋书》卷六七，第1779页。

②③ 《文选》卷五〇，第2220页。

④ ［晋］陆机撰，杨明校笺《陆机集校笺》卷一，上海古籍出版社，2016年版，第21页。

⑤ 《文选》卷十七，第766页。

⑥ 《文心雕龙注》卷三，第213页。

句》云："歌声靡曼，而有抗坠之节也。"①《声律》云："左碍而寻右，末滞而讨前，则声转于吻，玲玲如振玉，辞靡于耳，累累如贯珠矣。"②"辞靡律调""歌声靡曼""辞靡于耳"与"音靡节平"同义，说的都是声律的和谐顺畅，而"左碍而寻右，末滞而讨前"，说的正是"宰割辞调"时的具体情形。

在魏之三祖的影响下，魏晋诗人作诗普遍讲究声律。《文心雕龙·明诗》云："晋世群才，稍入轻绮，张潘左陆，比肩诗衢，采缛于正始，力柔于建安，或析文以为妙，或流靡以自妍，此其大略也。"③"流靡以自妍"就是陆机《文赋》中所说的"绮靡"和"贵妍"。而"析文"与刘勰所说"宰割"，陆机所说"遣词""商榷"，都是同一含义。《文心雕龙·时序》又云："然晋虽不文，人才实盛：茂先摇笔而散珠，太冲动墨而横锦；岳湛曜联璧之华，机云标二俊之采，应傅三张之徒，孙挚成公之属，并结藻清英，流韵绮靡。"④魏晋诗人作诗普遍讲究声律由此可知，而这也可以从其他记载中得到印证。如颜延之《清者人之正路》称赞荀爽云："至于五言流靡，则刘桢、张华；四言侧密，则张衡、王粲。若夫陈思王，可谓兼之矣。"⑤沈约《宋书·谢灵运传论》云："至于先士茂制，讽高历赏，子建函京之作，仲宣霸岸之篇，子荆零雨之章，正长朔风之句，并直举胸情，非傍诗史，正以音律调韵，取高前式。"⑥启功《诗文声律

① 《文心雕龙注》卷七，第 570 页。
② 《文心雕龙注》卷七，第 553 页。
③ 《文心雕龙注》卷二，第 67 页。
④ 《文心雕龙注》卷九，第 674 页。
⑤ 《全上古三代秦汉三国六朝文·全宋文》卷三六，第 2637 页。
⑥ 《宋书》卷六七，第 1779 页。

论稿》对《宋书·谢灵运传论》和《诗品下·序》所举魏晋诗人诗句一一做了分析，认定“都是律句”。[1]

曹植、陆机等人所作乐府诗因讲究声律而更方便入乐。《文心雕龙·乐府》云：“子建士衡，咸有佳篇，并无诏伶人，故事谢丝管，俗称乖调，盖未思也。”[2]意谓曹植、陆机都有乐府诗佳作，可惜没有机会被乐府演奏。一般人认为他们的乐府诗不合声律，其实这是没有仔细考虑到他们所处的写作环境。《文心雕龙·声律》还具体指出曹植等人在声韵安排上的差别：“若夫宫商大和，譬诸吹籥；翻回取均，颇似调瑟。瑟资移柱，故有时而乖贰；籥含定管，故无往而不壹。陈思潘岳，吹籥之调也；陆机左思，瑟柱之和也。概举而推，可以类见。”[3]刘勰认为，声律的全面调和犹如吹奏可以和众声的籥，回旋地运用声韵就像调和较复杂的瑟。调和瑟音须要移动弦柱，所以常常会出现不协调的情形；籥的管孔有定，因而任意吹奏都可一致。曹植和潘岳的作品，就如吹籥的无处不谐；陆机和左思的作品，就像调瑟的常有不和。这只是略举大概，其他作家作品可由此类推。

魏之三祖之所以能在推动诗歌走向声律化的进程中发挥重要作用，是因为他们垄断了乐府诗的创作权力。乐府活动属于朝廷礼乐大事，郊庙歌辞、燕射歌辞作者多为皇帝和大臣。曹魏乐府歌辞基本出自三祖之手，曹植即使贵为藩王，才高八斗，也无法染指。《宋书·乐志》引曹植《鞞舞哥序》曰：

---

① 启功《诗文声律论稿》，中华书局，2009年版，第91—100页。
② 《文心雕龙注》卷二，第103页。
③ 《文心雕龙注》卷七，第553页。

“故依前曲改作新哥五篇，不敢充之黄门，近以成下国之陋乐焉。”[①]曹植改作《鞞舞新哥》五篇，却不敢充之乐府，“不敢”者，“不能”之意也。

总之，诗歌声律化是诗人主动适应诗歌合乐要求的产物，而只有乐府诗创作才有合乐要求，魏之三祖创作乐府诗时主动追求声律，客观上开启了诗歌声律化进程。这一点钟嵘也有评价，其《诗品总序》云：“尝试言之，古曰诗颂，皆被之金竹，故非调五音，无以谐会。若‘置酒高堂上’‘明月照高楼’，为韵之首。故三祖之词，文或不工，而韵入歌唱，此重音韵之义也，与世之言宫商异矣。今既不备管弦，亦何取于声律邪？”[②]钟嵘认为今人作诗“不备管弦”，没有必要再像魏之三祖作乐府诗那样讲究声律。这反过来也正好说明，魏之三祖的乐府诗是“要备管弦”的，很讲究声律，魏之三祖是诗歌声律化的开启者。

事实上，后人也一直把诗歌声律化的功劳归于魏之三祖。如隋代李谔《上隋高祖革文华书》云：“魏之三祖，更尚文词，忽君人之大道，好雕虫之小艺。下之从上，有同影响，竞骋文华，遂成风俗。江左齐梁，其弊弥甚，贵贱贤愚，唯矜吟咏。遂复遗理存异，寻虚逐微，竞一韵之奇，争一字之巧。”[③]李谔认为魏之三祖正是齐梁绮靡诗风的始作俑者，虽然持批评态度，言辞激烈，但却也从反面说明了魏之三祖在诗歌声律化上的

---

① 《宋书》卷十九，第551页。

② ［南朝梁］钟嵘撰，王叔岷笺证《钟嵘诗品笺证稿》，中华书局，2007年版，第106页。

③ 《全上古三代秦汉三国六朝文·全隋文》卷二〇，第4135页。

贡献。当然,并非所有人都像李谔这样对魏之三祖持批评态度,如《新唐书·宋之问传》的表述就比较平和:“魏建安后迄江左,诗律屡变,至沈约、庾信,以音韵相婉附,属对精密。及之问、沈佺期,又加靡丽,回忌声病,约句准篇,如锦绣成文。学者宗之,号为‘沈、宋’。”[①]《新唐书》编纂者也把诗歌声律化的源头追溯到建安时期。李白《古风五十九首》其一有句云:“自从建安来,绮丽不足珍。”[②]建安诗歌以刚健著称,为何成了“绮丽”诗风的源头?笔者一直心存疑问,至此才豁然开朗:魏之三祖作乐府歌辞时为方便入乐有意安排声韵,从而开启了诗歌声律化进程,诗风也就自此走向了“绮丽”一路。

刘勰虽然肯定了魏之三祖乐府诗的长处,但也有批评意见。如《文心雕龙·乐府》云:“观其《北上》众引,《秋风》列篇,或述酣宴,或伤羁戍,志不出于淫荡,辞不离于哀思,虽三调之正声,实《韶》《夏》之郑曲也。”[③]曹操的《北上行》和曹丕的《燕歌行》等都是乐府诗名篇,[④]都属于相和歌辞,配合清商三调演唱。但刘勰认为这些歌辞无论叙述宴饮还是哀叹出征,内容都不免过分放纵,句句离不开悲哀的情绪,虽然直接继承了汉乐府传统,但是与《韶乐》《大夏》等古乐相比却不够雅正。换言之,刘勰认为曹操《北上行》和曹丕《燕歌行》等乐

---

① 《新唐书》卷二〇二,第5751页。

② [唐]李白撰,[清]王琦注《李太白全集》卷二,中华书局,1977年版,第87页。

③ 《文心雕龙注》卷二,第102页。

④ 《乐府诗集·相和歌辞》魏武帝《苦寒行》解题引《乐府解题》曰:“晋乐奏魏武帝《北上篇》,备言冰雪溪谷之苦。其后或谓之《北上行》,盖因武帝辞而拟之也。”见《乐府诗集》卷三三,第496页。

府诗,歌辞过于表现个人情感,不合儒家雅正中和之美。其实,魏之三祖、曹植以及建安七子的乐府诗恰恰是兼顾了乐府仪式功能和个人抒情功能,实现了政治价值和艺术价值的完美融合,是值得充分肯定的。刘勰囿于儒家教条,贵古贱今,这种批评意见不够公允,并不可取。

《文心雕龙·乐府》接着叙述晋代乐府云:"逮于晋世,则傅玄晓音,创定雅歌,以咏祖宗;张华新篇,亦充庭万。然杜夔调律,音奏舒雅;荀勖改悬,声节哀急;故阮咸讥其离声,后人验其铜尺;和乐精妙,固表里而相资矣。"①刘勰指出傅玄、张华等重臣为朝廷创作雅乐歌辞,其中有宗庙歌辞,也有舞曲歌辞。但是晋代雅乐音乐却不够完美,杜夔所传汉代雅乐节奏舒缓,而荀勖所作新律却感伤急促。所以,他得出的结论是:和谐的乐曲之所以能达到精妙的地步,是要各方面相配合的,既要有好的歌辞,也要有好的音乐,才能成为完美的歌曲。

有鉴于此,《文心雕龙·乐府》也特别强调歌辞的重要性。刘勰对辞、乐关系做了这样的阐述:"故知诗为乐心,声为乐体;乐体在声,瞽师务调其器;乐心在诗,君子宜正其文。好乐无荒,晋风所以称远;伊其相谑,郑国所以云亡。故知季札观辞,不直听声而已。"②刘勰认为,诗是乐的核心和灵魂,声音是乐的外在体现。乐要靠声音体现,乐人就要把乐器调整好;乐的核心在于诗歌,诗人就应该把歌辞写好。季札听乐以观各国风俗,关注的不仅仅是乐曲,也有歌辞。这是刘勰对乐府辞、乐关系所做的深刻而辩证的阐述。

而后世学者在乐府诗的辞、乐关系上却屡起争端。如宋

---

①② 《文心雕龙注》卷二,第102页。

人郑樵《通志总序》云:“乐以诗为本,诗以声为用。风土之音曰风,朝廷之音曰雅,宗庙之音曰颂。仲尼编《诗》,为正乐也。……继风、雅之作者,乐府也。”[①]郑樵的表述和刘勰相差不多,但他反对后世像汉儒那样以义论诗,而是特别强调音乐的作用。其《正声序论》云:“近世论歌行者,求名以义,强生分别,正犹汉儒不识风雅颂之声,而以义论诗也。……呜呼!诗在于声,不在于义。”[②]郑樵批评人们不追究众多乐府诗的音乐属性,却执着于发掘诗的寓意。此类重乐之论不止郑樵一人,如宋人曾三异《同话录》曰:“声之感通者甚神!故诗能动天地、感鬼神,乐能治神人、和上下,皆主其有声也。”[③]宋人王灼《碧鸡漫志》亦曰:“诗至于动天地,感鬼神,移风俗,何也?正谓播诸乐歌,有此效耳。”[④]这些观点都强调乐的重要性。强调音乐之于乐府诗的重要性本来无可厚非,但郑樵的表述过于极端,将义理和音乐对立起来,因此又招致后世很多批评。如元人马端临就说:“盖《诗》者,有义理之歌曲也,后世狭邪之《乐府》,则无义理之歌曲也。……夫义理之胜,岂足以害事哉!”[⑤]清代朱乾《乐府正义》序亦云:“郑樵有言曰:‘理义之说胜,则声音之道微。’……窃以为不然。……理义之说不明,则无以感人心而发其欣喜爱慕之志,动其羞耻愧怍之心。如是而播以箫管,奋以鼓钟,此优伶之事,非士君子所

① 《通志二十略》,第7—8页。

② 《通志二十略》,第887页。

③ [宋]曾三异《同话录》卷二三,见《说郛三种》卷一二〇,第1091页。

④ 《碧鸡漫志校正》卷一,第2页。

⑤ 《文献通考》卷一四一,第4280页。

尚也。……义则本之经，事则案诸史，上自汉魏，下迄于唐，成书十七卷。必其善者可法，恶者可戒。……庶几乎理义明而声音亦可从此起矣。”[①]他们认为义理和音乐一样重要，并非此盛彼衰的关系。这样的观点是对郑樵极端化表述的修正。

《文心雕龙·乐府》还阐述了乐府诗的创作规律："若夫艳歌婉娈，怨诗诀绝，淫辞在曲，正响焉生？然俗听飞驰，职竞新异，雅咏温恭，必欠伸鱼睨；奇辞切至，则拊髀雀跃；诗声俱郑，自此阶矣。”[②]刘勰认为，把艳丽、哀怨、淫荡之辞配入乐曲就不可能成为雅正之音，但世俗喜欢标新立异，倾向于新奇，新奇的乐章令人兴奋，雅正温和的歌辞令人厌烦困倦，这是辞和乐日益走向郑卫之音的根本原因。刘勰又继续阐述歌辞的特点曰："凡乐辞曰诗，诗声曰歌，声来被辞，辞繁难节；故陈思称李延年闲于增损古辞，多者则宜减之，明贵约也。观高祖之咏大风，孝武之叹来迟，歌童被声，莫敢不协；子建士衡，咸有佳篇，并无诏伶人，故事谢丝管，俗称乖调，盖未思也。”[③]刘勰认为，乐府辞句是诗，诗配上声律就变成歌。声律配合辞句时，如果辞句过于繁杂，便难以节制。李延年善为新声，对汉代所传旧曲做了很多改造，他的改造方法之一就是“增损古辞”，他的增损其实是以损为主，这说明歌辞应该注意精炼。汉高祖的《大风歌》和汉武帝的《李夫人歌》，辞句并不多，但歌唱者很容易就能配入乐曲演唱。后来曹植、陆机等人都有乐府佳作，只是因为没有配乐表演，世人没有认识到他

---

① ［清］朱乾《乐府正义》，株式会社同朋舍，1980年版，第5—8页。

② 《文心雕龙注》卷二，第102页。

③ 《文心雕龙注》卷二，第102—103页。

们的乐府诗在声律上的特点，就说他们的乐府诗不合乐，这是未经仔细考虑的错误批评。

《文心雕龙·乐府》还对曹魏改制鼓吹曲辞给予肯定："至于斩伎鼓吹，汉世铙挽，虽戎丧殊事，而并总入乐府，缪韦所改，亦有可算焉。"①缪袭、韦昭改造汉代鼓吹曲歌颂开国者功德，是对乐府传统的一个很大改造，对于这种背离乐府本事的做法，刘勰倒是给予了充分肯定。

《文心雕龙·乐府》赞语曰："八音摛文，树辞为体。讴吟坰野，金石云陛。韶响难追，郑声易启。岂惟观乐，于焉识礼。"②这是刘勰对全篇的总结。各种乐器产生种种动听的音乐，而好的歌辞却是主干。产生于乡野里的讴吟，加工成乐曲后在朝廷演奏。古代《韶》《夏》正声的传统难以继承，郑卫之音却很容易被人接受。乐府提供给人们的不仅仅是其歌舞音声，更是其背后所包含的政治礼法。

第二节　《中说》与古乐府的经学化

与刘勰《文心雕龙·乐府》对汉魏以来乐府贬多褒少不同，隋代思想家王通则大力肯定古乐府，使古乐府地位发生了巨大变化。王通效仿圣人事业，根据六经作《续书》《续诗》《礼论》《乐论》《赞易》《元经》。杜淹《文中子世家》云："大业元年，一征又不至，辞以疾。……乃续《诗》《书》，正《礼》《乐》，修《元经》，赞《易》道。盖有事于述者，九年而《六经》

①② 《文心雕龙注》卷二，第103页。

大就。”[①]《中说·魏相篇》载:“董常曰:‘夫子以《续诗》《续书》为朝廷,《礼论》《乐论》为政化,《赞易》为司命,《元经》为赏罚。此夫子所以生也。’”[②]杨炯《王勃集序》云:“文中子之居龙门也,睹隋室之将散,知吾道之未行,循叹凤之远图,宗获麟之遗制,裁成大典,以赞孔门。讨论汉魏,迄于晋代,删其诏命,为百篇以续《书》。甄正乐府,取其雅奥,为三百篇以续《诗》。又自晋太熙元年,至隋开皇九年平陈之岁,褒贬行事,述《元经》以法《春秋》。门人薛收窃慕,同为《元经》之传,未就而殁。”[③]其中《续诗》就是以古乐府接续《诗经》。

《续诗》今已不存,从现存文献记载中可知是选三百六十篇乐府以续《诗经》。杜淹《文中子世家》说《续诗》有三百六十篇:“《续诗》三百六十篇,列为十卷。”[④]这三百六十篇包含哪些时代的乐府呢?《中说·王道篇》载《续诗》“具六代始终”。[⑤]“六代”,指从两汉到隋前各代,这与唐人所说古乐府时代相当。因此,《续诗》对乐府的阐释,就是对古乐府的阐释,古乐府经学化历程由此开启。

王通认为《续诗》与《诗经》一样重要。他说:“《续诗》可以讽,可以达,可以荡,可以独处;出则悌,入则孝;多见治乱之情。”[⑥]与孔子认为《诗》可以兴、观、群、怨的说法相似。《中说·事君篇》又载:“薛收问《续诗》,子曰:‘有四名焉,有五志

① 张沛《中说译注》附录,上海古籍出版社,2011年版,第263页。
② 《中说译注》卷八,第198页。
③ 《全唐文》卷一九一,第1932页。
④ 《中说译注》附录,第264页。
⑤ 《中说译注》卷一,第8页。
⑥ 《中说译注》卷二,第59页。

焉。何谓四名？一曰《化》，天子所以风天下也；二曰《政》，蕃臣所以移其俗也；三曰《颂》，以成功告于神明也；四曰《叹》，以陈诲立诫于家也。凡此四者，或美焉，或勉焉，或伤焉，或恶焉，或诫焉，是谓五志。’”[①]这与《毛诗序》中“先王以是经夫妇，成孝敬，厚人伦，美教化，移风俗”类似。《中说·事君篇》又载：“子谓：‘《续诗》之有《化》，其犹先王之有《雅》乎？《续诗》之有《政》，其犹列国之有《风》乎？’”[②]把《续诗》看作《诗》之《雅》《颂》。在解释具体乐府诗作时他总是按照儒家解释《诗经》的做法解释《续诗》中的作品，努力发掘其中深意。如《中说·周公篇》载：“子曰：‘《大风》安不忘危，其霸心之存乎？《秋风》乐极哀来，其悔志之萌乎？’”[③]解诗之法一如《毛诗》。

王通是思想家，他无意建构乐府诗学，但他以古乐府比附《诗经》，以序《诗》之法解释古乐府，将古乐府纳入经学言说系统，开启了古乐府的经学化历程。《诗经》地位至高无上，以古乐府比附《诗经》，以汉儒序《诗》之法解释古乐府，使古乐府与儒家经典联系起来，这无疑给了古乐府一个全新定位，一个《诗经》正宗嗣响的身份。古乐府的地位被提高到无以复加的高度，影响极其深远。[④] 如明人徐祯卿《谈艺录》就说：

---

① 《中说译注》卷三，第79—80页。

② 《中说译注》卷三，第80页。

③ 《中说译注》卷四，第106页。

④ 关于王通和下文论及的李白在古乐府经学化过程中的贡献，可参看拙文《论古乐府的经典化过程》，《浙江大学学报》2020年第4期。

> 汉祚鸿朗，文章作新，《安世》楚声，温纯厚雅，孝武乐府，壮丽宏奇。缙绅先生，咸从附作。虽规迹古风，各怀刳劂。美哉歌咏，汉德雍扬，可为《雅》《颂》之嗣也。及夫兴怀触感，民各有情。贤人逸士，呻吟于下里，弃妻思妇，歌咏于中闺。鼓吹奏乎军曲，童谣发于闾巷，亦十五《国风》之次也。东京继轨，大演五言，而歌诗之声微矣。至于含气布词，质而不采，七情杂遣，并自悠圆。或间有微疵，终难掩玉。两京诗法，譬之伯仲埙篪，所以相成其音调也。[1]

徐祯卿称古乐府为“《雅》《颂》之嗣”“十五《国风》之次”，明确把古乐府当作《诗经》的继承者。明人徐献忠《乐府原》也学王通以解经方法解释古乐府。如释《房中歌》“丰草葽”章曰：“此言后妃之附托于丰大之世而生贤子以成教养之德，而世可延长也。故以‘丰草’‘女萝’兴起而为曲也。”[2]再如释《房中歌》“雷震震”章曰：“此言人君明德治天下，如雷之震，如电之耀，威于海内，而使弘大之泽广被于无疆，则后妃亦被其宠，灵可以相保令终，而世世咸寿也。”[3]“后妃之德”“人君之德”等词都是化用汉儒解释《诗经·关雎》等篇目所用话语，他用来解释古乐府，解诗之法一如王通。

唐代诗人李白深受王通《续诗》的影响。删述六经是孔

---

① ［明］徐祯卿《谈艺录》，见［清］何文焕辑《历代诗话》，中华书局，1981年版，第764页。

② ［明］徐献忠《乐府原》卷一，《四库全书存目丛书》，集部第303册，齐鲁书社，1997年版，第731页。

③ 《乐府原》卷一，第731—732页。

子的圣人事业，王通以《续诗》效孔子事业，李白也心怀这一志向。李白于古乐府学有独到心得，权德舆《右谏议大夫韦君集序》云："初，君（韦渠牟）年十一，尝赋《铜雀台》绝句，右拾遗李白见而大骇，因授以古乐府之学。"①古乐府学寄托着李白的诗学追求，李白古乐府学的核心精神就是效法孔子，实现"删述"之志。其《古风五十九首》其一云："大雅久不作，吾衰竟谁陈。王风委蔓草，战国多荆榛。龙虎相啖食，兵戈逮狂秦。正声何微茫，哀怨起骚人。扬马激颓波，开流荡无垠。废兴虽万变，宪章亦已沦。自从建安来，绮丽不足珍。圣代复元古，垂衣贵清真。群才属休明，乘运共跃鳞。文质相炳焕，众星罗秋旻。我志在删述，垂辉映千春。希圣如有立，绝笔于获麟。"②李白有感于大雅不作，王风委地，正声微茫，宪章沦缺，所以欲效孔子，实现删述之志。李白和王通一样，都有删述之志，但二者又有不同。吴相洲《乐府学概论》指出二者的不同之处说："王通以古乐府接续《诗经》，给李白以很大启发：王通续《诗》以实现'删述'之志，李白作诗以实现'删述'之志；王通'述而不作'，选取古乐府阐释诗教；李白'作而不述'，创作古乐府直陈诗教。李白古乐府学和古乐府创作一体两面，都是意在实现其删述之志。"③可知李白和王通实现删述之志的方法不同，王通通过选取古乐府接续《诗经》、阐释诗教，李白通过创作古乐府传达诗教。

李白在古乐府创作中确实特别强调诗教意义的传达，对

---

① 《全唐文》卷四九〇，第 5000 页。

② 《李太白全集》卷二，第 87 页。

③ 《乐府学概论》，第 232 页。

此宋人早有论述。如释契嵩《书李翰林集后》云:“余读李翰林集,见其乐府诗百余篇,其意尊国家,正人伦,卓然有周诗之风,非徒吟咏情性、咄呕苟自适而已。”①葛立方《韵语阳秋》对此分析的更为具体:

> 李白乐府三卷,于三纲五常之道,数致意焉。虑君臣之义不笃也,则有《君道曲》之篇,所谓“风后爪牙常先太山稽,如心之使臂。小白鸿翼于夷吾,刘葛鱼水本无二”。虑父子之义不笃也,则有《东海勇妇》之篇,所谓“淳于免诏狱,汉主为缇萦。津妾一棹歌,脱父于严刑。十子若不肖,不如一女英”。虑兄弟之义不笃也,则有《上留田》之篇,所谓“田氏仓卒骨肉分,青天白日摧紫荆。交柯之木本同形,东枝憔悴西枝荣。无心之物尚如此,参商胡乃寻天兵”。虑朋友之义不笃也,则有《箜篌谣》之篇,所谓“贵贱结交心不移,惟有严陵及光武”“轻言托朋友,对面九疑峰”“管鲍久已死,何人继其踪”。虑夫妇之情不笃也,则有《双燕离》之篇,所谓“双燕复双燕,双飞令人羡。玉楼珠阁不独栖,金窗绣户长相见”。②

李白创作古乐府以维护纲常,与王通《续诗》“以辨风俗”,可谓异曲同工。王通述而不作,李白以作代述,李白写作古乐府也是在阐释古乐府。

---

① [宋]释契嵩撰,林仲湘、邱小毛校注《镡津文集校注》卷十六,巴蜀书社,2014年版,第310页。

② [宋]葛立方《韵语阳秋》卷十,见《历代诗话》,第557页。

第三节　《乐府杂诗序》《乐府古题序》《新乐府序》中的新乐府理论

与李白等人努力恢复古乐府传统相反，唐代还有一批诗人大力倡导新乐府。卢照邻《乐府杂诗序》、元稹《乐府古题序》、白居易《新乐府序》《新乐府·采诗官》《与元九书》等文集中阐述了新乐府理论。

与王通大力肯定古乐府不同，卢照邻《乐府杂诗序》对周代以来的乐歌提出了严厉批评：

> 王风国咏，共骊翰而升沈；里颂途歌，随质文而沿革。以少卿长别，起高唱于河梁；平子多愁，寄遥情于垅坂。南浦动关山之役，作者悲离；东京兴党锢之诛，词人哀怨。其后鼓吹乐府，新声起于邺中；山水风云，逸韵生于江左。言古兴者，多以西汉为宗，议今文者，或用东朝为美。落梅芳树，共体千篇；陇水巫山，殊名一意。亦犹负日于珍狐之下，沈萤于烛龙之前。辛勤逐影，更似悲狂，罕见凿空，曾未先觉。潘、陆、颜、谢，蹈迷津而不归；任、沈、江、刘，来乱辙而弥远。①

卢照邻沿袭了班固、刘勰对汉魏以来乐府贬多褒少的看法，也认为古乐府没有很好地继承周代乐歌。他对古题乐府写作体制提出了严重质疑：乐府拟作一向要求遵守曲调本事，从而形

① 《卢照邻集校注》卷六，第335—339页。

成了"《落梅》《芳树》,共体千篇;《陇水》《巫山》,殊名一意"的现象,这在卢照邻看来,是误入歧途,是诗人缺少反思和创新能力的表现。因此他强烈主张"发挥新题,孤飞百代之前;开凿古人,独步九流之上。自我作古,粤在兹乎"![1] 但是卢照邻只是提出了这一理论主张,他本人并没有写出"自我作古"的新乐府诗。

到了中唐后期,李绅、元稹、白居易有意识地写作新乐府,并对新乐府做了理论阐述。李绅的新题乐府没有流传下来,其有关理论阐述只能从元稹《和李校书新题乐府十二首》题下注释中看到一些片段。元稹的新乐府理论集中体现在其《乐府古题序》中。在新乐府创作上,白居易后来居上,大幅度地提升了新乐府的创作规模。新乐府组诗创作,由李绅的十二首,元稹的二十首,增加到白居易的五十首。此外,白居易在《与元九书》《新乐府序》《新乐府・采诗官》等一系列诗文中都阐述了他的新乐府理论。

元、白等人进一步完善了新乐府概念。最早卢照邻在《乐府杂诗序》中只是提出要"发挥新题",但他并没有创作新乐府。之后杜甫创作了一些新乐府,但却并未明确表示所作就是新乐府。元结也创作了一些新乐府,但他将自己所作新乐府叫作"系乐府"。到了李绅、元稹,才把所作新乐府称作"新题乐府"。到白居易,则明确称作"新乐府"。白居易《与元九书》云:"因事立题,题为《新乐府》。"[2]可见白居易所谓

① 《卢照邻集校注》卷六,第 340 页。

② [唐]白居易撰,朱金城笺校《白居易集笺校》卷四五,上海古籍出版社,1988 年版,第 2794 页。

的新乐府，也是指新题乐府。梳理“新乐府”这一称谓出现的过程可以看出，从卢照邻的“发挥新题”，到元结的“系乐府”，再到李绅、元稹的“新题乐府”，最后到白居易的“新乐府”，新乐府概念越来越清晰。

在颠覆古乐府传统上，元、白等人的态度更彻底，表述更清晰。[①] 元稹《乐府古题序》云：

> 况自《风》《雅》，至于乐流，莫非讽兴当时之事，以贻后代之人。沿袭古题，唱和重复，于文或有短长，于义咸为赘剩。尚不如寓意古题，刺美见事，犹有诗人引古以讽之义焉。……近代唯诗人杜甫《悲陈陶》《哀江头》《兵车》《丽人》等，凡所歌行，率皆即事名篇，无复倚傍。予少时与友人乐天、李公垂辈，谓是为当，遂不复拟赋古题。[②]

元稹把是否讽喻现实作为评价乐府优劣的标准，他认为写作古题不如借古题讽喻时事，借古题讽喻时事不如写作新题。这样的看法是卢照邻《乐府杂诗序》未曾论及的。元、白等人把乐府的现实功用强调到了极点。白居易在《新乐府序》中表示：“其辞质而径，欲见之者易谕也。其言直而切，欲闻之者深诫也。其事核而实，使采之者传信也。其体顺而肆，可以播于乐章歌曲也。总而言之，为君、为臣、为民、为物、为事而作，不为文而作也。”[③]白居易认为，新乐府在内容上还必须为

① 对于这一问题，可参看吴相洲、张桂芳《论元白对古乐府传统的颠覆》，《文学评论》2010 年第 1 期。

② 《元稹集》卷二三，第 292 页。

③ 《白居易集笺校》卷三，第 136 页。

臣、为民、为物、为事而作，要为具体的现实政治而创作，不能为了作诗而作诗，显然很强调新乐府的政治讽喻性。而元稹所说的“沿袭古题，唱和重复，于文或有短长，于义咸为赘剩”，也较卢照邻“《落梅》《芳树》，共体千篇；《陇水》《巫山》，殊名一意”的说法更加犀利，对古乐府的批评也更加彻底。照此说法，古乐府就只有文学价值，没有社会价值了。

元、白等人还阐述了一些乐府学知识。如元稹《乐府古题序》对乐府诗的入乐情况做了区分：一种是“因声以度词”。《乐府古题序》云：“在音声者，因声以度词，审调以节唱，句度短长之数，声韵平上之差，莫不由之准度。”①具体包括“操、引、谣、讴、歌、曲、词、调”八个诗题标记。一种是“选词以配乐”。《乐府古题序》云：“皆属事而作，虽题号不同，而悉谓之为诗可也。后之审乐者，往往采取其词，度为歌曲，盖选词以配乐，非由乐以定词也。”②具体包括“诗、行、咏、吟、题、怨、叹、章、篇”九个诗题标记。这是继沈约之后，曲学家之前，对词乐关系最清晰的揭示。“因声以度词”也自此成为一个关键概念，被后世用来揭示词体的起源。如宋人吴曾《能改斋漫录》在谈到词的起源时就说：“迄于开元、天宝间，君臣相与为淫乐，而明皇尤溺于夷音，天下熏然成俗。于时才士，始依乐工拍但之声，被之以辞，句之长短，各随曲度，而愈失古之‘声依永’之理也。”③“声依永”就是“选词以配乐”，而“句之长短，各随曲度”就是“因声以度词”。

①② 《元稹集》卷二三，第291页。

③ ［宋］吴曾《能改斋漫录》卷十七，上海古籍出版社，1979年版，第537页。

元稹《乐府古题序》还指出了文人编辑的《乐录》存在不当之处。如:“而纂撰者由诗而下十七名,尽编为《乐录》。乐府等题,除《铙吹》《横吹》《郊祀》《清商》等词在《乐志》者,其余《木兰》《仲卿》《四愁》《七哀》之辈,亦未必尽播于管弦明矣。后之文人,达乐者少,不复如是配别。”[①]元稹认为不应把那些不入乐的诗歌编入乐府。这一看法过于绝对,需要具体分析。前人将元稹提及的《木兰》《仲卿》等诗作收入《乐录》,必然不是随意收录,应当有所依凭。且郭茂倩在编撰《乐府诗集》时曾看到过元稹《乐府古题序》,但却仍将《木兰》编入《乐府诗集·横吹曲辞》的“梁鼓角横吹曲”中,将《仲卿》编入《乐府诗集·杂曲歌辞》中,这说明元稹这一观点并未得到广泛认同,至少最有影响力的乐府诗总集《乐府诗集》的编撰者郭茂倩并不同意他的观点。

元稹纠正了“乐府肇于汉魏”的说法。《乐府古题序》云:“刘补阙云:‘乐府肇于汉魏。’按仲尼学《文王操》,伯牙作《流波》《水仙》等操,齐牧犊作《雉朝飞》,卫女作《思归引》,则不于汉魏而后始,亦以明矣。”[②]刘补阙具体情况不详,其所云“乐府肇于汉魏”是就乐府总体状况而言,虽然部分琴曲和歌谣确实出自先秦,但这并不能改变绝大部分乐府产生于汉代这一基本事实。《乐府古题序》云:“其有虽用古题,全无古义者,若《出门行》不言离别,《将进酒》特书列女之类是也。”[③]指出了前人写作古题乐府偶尔也会背离本事,这有助

① 《元稹集》卷二三,第 291 页。
② 《元稹集》卷二三,第 291—292 页。
③ 《元稹集》卷二三,第 292 页。

于人们了解拟作古乐府的一些实际情况。

元白新乐府辞中也涉及一些乐府学知识，从中可以看出他们倡导古乐、反对俗乐的观点。这主要体现在《华原磬》《五弦弹》《西凉伎》《法曲》《立部伎》《骠国乐》《胡旋女》《七德舞》当中。如元稹《华原磬》云：

> 泗滨浮石裁为磬，古乐疏音少人听。工师小贱牙旷稀，不辨邪声嫌雅正。正声不屈古调高，钟律参差管弦病。铿金戛瑟徒相杂，投玉敲冰杳然震。华原软石易追琢，高下随人无《雅》《郑》。弃旧美新由乐胥，自此黄钟不能竞。玄宗爱乐爱新乐，梨园弟子承恩横。《霓裳》才彻胡骑来，《云门》未得蒙亲定。我藏古磬藏在心，有时激作《南风》咏。伯夔曾抚野兽驯，仲尼暂和春雷盛。何时得向笋簴悬？为君一吼君心醒。愿君每听念封疆，不遣豺狼剿人命。①

从诗中可以看出盛唐时古乐日渐凋零、俗乐备受欢迎的状况，而诗末四句也表明元稹对这种状况持反对意见。元稹多次表达了他的这一看法，其《立部伎》题下小注曰："李传云：太常选坐部伎，无性识者退入立部伎，又选立部伎，无性识者退入雅乐部，则雅乐可知矣。李君作歌以讽焉。"②小注所引是李绅对立部伎的解释，元稹显然也很认可他的观点，对盛唐以来朝廷不重视雅乐，只重视俗乐的现象表示明确反对。白居易

① 《元稹集》卷二四，第321—322页。

② 《元稹集》卷二四，第327页。

《立部伎》题下也引述了这则小注，并表明其主旨就是“刺雅乐之替也”。[①] 其《五弦弹》题下小序也标明主旨云：“恶郑之夺雅也。”诗云：“正始之音其若何？朱弦疏越清庙歌。一弹一唱再三叹，曲淡节稀声不多。融融曳曳召元气，听之不觉心平和。人情重今多贱古，古琴有弦人不抚。更从赵璧艺成来，二十五弦不如五。”[②]古乐有很多优点，音调舒缓，曲淡节稀，一唱三叹，能令人心境平和。怎奈重今贱古已是当下人之常情，古乐已无人演奏了。

再如白居易《法曲》：

> 法曲法曲歌《大定》，积德重熙有余庆。永徽之人舞而咏。法曲法曲舞《霓裳》，政和世理音洋洋，开元之人乐且康。法曲法曲歌堂堂，堂堂之庆垂无疆。中宗肃宗复鸿业，唐祚中兴万万叶。法曲法曲合夷歌，夷声邪乱华声和。以乱干和天宝末，明年胡尘犯宫阙。乃知法曲本华风，苟能审音与政通。一从胡曲相参错，不辨兴衰与哀

---

① 《白居易集笺校》卷三，第 150 页。需要指出的是，杨荫浏对这首诗的理解有误：“他认为宫廷《雅乐》已到了十分衰落的程度，他在一首诗中讽刺《雅乐》家们，大意说，‘搞不好《燕乐》的人，才去搞《雅乐》。你们这些人，只会长期空谈乐律而已，你们说，要用这样的音乐，去感动神明，感动鸟类和兽类，那真是梦想！’他指着掌管《雅乐》的高级官吏而问，‘你们是些什么人？’所以，他对当时的《雅乐》和提倡《雅乐》的人们，是取着十分藐视的态度的。”（杨荫浏《中国古代音乐史稿》，人民音乐出版社，1981 年版，第 270 页。）事实上，白居易对当时的雅乐虽有微词，但并不反对提倡雅乐。

② 《白居易集笺校》卷三，第 188—189 页。

乐。愿求牙旷正华音，不令夷夏交相侵。①

在白居易看来，以胡乐掺入华音，会直接威胁到华夏政治兴盛，因而呼吁朝廷一定要正华音，清夷声，绝不能让胡乐侵袭到华夏之音。其诗中有自注云："法曲虽似失雅音，盖诸夏之声也，故历朝行焉。玄宗虽雅好度曲，然未尝使蕃、汉杂奏；天宝十三载，始诏诸道调法曲与胡部新声合作，识者深异之。明年冬而安禄山反也。"②自注中甚至将安史之乱的爆发与盛唐乐府表演胡部新声联系起来。这一看法并不仅仅是白居易一人的看法，而是时人的普遍认识。如《开天传信记》载：

西凉州俗好音乐，制新曲曰《凉州》，开元中列上献。上召诸王便殿同观。曲终，诸王贺，舞蹈称善，独宁王不拜。上顾问之，宁王进曰："此曲虽嘉，臣有闻焉：夫音者，始于宫，散于商，成于角、徵、羽，莫不根柢囊橐于宫、商也。斯曲也，宫离而少徵，商乱而加暴。臣闻宫，君也；商，臣也。宫不胜则君势卑，商有余则臣事僭，卑则逼下，僭则犯上。发于忽微，形于音声，播于歌咏，见之于人事。臣恐一日有播越之祸，悖逼之患，莫不兆于斯曲也。"上闻之默然。及安史作乱，华夏鼎沸，所以见宁王审音之妙也。③

① 《白居易集笺校》卷三，第145页。

② 《白居易集笺校》卷三，第145页。

③ ［唐］郑綮撰，丁如明校点《开天传信记》，见《唐五代笔记小说大观》，第1224页。

开元年间，胡部乐曲升堂演奏，到天宝年间，乐曲多以边地名，如《凉州》《伊州》《甘州》等，这些乐曲均为异域所献曲调。宁王精通音律，他根据五音特点听出了新曲《凉州》的异常，认为是“播越之祸，悖逼之患”的征兆。尽管音乐与政治本无关联，但审乐知政在儒家理论中向来备受重视，[①]而音乐与政治治乱的关系，又往往在政治衰乱之际被强化揭出。[②]宁王的看法事后确实因为安史之乱的爆发而得到了印证，似乎无可质疑。这种看法在如今看来不免无稽，但它却反映了时人对胡乐新声与国运衰颓之间关系的认识。

---

① 《礼记·乐记》曰：“是故审声以知音，审音以知乐，审乐以知政，而治道备矣。”见《十三经注疏·礼记正义》，第1528页。《毛诗序》曰：“治世之音安以乐，其政和；乱世之音怨以怒，其政乖；亡国之音哀以思，其民困。”见《十三经注疏·毛诗正义》，第270页。

② 关于音乐与政治治乱的关系，可参看拙文《唐代边地民族乐府〈凉州〉考论》，《民族文学研究》2016年第6期，后收入拙著《乐府文献考论》，第48页。

附　录

一、从诗题标记看汉唐乐府诗创作方式的演变

汉代多数乐府诗无主名，建安以后乐府诗创作开始进入有主名时代，诗人创作从此多了一种体裁选择。那么，诗人如何看待这一诗体，怎样写作，为谁写作，是否入乐？就成了一个乐府诗学问题。而诗人写作乐府诗时在固定题名外所加的“拟”“当”“代”“赋”“系”“补”等标记，就成了研究上述问题的重要线索。以往学界对个别标记虽然有所探讨，[1]但都将

---

① 葛晓音在《八代诗史》第七章第三节对鲍照含有“代”字的乐府诗已有论述，认为“代”字表明鲍照是用新辞新意代替旧辞旧意。见葛晓音《八代诗史》，陕西人民出版社，1989年版，第216页。此后她又撰写专文对这一问题再作讨论，认为《鲍照集》里的代乐府是乐府创作中的一个特殊现象，虽然具有汉魏乐府创作传统的基本特质和不少表现元素，但并非汉魏乐府复旧。“代”字标示了他在传统基础上的创变。见葛晓音《鲍照“代”乐府体探析——兼论汉魏乐府创作传统的(接下页注)

其作为个案来研究，没有把这些标记作为乐府诗学问题进行系统考察。有鉴于此，本文拟系统考察这些诗题标记，试图从中发掘出汉唐诗人乐府诗创作方式的演变历程。

（一）

“拟”有多种含义，用于标记诗题者主要有两种：一是“模拟”，一是“草拟”。

现存最早以“拟”作为乐府诗诗题标记的是傅玄《拟楚篇》。该诗仅存“登昆仑漱玉池”“光灭星离”两句，不见于《乐府诗集》，逯钦立《先秦汉魏晋南北朝诗》将其列为乐府。《文心雕龙·辨骚》有云：“名儒辞赋，莫不拟其仪表。”[①]《拟楚篇》即属其例，题中“拟”用“模拟”意。《先秦汉魏晋南北朝诗》收陶渊明《拟挽歌三首》，[②]诗写生命之短促和生死荣枯之倏忽变迁，《乐府诗集》收入“相和歌辞”中，同时录有缪袭、陆机《挽歌》，内容体制相同。[③] 陶诗题中“拟”字，亦当为“模拟”之意。宋、齐以后用“拟”标记乐府诗题者还有很多，如宋荀昶《拟相逢狭路间行》、梁何逊《拟轻薄篇》等。唐人乐府以

(接上页注)特征》，《上海大学学报》2009年第2期。钱志熙对齐梁时期拟乐府“赋题法”的产生，赋题法与南朝诗赋创作重题、咏物之风的关系，赋题法与齐梁至唐边塞诗创作的关系也有详细讨论。见钱志熙《齐梁拟乐府诗赋题法初探——兼论乐府诗写作方法之流变》，《北京大学学报》1995年第4期。

① 《文心雕龙注》卷一，第46页。

② 《先秦汉魏晋南北朝诗·晋诗》卷十七，第1012页。

③ 《乐府诗集》卷二七，第399页。

"拟"标记诗题者共四题十首,分别是崔液《拟古神女宛转歌二首》(一作郎大家诗)、李峤《拟古东飞伯劳西飞燕》(一本题作《东飞伯劳歌》)、李暇《拟古东飞伯劳歌》、司空曙《拟百劳歌》、沈佺期《拟古别离》、崔道融《拟乐府子夜四时歌》四首。"拟"均取"模拟"之意。

"拟"在诗题中还取"草拟"之意,如梁虞骞有《拟雨诗》云:"清风送凉气,薄暮荡炎氛。虹照涟漪水,电出嵯峨云。落晖散长足,细雨织斜文。"①诗似有残缺,写喜雨之情。此前晋傅玄有《雨诗》:"徂暑未一旬,重阳翳朝霞。厥初月离毕,积日遂滂沱。屯云结不解,长溜周四阿。霖雨如倒井,黄潦起洪波。湍流激墙隅,门庭若决河。炊爨不复举,灶中生蛙虾。"②写苦雨之意。两诗相较,看不出虞作有模拟傅作的迹象,故虞作诗题中"拟"当为"草拟"意。现存"拟"题乐府诗尚无取"草拟"意之例证,唯鲍照《拟行路难十八首》或有此意。惜《行路难》曲调虽流行于民间,但并无歌辞留存,无法认定鲍照这组作品是模拟前人还是草拟歌辞。尽管如此,草拟乐府却也有事实存在。如曹操、曹植都作有《薤露》。古辞云:"薤上露,何易晞。露晞明朝更复落,人死一去何时归。"③曹操诗云:"惟汉二十二世,所任诚不良。沐猴而冠带,知小而谋强。犹豫不敢断,因狩执君王。白虹为贯日,已亦先受殃。贼臣持国柄,杀主灭宇京。荡覆帝基业,宗庙以燔丧。播越西迁移,号泣而且行。瞻彼洛城郭,微子为哀伤。"④曹植诗

---

① 《先秦汉魏晋南北朝诗·梁诗》卷五,第1611页。
② 《先秦汉魏晋南北朝诗·晋诗》卷一,第571页。
③④ 《乐府诗集》卷二七,第396页。

云："天地无穷极，阴阳转相因。人居一世间，忽若风吹尘。愿得展功勤，输力于明君。怀此王佐才，慷慨独不群。鳞介尊神龙，走兽宗麒麟。虫兽犹知德，何况于士人。孔氏删诗书，王业粲已分。骋我径寸翰，流藻垂华芬。"《乐府诗集》在曹植诗题下引《乐府解题》曰："曹植拟《薤露行》为《天地》。"①这两首诗句数相同，但曹操未按古辞写作，当为"草拟"；曹植则依古辞写作，当为"模拟"。

乐府"拟"题或有"接续"之意。《先秦汉魏晋南北朝诗·梁诗》"乐府"类所收简文帝萧纲《东飞伯劳歌二首》解题云："一云《绍古歌》。"②则《东飞伯劳歌》又名《绍古歌》，此题本有古辞，萧作体制风味与古辞无二，显然是模拟古辞而来。可知"绍"意同于"拟"，有"接续""模仿"之意。乐府诗题中另有含"效"字标记者，如宋袁淑《效曹子建白马篇》、唐钱起《效古秋夜长》、李益《效古促促曲为河上思妇作》、李商隐《又效江南曲》等，"效"皆意同于"拟"。

判定诗人以"拟"标记乐府诗题，是取"模拟"之意，还是取"草拟"之意，可以诗题中是否带有作者姓名为依据。若有，则可径直断定为"模拟"。如梁简文帝萧纲《拟沈隐侯夜夜曲》，题中有沈约姓名，"模拟"之意十分明确。若无，则需依具体情况判断。

"拟"字到西晋以后开始进入诗歌评论话语体系。如《文选》班婕妤《怨歌行》注云："《歌录》曰：《怨歌行》，古辞。然

---

① 《乐府诗集》卷二七，第397页。

② 《先秦汉魏晋南北朝诗·梁诗》卷二〇，第1923页。

言古者有此曲，而班婕妤拟之。”[①]吴兢《乐府古题要解》卷下《悲哉行》解题云：“以上乐府杂题……今但据后人所拟，采其意而注之。如曹植……拟《气出唱》为《惟乾》，《对酒行》为《於穆》……以上亦多是拟古所作，后人不复继作，故并不录。……近吴均辈多拟此等，并自为乐府，皆不见古词。”[②]元稹《乐府古题序》曰：“近代唯诗人杜甫《悲陈陶》《哀江头》《兵车》《丽人》等，凡所歌行，率皆即事名篇，无复倚傍。予少时与友人乐天、李公垂辈，谓是为当，遂不复拟赋古题。”[③]这表明“拟”作为乐府诗的一种创作方式是被人们认可的。

乐府诗题中“拟”字标记的出现，说明写作乐府诗必须有所遵循，或是为某个曲调作辞，或是为乐府机构写作歌辞。诗人明了自身创作意图，清楚是在写作乐府歌辞。

（二）

魏晋南北朝隋唐以“当”命题的乐府诗，共八题九首，分别为曹植《当欲游南山行》《当来日大难》《当墙欲高行》《当事君行》《当车已驾行》、梁范云《当对酒》、简文帝《当置酒》、唐元稹《当来日大难》、王建《当窗织》。郭茂倩《乐府诗集》认为王建《当窗织》取自梁鼓角横吹曲《折杨柳》中“女子临窗织”句，[④]但该题为乐府新题，“当”字并非在固有诗题上所加

---

① 《文选》卷二七，第1280页。
② 《历代诗话续编》，第54—55页。
③ 《元稹集》卷二三，第292页。
④ 《乐府诗集》卷九四，第993页。

标记,因此实际以“当”标记乐府诗题者只有七题八首。

“当”有多种含义,在上述七题中应取哪种含义?似乎难以遽下结论。陈释智匠《古今乐录》一段记载为理解“当”字提供了帮助:“《晋鼙舞歌》五篇:一曰《洪业篇》,当魏曲《明明魏皇帝》,古曲《关东有贤女》;二曰《天命篇》,当魏曲《大和有圣帝》,古曲《章和二年中》;三曰《景皇篇》,当魏曲《魏历长》,古曲《乐久长》;四曰《大晋篇》,当魏曲《天生烝民》,古曲《四方皇》;五曰《明君篇》,当魏曲《为君既不易》,古曲《殿前生桂树》。”[①]可见乐府诗题中“当”就是“对应”“当作”“相当于”之意。

以“当”字作为诗题标记说明诗人清楚在写作一种与旧作相对应的新作。除非有另一种情况,即原作没有“当”字,歌录作者在整理作品时加上“当”字,以区分旧作和新作。但乐府表演以新作取代旧作的情况很普遍,只有少数乐府诗题有“当”字,足见歌录编纂无此惯例。且以“当”字为题者,并非一个时代或一位诗人作品,不像是某一歌录编纂者所加,因此“当”为诗人所加才最合情理。

既然透过“当”字可以看出诗人在为某一首乐曲或某一组乐曲写作新辞,那么诗人在作“当”题乐府时是如何处理与旧作关系的呢?吴兢《乐府古题要解》解释曹植《当来日大难》时说:“拟……《善哉行》为《日苦短》。”[②]认为“当”就是“模拟”。而郭茂倩《乐府诗集·杂曲歌辞》叙论在论及《当欲游南山行》《当事君行》《当车已驾行》时却说:“又如汉阮瑀之《驾出北郭门》,曹植之《惟汉》《苦思》《欲游南山》《事君》《车已

① 《乐府诗集》卷五三,第596页。

② 吴兢《乐府古题要解》卷下,见《历代诗话续编》,第54页。

驾》《桂之树》等行……或因意命题，或学古叙事。”[①]认为曹植包括《欲游南山》《事君》《车已驾》三首诗在内的乐府诗，“或因意命题，或学古叙事”。“因意命题”，就是诗人自创新辞“当作”旧辞；“学古叙事”，就是诗人模拟旧辞以“当作”旧辞。

那么前述七题到底属于哪种情况呢？那些不见于前人曲调的作品，很可能是“因意命题”，如曹植《当墙欲高行》等；那些已有曲调的作品，很可能就是“学古叙事”了，如范云《当对酒》、简文帝《当置酒》。《对酒》为相和十五曲之第十曲，吴兢《乐府古题要解》曰：“右阙古词。曹魏乐奏武帝所赋‘对酒歌太平’。其旨言王者德泽广被，政理人和，万物咸遂。若梁范云‘对酒心自足’，则言但当为乐，勿殉名自欺也。”[②]范作虽与魏武所作同题，但题旨相去甚远。《置酒》为大曲十五曲之第十曲，《乐府诗集》所收曹植《野田黄雀行四解》解题云：“《乐府解题》曰：‘晋乐奏东阿王《置酒高殿上》，始言丰膳乐饮，盛宾主之献酬。中言欢极而悲，嗟盛时不再。终言归于知命而无忧也。’《空侯引》亦用此曲。”[③]梁简文帝《当置酒》也为五言句，虽也以置酒欢宴开篇，但主要写眼前美景，不言乐极而悲、盛时不再、知命无忧。可见范云、简文帝二作均取旧作一点元素演绎新辞，“当”仅表明诗题与古题“相当”而已。这两首“当”题乐府虽属“学古叙事”，但仍有很大自主性，“当”有“权当作”之意。

“当”题乐府增加了考察乐府诗文献留存的复杂性。如

---

① 《乐府诗集》卷六一，第678页。

② 吴兢《乐府古题要解》卷上，见《历代诗话续编》，第26页。

③ 《乐府诗集》卷三九，第570页。

曹植《当墙欲高行》又名《龙欲升天》,《乐府诗集》所收曹植《升天行二首》解题引《乐府解题》云:"《升天行》,曹植云:'日月何时留。'鲍照云:'家世宅关辅。'曹植又有《上仙箓》与《神游》《五游》《龙欲升天》等篇,皆伤人世不永,俗情险艰,当求神仙,翱翔六合之外,与《飞龙》《仙人》《远游篇》《前缓声歌》同意。"郭茂倩按语曰:"《龙欲升天》,即《当墙欲高行》也。"①这种同诗异名现象便是"当"题乐府造成的。

(三)

乐府诗题中出现"代"字,似不可解。大量以"代"标记乐府诗题的是鲍照,他有《代蒿里行》《代东门行》《代放歌行》等,凡三十三首。其他诗人也有以"代"名篇者,如嵇康《代秋胡歌诗》、萧子显《代美女篇》、萧纲《代乐府三首·楚妃叹》《代乐府三首·新成安乐宫》《代乐府三首·双桐生空井》、刘希夷《代悲白头吟》、刘方平《代宛转歌》二首等。② 但鲍照同时也以"拟"标记乐府,如《拟行路难十八首》;有不加"代""拟"的乐府,如《采菱歌七首》《幽兰五首》。可见"代"和"拟"不同,诗题中加不加"代"和"拟"也不一样。

"代"字含义丰富,最常见的是"更替"之意,《说文解字》即云:"代,更也。"③但乐府诗中尚未见诗人用此含义。在乐

---

① 《乐府诗集》卷六三,第919页。

② 李白乐府诗《司马将军歌》有注曰:"代陇上健儿陈安。"《东海有勇妇》有注曰:"代关中有贞女。"因此二诗并非直接将"代"字标记在诗题中,故正文不予列出。见《李太白全集》卷四、卷五,第248、275页。

③ [清]段玉裁《说文解字注》,中华书局,1988年版,第375页。

府诗中,“代”主要取以下两种含义。

第一,代人创作,取“代替”之意。这种标记魏时已有,曹丕、曹植都作有《代刘勋妻王氏杂诗》。细分起来,“代”出现在诗题中时,其所代对象有三种:有生者,如晋陆云《代彦先赠妇诗》、释康渊《代答张君祖诗》、宋鲍令晖《代葛沙门妻郭小玉作诗》二首、梁姚翻《代陈庆之美人为咏诗》、唐骆宾王《艳情代郭氏答卢照邻》和《代女道士王灵妃赠道士李荣》等;有往者,如萧衍《代苏属国妇诗》、曹邺《代班姬》、罗隐《代文宣王答》、李山甫《代孔明哭先主》;有神仙,如梁王筠《代牵牛答织女诗》、唐元稹《代郡斋神答乐天》。而鲍照之作直接将“代”与乐府诗题相连,没有加入被代者姓名,所以没有替人写作之意。

第二,当作某篇,取“当作”之意。“代”确有“当”意。陶渊明《归园田居诗五首》其五云:“日入室中暗。荆薪代明烛。”①诗中“代”即取“当”意。谢灵运《初去郡》曰:“庐园当栖岩。卑位代躬耕。”②其《田南树园激流植援》亦曰:“激涧代汲井,插槿当列墉。”③二诗径将“当”“代”互文对称,可知两字含义相同。不仅在诗中“代”有“当”义,在史传中也有这种用法。《晋书·杜预传》:“旨等发伏兵,随歆军而入,歆不觉,直至帐下,虏歆而还。故军中为之谣曰:‘以计代战一当

① [东晋]陶渊明撰,袁行霈笺注《陶渊明集笺注》卷二,中华书局,2003年版,第76页。

② [南朝宋]谢灵运撰,黄节注《谢康乐诗注》卷三,中华书局,2008年版,第87页。

③ 《谢康乐诗注》卷三,第91页。

万。'"[1]凡此,"代"均等同于"当",有"当作"之意。这一含义也被用到诗题中,如梁陆倕就有《以诗代书别后寄赠诗》、唐李白有《以诗代书答元丹丘》、白居易有《绝句代书赠钱员外》。前文论及乐府诗有以"当"命题者,鲍照以"代"标记乐府诗题,与乐府诗以"当"命题者相同,就是取"当作"之意。

那么鲍照为何不直接以"当"来标记乐府诗题呢?仔细分析就会发现,鲍照乐府诗题中的"代",除了"当作"之意以外,还有"接续"之意。如《代结客少年场行》,《乐府诗集》解题云:"曹植《结客篇》曰:'结客少年场,报怨洛北邙。'《乐府解题》曰:'《结客少年场行》,言轻生重义,慷慨以立功名也。'……按结客少年场,言少年时结任侠之客,为游乐之场,终而无成,故作此曲也。"[2]鲍照学曹植《结客篇》以"叙"己之"事":以少年杀人避祸远行开端,但重点又在抒发去乡远游三十载回归后的感想,表达人事变迁的感慨和蹉跎无为的失落。即使是那些古辞尚存的"代"题诗,鲍照也往往在古辞中注入新意,融入自我身世之感,如《代陈思王白马篇》拟曹植《白马篇》以述己意,重在抒发戍边悲哀和因贫贱而抱负难展的不平。总之,无论是补古辞发挥己意,还是接续古辞而注入新意,所述之意多关合鲍照自身遭际,注重抒发自我情感。可见鲍照"代"题乐府之"代"字,在"当作"之外,更多是取"接续"之义。以"代"标记乐府,表明是在借旧题以抒己情。

① 《晋书》卷三四,第1030页。

② 《乐府诗集》卷六六,第948页。

（四）

乐府诗题中还有以“赋”“赋得”作为标记者。典型标本就是现载于《谢朓集》中的两组诗，诗题是《同沈右率诸公赋鼓吹曲名先成为次》，第一组所列诗依次是沈约《芳树》、范云《当对酒》、谢朓《临高台》、王融《巫山高》、刘绘《有所思》；第二组所列诗依次是谢朓《芳树》、王融《芳树》、沈约《临高台》、王融《有所思》、刘绘《巫山高》、范云《巫山高》。同时还有《同赋杂曲名》五首，分别为檀秀才《阳春曲》、江朝请《渌水曲》、陶功曹《采菱曲》、谢朓《秋竹曲》、朱孝廉《白雪曲》。此外，梁庾肩吾有《赋得有所思》《赋得横吹曲长安道》、刘孝绰有《夜听妓赋得乌夜啼》、简文帝萧纲有《赋乐府得大垂手》、王泰有《赋得巫山高诗》、陈李爽有《赋得芳树诗》、唐徐贤妃有《赋得北方有佳人》、沈佺期有《内题赋得巫山雨》、杜审言有《赋得妾薄命》、袁朗有《赋饮马长城窟》、白居易有《赋得乌夜啼》、慧净有《与英才言聚赋得升天行》等。

“赋”有多种含义，作为诗歌创作方式，“赋”多取“铺陈叙写”之意。《释名·释典艺》云：“敷布其义谓之‘赋’。”[①]“赋”是诗歌创作的常用方法，但乐府诗有固定本事，本事约束乐府诗表现固有题材、主题和人物。以“赋”标记乐府诗题，要看诗人如何处理与原题本事或古辞的关系。其情形主要有以下三种。

第一，遵守本事，内容与古辞相近。此时“赋”是“写作”

---

① 任继昉纂《释名汇校》卷六，齐鲁书社，2006年版，第340页。

之意。如《乌夜啼》起于宋彭城王刘义康和衡阳王刘义季相会痛哭引起文帝怀疑而遭囚禁，家人望归事，歌辞多咏男女相思。刘孝绰《夜听妓赋得乌夜啼》曰："鹍弦且辍弄，鹤操暂停徽。别有啼乌曲，东西相背飞。倡人怨独守，荡子游未归。忽闻生离曲，长夜泣罗衣。"①与原作本事、歌辞一致。

第二，抛开本事，内容与古辞无关。乐府诗本事有时会失传，有时甚至连古辞也没有留下，于是后人径直抛开本事，只根据题名演绎，这就是"赋题"作诗。沈约等人"赋鼓吹曲名"所作两组诗就属此类。鼓吹曲是汉代一组作品，所传古辞与曲题不合，且后来因传抄时"声辞合写"，致使部分作品不可解读。刘宋何承天私造鼓吹曲辞，就只是根据这些曲题的字面演绎歌辞。

第三，遵循本事，演绎古辞诗句。以"赋"法作诗，取前人诗句演绎，从非乐府诗中演绎出乐府诗。如徐干有《室思诗》五章，其第三章曰："自君之出矣，明镜暗不治。思君如流水，无有穷已时。"②后来很多诗人作《自君之出矣》，每首都以"自君之出矣"开头，《乐府诗集》卷六九共收入宋孝武帝、刘义恭、颜师伯、鲍令晖，齐王融、虞羲，梁范云，陈后主、贾冯吉，隋陈叔达，唐李康成、辛弘智、卢仝、雍裕之、张祜十五人《自君之出矣》二十一首。这种方式也被移植到其他乐府诗创作当中，如隋薛道衡作乐府诗《昔昔盐》，共二十句，唐赵嘏将每一句诗演绎成一首诗，成《昔昔盐二十首》。

"赋句"作诗与"赋题"作诗相比，更接近原题内容。因为

① 《先秦汉魏晋南北朝诗·梁诗》卷十六，第1824页。
② 《先秦汉魏晋南北朝诗·魏诗》卷三，第376页。

当遇到题名与古辞不合时,“赋题”所作乐府诗也会背离原题本事的古辞。但无论“赋题”还是“赋句”,以“赋”法写作乐府,说明诗人开始有意淡化本事,把乐府当作“诗”来写作。

(五)

到唐代,乐府诗题中出现了“系”“补”等标记。如元结有《系乐府十二首》《补乐歌》十首、皮日休有《补九夏歌》九首,均收入《乐府诗集·新乐府辞》中。

“系”之含义,元结《系乐府序》有明确阐释,他说:“天宝辛未中,元子将前世尝可称叹者,为诗十二篇,为引其义以名之,总命曰《系乐府》。古人歌咏不尽其情声者,化金石以尽之。其欢怨甚耶戏!尽欢怨之声者,可以上感于上,下化于下,故元子系之。”[①]从序文可以看出,他这十二篇诗,符合古代乐府表达欢怨、感上化下的特点,故而可以“系”于乐府之后。很显然,“系”为“连缀”“连接”“续接”之意。

“补”为“补足”“补充”之意。元结《补乐歌十首》诗序曰:“自伏羲至于殷,凡十代,乐歌有其名亡其辞。考之传记,义或存焉,故采其名义以补之,凡十篇十九章,名引其义以序之,命曰《补乐歌》。”[②]序文将元结写作《补乐歌》的缘由讲得很清楚:因十代乐歌名存辞亡,但传记之中尚存其义,故据“名”和“义”补足其“辞”。《补乐歌十首》旨在盛赞十代帝王功德,以期国

① 《全唐诗》卷二四〇,第2696页。

② [唐]元结撰,孙望点校《元次山集》卷二,中华书局,1960年版,第18页。

家制度能承续上古。这一点元结在《补乐歌十首》序文中也有交代:“今国家追复纯古,列祠往帝,岁时荐享,则必作乐,而无《云门》《咸池》《韶》《夏》之声,故探其名义以补之。”①从中也可看出,元结《补乐歌》的用意在于复古。受元结《补乐歌》的启发,晚唐皮日休作《补九夏歌》,序曰:“‘九夏亡者,吾能颂之。’乃作《补九夏歌》。”②九夏歌属于颂类,曾载入乐章,因乐崩而诗亡,皮日休作诗以补其阙。可见皮日休《补九夏歌》“补”的用意与元结《补乐歌十首》的“补”相同。

“补”乐府的说法在唐宋诗中也可找到例证。如晚唐张蠙《费征君旧居》称赞费征君诗云:“遗篇补乐府。”③宋张耒《仓前村民输麦行》诗序也称其诗是补乐府之遗:“余过宋,见仓前村民输麦,止车槐阴下,其乐洋洋也。晚复过之,则扶车半醉,相招归矣。感之,因作《输麦行》,以补乐府之遗。”④宋人曹勋还仿效元结,将诗作命名为《补乐府》十篇。⑤

(六)

清人王士祯认为诗题能反映时代特征:“予尝谓古人诗,

---

① 《元次山集》卷一,第1页。

② 《乐府诗集》卷九六,第1014页。

③ 《全唐诗》卷七〇二,第8086页。

④ 北京大学古文献研究所编《全宋诗》卷一一八七,第20册,北京大学出版社,1991年版,第13418页。

⑤ 曹勋《补乐府十篇》序云:“夫小雅废而颂声寝,王泽竭而诗不作。……予志于古而不及见者也,因申其名义,补而发之,庶几一唱三叹,当有赏音者存焉云尔。”见《全宋诗》卷一八七七,第33册,第21033页。

且未论时代，但开卷看起题目，即可望而知之……如魏晋人制诗，题是一样，宋、齐、梁、陈人是一样，初、盛唐人是一样，元和以后又是一样，北宋人是一样，苏黄又是一样。”[①]此理同样适用于乐府。通过梳理建安以还诗人们在乐府诗题中留下的“拟”“当”“代”“赋”“系”“补”等标记，可以得出如下结论。

首先，从诗题标记确实可以看出从汉至唐乐府诗创作方式的变化过程。汉代只有少数乐府诗有主名，魏晋南北朝时期乐府诗题中出现了在固有题名外所加的动词标记，如“拟”“当”“代”“赋”等。这些标记表明，诗人们开始更多关注怎样写作乐府诗。进入唐代以后，乐府诗题标记又出现了新变化，且不论以“古”“新”“正”等形容词为标记的乐府诗题，就是同样以动词“系”“补”为标记的乐府诗题，也意在写作某种乐府，强调乐府诗的性质和功用，关注什么样的诗才算是乐府诗，已经不同于魏晋南北朝诗人那样关注如何写作乐府诗了。从中可以看出，唐人较前代诗人在探索乐府诗写作问题上有明显深入。

其次，魏晋南北朝时期“拟”“当”“代”“赋”等诗题标记的出现，表明这一时期诗人创作乐府诗经历了一个如何使所作像“乐府诗”到如何使所作像“诗”的过程。“拟”强调对固有作品的模拟，力图使所作像乐府诗；“当”强调所作是一种诗歌，这些诗可以当作乐府诗；“代”强调所作只是乐府诗的“替代品”，已不在意其是否真正是乐府诗；“赋”强调是纯文学创作方式，抛开了乐府本事或古辞，完全不在乎是否像原来的乐府诗了。这一过程是乐府诗越来越远离乐府本事和古辞

① ［清］王士祯《带经堂诗话》卷二七，人民文学出版社，1963 年版，第 761 页。

的过程,同时也反映了诗人们越来越重视乐府诗的文学特性,越来越看重在乐府诗中表现自己的文学才能。

再次,乐府诗题标记在文献记录中呈现复杂状态。有些诗题标记如“拟”“代”“赋”“赋得”在诗人别集和诗歌总集中有所保留,而在《乐府诗集》中则被悉数删去。如《先秦汉魏晋南北朝诗·梁诗》卷八何逊《拟轻薄篇》,在《乐府诗集》卷六七“杂曲歌辞”中则为《轻薄篇》。鲍照大量“代”题乐府,如《代东门行》《代放歌行》《代门有车马客》等,在《鲍照集》和《先秦汉魏晋南北朝诗》中“代”字标记俱在,而在《乐府诗集》中则“代”字全无。“赋”和“赋得”也是同样的情形,如《先秦汉魏晋南北朝诗·梁诗》卷二三庾肩吾《赋得有所思》,收入《乐府诗集》卷十七“鼓吹曲辞”后题为《有所思》。谢朓等人所作《同沈右率诸公赋鼓吹曲名先成为次》在《乐府诗集》中被拆开,不再保留总诗题。这些诗题标记被郭茂倩舍弃,原因应该有两个:其一,郭茂倩《乐府诗集》根据乐府歌录编成,歌录是乐府表演脚本,艺人们只把这些诗当作歌辞,不关心这些诗是怎样写的,因此记录歌辞时去掉了标记,所以郭茂倩编入《乐府诗集》时就没有标记;其二,郭茂倩编撰《乐府诗集》时是按照曲调名称将同一曲调的作品按时间顺序排列,若照搬原有诗题标记,体例上会显得杂乱,所以删去了这些标记。当然也有例外,如“当”题乐府,《乐府诗集》中“当”字就被保留了下来。前述七题八首“当”题乐府诗中,只有梁范云《当对酒》一首收入《乐府诗集》后去掉了“当”字,其他六首收入《乐府诗集》后诗题中“当”字俱在。

(原载吴相洲主编《乐府学》第22辑,
社会科学文献出版社,2018年6月)

二、汉唐之间“亡国之音”的认定与诗歌批评

“亡国之音”是古代音乐史和文学史的常用概念,但对于这一概念,文献表述各不相同,且带有很强的神秘色彩。“亡国之音”是客观存在的,还是主观认定的？客观存在有什么标准,具体指哪些作品？主观认定有什么依据,具体指哪些作品？这些问题都值得仔细考察。学界已有一些文章论及“亡国之音”,但多数是选取某个角度来讨论,[①]而未能从《礼记·乐记》(下文简称《乐记》)原文出发,系统梳理后世认定“亡

① 林甦《“亡国之音”辩——有感于嵇康〈声无哀乐论〉》,《南京艺术学院学报(音乐与表演版)》2005年第4期;宋静《“哀音”考论》,《文艺研究》2008年第6期;徐宝余《音乐观念的政教承载与文学承继——以“亡国之音”的观念生成与历史演变为中心》,《上海师范大学学报》2012年第5期;黎国韬《清乐“亡国之音”论略》,《中国文学研究》2012年第2期;祝丽君《“亡国之音”考论》,吴相洲主编《乐府学》第8辑,学苑出版社,2013年版,第296—307页。

国之音”的历史过程和逻辑变化,留下了有待进一步开掘的学术空间。例如,《乐记》所谓“亡国之音”是否包含《诗经》里的郑风、卫风?移乐论作诗论从何时开始?认定亡国之音有几种情况?根据诗歌认定亡国之音有何依据?这些问题都没有清晰结论。本文拟根据《乐记》本义,考察汉唐“亡国之音”的认定过程及其内在逻辑,以期对上述问题作出解答。

(一)“亡国之音”的概念、特征及所指

“亡国之音”的概念最早出自《乐记》,其文曰:

> 故治世之音安以乐,其政和;乱世之音怨以怒,其政乖;亡国之音哀以思,其民困。声音之道与政通矣。宫为君,商为臣,角为民,徵为事,羽为物。五者不乱,则无怗懘之音矣。宫乱则荒,其君骄;商乱则陂,其官坏;角乱则忧,其民怨;徵乱则哀,其事勤;羽乱则危,其财匮。五者皆乱,迭相陵,谓之慢。如此则国之灭亡无日矣。郑卫之音,乱世之音也,比于慢矣。桑间、濮上之音,亡国之音也,其政散,其民流,诬上行私而不可止也。①

孔颖达解释说:“亡国之时,民心哀思,故乐音亦哀思,由其人困苦故也。”②从《乐记》原文和孔颖达的解释可以得出三点结论:第一,声音之道与政通,所以有“治世之音”“乱世之音”和

① 《十三经注疏·礼记正义》卷三七,第1527—1528页。
② 《十三经注疏·礼记正义》卷三七,第1527页。

“亡国之音”。第二，五音不乱，为“治世之音”；五音凌乱，为“乱世之音”“亡国之音”，亡国之音悲哀而愁思。第三，“郑卫之音”是“乱世之音”，“桑间、濮上之音”是“亡国之音”，亡国之音有具体指向。

根据《乐记》的表述，“郑卫之音”“桑间、濮上之音”指的是郑卫地方音乐，《诗》里的郑风、卫风诸篇不在其中。首先，孔子曾云“诗三百，一言以蔽之，曰‘思无邪’”，[①]三百篇中并无“亡国之音”。其次，《左传》载季札观乐称赞卫风曰：“美哉渊乎！忧而不困者也。”杜预注云：“亡国之音哀以思，其民困。卫康叔、武公德化深远，虽遭宣公淫乱，懿公灭亡，民犹秉义，不至于困。”[②]季札又曰：“吾闻卫康叔、武公之德如是，是其卫风乎！”杜预注云：“康叔，周公弟；武公，康叔九世孙，皆卫之令德君也。听声以为别，故有疑言。”[③]孔颖达《春秋左传正义》还原季札听乐情景说：“鲁为季札作乐，为之歌声曲耳，不告季札以所歌之乐名也。札言‘吾闻康叔、武公之德如是’，是先闻其善。今声合其意，虽不知其名，而疑是卫风也。言‘是其卫风乎’，疑之辞也。”[④]可见卫风给季札的观感很正面。同理，《乐记》所谓“郑音好滥淫志，宋音燕女溺志，卫音趋数烦志，齐音敖辟乔志。此四者，皆淫于色而害于德，是以祭祀弗用也”，[⑤]也不是指《诗》中郑、宋、卫、齐诸国国风。

对于《诗》中郑风、卫风诸篇不是“亡国之音”的问题，清人孙希旦的看法值得注意。他认为《乐记》所谓“亡国之音”

---

① 《十三经注疏·论语注疏》卷二，第2461页。

②③④ 《十三经注疏·春秋左传正义》卷三九，第2006页。

⑤ 《十三经注疏·礼记正义》卷三七，第1528页。

指的是"声音","皆谓民俗歌谣之类,而犹未及乎乐也。"[①]因为"声"是原初歌唱,合律成文才成为"音","音"配上乐器和舞蹈才能称作"乐"。《乐记》在言及"声音之道与政通"之前就已交代:"感于物而动,故形于声。声相应,故生变,变成方,谓之音。比音而乐之,及干戚、羽旄,谓之乐。"[②]《诗》中郑风、卫风虽然来自郑卫之音,但已经加工成宫廷乐曲,与郑卫流行歌曲不能等同。

那么,"亡国之音"指哪些作品呢?《周礼·大司乐》曰:"凡建国,禁其淫声、过声、凶声、慢声。"孔颖达疏曰:"云'凶声,亡国之声,若桑间濮上'者,亦《乐记》文。郑彼注云:'濮水之上,地有桑间者,亡国之音,于此之水出也。'又引《史记》,昔武王伐纣,师延东走,自沈于濮水。卫灵公朝晋,过焉,夜闻,使师涓写之。……遂使师涓鼓之,晋侯使师旷坐而听之,抚而止之曰:'昔纣使师延作靡靡之乐,武王伐纣,师延东走,自沈于濮水。'此淫声,非新声,是其义也。"[③]郑玄和孔颖达论"亡国之音"时都提及晋平公听琴事,此事值得进一步探究。《国语》《韩非子》《史记》对此事都有记载,《韩非子·十过》所载最详:

> 昔者,卫灵公将之晋,至濮水之上……晋平公觞之于施夷之台,酒酣,灵公起曰:"有新声,愿请以示。"平公

---

① [清]孙希旦撰,沈啸寰、王星贤点校《礼记集解》卷三七,中华书局,1989年版,第978页。

② 《十三经注疏·礼记正义》卷三七,第1527页。

③ 《十三经注疏·周礼注疏》卷二二,第791页。

> 曰："善。"乃召师涓，令坐师旷之旁，援琴鼓之。未终，师旷抚止之，曰："此亡国之声，不可遂也。"平公曰："此道奚出？"师旷曰："此师延之所作，与纣为靡靡之乐也。及武王伐纣，师延东走，至于濮水而自投，故闻此声者必于濮水之上。先闻此声者其国必削，不可遂。"平公曰："寡人之所好者音也，子其使遂之。"师涓鼓究之。平公问师旷曰："此所谓何声也？"师旷曰："此所谓清商也。"公曰："清商固最悲乎？"师旷曰："不如清徵。"公曰："清徵可得而闻乎？"师旷曰："不可。古之听清徵者，皆有德义之君也。今吾君德薄，不足以听。"平公曰："寡人之所好者音也，愿试听之。"师旷不得已，援琴而鼓……平公大说，坐者皆喜。平公提觞而起，为师旷寿。反坐而问曰："音莫悲于清徵乎？"师旷曰："不如清角。"平公曰："清角可得而闻乎？"师旷曰："不可……今主君德薄，不足听之；听之，将恐有败。"平公曰："寡人老矣，所好者音也，愿遂听之。"师旷不得已而鼓之。一奏，而有玄云从西北方起；再奏之，大风至，大雨随之，裂帷幕，破俎豆，隳廊瓦。坐者散走。平公恐惧，伏于廊室之间。晋国大旱，赤地三年。平公之身遂癃病。故曰："不务听治而好五音不已，则穷身之事也。"①

根据上述记载，"濮上之音"具体曲目就清楚了，即商朝末年师延为纣王所作"靡靡之音"的遗留，名为"清商"，曲调悲哀。清人郭嵩焘又指出，"桑间"之乐是夏桀之乐，"濮上"之乐是

① 《韩非子集解》卷三，第62—66页。

商纣之乐。[1] 夏桀、商纣是亡国之君，因此给了后人一种认知指向，即亡国之君的音乐就是“亡国之音”。

总之，从《乐记》关于“声音之道与政通”的阐述中能看出“亡国之音”的概念、特点和具体所指。因后世人们普遍相信“声音之道与政通”的阐述，所以不断有人以此评论音乐和诗歌，“亡国之音”也就成了惯用的批评话语。

（二）《毛诗》移乐论作诗论

从前面的引述中可以看出，“亡国之音”不包括《诗》中作品，可是后儒论诗仍将《诗》中作品与“亡国之音”对号入座，使“亡国之音”所指不断扩大，进而由音乐认定扩展到诗歌批评。如《诗经·鼓钟》有“鼓钟将将，淮水汤汤，忧心且伤”。毛传云：“幽王用乐，不与德比，会诸侯于淮上，鼓其淫乐，以示诸侯。贤者为之忧伤。”郑笺云：“为之忧伤者，嘉乐不野合，牺、象不出门。今乃于淮水之上，作先王之乐，失礼尤甚。”[2]周幽王是亡国之君，德行不佳，不配使用先王之乐，且使用场合也不恰当。《诗经·鼓钟》虽是先王音乐，五音不乱，仍被看作“淫乐”。其实这已经不是客观认定了，而是脱离《乐记》本义的主观认定。当然，郑玄并未指出“淫乐”是“亡国之音”，但后儒解《诗》常常把“淫乐”称为“亡国之音”。如孔颖达正义引王基、王肃语云：

---

① ［清］郭嵩焘撰，梁小进主编《礼记质疑》卷十九，岳麓书社，2012年版，第470页。

② 《十三经注疏·毛诗正义》卷十三，第466页。

王基曰："所谓淫乐者，谓郑、卫桑间濮上之音，师延所作新声之属。"王肃云："凡作乐而非所，则谓之淫。淫，过也。幽王既用乐不与德比，又鼓之于淮上，所谓过也。桑间濮上，亡国之音，非徒过而已。"未知二者谁当毛旨也。①

王基认为"淫乐"是"郑、卫桑间濮上之音，师延所作新声之属"，是"亡国之音"。王肃认为"淫乐"尚未到达"亡国之音"的地步。总之，他们的着眼点已不再是五音是否协调，风格是否"哀以思"，而在于什么人使用，在什么场合使用。这显然已超出了《乐记》所说的标准。

事实上，《毛诗》已经把《乐记》的记载当作解释《诗》的纲领了。《诗大序》直接引用了"治世之音，安以乐，其政和。乱世之音，怨以怒，其政乖。亡国之音，哀以思，其民困"②一段记载，郑笺、孔疏自然要用其来解释《诗》中作品。如：

治世之音亦安以乐也。《良耜》云："百室盈止，妇子宁止。"安之极也。《湛露》云："厌厌夜饮，不醉无归。"乐之至也。……乱世之音亦怨以怒也。《蓼莪》云："民莫不谷，我独何害！"怨之至也。《巷伯》云："取彼谮人，投畀豺虎。"怒之甚也。……亡国之音亦哀以思也。《苕之华》云："知我如此，不如无生。"哀之甚也。《大东》云："眷言顾之，潸焉出涕。"思之笃也。……此云乱世、亡国

① 《十三经注疏·毛诗正义》卷十三，第466页。

② 《十三经注疏·毛诗正义》卷一，第270页。

者，谓贤人君子听其乐音，知其亡乱，故谓之乱世之音、亡国之音。①

孔颖达也意识到这样解《诗》可能有悖《乐记》本义，所以补充道：“《乐记》所云‘郑、卫之音，乱世之音；桑闲、濮上之音，亡国之音’，与此异也。”②然而，后世论者往往忽略这一点，在《诗》中强行区分治世之音、乱世之音、亡国之音。如《朱子语类》云：“郑、卫诗多是淫奔之诗。郑诗如《将仲子》以下，皆鄙俚之言，只是一时男女淫奔相诱之语。如《桑中》之诗云：‘众散民流，而不可止。’故《乐记》云：‘桑间濮上之音，亡国之音也！其众散，其民流，诬上行私而不可止也。’郑诗自《缁衣》之外，亦皆鄙俚，如‘采萧’‘采艾’‘青衿’之类是也。故夫子‘放郑声’。”③尽管这种区分悖离了《乐记》本义，但由此亦可看出《毛诗》移乐论作诗论对后人论诗产生的巨大影响。

（三）西晋“亡国之音”的当下认定和北齐南陈的事后认定

认定当下音乐为“亡国之音”最早是在西晋初年。《晋书·律历志》载：“荀勖造新钟律，与古器谐韵，时人称其精密。惟散骑侍郎陈留阮咸讥其声高，声高则悲，非兴国之音，亡国之音。亡国之音哀以思，其人困。今声不合雅，惧非德正

①② 《十三经注疏·毛诗正义》卷一，第270页。

③ ［宋］黎靖德编，王星贤点校《朱子语类》卷八〇，中华书局，1986年版，第2078页。

至和之音,必古今尺有长短所致也。”[①]阮咸精通音律,听出新律有失,称其为“亡国之音”,这一认定符合《乐记》本义。孰料一语成谶,西晋果然灭亡,荀勖乐律的缺陷真的成了亡国之兆。[②] 这似乎证明了“声音之道与政通”隐含着某种神秘规律。

亡国之君的音乐便是“亡国之音”,北齐、南陈音乐也一再验证着这一定律。《隋书·音乐志》记北齐后主事云:“唯赏胡戎乐,耽爱无已。于是繁手淫声,争新哀怨。……后主亦自能度曲……别采新声,为《无愁曲》,音韵窈窕,极于哀思……曲终乐阕,莫不殒涕。虽行幸道路,或时马上奏之,乐往哀来,竟以亡国。”[③]亡国之君恰好喜爱音乐,所爱之乐又是“极于哀思”的,这些乐曲自然就成了“亡国之音”。

最早指出北齐音乐为“亡国之音”的是北齐广宁王高孝珩。《北齐书·广宁王孝珩传》载,北齐亡国后,高孝珩“至长安,依例授开府、县侯。后周武帝在云阳,宴齐君臣,自弹胡琵琶,命孝珩吹笛。辞曰:‘亡国之音,不足听也。’固命之,举笛裁至口,泪下呜咽,武帝乃止。”[④]高孝珩称北齐音乐为“亡国之音”是在北齐亡国之后北周武帝举行的宴会上,故这种认定属于事后认定。

陈后主也是亡国之君,他喜爱的是以《玉树后庭花》为代

---

① 《晋书》卷十六,第 491 页。

② 《魏书·乐志》载:“晋世荀勖典乐,与郭夏、宋识之徒共加研集,谓为合古,而阮咸讥之。金行不永,以至亡败,哀思之来,便为验矣。”见《魏书》卷一〇九,第 2826—2827 页。

③ 《隋书》卷十四,第 331 页。

④ 《北齐书》卷十一,第 145—146 页。

表的一批宫廷乐曲,[①]这些乐曲都具有声辞哀怨的特点。《隋书·音乐志》载:“及后主嗣位……又于清乐中造《黄鹂留》及《玉树后庭花》《金钗两臂垂》等曲,与幸臣等制其歌词,绮艳相高,极于轻薄。男女唱和,其音甚哀。”[②]《隋书·五行志》亦有类似记载。[③] 这些“音甚哀”“词甚哀怨”的乐曲正好符合《乐记》中“亡国之音”的本义。明确指出这些乐曲为“亡国之音”的是隋文帝。《北史·高祖文帝纪》载,隋灭陈后,高祖“设亡陈女乐,谓公卿等曰:‘此声似啼,朕闻之甚不喜,故与公等一听亡国之音,俱为永鉴焉。’”[④]高祖指出陈国女乐是“亡国之音”,这显然属于事后认定。这种认定影响至大,此后《玉树后庭花》等曲俨然成为人们惯称的“亡国之音”的代表。

(四)隋朝亡国之音认定及诗歌批评

隋文帝对“亡国之音”始终保持着高度警惕。《隋书·音乐志》载:“开皇二年,齐黄门侍郎颜之推上言:‘礼崩乐坏,其

---

① 《陈书·张贵妃传》载:“后主每引宾客对贵妃等游宴,则使诸贵人及女学士与狎客共赋新诗,互相赠答,采其尤艳丽者以为曲词,被以新声,选宫女有容色者以千百数,令习而哥之,分部迭进,持以相乐。其曲有《玉树后庭花》《临春乐》等,大指所归,皆美张贵妃、孔贵嫔之容色也。”见[唐]姚思廉《陈书》卷七,中华书局,1972年版,第132页。

② 《隋书》卷十三,第309页。

③ 《隋书·五行志》载:“祯明初,后主作新歌,词甚哀怨,令后宫美人习而歌之。其辞曰:‘玉树后庭花,花开不复久。’时人以歌谶,此其不久兆也。”见《隋书》卷二二,第637页。

④ 《北史》卷十一,第415页。

来自久。今太常雅乐，并用胡声，请冯梁国旧事，考寻古典。'高祖不从，曰：'梁乐亡国之音，奈何遣我用邪？'"[①]在隋文帝看来，不仅陈国女乐是"亡国之音"，梁乐也是"亡国之音"。他决心改变这种局面，于是有了轰轰烈烈的"开皇乐议"。遗憾的是议者能力有高有低，品行有好有坏，文帝无择善之明，弃正见而行谬说。当乐人万宝常指出郑译等人所制雅乐是"亡国之音"时，文帝认可了万宝常的意见并让其制作新乐。所憾万宝常遭到排挤，所制雅乐未能施用。[②]《北史·万宝常传》载："宝常听太常所奏乐，泫然泣曰：'乐声淫厉而哀，天下不久将尽。'时四海全盛，闻言者皆谓不然；大业之末，其言卒验。"[③]这种情形与阮咸批评荀勖新律为"亡国之音"是何等相似。

文帝制作的雅乐成了"亡国之音"，炀帝喜爱的俗乐也是"亡国之音"。《隋书·音乐志》载："炀帝矜奢，颇玩淫曲……其哀管新声，淫弦巧奏，皆出邺城之下，高齐之旧曲云。"[④]隋炀帝喜好音乐，御史大夫裴蕴揣度帝意，收拢南北宫廷乐工子弟，旧曲也被拿了过来，这些"哀管新声，淫弦巧奏"的音乐自然属于"亡国之音"。当时著名乐人王令言就已从新翻琵琶

---

① 《隋书》卷十四，第345页。

② 《隋书·万宝常传》载："开皇初……后译乐成奏之，上召宝常，问其可不，宝常曰：'此亡国之音，岂陛下之所宜闻！'上不悦。宝常因极言乐声哀怨淫放，非雅正之音，请以水尺为律，以调乐器。上从之。宝常奉诏，遂造诸乐器，其声率下郑译调二律。并撰《乐谱》六十四卷，具论八音旋相为宫之法，改弦移柱之变。为八十四调，一百四十四律，变化终于一千八百声。……试令为之，应手成曲，无所凝滞，见者莫不嗟异。……太常善声者多排毁之。"见《隋书》卷七八，第1784页。

③ 《北史》卷九〇，第2983页。

④ 《隋书》卷十三，第287页。

曲《安公子》中听出了不祥之兆。《北史·万宝常传》载：

> 时乐人王令言亦妙达音律。大业末，炀帝将幸江都，令言之子尝于户外弹胡琵琶，作翻调《安公子》曲，令言时卧室中，闻之惊起，曰：“变！变！”急呼其子曰：“此曲兴自早晚？”其子曰：“顷来有之。”令言遂歔欷流涕，谓其子曰：“汝慎无从行，帝必不反。”子问其故，令言曰：“此曲宫声往而不反。宫，君也，吾所以知之。”帝竟被弑于江都。①

王令言精通音律，他从新翻《安公子》曲的五音特点听出端倪，预测炀帝巡幸江都将有去无回，后炀帝果然被弑于江都。王令言根据五音特点认定“亡国之音”，符合《乐记》中“亡国之音”的标准，是客观认定。

政治不理想，音乐是“亡国之音”，同时代诗歌创作也遭到差评，被定性为“亡国之音”。如《北齐书·文苑传》载：

> 沈休文云：“自汉至魏，四百余年，辞人才子，文体三变。”然自兹厥后，轨辙尤多。江左梁末，弥尚轻险，始自储宫，刑乎流俗，杂沾滞以成音，故虽悲而不雅。爰逮武平，政乖时蠹，唯藻思之美，雅道犹存，履柔顺以成文，蒙大难而能正。原夫两朝叔世，俱肆淫声，而齐氏变风，属诸弦管，梁时变雅，在夫篇什。莫非易俗所致，并为亡国之音；而应变不殊，感物或异，何哉？盖随君上之情欲也。②

① 《北史》卷九〇，第 2983 页。

② 《北齐书》卷四五，第 602 页。

《北齐书》直接用《乐记》中的"亡国之音"评论南朝诗歌，并指出这些诗歌"杂沾滞以成音""悲而不雅"，立论角度与《乐记》表述一致。无独有偶，魏徵《隋书·文学传论》的评价与此极为相似："梁自大同之后，雅道沦缺，渐乖典则，争驰新巧。简文、湘东，启其淫放，徐陵、庾信，分路扬镳。其意浅而繁，其文匿而彩，词尚轻险，情多哀思。格以延陵之听，盖亦亡国之音乎！周氏吞并梁、荆，此风扇于关右，狂简斐然成俗，流宕忘反，无所取裁。"①魏徵论及梁朝诗歌，也直接使用了"亡国之音"这一评价话语。显然，这样的不约而同反映出的是他们对《乐记》观点的认同和对齐梁诗歌的共识。

（五）唐太宗朝"亡国之音"的讨论及中宗、玄宗朝的当下认定

隋朝灭亡，殷鉴不远，唐太宗虚心纳谏，戒骄戒盈，但并不歧视"亡国之音"。《旧唐书·音乐志》载：

> 武德九年，始命孝孙修定雅乐，至贞观二年六月奏之。太宗曰："礼乐之作，盖圣人缘物设教，以为撙节，治之隆替，岂此之由？"御史大夫杜淹对曰："前代兴亡，实由于乐。陈将亡也，为《玉树后庭花》；齐将亡也，而为《伴侣曲》，行路闻之，莫不悲泣，所谓亡国之音也。以是观之，盖乐之由也。"太宗曰："不然，夫音声能感人，自然之道也，故欢者闻之则悦，忧者听之则悲。悲欢之情，在于人心，非由乐也。

① 《隋书》卷七六，第1730页。

将亡之政,其民必苦,然苦心所感,故闻之则悲耳。何有乐声哀怨,能使悦者悲乎?今《玉树》《伴侣》之曲,其声具存,朕当为公奏之,知公必不悲矣。"①

这是贞观二年修订雅乐时唐太宗与众臣关于"亡国之音"的讨论。太宗对政治有高度自信,对音乐的认识也很客观。他认为听乐感受或悲或喜,均由人的情绪决定,与音乐本身无关。将亡之政,百姓受苦,闻乐必觉悲哀。《玉树》《伴侣》等"亡国之音"在当下听来,并不会令人哀伤。这种看法颇似嵇康《声无哀乐论》的观点,也符合《乐记》"声音之道与政通"的本义。魏徵认同太宗的观点,所以他在《隋书·文学传序》中没有全盘否定南朝文风,而是主张融合南北、各取所长,为唐诗的健康发展奠定了理论基础。

然而,持太宗、魏徵这种看法的人是少数,②很多人不断用"亡国之音"警示不依礼行乐者。如唐中宗景龙年间,武平一曾上书建议朝廷禁用胡乐。《景龙文馆记》载:"比来日益流荡,异曲新声,哀思淫溺。……昔齐衰,有行《伴侣》,陈灭,有《玉树后庭花》,趋数骜僻,皆亡国之音。……凡胡乐,备四

---

① 《旧唐书》卷二八,第1040—1041页。

② 唐人李涪《乐论》也表达了类似看法,他说:"如文皇君人之道,与舜禹比隆,耆幼欣欣然得其所也。虽闻桑间、濮上,如闻《韶》《濩》之音,何《后庭花》《伴侣行》能感其心哉?哀也,乐也,系于时君。"见[唐]李涪撰,吴企明点校《刊误》卷下"乐论",中华书局,2012年版,第247—248页。然而此后也有人反对太宗这种观点,如宋人叶适就说:"盖太宗以治自矜,言和则由己,无预于乐,徵不知其指,殆浅率矣。……何其意之鄙近也!"见[宋]叶适《习学记言序目》卷三九,中华书局,1977年版,第578—579页。

夷外，一皆罢遣。……不纳。”[①]武平一认为中宗朝所用“异曲新声，哀思淫溺”，是“亡国之音”，建议罢遣，可惜中宗没有采纳。后来中宗被害身死，也正好验证了武平一所言。武平一称胡乐是“亡国之音”，是当下认定。

唐玄宗酷爱音乐，沉湎程度与齐后主、陈后主相比有过之而无不及，加之安史之乱爆发，玄宗朝后期的音乐也因此被视为“亡国之音”。《开天传信记》载：

> 西凉州俗好音乐，制新曲曰《凉州》，开元中列上献。……宁王进曰：“此曲虽嘉，臣有闻焉：夫音者，始于宫，散于商，成于角、徵、羽，莫不根柢囊橐于宫、商也。斯曲也，宫离而少徵，商乱而加暴。臣闻宫，君也；商，臣也。宫不胜则君势卑，商有余则臣事僭，卑则畏下，僭则犯上。发于忽微，形于音声，播于歌咏，见之于人事。臣恐一日有播越之祸，悖逼之患，莫不兆于斯曲也。”上闻之默然。及安史作乱，华夏鼎沸，所以见宁王审音之妙也。[②]

开元年间，胡部乐曲升堂演奏，到天宝年间，乐曲多以边地名，如《凉州》《伊州》《甘州》等，这些乐曲均为边将所献。宁王精通音律，他根据五音特点听出了新曲《凉州》的异常，认为其是“播越之祸，悖逼之患”的征兆。之后果然爆发安史之

---

① ［唐］武平一撰，陶敏辑校《景龙文馆记》附录，中华书局，2015年版，第175—176页。

② 《唐五代笔记小说大观》，第1224页。

乱，玄宗西走蜀川，险些成了亡国之君。① 从记载可见，宁王是依据五音特点作出的判断，这与《乐记》本义相符。他在当时就指出《凉州》有亡国之兆，显然属于当下认定。

（六）“亡国之音”认定与移作诗论的理论思考

通过梳理“亡国之音”的认定过程可以看出，《乐记》中“声音之道与政通”的论述被后人普遍接受。人们在使用时对原义既有继承，也有突破；既用来认定过往音乐，也用于认定当下音乐。其中是非得失值得思考。

1. 客观认定背后的宿命论

根据音乐特点认定“亡国之音”符合《乐记》所说的两条标准：五音凌乱、声音悲哀。认定者都精通音乐，如阮咸、万宝常、王令言、宁王等，一般是当下认定，事后应验。西晋音律失常，西晋灭亡；隋朝音律失常，隋朝灭亡；中宗朝音律失常，中宗被弑；玄宗朝音律失常，玄宗西逃蜀川。其中隐含的逻辑是音律失常则必然亡国，从西晋到盛唐都未能逃脱这一规律。然而究竟是音乐决定国运，还是人事决定国运？毫无疑问，音乐制作有失与政治运转反常本无直接关联，对政治起最终决定作用的是人事而非音乐。对此，《资治通鉴》有个说法：“夫礼乐有本、有文：中和者，本也；容声者，末也……苟无其本而徒有其末，一

---

① 《新唐书·礼乐志》载：“开元二十四年，升胡部于堂上。而天宝乐曲，皆以边地名，若《凉州》《伊州》《甘州》之类。后又诏道调、法曲与胡部新声合作。明年，安禄山反，凉州、伊州、甘州皆陷土蕃。见《新唐书》卷二二，第476—477页。

日行之而百日舍之,求以移风易俗,诚亦难矣。是以汉武帝置协律,歌天瑞,非不美也,不能免哀痛之诏。王莽建羲和,考律吕,非不精也,不能救渐台之祸。……晋武制笛尺,调金石,非不详也,不能弭平阳之灾。梁武帝立四器、调八音,非不察也,不能免台城之辱。"①礼乐本是一体,乐之得失并不能最终决定政治兴衰,对政治起关键作用的是君主能否依礼行事。君主依礼行事,一心谋国,政治清明,就不会有祸乱。这种看法显然比音乐失常则必然亡国之论更为客观公允。

2.主观认定背后的有罪推论

对于"亡国之音"的主观认定显然已经超出了《乐记》本义。以政治成败评定音乐好坏,更多体现的是评价主体的主观认识。(1) 或认为君主德行不称。如《鼓钟》本是先王之乐,不是"亡国之音",周幽王不称而用此乐,此乐遂成"亡国之音"。晋平公罔顾师况劝告,听"清商"曲后又听"清徵""清角"曲,受到了惩罚,也是因为德薄。(2) 或认为音乐施用场合不恰当。周幽王于淮水大会诸侯,奏先王之乐,用错了场合。(3) 或认为君主溺于夷音。齐后主、陈后主、隋炀帝、唐中宗、唐玄宗,都喜爱胡乐,故而或亡国、或逃难。亡国之君,一无是处,所做之事都被看作亡国之事,所用之乐都被视为"亡国之音",这种认定属于有罪推论,已远远超出了《乐记》本义。

3.从音乐认定到文学批评

《乐记》中"声音之道与政通"的观点对文学批评也产生了很大影响。首先,中国古代诗乐相伴而生,诗篇可能就是歌

---

① [宋]司马光编撰,[元]胡三省音注《资治通鉴》卷一九二,中华书局,1956年版,第6052页。

辞，有关音乐的批评也自然地会被移用到诗歌批评中。其次，音乐是空间艺术，也是时间艺术。在音乐消失以后，歌辞成了认定音乐的唯一依据。移乐论作诗论就是从解《诗》开始的。后人不断沿用这一做法，如清人方玉润和皮锡瑞都认为根据诗歌表现的喜怒哀乐可以判定“治世之音”和“亡国之音”。[①]自从经学家将乐论移作诗论之后，后人顺势而为，将表现哀怨情绪、淫放之志的诗作，也视为“亡国之音”。而《玉树后庭花》等曲，甚至成为“亡国之音”的标志，一再被用来警示世人。[②] 尤其在政治衰乱之际，这种观点往往被高度强调，足见其对后世影响之大。

（原载《音乐研究》2020 年第 5 期）

---

① 方玉润云：“然则刺淫之诗亦谓之亡国之音者，则又何故？夫音由心生，诗随时变。故必有是心而后成是俗，亦必因是俗而后为是诗。诗与风为转移，时因心为隆替。闻其音而知政治之得失，读其诗尚不知其国之将亡乎？古来亡国之音，桑间与濮上动辄并称，虽未必专指此诗，而此诗亦其类也。”见［清］方玉润撰，李先耕点校《诗经原始》卷四，中华书局，1986 年版，第 161 页。皮锡瑞亦云：“在心为志，发言为诗，言为心声，非可勉强，声音之道，与政相通。……即以诗辞而论，有不待笺释而知其时之为盛为衰，不必主名而见其政之为治为乱者，如《鱼丽》美万物众多，而《苕华》云‘人可以食，鲜可以饱’，则其民之贫富可知；《天保》云‘群黎百姓，徧为尔德’，而《兔爰》云‘尚寐无吪’，《苕华》云‘不如无生’，则其民之忧乐可知。是即不明言为何王之诗，而盛衰治乱之象宛然在目，其君之应受宏福与受大祸，亦了然于前矣。”见［清］皮锡瑞《经学通论》，中华书局，2015 年版，第 337 页。

② 如吴融《水调》云：“可道新声是亡国，且贪惆怅《后庭花》。”见《全唐诗》卷二七，第 380 页。杜牧《泊秦淮》亦云：“商女不知亡国恨，隔江犹唱《后庭花》。”见《全唐诗》卷五二三，第 5980 页。

三、汉唐诗学研究的几点思考

近年来汉唐诗学研究在诗格、声律论、诗歌体式、诗歌艺术表现手法和作诗法等方面都取得了很大进展，出现了一批厚重扎实的成果，提出了许多具有前瞻性和启发性的问题，这都是值得关注的。从学术进一步发展的角度而言，这些研究中体现的学术观念和方法，更值得关注和学习。笔者拟就此提出一些思考，以期为进一步的研究提供借鉴。

（一）

首先是文献史料问题。

立足于原始文献史料，在认真发掘清理的基础上提出问题，把研究引向深入，这是学术研究的一个根本原则，也是近年来许多研究取得扎实进展的重要经验。如葛晓音《先秦汉魏六朝诗歌体式研究》就做了大量原始文献史料的发掘和清理工作。[①] 她对《诗经》305篇的句式节奏逐篇作出解析，从大约70种形态中归纳出9种基本形态，从而理清了《诗经》的句序节律；逐篇细读《诗经》以来遗存文献，从《汉书》《后汉书》《晋书》《荀子》《盐铁论》等史书、子书中清理出大量韵文资料。在清理发掘原始资料的基础上，就汉魏三言体发展及其与七言的关系、汉魏两晋四言诗新变和体式的重构、早期七言的体式特征和生成原理等一系列问题，提出了全新见解，使这一时期诗歌类型和艺术表现的嬗变得到更深入的阐释。可以说，这部著作获得重要突破的基础在于重视原始文献史料的发掘。

着力于原始文献史料的发掘和清理也是卢盛江《文镜秘府论研究》的突出特点。他不仅搜集比对所有《文镜秘府论》的存世版本，而且旁猎博征，从中国诗学、音韵学、佛学、西域出土文献到日本考古学、民俗学，乃至于印度梵语发展演变历史，凡与六朝至唐诗歌声律有关的文献史料都充分发掘，细致清理，从而对《文镜秘府论》的草本、证本及传本系统，《文笔式》及皎然《诗议》等原典，《文镜秘府论》的编纂思想以及六朝至唐的诗学调声说、四声论、病累说、声病渊源、对属论、创作论等问题作出了全面而深入的研究，提出了一系列独到见解，在小西甚一等前人研究基础上，把《文镜秘府论》乃至六朝至初唐诗律学的研究向前推进了一大步。[②]

其他如赵敏俐、吴思敬《中国诗歌通史》，[③]杜晓勤《齐梁

---

① 葛晓音《先秦汉魏六朝诗歌体式研究》，北京大学出版社，2012年版。

② 卢盛江《文镜秘府论研究》，人民文学出版社，2013年版。

③ 赵敏俐、吴思敬主编《中国诗歌通史》，人民文学出版社，2012年版。

诗歌向盛唐诗歌的嬗变》,[①]孙力平《中国古典诗歌句法流变史略》等,[②]无不是在原始文献史料发掘清理基础上取得的重要成果。

深入细读是发掘清理原始文献史料的一个重要方法。当前的研究,学者们一方面在不断发掘新材料,利用新出土的墓志、域外汉籍等新史料,取得了不少有价值的发现。如胡可先根据新出土墓志和其他石刻文献研究唐诗的生成环境、唐代挽歌等问题,得出了一系列创新性结论;[③]但另一方面,新材料毕竟有限,研究中更多的是对现有传统史料的深入细读。如罗宗强的文学思想史研究,所用均为人们熟悉的材料,但他通过精读细读,清理出了魏晋南北朝和唐代文学思想发展的清晰脉络,开拓了一个全新的研究领域。[④] 近年来很多学者的研究都得益于对传统史料的深入细读,这充分反映出研究朝纵深方向拓展的趋势。

如何深入细读传统史料,是一个需要严肃对待的问题。就汉唐诗学研究而言,大量出土新材料的机会似乎不会太多,研究的主要依靠应该还是传统史料。要认识到传统史料中蕴含了丰富的历史信息,需要进行更深入的解读发掘,在深入解读中发现新的联系和问题,这需要较高的理论敏感和扎实的

---

① 杜晓勤《齐梁诗歌向盛唐诗歌的嬗变》,北京大学出版社,2009年版。

② 孙力平《中国古典诗歌句法流变史略》,浙江大学出版社,2011年版。

③ 胡可先《出土文献与唐代诗学研究》,中华书局,2012年版。

④ 罗宗强《魏晋南北朝文学思想史》,中华书局,2006年版;罗宗强《隋唐五代文学思想史》,中华书局,2003年版。

考据功底，还需要科学求实的态度。正是在这方面，近年来的研究还存在一些问题。有的研究既没有新材料，也没有新阐释；有的研究虽然征引材料的范围有所扩大，但却没有对材料进行深入解读和分析；有的研究甚至为求新说而曲解史料。凡此种种，都是不可取的。

数据统计法在近年诗歌声律体式和表现手法研究中经常用到，显示出传统文献史料发掘清理方法的进步。它根据研究需要，把诗歌声律体式以诗或句为单位进行量化统计，更能清晰显现出不同时期的发展变化，有其他方法难以比拟的长处。早年余冠英为考察七言诗的起源就作了大量统计，新时期以后这样的统计更多。如吴小平用统计数字说明五言八句式诗的形成，[①]何伟棠选择齐梁到初唐 36 位诗人的诗作，统计初唐诗歌律联出现的次数和所占比重以及各种声律格式出现的频率，用以说明永明体到近体的发展。[②] 刘跃进统计永明诗歌的律句、非律句以及押韵情况，用以说明永明体的声律特点。[③] 杜晓勤统计永明至隋末以及初唐新体诗的声律情况，用以说明齐梁诗歌到盛唐诗歌声律上的嬗变。[④] 卢盛江统计魏晋至初唐 29 位诗人 1933 首五言诗 17750 句五言句，

---

① 吴小平早在 1986 年就发表《论五言律诗对偶形式的形成》(《苏州大学学报》1986 年第 2 期)，用统计数字说明五言律诗对偶形式的形成，其之后出版的专著《中古五言诗研究》(江苏古籍出版社，1998 年版)又有更为系统的统计。

② 何伟棠《永明体到近体》，广东高等教育出版社，1994 年版。

③ 刘跃进《门阀士族与永明文学》，三联书店，1996 年版。

④ 杜晓勤《齐梁诗歌向盛唐诗歌的嬗变》，北京大学出版社，2009 年版。

用以说明八病及相关问题。①

数据统计方法的运用必须得当，否则可能适得其反。第一，统计对象和研究对象应该一致。如研究近体诗律格式的变化，应该以诗人所写近体诗为统计对象，而不应该包括古体诗。尽管以近体诗为追求的诗人，也可能写作古体诗，但如果把他们的古体诗也纳入统计范畴以说明近体诗律的问题，显然是常识性错误。第二，统计要尽量全面，尽可能统计相关的全部作品。在需要比较的时候，既要统计某一时期的作品，又要用相同的标准统计此前和此后的作品。声律统计还要考虑当时语音声调等实际情况。更为重要的是，要辩证地看待统计数据。必须认识到，即使统计已经涵盖了诗人存世的所有诗句，也并不表明这就是其当时创作的全部，因为许多作品已经湮灭在历史的长河中，而流传还是湮灭是多种因素综合作用的结果。所以就统计而言，研究者所面对的样本空间已经经过了历史的淘汰和选择，所以统计数据的准确度只能是相对的，对统计结果的分析还应该辅之以其他方面的研究。比如“比例”问题就需要辩证看待。一种诗体出现的时候，往往还是一种新的追求，那些不成熟的作品往往很难保存下来，成熟作品的数量不可能很多，所以统计得到的比例可能偏低。这时，就不应该完全依据统计比例，而应该综合考虑其他因素，才能得到与历史事实比较接近的看法。

立足于原始文献史料要求学者必须很好地处理学界成说、权威观点与原始文献之间的关系，在三者之中更信从后者，这样才能提出更有价值的看法。如刘跃进关于《玉台新

① 卢盛江《文镜秘府论研究》，人民文学出版社，2013 年版。

咏》是一部歌辞总集的看法，梁临川关于钟嵘《诗品》原貌的考证，杜晓勤和高华平关于“王斌首创四声说”的观点，陈翀关于《文笔眼心抄》为伪作的考证，林晓光、柏俊才、赵静等关于王融在永明体中地位的讨论，等等。当然，陈尚君关于《二十四诗品》非司空图所作的观点更是振聋发聩。所有这些都因为尊重原始文献而使其观点新颖且持论有据。与此相对，目前有些研究却不是以原始文献史料为依据，而处处以某个权威学者的论述为依据，以大量引述权威学者的论述取代对原始文献的分析。论声律，必将郭绍虞等前辈学者的观点罗列一遍，看不到研究者本人对原始文献史料的清理和发掘。有些研究甚至罔顾是否有文献史料依据而凭空猜想和推理，提出了一些匪夷所思的观点。如称平头、上尾、蜂腰、鹤膝是律体诗拗句之病，旁纽、正纽是指永明体“粘”接规则，大韵、小韵是指永明体押“韵”规则等。

（二）

其次是研究思路问题。

在广泛占有、深入细读史料的基础上发现新联系，找到新突破，开拓新思路，这也是近年汉唐诗学研究的成功经验之一。

在过去的研究中，有些思路过于简单。如研究诗歌的声律体式现象，只是进行一般的分类和浅表的解释；研究一种文体和另一种文体的关系，只是把它们相同的声律、句式、词汇、用典进行排比；研究某位诗人对另一位诗人的影响，只是摘取两人相类似的诗句，相类似的诗句越多，就意味着影响越大；

研究一种思想对文学的影响,就从文学作品中查找出自这种思想典籍的语汇,等等。分类和比较是必要的,但这只是研究的第一步,要发掘材料之间的内在联系和历史文化内涵,还需要进行深入的分析。尤其对于诗歌声律体式的变化原因来说,目前已经知道的就有自然和社会的交互作用、各种文化的碰撞磨合、多样艺术形式的渗透交融等多种因素,不深入分析很难还原历史的真相。

在过去的研究中,还有些研究思路比较机械。如研究五言诗七言诗的起源,便在前代文献中寻找何处出现了五言句七言句,或者何时何处出现了完整的五言诗七言诗,认为这便是五言诗七言诗的起源。再如,只要某一诗体出现了某些平仄谐调的句子,就认为近体诗律必定受其影响。认为只要提出声病说,创作中就不应该出现病犯,只要创作出现了某种病犯,就说明当时不可能提出某种声病说。这些研究貌似建立在史料基础之上而不容置疑,实际上却是一种过于表面化的解读。事物之间的联系是普遍的,一个问题和一条史料、一种现象有联系,可能还与另一条史料、另一种现象有联系。很多问题在与这条史料和现象有联系的同时,还受其他因素的影响,其关键在于分辨主要的联系。

更有一种浮泛式的研究,只是把一些现成的框架和用语套用在研究对象上,看上去与研究对象相关联,实际上却隔靴搔痒,不能触及具体对象的艺术特质。如讨论不同作家,不出时代背景、生平事迹、思想内容、艺术特点、文化渊源几端。分析诗歌艺术,总是情景交融、意象生动、辞采华美、善用比兴、骊对工巧之类的话语。论一种诗体的特点,泛泛地说重在抒情、声韵和谐、注重词采、讲究形式等。论声律发展,泛论汉字的声、韵、调三要素，声韵和情感的关系，佛经翻译和梵音输入，乐府衰落、清谈盛行、声律兴起。论对偶，泛论对称整齐之美，与汉语一字一音特点的关系，与传统思维习惯的关系，汉民族审美意识，辩证思维方式，阴阳观念影响，对称性、装饰性、完整性。论诗歌体式变化，泛论音乐化和诗化、俗化和雅化、自由化和格律化、散文化和音乐美的互补、节奏的整齐和谐。在这些研究中，材料是历史的，研究对象是具体的，但研究者却把历史情境和对象特质淹没了，只剩下放之四海皆准的程式性套语。很多诗歌都是情景交融，善用比兴，这一家的特点在哪里？声律发展与乐府衰落、佛经翻译、梵音传入可能有联系，但到底是什么联系？永明之前是自然的声律，所谓自然的声律究竟是什么？对偶当然有对称、整齐之美，与汉语一字一音特点有关系，但停留在这一步问题就解决了吗？历史真切的面貌就清楚了吗？这些问题都需要有具体而深入的讨论。

近年来汉唐诗学研究特别是声律体式问题的研究，善于发掘材料间新的联系，把研究引向深层复杂的一面，在思路开拓上有了可喜进步。如关于七言诗起源及相关问题的研究，葛晓音一改以往学者从寻找五七言脱胎母体确认该种诗体成熟标志的思路，别出机杼以诗句的节奏提炼和体式形成过程为突破口，在战国到汉魏时期的楚辞、散文及民谣的广阔艺术空间中探索七言节奏孕育成熟的路径和原理，从而对汉魏七言诗滞后于五言诗的原因给出了令人信服的结论。[①] 赵敏俐

① 葛晓音《早期七言的体式特征和生成原理——兼论汉魏七言诗发展滞后的原因》，《中国社会科学》2007年第3期。

综合考察了汉代七言诗、四言诗、五言诗、骚体诗的存在方式、社会功能和发展道路，提出七言诗的音步特点和传播手段问题，深刻揭示了七言诗在汉代不发达的原因。① 钱志熙在辨别汉魏六朝各种七言韵文体的渊源和流别的基础上，解析汉代七言乐章的音韵单位以及乐调体制和七言徒诗体的关系，进而对七言诗体迟迟没有作为一种诗体流行的主要原因给出了更为合理的解释。②

五言诗研究也因思路创新带来了成果的丰收。如葛晓音考察早期五言体的生成途径及其对汉诗艺术的影响，探析鲍照"代"题乐府诗，江淹"杂拟诗"的辨体观念和诗史意义，宋齐五言诗的尚革，初唐五言诗古、律体调的界分。指出四言和骚体主导节奏的进化趋向排斥自然形态的散文五言句，却在无意中为五言节奏的萌生提供了前提条件。五言体由雏形到成熟，主要路径是探索如何通过各种方式使已经形成的二三节奏的各种五言句式相互呼应，以构成节奏流畅连贯的整体。③ 赵敏俐考察汉代文人五言诗的艺术特征，特别对四言诗与五言诗的句法结构与语言功能进行比较研究，指出《古诗十九首》的语言结构，特别是谓语结构与《二南》相比更为复杂，因而使诗歌语言更加精炼。诗歌叙述描写手段发生变

---

① 赵敏俐《论七言诗的起源及其在汉代的发展》，《文史哲》2010年第3期。

② 钱志熙《论汉魏六朝七言诗歌的源流及其与音乐的关系》，《中华文史论丛》2013年第1期。

③ 葛晓音《先秦汉魏六朝诗歌体式研究》，北京大学出版社，2012年版；葛晓音《陈子昂与初唐五言诗古、律体调的界分——兼论明清诗论中的"唐无五古"说》，《文史哲》2011年第3期。

化，使得五言诗在语言表现功能上有了质的飞跃，这就为诗人创造新的艺术形象和意境开辟了广阔天地。[①] 钱志熙从歌谣的体制考察《风》诗的艺术特点，魏晋南北朝乐府体五言的文体演变，初唐诗人对元嘉体的接受及其诗史意义，初盛唐时期古体诗体制的发展，歌谣、乐章和徒诗不同的艺术形态以及文化和文学方面的不同功能，指出魏晋南北朝文人乐府体五言与徒诗五言在文体上有着复杂的分流与相互影响关系，乐府体五言在脱离音乐之后，一方面在形式和内容上受着徒诗五言的影响，另一方面在体制、功能、取材、语言风格等多种艺术因素方面仍保持着其体裁特点，与汉乐府有着密切的血缘关系。唐人古体虽以汉魏古诗为模范，但作为唐诗的一种体裁，与近体一样有它确立与发展的过程。[②] 可以看出，这些研究已经从整体诗句进入语言节奏、从表层关系进入内在结构、从诗歌本身延展到诗歌的内在机制和产生环境，当然也就更进一步接近了真切的历史面貌。

---

① 赵敏俐《论汉代文人五言诗的艺术特征》，《文学遗产》1995 年第 2 期；赵敏俐《四言诗与五言诗的句法结构与语言功能比较研究》，《中州学刊》1996 年第 3 期。

② 钱志熙《从歌谣的体制看"〈风〉诗"的艺术特点——兼论对〈毛诗〉序传解诗系统的正确认识》，《北京大学学报》2005 年第 2 期；钱志熙《论魏晋南北朝乐府体五言的文体演变——兼论其与徒诗五言体之间文体上的分合关系》，《中山大学学报》2009 年第 3 期；钱志熙《论初唐诗人对元嘉体的接受及其诗史意义》，《中国文化研究》2007 年第 2 期；钱志熙《论初盛唐时期古体诗体制的发展》，《南开学报》2011 年第 5 期；钱志熙《歌谣、乐章、徒诗——论诗歌史的三大分野》，《中山大学学报》2011 年第 1 期。

其他如卢盛江关于永明八病说的讨论,[①]吴相洲对永明体与音乐关系的研究,[②]姚爱斌从骚体情感节奏特征研究楚辞与七言诗的关系等,[③]无不是以思路创新而别开新境。与那些简单、机械、浮泛的研究相比,这些研究明显具有个性化的特点,能够深入研究对象内部揭示其内在的脉络和逻辑,体现了研究者高度的理论水平和独到的学术智慧。

开拓思路和细读史料是统一的。开拓思路是把问题引向更深的层次,引向复杂的一面。只有细读史料,才能发现新的联系,思路才能由此展开。只有让思路回到具体生动真切的历史情境,才能把史料读活读通,从而解决深层问题。如果思路一直停留在浅表,止步于单一,不仅史料是"死"的,研究也始终与历史真切的面貌隔着一层,难以深入。

(三)

再次是感觉和思辨问题。

这里所说的感觉是指艺术审美感觉,是文学研究中把握对象的一种方式,就像物理化学研究中以实验和测量把握对象一样。虽然感觉不具备严格的客观性,但正因为它是主观的,所以更带有研究者的个性特征,从而使文学作品的解读具有更丰富深广的可能。和其他反映生活现实的方式不同,文

---

① 卢盛江《文镜秘府论研究》,人民文学出版社,2013 年版。

② 吴相洲《永明体与音乐关系研究》,北京大学出版社,2006 年版。

③ 姚爱斌《从骚体诗情感节奏特征看〈楚辞〉与七言诗的关系》,《北京师范大学学报》2012 年第 5 期。

学的内在核心驱动因素是人的情感和心灵活动。作品、作者、文学现象既有共性的一面,更重要的是其个性的一面,是独具特点的“这一个”。只有准确把握个性,才能理解共性的深刻和丰富。而要把握个性,需要研究者全面掌握历史资料,大量深入阅读作品,调动自己的想象和情感,体会作者所处的社会政治环境和具体生存状态,体验作者的情感活动和心灵世界,在此基础上对作品的审美特点和美学价值做出品鉴,这就是艺术审美感觉。艺术审美感觉不同于一般阅读中浮光掠影式的“感觉”,也有别于作品思想内容分析。它是对对象整体深层传神的把握,是一个既有逻辑推断,也有涵咏品味;既有意义解析,也有情感共鸣;既有条分缕析,也有融会贯通的复杂过程。如关于历史背景,不能止步于某个历史时期一般特点的描述,而要把握作者生活或作品创作的具体历史情境;关于思想内容,不能止步于作品反映了什么社会生活,而要把握当时社会意识、士人心态以及作者的内心世界;关于艺术特点,不能止步于风格或流派归属,而要把握从情感到语言的具体的美学特质。就诗歌的体式声律研究而言,从表面来看都属于纯粹形式的东西,如果只是从律书、韵书的字句规则出发,以现代语言学理论来分析套用,很可能会得到一些支离破碎的结论,很难了解其演变的规律。但如果把这些东西整合起来,与一定时期特定人群内心世界的细腻丰富和情感积淀发展联系起来,与一定的表情达意需要和社会功能联系起来,与某种语言的词汇和表现力的发展变化联系起来,再从音节、节奏、句式等细节处领会其情感、音韵、节奏与内容互相配合、往复曲折的妙处,其研究才能洞微烛幽,其结论才能令人耳目一新。

这里所说的思辨也不同于哲学中概念、范畴和关系的辨析，而是与艺术审美感觉紧密联系的逻辑思维活动。思辨有两层含义：一是通过对材料的辨析、取舍、粘合，还原确证某个文学现象。在中国古代文学研究中经常会遇到的现象是，由于年代久远，一些文学现象或活动的传世史料，要么只是一鳞半爪，要么互相重叠抵牾，需要通过辨析正确解读，通过取舍去伪存真，通过推理粘合拼接，从而最大限度的还原这些文学现象或活动的本来面貌；二是对诗歌内容、形式和审美内涵的思辨。它和艺术审美感觉紧密结合，是行到感觉的"水穷处"时接以理性的"云起时"，是理性对感性的引导和深化，通过逻辑思维的展开使研究者对诗歌的审美感觉更为深刻。它既是以具有共性的既往审美经验对当下的具有个性的个人审美感觉的检视和推动，也是以当下具有个性的个人审美感觉对具有共性的既往审美经验的丰富和深化。如果说审美感觉是入乎其里的融合与互动，那么思辨就是出乎其外的静观和超越。

思辨以实证为基础，又超越实证。事物发展有的时候是环环相扣逐渐积累的，有的时候会有一个飞跃，有的时候受单一因素的作用明显，有的时候则是多种因素综合作用的结果。把握那些飞跃的环节，理解事物在多重因素影响下的前进和反复，对缺失的环节作适当的推理，毫无疑问必须依靠一定的逻辑思辨。诗歌声律体式的研究尤其如此。声律体式与诗歌的吟诵有关，而那些吟诵材料大部分没有保留下来，这就对研究者提出了巨大挑战。加之汉唐之际又是我国历史上外来文化和原有文化大碰撞大交融的时期，是语言发展变化较快的时期，对这一时期诗歌声律体式的研究，如果不努力依靠逻辑思辨尽量把握一些规律性的东西,是很容易被纷繁复杂的史料淹没的。同样,从对一首诗歌情感内涵的感知到对一个诗人诗歌风格的把握,从对某一首诗节奏体式的辨认到对某一时期一类诗歌节奏体式的判断,也都离不开思辨。

有些成功的研究就体现了感觉和思辨的有机统一。如罗宗强的士人心态研究。他大量的阅读、综合,反复的体认、辨析,长期的沉潜、感悟,形成了对历史面貌深刻而又近乎直觉的感觉,又继之以严谨细致的逻辑思辨。于是,潜藏在史料下的士人心态的走向起伏被清理勾勒出来,掩映在语言中的时代审美风尚及价值被凸显刻画出来,这是披沙拣金的文学考古,也是思接千载的文学再创造。① 再如赵昌平的唐诗研究。他认为研究唐诗的基础就是感觉、资料与理论思维能力,而所谓感觉就是吟哦记诵之际所获得的超乎文字之外的独特心理活动。正是因为重视感觉,他在全面掌握资料的基础上,整体感受辨析时代文化氛围和文化诸因素的交互作用,感悟诗体演进的具体情境、当时诗坛的中心问题和诗人的个性特征,提出了能够把时代文化氛围、诗歌体式演进要求和诗人的个性精神融合起来的意兴、意象、意脉等概念,从而以敏锐的审美感觉和睿智的理论思辨论述了初、盛唐七古的演进和唐诗发展的内在规律。② 又如吕正惠关于六朝诗人对杜甫影响的研究。他以长时间的沉潜阅读来把握每位诗人的主要特点及其与杜诗的关系,深刻体察整个汉魏晋乐府民歌、咏怀以及美文三个传统发展和消亡的脉络以及杜甫与这三个传统的关系,

---

① 罗宗强《玄学与魏晋士人心态》,天津教育出版社,2005 年版。

② 赵昌平《赵昌平自选集》,广西师范大学出版社,1997 年版。

考察杜甫与谢灵运、鲍照、庾信、齐梁诗人在内在心理和语言运用上的关系。① 这些研究已脱开一般实证的藩篱，而闪耀着艺术审美感觉和理论思辨的光芒。

重感觉，重思辨，使很多问题的研究有了新进展。然而，正是在这方面，仍然存在一些问题。有些研究缺乏敏锐的艺术审美感觉，导致对生动活泼、个性鲜明的文学对象的研究出现类型化的现象。众所周知，对诗人或诗歌的理解离不开历史背景，这个背景最好是诗歌诞生的具体情境，这样对诗歌中情感和形象的理解和领会才能自然而然。而这就需要研究者既了解诗人生活的时代大环境，也要尽可能熟知诗人的家世背景、教育仕宦、人际交往等小环境，因为对于诗人敏感的心灵来说，这些小环境中的小事件往往是诗歌写作的直接触媒。但许多时候，研究者在理解文学的社会背景时，往往习惯于用一些大而化之的语言，比如朝政腐败、社会黑暗等，似乎所有时期的历史背景都是一样的，而且都对诗人产生了同样的作用，这样类型化的套用千篇一律，对问题的推进和解决毫无助益。

类型化的研究抽走了文学史的历史感。不同时期不同境遇不同性格造就了诗人不同的心灵世界，不同学养不同创作经历造就了诗人不同的才情技巧，诗歌内涵丰厚往往因为诗人内心世界丰富生动，诗歌语言特色鲜明往往因为诗人艺术追求不同。但在一些研究者笔下，不同历史时期不同个性的诗人被装在定制的框架里，贴上仕途坎坷、怀才不遇、不满现

① 吕正惠《杜甫与六朝诗人》，大安出版社，1989 年版；吕正惠《抒情传统与政治现实》，华中师范大学出版社，2011 年版。

实，或者志向高远、意气豪迈等标签；不同的诗歌也是按照用词特点、比兴手法等来分门别类处理。于是，诗人苦心孤诣的追求，文学语言薪火相传的积淀不见了，有的只是人云亦云的条文罗列。对于初步接触古代文学作品的人而言，这样的解读或许有一定帮助。但文学研究者如果只能看到作品的一些"共性"，就很难体察诗歌所蕴涵的深层情感，很难从中发现诗歌发展的脉络，也就很难对各种诗歌现象的出现和消亡给出深刻的令人信服的解释。尤其对于诗歌的格律体式这样一些问题，很容易被归入结构、用词一类问题里而被忽略。

有些研究擅长实证，缺乏思辨，习惯就事论事，平铺直叙，不善于从理论上加以提升，常常会使研究出现有罗列，没深度，有史料，没问题的情形。事实上，如果没有逻辑思辨，会使我们对历史的认识处于割裂和静止的状态，妨碍对历史趋势和规律的认识，史料的更高价值反而体现不出来。笔者认为王水照重提"内藤命题"的观点极有见地，单靠个案的细部描述与辨析和一个个具体的实证研究，确实不能提升研究的整体水平。[①] 我们需要在此基础上贯穿融汇的学理建构和对规律性的探索，需要提出有学术生长点的命题，开放性的命题，富于学术生命力的命题。而这方面的研究，目前还很缺乏。

感觉和思辨需要深厚的诗学修养，操千曲而后晓声，观千剑而后识器。作为研究者把握研究对象的一种能力，感觉和思辨并不是凭空而来，而是在长期大量的阅读过程中培养和积累起来的。一次一次被研究对象激发和感染，体验作品中的情感，还原作品中的形象，感受作品语言的节奏音韵之美，

---

① 王水照《重提"内藤命题"》，《文学遗产》2006 年第 2 期。

会使研究者的情感越来越丰富,眼光越来越独到,把握对象的情感和形象也会越来越准确。还应该认识到,诗歌研究是有质量有内涵的生命对话。要感觉到诗歌中广阔的天地,研究者必须要有博大的胸怀;要感受到诗人细腻的情感,研究者必须要有敏锐的触角;要辨析材料发现联系和规律,研究者必须要有大量的知识储备和高度的理论敏感,这些只能在长期的阅读涵咏中陶冶训练出来。从另一个角度讲,感觉和思辨实际上是细读史料和开辟新研究思路的基础和手段,就像物理化学以实验测量来认知客观材料一样,文学史研究需要用感觉和思辨去解读史料。感觉敏锐而新鲜,才能发掘出史料中丰富的信息,才能对史料中的情感和形象有自己的独特感受;思辨深刻而灵活,才能发掘出史料中潜在的联系,从而形成自己独特的研究思路和有价值的观点。前文所说的简单、机械、浮泛等思路问题,从根本上说就是因为研究者缺乏自己独立的感觉和思辨。因此,可以说,文献史料、研究思路、感觉和思辨这三者是统一的。

从近年汉唐诗学的研究中,我们得到了很多宝贵的学术经验。我们期待着更多立足坚实史料、有着创新思路、敏锐感觉和深刻思辨的研究,期待着汉唐诗学研究整体水平的提升和发展。作为年轻学人,这更是我们努力的方向。

(原载《河北师范大学学报》2017 年第 3 期)

主要参考文献

一、基本古籍

[清]阮元《十三经注疏》,中华书局,1980 年版。

[清]方玉润撰,李先耕点校《诗经原始》,中华书局,1986 年版。

[清]孙希旦撰,沈啸寰、王星贤点校《礼记集解》,中华书局,1989 年版。

[清]皮锡瑞《经学通论》,中华书局,2015 年版。

[春秋]左丘明撰,徐元浩集解,王树民、沈长云点校《国语》,中华书局,2002 年版。

[汉]赵晔撰,周生春辑校汇考《吴越春秋辑校汇考》,中华书局,2019 年版。

[汉]司马迁《史记》,中华书局,1982 年版。

[汉]班固《汉书》,中华书局,1962 年版。

[南朝宋]范晔《后汉书》,中华书局,1965 年版。

[唐]房玄龄《晋书》,中华书局,1974年版。

[南朝梁]沈约《宋书》,中华书局,1974年版。

[南朝梁]萧子显《南齐书》,中华书局,1972年版。

[唐]李百药撰《北齐书》,中华书局,1972年版。

[唐]姚思廉《梁书》,中华书局,1973年版。

[唐]姚思廉《陈书》,中华书局,1972年版。

[北齐]魏收《魏书》,中华书局,1974年版。

[唐]令狐德棻《周书》,中华书局,2003年版。

[唐]李延寿《南史》,中华书局,1975年版。

[唐]李延寿《北史》,中华书局,2003年版。

[唐]魏徵《隋书》,中华书局,1973年版。

[后晋]刘昫《旧唐书》,中华书局,1975年版。

[宋]欧阳修、宋祁《新唐书》,中华书局,1975年版。

[宋]薛居正《旧五代史》,中华书局,1976年版。

[宋]欧阳修《新五代史》,中华书局,1974年版。

[元]脱脱《宋史》,中华书局,1977年版。

[宋]司马光撰,[元]胡三省音注《资治通鉴》,中华书局,1956年版。

赵尔巽《清史稿》,中华书局,2012年版。

二十五史刊行委员会《二十五史补编》,中华书局,1956年版。

[清]梁玉绳撰,贺次君点校《史记质疑》,中华书局,1981年版。

[清]王先谦《汉书补注》,中华书局,1983年版。

[汉]刘珍等撰,吴树平校注《东观汉记校注》,中华书局,2008年版。

[北魏]郦道元撰,陈桥驿校证《水经注校证》,中华书局,2007 年版。

[宋]郑樵《通志二十略》,中华书局,1995 年版。

[元]马端临撰,上海师范大学古籍研究所、华东师范大学古籍研究所点校《文献通考》,中华书局,2011 年版。

[宋]晁公武撰,孙猛校证《郡斋读书志校证》,上海古籍出版社,1990 年版。

[宋]陈振孙撰,徐小蛮、顾美华点校《直斋书录解题》,上海古籍出版社,1987 年版。

[清]永瑢等《四库全书总目》,中华书局,1965 年版。

[唐]刘知幾撰,[清]浦起龙通释,吕思勉评,李永圻、张耕华导读整理《史通》,上海古籍出版社,2008 年版。

[清]王鸣盛撰,王永平等点校《十七史商榷》,中华书局,2010 年版。

[秦]吕不韦编,许维遹集释,梁运华整理《吕氏春秋集释》,中华书局,2009 年版。

[汉]刘向撰,阎振益、钟夏校注《新书校注》,中华书局,2000 年版。

张沛译注《中说译注》,上海古籍出版社,2011 年版。

[宋]黎靖德编,王星贤点校《朱子语类》,中华书局,1986 年版。

[唐]南卓《羯鼓录》,上海古籍出版社,1988 年版。

[唐]段安节撰,亓娟莉校注《乐府杂录校注》,上海古籍出版社,2015 年版。

[清]王先慎撰,钟哲点校《韩非子集解》,中华书局,1998 年版。

［汉］刘安编，何宁集释《淮南子集释》，中华书局，1998年版。

［汉］王充撰，黄晖校释《论衡校释》，中华书局，1990年版。

［魏］杨衒之撰，周祖谟校释《洛阳伽蓝记校释》，中华书局，2010年版。

［宋］吴曾《能改斋漫录》，上海古籍出版社，1979年版。

［宋］沈括撰，胡道静校证《梦溪笔谈校证》，上海古籍出版社，1987年版。

［明］陶宗仪《说郛三种》，上海古籍出版社，1988年版。

［唐］欧阳询撰，汪绍楹校《艺文类聚》，上海古籍出版社，1985年版。

［唐］虞世南《北堂书钞》，学苑出版社，2015年版。

［唐］徐坚《初学记》，中华书局，1962年版。

［宋］李昉《太平御览》，中华书局，1960年版。

［唐］崔令钦撰，任半塘笺订《教坊记笺订》，中华书局，2012年版。

［宋］王谠撰，周勋初校证《唐语林校证》，中华书局，1987年版。

［唐］武平一撰，陶敏辑校《景龙文馆记》，中华书局，2015年版。

［唐］郑綮撰，吴企明点校《开天传信记》，中华书局，2012年版。

［宋］李昉《太平广记》，中华书局，1960年版。

上海古籍出版社编《汉魏六朝笔记小说大观》，上海古籍出版社，1999年版。

上海古籍出版社编《唐五代笔记小说大观》,上海古籍出版社,2000年版。

[汉]王逸章句,[宋]洪兴祖补注,夏剑钦、吴广平校点《楚辞章句补注》,岳麓书社,2013年版。

[南朝梁]萧统编,[唐]李善注《文选》,上海古籍出版社,1986年版。

[南朝梁]徐陵编,[清]吴兆宜注,程琰删补,穆克宏点校《玉台新咏笺注》,中华书局,1985年版。

[东晋]陶渊明撰,袁行霈笺注《陶渊明集笺注》,中华书局,2003年版。

[南朝宋]谢灵运撰,黄节注《谢康乐诗注》,中华书局,2008年版。

[南朝梁]沈约撰,陈庆元校笺《沈约集校笺》,浙江古籍出版社,1995年版。

[唐]卢照邻撰,李云逸校注《卢照邻集校注》,中华书局,1998年版。

[唐]李白撰,[清]王琦注《李太白全集》,中华书局,1977年版。

[唐]王维撰,陈铁民校注《王维集校注》,中华书局,1997年版。

[唐]李绅撰,卢燕平校注《李绅集校注》,中华书局,2009年版。

[唐]元稹撰,冀勤点校《元稹集》,中华书局,2010年版。

[唐]白居易撰,朱金城笺校《白居易集笺校》,上海古籍出版社,1988年版。

[唐]韩愈撰,屈守元、常思春校注《韩愈全集校注》,四川

大学出版社,1958 年版。

[唐]元结撰,孙望点校《元次山集》,中华书局,1960 年版。

[宋]释契嵩撰,林仲湘、邱小毛校注《镡津文集校注》,巴蜀书社,2014 年版。

[宋]郭茂倩《乐府诗集》,中华书局,1979 年版。

[清]严可均《全上古三代秦汉三国六朝文》,中华书局,1958 年版。

逯钦立《先秦汉魏晋南北朝诗》,中华书局,1983 年版。

[清]彭定求《全唐诗》,中华书局,1960 年版。

[清]董诰《全唐文》,中华书局,1983 年版。

北京大学古文献研究所编《全宋诗》,北京大学出版社,1991 年版。

李修生《全元文》,凤凰出版社,1998 年版。

郭丽、吴相洲《乐府续集》,上海古籍出版社,2020 年版。

[南朝梁]刘勰撰,范文澜注《文心雕龙注》,人民文学出版社,1958 年版。

[南朝梁]钟嵘撰,王叔岷笺证《钟嵘诗品笺证稿》,中华书局,2007 年版。

[宋]王灼撰,岳珍校正《碧鸡漫志校正》,巴蜀书社,2000 年版。

[明]胡震亨《唐音癸签》,上海古籍出版社,1981 年版。

[明]徐献忠《乐府原》,四库全书存目丛书,齐鲁书社,1997 年版。

[清]朱乾《乐府正义》,株式会社同朋舍,1980 年版。

[清]王先谦《汉铙歌释文笺正》,广文书局,1978 年版。

[清]王士祯《带经堂诗话》,人民文学出版社,1963年版。

[清]何文焕《历代诗话》,中华书局,1981年版。

[日]遍照金刚撰,卢盛江校考《文镜秘府论汇校汇考》,中华书局,2006年版。

丁福保《历代诗话续编》,中华书局,1983年版。

唐圭璋《词话丛编》,中华书局,1986年版。

邓子勉《宋金元词话全编》,凤凰出版社,2008年版。

二、今人著述

岑仲勉《岑仲勉史学论文集》,中华书局,1990年版。

曹道衡、刘跃进《先秦两汉文学史料学》,中华书局,2005年版。

杜晓勤《齐梁诗歌向盛唐诗歌的嬗变》,北京大学出版社,2009年版。

丁福林《南齐书校议》,中华书局,2010年版。

方宝璋、郑俊晖《中国音乐文献学》,福建教育出版社,2006年版。

傅璇琮《唐人选唐诗新编》,中华书局,2014年版。

葛晓音《八代诗史》,陕西人民出版社,1989年版。

葛晓音《先秦汉魏六朝诗歌体式研究》,北京大学出版社,2012年版。

郭丽《乐府诗史话》,社会科学文献出版社,2014年版。

郭丽《乐府文献考论》,凤凰出版社,2020年版。

何伟棠《永明体到近体》,广东高等教育出版社,1994年版。

黄侃撰,周勋初导读《文心雕龙札记》,上海古籍出版社,

2000年版。

胡可先《出土文献与唐代诗学研究》，中华书局，2012年版。

吉联抗《两汉论乐文字辑译》，上海文艺出版社，1980年版。

吉联抗《魏晋南北朝音乐史料》，上海文艺出版社，1982年版。

吉联抗《隋唐五代音乐史料》，上海文艺出版社，1986年版。

吉联抗《中国古代音乐文献丛刊》，人民音乐出版社，1990年版。

刘跃进《门阀士族与永明文学》，三联书店，1996年版。

罗宗强《隋唐五代文学思想史》，中华书局，2003年版。

罗宗强《玄学与魏晋士人心态》，天津教育出版社，2005年版。

罗宗强《魏晋南北朝文学思想史》，中华书局，2006年版。

卢盛江《文镜秘府论研究》，人民文学出版社，2013年版。

吕正惠《杜甫与六朝诗人》，大安出版社，1989年版。

吕正惠《抒情传统与政治现实》，华中师范大学出版社，2011年版。

穆克宏《魏晋南北朝文学史料述略》，中华书局，1997年版。

穆克宏《穆克宏文集》，中华书局，2018年版。

丘琼荪《历代乐志律志校释》，人民音乐出版社，1995年版。

启功《诗文声律论稿》，中华书局，2009年版。

钱志熙《汉魏乐府艺术研究》,学苑出版社,2011 年版。

任半塘《唐声诗》,上海古籍出版社,1982 年版。

苏晋仁、萧炼子《宋书乐志校注》,齐鲁书社,1982 年版。

施之勉《汉书集释》,三民书局股份有限公司,2003 年版。

孙启治、陈建华《中国古佚书辑本目录解题》,中华书局,1997 年版。

孙晓辉《两唐书乐志研究》,上海音乐学院出版社,2005 年版。

孙尚勇《乐府文学文献研究》,人民文学出版社,2007 年版。

孙力平《中国古典诗歌句法流变史略》,浙江大学出版社,2011 年版。

王运熙《乐府诗述论》,上海古籍出版社,2012 年版。

王叔岷《史记校正》,中华书局,2007 年版。

王小盾《中国音乐文献学初阶》,北京大学出版社,2013 年版。

王淑梅《北朝乐府诗研究》,社会科学文献出版社,2013 年版。

吴小平《中古五言诗研究》,江苏古籍出版社,1998 年版。

吴玉贵《唐书辑校》,中华书局,2008 年版。

吴相洲《乐府学》第 1 辑,学苑出版社,2006 年版。

吴相洲《乐府学》第 3 辑,学苑出版社,2008 年版。

吴相洲《乐府学》第 7 辑,学苑出版社,2012 年版。

吴相洲《乐府学》第 22 辑,社会科学文献出版社,2018 年版。

吴相洲《永明体与音乐关系研究》,北京大学出版社,

2006年版。

吴相洲《乐府歌诗论集》,商务印书馆,2013年版。

吴相洲《乐府学概论》,人民文学出版社,2015年版。

徐蜀《二十四史订补》,书目文献出版社,1996年版。

杨荫浏《中国古代音乐史稿》,人民音乐出版社,1980年版。

余嘉锡《四库提要辨正》,中华书局,2008年版。

张舜徽《二十五史三编》,岳麓书社,1994年版。

二十五史刊行委员会编《二十五史补编》,中华书局,1956年版。

郑祖襄《华夏旧乐新证》,上海音乐学院出版社,2005年版。

郑祖襄《华夏旧乐新探》,中央音乐学院出版社,2008年版。

周生杰《〈太平御览〉研究》,巴蜀书社,2008年版。

赵昌平《赵昌平自选集》,广西师范大学出版社,1997年版。

赵敏俐、吴思敬《中国诗歌通史》,人民文学出版社,2012年版。

后　记

乐府是中国古代礼乐文化的核心组成部分，历来备受关注，也因此留下了大量乐府学典籍。汉唐乐府活动繁盛，留下的乐府学典籍也多，要研究汉唐乐府，自然无法脱离开这些典籍。了解这些典籍的基本内容，梳理各类典籍的前后承继关系，弄清其历史留存状况，揭示其乐府学价值，无疑是从事汉唐乐府学研究的必要前提。基于这样的考虑，2014 年，我以“汉唐乐府学典籍研究”为题申报了国家社科基金青年项目并获得立项，本书就是在结项成果的基础上修改而成。

衷心感谢吴相洲教授！是吴老师引领我走进了乐府学研究领域的大门，近十年来，吴老师对我的研究和成长倾注了很多心力。可以说，我在乐府学研究领域的每一点进步都是吴老师悉心教导的结晶。本项研究从项目申报表的修改打磨到具体写作过程中的答疑解惑，吴老师都给予了精心指点。本书能够顺利出版，应该也是他倍感欣慰的事，所憾他无法亲眼看到了！我不敢说用这本书纪念他，因为这太过微不足道。我想，我的不断进步，才是对他表达深切怀念的最好方式。

感谢台湾逢甲大学廖美玉教授！廖老师既有女性的细腻，又颇具丈夫气，治学视野宏阔又细致入微，识见常有人所不及处，一直以来都是我为人为学的楷模。廖老师是全能型学者，吴老师曾戏称她是“四堂教授”：上得了厅堂，下得了厨堂（房），站得了讲堂，主持得了会堂。这个总结应该是全面且准确的。廖老师承担的学术任务和行政工作都极为繁重，但是却时常对我的研究和成长挂怀于心，关爱备至。近十多年来，我们都固定参加中国唐代文学学会和乐府学会的年会，两个年会错年召开，所以在疫情暴发之前我们每年都能见面。每次相聚，我都会向她汇报一年来的工作情况和研究进展，交流读书心得和生活体悟……事无巨细，几乎无话不谈。近两年多来，受疫情影响我们未能见面，但即使远隔海峡，她也常常不忘关心我的工作和生活。客观的障碍虽然造成了空间上的距离，却阻隔不了温暖绵长的情谊。廖老师于我而言，已不仅是可敬的师长，也是可亲的家人。此次廖老师也曾拨冗赐序，但因突发状况未能收入书中，期待日后修订时能弥补这一缺憾。廖老师在序中对本书多所肯定，我深知这是她在表达殷切地期盼，希望用这种方式鼓励我继续前行。我会为此不懈努力！

感谢我的硕士导师李浩教授、博士导师卢盛江教授和访问学者指导老师刘跃进研究员！三位老师多年来对我的研究和成长每每挂怀，时时垂问，扶植有加。本书修改过程中，我在工作上也遭遇挫折，李老师不厌其烦，数次宽慰鼓励；卢老师温暖和煦，也多番肯定勉励；刘老师更是结合自身经历耐心开解，并对我的研究计划和书稿修改提出切实可行的指导意见，智慧地指点我化解棘手的难题。三位老师的殷殷情谊，就像寒冷冬日里的阳光，照在身上，暖在心底。

本书出版得到首都师范大学文学院学科建设经费资助和古代文学学科以及马自力院长的大力支持。我的学生林炜、李姝玥、左丽雪牺牲假期休息时间帮助核对引文。凤凰出版社李相东编审和王晨韵女史共同编辑，对书中谬误多所匡正，处理编务也极为高效迅捷，才使本书以最快速度与读者见面。在此谨致谢忱！

郭　丽

2022 年 8 月于北京寓所